다른 길이 있다

다른길이
있다

김두식 인터뷰집   쓰지만 영근 삶을 살아온 30인의 인생 이야기

한겨레출판

| 일러두기 |

- 인터뷰 말미에 수록한 날짜는 각 인터뷰가 신문에 게재된 날이며, 인터뷰 이후 인터뷰이의 상황 과 입장이 바뀌었을 수 있으나 연재 시점을 기준으로 원고를 정리하였다.
- 기본적으로 국립국어원의 표기법을 따르되, 인터뷰이들의 육성을 전달한다는 의미에서 실생활 에서 사용되는 일부 관행적 표현은 살려두었다.
- 166쪽 사진을 제외한 인터뷰 사진은 〈한겨레〉 강재훈 선임기자가 촬영했으며, 인생 타임라인 사 진은 인터뷰이가 제공한 사진을 바탕으로 일부 〈한겨레〉 자료사진을 함께 수록했다.

담벼락 저 너머 숨겨진 길을 찾아

이 책에는 2012년 1월 28일부터 2013년 5월 25일까지 〈한겨레〉 토요판에 격주로 연재된 「김두식의 고백」 인터뷰 중 출판에 동의한 서른 분의 이야기가 담겨 있습니다. 연재가 끝나던 무렵에는 인터뷰 뒷이야기만으로 따로 특강을 할 수 있을 만큼 하고픈 말이 많았습니다. 그러나 책으로 묶인 원고를 다시 읽어 보니 보탤 이야기가 하나도 생각나지 않습니다. 서른 개의 개성 있는 목소리가 서로 다투고 북돋우며 만들어내는 아름다운 하모니로 이미 충분하다고 느낀 까닭입니다.

인터뷰를 마친 저녁이면 고등학생 딸에게 이야기보따리를 풀어놓곤 했습니다. 아빠가 가감 없이 전해주는 '19금' 이야기에 딸도 귀를 쫑긋 세웠습니다. 이 책의 등장인물들은 예외 없이 인생의 어느 시점에선가 막다른 골목에 부딪혔습니다. 삶의 초기에 어머니나 아버지의 심각한 부재를 경험한 분이 적지 않았고, 대부분은 독재가 뿜어내는 맹독을 맨몸으로 뒤집어써야 했던 우울한 청년기를 보냈습니다. 지면으로 모두 옮기지는 못했지만 이혼이라는 쓸쓸한 터널을 통과한 분도 여럿이었습니다. 미래가 보이지 않는 그 힘겨운 상황에서 어떤 이는 무의식으로 어떤 이는 굳센 의지로 어떤 이는 신앙으로 어떤 이는 그냥 우연으로 담벼락 저 너머 숨겨진 길을 찾아 냈습니다. 그들이 들려준 보석 같은 이야기 덕분에, 인생 내리막길에 접어든 40대 아빠와 인생 오르막길의 힘겨움에 이미 충분히 지친 10대 딸은 행복한 순간을 공유할 수 있었습니다. 그런 의미에서 이 책의 최대 수혜자는 바로 저입니다. 살아 숨 쉬는 이야기들을 듣고 정리하며 제가 느낀 행복이 독자들에게도 그대로 전달되면 좋겠습니다.

원고지 250장 내외의 녹취록이 36장 분량의 신문기사로 바뀌는 과정에서 인터뷰이는 잠시나마 자기 인생을 인터뷰어의 펜 끝에 넘겨주어야 합니다. 저를 믿고 그 위험한 과정에 동참해주신 인터뷰이들에게 진심으로 감사드립니다. 1년 반 동안 저의 의논 상대가 되어주었던 〈한겨레〉 토요판 고경태 에디터, 글보다 훨씬 멋진 사진으로 인터뷰를 빛낸 우리 팀의 큰 형님 강재훈 선임기자, 고맙습니다. '업계의 전설'인 두 분과 함께 일한 것이 제게는 다시없을 행운이었습니다. 섭외와 녹취록 작성을 맡아 죽을 고생을 한 최우리 기자는 예기치 못한 후폭풍으로 인터뷰가 몇 차례 몸살을 앓을 때마다 강인하고 따뜻한 태도로 사태를 수습했습니다. 그 노고를 잊지 않겠습니다. 인터뷰이를 추천하고 그들의 알려지지 않은 면모를 귀띔해준 친구들, 인터뷰 시작부터 끝까지 출간 준비에 동행한 임윤희 편집자에게도 고마운 마음을 전합니다.

2013년 가을
김두식

소심을 돌파하는 결심

고경태 《한겨레》 토요판 에디터

"안 나갑니다."

섭외 요청을 거절하는 자에겐 108가지 이유가 있다. 그날도 그랬다. 2010년 7월 초순 어느 날이었다. 《한겨레》 인터뷰 코너에 초대하고 싶다고 했다. 법을 말하는 자리였다. 그는 한사코 뺐다. 아직도 내 휴대폰 문자메시지함엔 그 처절한 흔적이 남아 있다. "제가 현안을 쫓아온 사람이 아니라서요." "저 대신 조○○, 이○○ 변호사를 추천합니다. 대박 예감!" "다음 주에 제 책이 나오는데, 간접 광고처럼 보일 소지가 있습니다." "아내가 절대 안된다네요. 욕만 먹고 스트레스 받고 건강 상하고 그런 걸 왜 하느냐고." 쉽게 물러서지 않자, 그는 정색을 하며 최후의 카드를 꺼냈다. "이러단 인간관계 끊어지겠습니다." 속된 말로, 결국 나는 까였다.

"쌤통이죠?"

2년이 흐른 뒤 언젠가 그가 물었다. 인터뷰의 '인' 자만 꺼내도 질색하더니 악마의 꼬임에 빠졌다. 김두식의 고백. 《한겨레》 토요판 인터뷰 코너에 자기 이름 석 자를 내걸고 말았다. 인터뷰이가 아닌 인터뷰어. 답하는 자가 아닌, 불러내서 묻는 자! 인터뷰의 90퍼센트는 섭외라고, 나는 생각한다. 돌이켜 계산해보니 「김두식의 고백」은 섭외 단계에서 도합 열다섯 번을 까였다. 때로는 본인이 손수 정성스레 작성한 장문의 이메일도 허사였다. 서너 차례 대시하다 씁쓸하게 돌아서기도 했다. 그뿐인가. 인터뷰 진행에서 지면 게재, 독자 반응까지 전 과정이 마냥 매끄러울 수는 없다. 몇 년 전 인터뷰 따위 안 하겠다며 둘러댔던 이유처럼 '욕만 먹고 스트레스 받고 건강 상하는' 일도 없지 않았다. 인터뷰 상대와 소통이 어긋나기도 했다. 트위터 공간에서 살짝 돌팔매도 맞았다. 평소 몸가짐과 말본새가 단정하기로 알려진 그로서 상상해본 적 없는 일이리라. 쓴맛을 삼키며 나에게 "쌤통이죠?"라고 물었을 때, 선뜻 고개를 끄덕일 순 없었다. 고백한다. 사실은 좀…… 쌤통이었다.

고충과 비애는 필요악이었다. 궁극적으로는 행복했다고 믿는다. 그는 자신이 하고팠던 일이라며 인터뷰 연재를 즐겼다. 마지막 '셀프 인터뷰'에서도 인간에 대한 호기심과 배고픔을 채우게 되어, 논쟁적 인물들의 생생한 실체를 직접 마주하게 되어 기뻤노라고 말했다. 독자들도 행복했다. 2012년 연말 시사주간지 〈시사IN〉의 설문조사 결과 그는 '출판사 편집자들이 가장 일하고 싶은 필자'로 뽑혔다. 해당 기사를 쓴 기자는 「김두식의 고백」에 대한 팬심을 첫째 요인으로 꼽았다.

단점도 있었다. 인터뷰어로서, 상대에 대한 배려가 도를 넘었다. 두 시간 이야기를 나눠도 200자 원고지 기준 200장이 족히 넘게 나오기 마련이다. 담당기자 도움으로 전문을 넘겨받은 뒤 최종 작성하는 초고의 분량은 36장. 당사자에게 이메일로 원고를 보내 반드시 사전 확인을 받았다. 나는 "매번 보여줄 필요 없다"고 했지만, 따르지 않았다. 나쁘게 보면 소심했다.

좋게 보면 겸손했다. 열려 있었다. 상대의 피드백을 존중하고 반영했다. 양보가 우선이었다. 아주 가끔 부당한 수정·삭제 요구도 들어왔다. 아, 거기엔 단호히 선을 그었다. 인터뷰어는 대필작가가 아니라고 했다. 정정한다. 단점이 아니었다. 원칙을 겸비한 그 배려는 장점이었다.

그는 정말 소심한가. 아니다. 그런 척할 뿐이다. 최악의 시나리오를 걱정하며 엄살을 피울 때가 많지만, 그 안엔 단단한 확신이 숨어 있음을 안다. 그러다가 소심의 껍질을 깨고 마침내 결심할 때 역사는 이루어진다. 사람에 대한 직관과 애정으로 읽는 이들의 마음을 따뜻하게 물들인 김두식표 인터뷰의 새로운 역사는 그렇게 탄생했다. 나는 김두식이라는 캐릭터처럼 소심한 척하는 부류의 독자들에게 먼저 이 책을 권하고 싶다. 책 제목처럼 『다른 길이 있다』는 주술에 휘둘려보라. 결심의 타이밍을 찾아보라.

그래 봤자, 인터뷰의 90퍼센트는 섭외다. 초대에 끝까지 응해준 30명의 원초적 은인들이 없었다면 인터뷰도 책도 불가능했다. 그들의 결심에, 그들의 삶에 존경을 보낸다.

차례

머리말 담벼락 저 너머 숨겨진 길을 찾아 ································ 5

발문 소심을 돌파하는 결심 _ 고경태 《한겨레》 토요판 에디터 ·········· 7

1장_경계를 넘어서며 핀 꽃들

섹스의 즐거움, 나눔의 행복 :: 정혜신 · 이명수 ·················· 14

문제를 회피하지 않는, 저항하는 검열자 :: 박경신 ·············· 36

모 아니면 도, 그래서 인생이 꼬였죠 :: 고종석 ················ 48

괴상한 놈 하나 왔다 갑니다 :: 유시민 ······················ 60

모르는 걸 모른다고 하는 무서운 사람 :: 윤태호 ·············· 74

꼰대가 될 수 없어 행복해요 :: 김조광수 ···················· 86

당신이 굳게 믿는 그것이 진리일까 :: 김연희 ················· 98

2장_자아를 찾아 떠나는 인생 여행

함께 공부하면 자신의 꼬라지를 알게 되죠 :: 고미숙 ··········· 112

난 프티부르주아, 죄책감은 사라졌다 :: 유시주 ·············· 124

칼기 피격과 스승의 죽음이 아니었다면 :: 김대진 ············· 136

인기 없을 땐 어떻게 살 거냐, 그게 제일 중요해요 :: 신대철 ······ 148

자존심이 편집장에게 미치는 영향 :: 이충걸 ················· 160

어느 날 부끄러워졌어요, 내 위악과 공격성이 :: 변영주 ········· 172

날것처럼 살아 있지만 그 위험을 아는 관찰자 :: 김성희 ········· 184

3장_사연의 속살, 그 깊은 우물들

케니 지의 〈미러클〉을 색소폰으로 연주하는 꿈 :: 강기훈 ········· 198

상처를 돌아보며 내 삶과 화해하고 싶어요 :: 문부식 ········· 210

'운명에 대한 질투'는 내가 안고 갈 십자가 :: 공지영 ········· 222

내 인생에서 가장 추운 시기는 바로 지금 :: 하종강 ········· 240

둘째 줄에서, 최소한 비겁해지지 않으리 :: 이상호 ········· 252

내 묘비명은 인권운동가였으면 좋겠네 :: 인재근 ········· 264

당신은 어른이 되는 데 성공했나요? :: 천명관 ········· 276

4장_찬찬히 자신의 길을 걸어가는 사람들

진영 논리의 틈바구니에서 팩트를 찾는 야인 :: 김종배 ········· 288

집안일 많이 하며 죄악을 씻고 있어요 :: 박노자 ········· 300

어느 날 부장 교사가 제게 육탄 공격을······ :: 송인수 ········· 312

나를 키운 8할은 허접스러운 B급 문화였다 :: 김창남 ········· 324

386의 무용담은 사양합니다 :: 이진순 ········· 334

조용한 신중함으로 진심을 전달하다 :: 박선숙 ········· 344

칼 든 후배 앞에서의 약속이 오늘의 나를 :: 김흥신 ········· 356

페미니스트로 살았으되 사랑이 최고더라 :: 유숙열 ········· 368

1장

경계를 넘어서며 핀 꽃들

섹스의 즐거움,
나눔의 행복

정신과 의사 정혜신, 심리기획자 이명수 부부

'선을 넘는다'는 말이 있습니다. '그들은 남녀 간에 넘지 말아야 할 선을 넘었다'처럼 대체로 부정적인 의미로 사용됩니다. 매사에 선을 넘지 않으려고 조심하며 살아온 저에게는, 안 그런 척하면서도 끊임없이 남을 판단하고 비난하는 성향이 있습니다. 누군가를 진심으로 이해하고 '와락' 안아준 경험도 별로 없습니다. 선을 넘는 용기 없이는 사랑도 없는 법이니 당연한 일인지도 모르겠습니다.

한계를 고민하는 저의 눈에 정신과 의사 정혜신과 심리기획자 이명수 부부가 들어왔습니다. '마인드프리즘'이라는 회사를 만들어 고문피해자(진실의 힘), 해고노동자(와락), 감정노동자, 시민활동가, 기업 임원 등 다양한 사람들에게 치유의 기회를 제공하며 새로운 영역을 개척해온 부부입니다. 이들이 2011년 출간한 『홀가분』은 진짜 잘 사는 것에 대한 깊은 통찰을 담은 책인 동시에 서로를 향한 사랑 고백으로 가득 찬 연서입니다. 두 사람은 각각 6년과 10년의 짧지 않은 결혼 생활을 접고 재혼하여 15년째 아름다운 관계를 이어가는 것으로도 유명합니다. 왠지 이들이라면 선을 넘는 것과 지키는 것에 대해 정직한 지혜를 들려줄 것만 같았습니다.

거절당할 각오를 하고 메일을 보냈습니다. '와락' 말고 두 사람의 '사랑' 얘기를 듣고 싶다고요. 신뢰할 만한 인터뷰어와 매체이기에 흔쾌히 인터뷰에 응하겠다는 답장이 날아왔습니다. 2012년 설 명절이 끝나고 양평에 있는 두 사람의 집을 찾았습니다. 초보 인터뷰어의 떨리는 도전이었습니다.

사생활 보장받고 싶을 땐
2층에 '빨간 깃발'을

— 트위터를 보니 설 명절에 두 분이 열 편 이상 영화를 보셨더군요. 명절에 여기저기 인사 다니는 사람에게는 불가능한 일 같은데요.

정혜신 "저희는 영화를 많이 봐요. 개봉관에서만 한 달에 열다섯 편을 본 적이 있을 정도로. 명절에도 명수 씨 큰형님 댁에서 차례 지낸 다음에는 둘이서만 시간을 보내니까 여유가 있죠."

— 재밌으시겠어요. 행복하시죠?

정혜신 "홀가분하죠."

이명수 "약간 복선을 깔고 물어보는 거죠? 부부 관계란 게 진짜로 행복할 리가 있나 하는?(웃음)"

15

— 정 선생님도 결혼이라는 제도 자체의 한계를 가끔 말씀하셨던 것 같은데요.

정혜신 "그랬나요?(웃음) 우리 둘은 원래 혼인신고를 하지 않으려고 했어요. 실제로 한동안 혼인신고를 안 했고, 결혼식도 올리지 않았죠. 아이들 데리고 살다 보니 불편한 일이 생겨서 나중에는 했어요. 당장 항공 마일리지 합산이 안 되잖아요.(웃음)

저희는 회사 준비하는 기간까지 치면 거의 12년 동안 24시간 붙어 있는 생활을 하고 있어요. 그럼 에세이의 모든 단상, 소재가 함께 출퇴근하며 나눈 대화에서 나오는데 그게 너무 즐겁고 재밌죠. 저는 이렇게 표현해요. '뽕 맞다가 대마초 못 피우는 거다.' 깊은 관계와 대화에서 오는 쾌감, 희열, 만족감은 뽕 맞는 것 이상이거든요. 다른 친구가 없어도 아쉽지 않고, 다른 모임을 가면 밋밋하고 심심해서 만족이 없는 거죠."

— 운명적 사랑인가요?

이명수 "그렇게만 얘기할 수는 없고요. 우리는 가치관, 세계관, 취향이 완전히 다른데, '동의할 수 없는 것에 대해서도 동의하자, 다르지만 다른 걸 인정하자'는 태도는 같아요. 사람에 대해서 쫄지 않는 태도도 비슷해요. 이 친구는 원래 생겨먹은 게 그렇고, 저는 이 친구 영향으로 노력해서 그렇게 된 건데요. 그러나 둘의 스타일은 정반대예요. 저는 뭐든지 잘 챙기고 꼼꼼하면서 개인의 삶이 침범당하는 걸 못 견디는데, 이 친구는 그런 걸 중시하지 않고 자연스러우면서 권위를 거의 인정하지 않아요.

예를 들어 저희는 섹스하는 걸 되게 좋아하거든요.(웃음) 이 친구도 저도 그게 중요하다고 생각하고 굉장히 즐기는데, 와락 같은 일들이 그런 취향에 방해가 되기도 하죠. 토요일마다 와락을 오가는 데 다섯 시간, 상담하는 데 여섯 시간이 걸려요. 새벽에 나가면 한밤중에 들어오니까, 금요일 저녁에는 피곤해서 못 하고, 토요일에 와락 다녀오면 일요일엔 쉬어야 하죠. 개인 생활이 침범당하는 걸 견디지 못하는 저는 짜증을 내면서 이렇게 계속 갈 수는 없다고 해요. 그런데 이 친구는 스킨십 못 하는 건 좀 아쉬워도 그대로 가야 하는 것 아니냐고 해요. 그만큼 그 일이 당긴다는 얘기겠죠."

정혜신 "그런데 사실 와락을 기획하고 사람들에 대한 깊은 애정으로 전체를 조직화한 건 명수 씨거든요. 자기 시간과 모든 것을 투자하면서도 개인의 삶을 그만큼 소중하게 생각하는 거예요.

양평에 처음 이사 왔을 때요, 주변에 모두들 은퇴한 분들이 사시는데, 들떠서 인사하고 스스럼없이 왔다 갔다 하고 식사 함께하고 그랬어요. 그런데 어느 날 동네 선배 부부와 함께 차를 마시다가 명수 씨가 '앞으로 우리 집에서 은밀한 사생활이 있으면 2층에 빨간 깃발을 꽂아놓을 테니 그때는 불쑥 들어오지 마세요'라고 얘기했죠. 물론 그분들이 불편하지 않게 농반진반으로요. 그 후에는 그분들이 의식하고 조심하세요. 우리에게 개인적으로 그런 시간이 필요하다는 걸 알린 것이죠. 일상에서 그런 경계를 민감하게 잘 쳐주니까 시가(媤家)와의 관계에서도 제가 굉장히 편하고 아이들과의 관계도 좋아요."

엄마의 죽음과 우울증, 그리고 이혼

두 사람 모두 이야기를 빙빙 돌리는 법 없이 본질로 쑥 들어가는 스타일이었습니다. 행복을 묻는 질문에 이들은 '같음'과 '다름', '와락'과 '경계'로 답했습니다. 경계를 지키는 데 예민한 이명수 덕분에 정혜신이 균형을 유지하며 지속적으로 이웃을 와락 껴안을 수 있다는 점에서 양자는 분리된 것이 아니었습니다. 흔히 말하듯 '닭살 부부, 부부 RT단'으로 단순하게 규정될 관계가 아니라는 느낌이 들었습니다. 소심한 저는 당장, 뽕 맞는다는 표현이나 섹스 얘기를 그대로 인터뷰로 밝혀도 되는지부터 걱정됐습니다.

정혜신 "상관없어요. 제가 쓴 책에 대해 실컷 묻고 막상 기사에서는 이혼 얘기만 적는 인터뷰보다 솔직한 게 훨씬 낫죠. 뭘 물어보셔도 돼요."

— 그렇게 말씀하시니 편하게 여쭤볼게요. 정 선생님 눈가에서 슬픔이 읽힐 때가 있습니다. 일찍 어머니를 여의셨죠?

정혜신 "제가 일곱 살 때 엄마가 암 진단을 받은 게 제 인생의 첫 번째 사건이에요. 엄마가 돌아가신 뒤부터가 아니라 암 진단을 받은 때부터 엄마가 안 계신 거나 마찬가지였던 거죠. 부모님께서 결혼하고 3~4년 만에 얻은 굉장히 반가운 딸이 언니였어요. 그 후 아들 기다리다가 제가 나왔고 밑에는 남동생인데, 엄마가 저를 낳고 시무룩해서 주위 사람들에게 갖다 버리라고 했대요. 나중에 알았어요. 그랬구나, 나에 대한 엄마의 마음이 그랬구나. 언니는 자기에게 굉장히 열성적이고 관심도 많았던 극성 엄마로 기억해요. 저는 그런 기억이 전무해요. 그게 제 우울의 근원일 거예요. 엄마 돌아가시고 1년 후에 새엄마가 들어오셨는데 새엄마랑은 마음을 나눈 적이 없었어요. 거죽으로만 지냈죠, 아버지의 여자니까요."

— 전공의 시절에 월급의 절반 이상을 정신분석에 썼다고 들었습니다. 효과가 있었나요?

정혜신 "그럼요. 제 일생에 두 번의 치유 기회가 있었어요. 첫 번째는 젊은 날에 정신분석 받았던 것, 그다음이 명수 씨 만나서의 과정이죠. 명수 씨와의 대화, 관계를 통해서 더 많이 치유가 됐어요."

연세대에 정신분석 하는 선배들이 많이 남아 있어서 "르네상스적인 수혜"를 받았던 거의 마지막 세대가 정혜신이었습니다. 그런데도 요즘 들어 정신분석의 틀 안에서만 치유가 이루어지는 건 아니라는 생각을 자주 한다고 했습니다. 우리 사회에는 더 절박하게 삶이 파괴되어 신속한 도움을 필요로 하는 사람들이 워낙 많기 때문입니다. 그는 이제 "거리의 의사"가 되고 싶다고 했습니다.

정혜신이 두 번째 치유자인 이명수를 만나는 과정은 쉽지 않았습니다. 신경성 위통과 뻣뻣한 뒷목 통증에 시달리던 광고기획자 이명수를 정혜신에게 소개한 것은 이명수를 스카우트한 광고회사 사장이었습니다. 이런 첫 만남 때문에 나중에는 정신분석에서 말하는 이른바 '전이'가 일어난 것 아니냐는 논란도 있었습니다. 언제 처음으로 그에게 사랑을 느꼈는지 물었습니다.

정혜신 (하늘 보며 잠시 침묵) "어떤 사람의 무의식까지 가면 그의 행동에는 이유가 있고 근원이 있고 동기가 있어요. '환자는 언제나 옳다(Patient is always right)'는 말도 무의식까지 사람을 깊이 이해했을 때 나오는 거죠. 환자뿐만 아니라 모든 인간이 다 옳죠. 극성맞은 엄마는 일찍 돌아가셨고 아버지는 굉장히 유한 분이어서 저는 권위를 실감할 기회가 없었어요. 그래서 저는 제 무의식에 굉장히 충실해요. 제가 살아오면서 겉으로 보기엔 설명할 수 없는, 비합리적인 것 같은 선택을 한 적이 적지 않았는데, 주변에서 어떤 영향도 받지 않았어요. 명수 씨와 만났을 때도 마찬가지예요. 심한 신경성 위통으로 찾아왔는데, 몇 번 만나기도 전에 제 마음이 확 끌리기 시작했어요. 아직 전이가 일어날 상황도 아니었어요. 처음부터 사랑은 아니었겠죠. 끌림, 무지하게 끌리는 정도?"

— 주변의 반대가 만만치 않았을 텐데요.

정혜신 "난리가 났죠. 돌이켜보기 싫을 정도로 험한 일이 많았습니다. 기독교 집안이라 안수기도를 빙자한 폭력까지 있었죠, 마귀에 씌었다고. 그런데도 단 한 번 흔들리지 않았어요. 결정을 내릴 때까지 잠시 생각을 한 적은 있지만, 딱 그래야겠구나 느낌이 온 다음에는 흔들리지 않았어요. 그런 상황에서도 저의 무의식적 본능, 감각, 근원적 건강성을 믿었어요."

— 누구의 지지도 없이 결정을 내려본 경험 때문에 상담하는 사람들에게도 "당신은 언제나 옳다"고 격려할 수 있는 건가요?

정혜신 "무의식까지 이해하면 그렇게 말할 수 있는 거죠. 그런 경험 때문에 내가 더 나다워지고 '심리적인 에스라인'이 나오게 된 건 맞아요. 옛날엔 원형 원석 같은 게 있었을 뿐인데, 그 이후에 둘이 견주고 갈등하고 얘기하고 충돌하고 또다시 해결하는 과정을 끊임없이 견디고 통과하면서 심리적인 에스라인이 분명하게 나온 것 같아요. 유일하게 마음에 걸리는 건 예전 배우자들이죠. 어쨌든 상처를 받은 사람들이니까요."

— 2000년에 두 사람의 이혼 과정이 인터넷에 '폭로'되면서 어려움을 겪기도 했죠?

정혜신 "제가 바로 사실관계를 인정하자 인터넷에 도배가 됐고요. 어마어마한 댓글들을 밤새 보다가 어느 순간 '아, 이 사람들이 지금 내 얘길 하는 게 아니라 자기 얘길 하는구나' 하는 느낌이 들었어요. 그다음부터는 마음이 편안해지고 별로 영향을 안 받았어요."

— 단아한 선생님의 이미지하고는 잘 안 맞는 얘기 같습니다.

정혜신 "명수 씨는 나보고 도덕관념이 전혀 없다고 그래요.(웃음) 오히려 이 사람이 원칙적이에요. 저는 자유롭게 살고 싶다가 아니라 그냥 자유롭게 살아요. 제가 원하는 걸 단 한 번도 망설이거나 포기한 적이 없어요. 보이는 것과 달리 실제로는 저돌적이에요."

통념을 넘어본 여자,
새의 눈을 가진 남자

정혜신에게는 통념의 벽을 넘어본 사람만이 갖는 독특한 평화가 있었습니다. 문득 쌍용자동차 가족대책위원회 권지영 대표의 말이 떠올랐습니다. "정혜신은 우리에게 엄마 같은 사람이다." 아이러니였습니다. '엄마의 부재'에서 출발한 그가 오히려 누구보다 더 훌륭한 엄마, 남을 이해하고 보듬고 안아주는 치유자로 성장했으니까요. 인생이란 원래 그런 건지도 모르겠습니다.

　그래도 의문은 남습니다. 앞으로 다른 사람과 사랑에 빠질 가능성은 없을까. 묻기도 전에 이명수 대표가 대답을 시작했습니다. 마음을 읽는 사람들이라 그런지 질문지가 따로 필요 없었습니다.

이명수 "저는 첫 번째 결혼이 전혀 불행하지 않았어요. 좋은 편에 속했죠. 오래 연애한 캠퍼스 커플이었고 10년 정도 살았습니다. 그러다 정혜신, 이 친구를 만나게 된 거고요. 그래서 우리는 초창기부터 지금까지 자주 물어요, '더 강적이 나타나면 또 그럴지도 모르겠네' 하고.(웃음) 제가 가끔 '내가 더 강적을 만나서 잠시 그 여자하고 섹스를 하거나 연애를 하거나 여행을 하거나 공연을 같이 다닐 수도 있다'는 얘기를 해요. 하지만 이 친구는 걱정을 안 해요. 내 맘 중심에 자기가 있다는 걸 완전하게 느끼고 있어서죠. 누

21

군가의 말에 의하면 제가 바람 같은 구석이 있지만, 이제는 굉장히 안정적으로 뿌리를 내린 바람인지도 모르겠다는 생각이 들어요."

정혜신 "저는 명수 씨가 바람같이 그럴 수 있다고 생각하고, 실제로 살면서 그랬던 적도 있어요. 그러면 또 제게 얘기하고요. 근데 저는 그게 전혀 문제가 안 돼요. 왜냐면 나랑 이명수라는 한 인간의 내면 세계는 천 개 정도의 조각을 계속 맞추어온 꽉 맞는 관계거든요. 그걸 맞춰가는 과정에서 면과 면 사이의 끊임없는 접촉이 있었고요. 나 아닌 누구와 어떤 접촉을 하더라도 그건 서너 조각 정도의 일부분에 불과한 거죠. 지금까지 우리가 나눴던 관계의 깊이와 양, 이런 것들보다 더할 수 있는 사람은 현실적으로 존재할 수 없어요."

어디서 저런 자신감이 나오나 의문이 생길 수 있지만, 두 사람은 근본적으로 남과 다른 '부부' 개념을 가지고 있었습니다. 그들에게는 '독립된 개체인 두 사람 사이의 성숙한 관계'가 상위 개념이고, 부부는 그보다 아래에 있는 일종의 틀에 불과했습니다. 부부인데 다른 사람과 그래도 되느냐는 식의 고정관념을 벗어버린 상태였습니다. 틀을 넘어선 그곳에 묘한 탄탄함이 있었습니다.

이명수에게 정혜신은 어떤 사람인지 물었습니다.

이명수 "이 친구는 누구하고든 거리낌 없이 눈 마주치고 무장해제를 시켜버려요. 예를 들어 비즈니스 관계에서 우리가 도움을 받아야 할 사람이 있으면 저는 '저 사람을 어떻게 설득할까' 계획서도 쓰고 계산을 하죠. 그런데 이 사람은 설득하지 않고 그냥 가서 '내가 이걸 해야 하는데 어떻게 할지 모

나랑 이명수라는 한 인간의 내면 세계는 천 개 정도의 조각을 계속 맞추어온 꽉 맞는 관계거든요. 나 아닌 누구와 어떤 접촉을 하더라도 그건 서너 조각 정도의 일부분에 불과한 거죠. 지금까지 우리가 나눴던 관계의 깊이와 양, 이런 것들보다 더할 수 있는 사람은 현실적으로 존재할 수 없어요.

르겠네요.' 그래요. 그러면 그쪽에서도 함께 고민하고는 이러죠. '지금 내가 뾰족한 아이디어가 없는데 적당한 다른 사람을 찾아봅시다.' 저는 매사에 객관적으로 균형감각을 유지하려다 보니 늘 경직될 수밖에 없어요. 그런데 이 친구하고 살면서 무지하게 많이 무장해제되었죠."

　이야기가 진행될수록 정혜신과 조각을 맞추어온 남자, 이명수의 삶이 알고 싶어졌습니다. 『홀가분』에서 정혜신은 "비트겐슈타인 같은 경계선 사고가 유별나고, 저울 같은 균형감각을 갖춘 사람"으로 이명수를 소개합니다. 이명수는 경영학이 적성에 맞지 않아 대학을 자퇴한 후 몇 년 동안 소설, 수필, 르포, 리라이팅 등 다양한 글을 쓰고 공연 연출을 하며 살았습니다. 재입학해서 대학을 졸업한 다음 대기업 마케팅팀에 특채되었고, 나중에는 광고회사 기획자로 일했지요. 독특한 이력입니다. 딱 마흔 살까지만 광고 일을 하겠다고 마음먹었는데 서른여덟에 정혜신을 만났고 마흔에 진짜로 광고를 "때려치웠습니다". 트위터의 자기소개는 딱 한 줄, "심리기획자. 사람에겐 마음이 있다"입니다.

─ 이명수가 생각하는 이명수는 어떤 사람인가요?
이명수　"'새의 눈(bird's eye view)'이라는 말이 있죠. 제가 남들과 약간 다른 게, 지금 이렇게 이야기하면서도 유체이탈처럼 또 다른 제가 늘 위에서 내려다봐요. '너무 많이 얘기하는 건 아닌가, 오버가 아닌가' 위에서 바라보고, 그 위에는 또 다른 내가 걔를 바라보고, 심할 땐 일곱 명 정도의 이명수가 줄을 서는 거예요. 심지어 내가 섹스를 하고 있어도 위에서 그걸 내려다보거든요. 아이들과 식사하다가도 '밥 굶는 애들이 굉장히 많은데, 왜 내가

이 아이들만 특별히 좋은 밥을 사주고 있는 걸까. 참 이상하다. 불편하다'
하면서 위에서 보고 있어요. 애들에게 그런 얘기를 하면 '아빠가 또 시작이
구나' 그러죠. 양심의 문제가 아니라 실제로 그렇게 본다는 거예요. 그래서
몰입이 잘 안 돼요."

— 그런데 어떻게 섹스를 좋아할 수 있죠. 그것도 기본적으로 몰입인데?

이명수 "실제로 섹스에 몰입하는 순간에도 이 친구의 표정을 볼 때가 있잖
아요. 그러면 또 다른 제가 위에서 관찰하면서 '이 친구가 눈뜨면 되게 민망
하겠다. 뜨지 말아야 하는데' 하고 있어요. 그렇지만 그 행위 자체는 굉장히
재밌어요."

'집단 트라우마'를 위한
솔루션을 만들다

트위터에서 정혜신이 가장 자주 RT 하는 것은 이명수의 글입니다. 이번 인
터뷰에서도 자신보다 남편을 전면에 내세우고 싶어한다는 인상을 받았습
니다. 왜인지 물었습니다.

정혜신 "오래전《신동아》에 40대 중년에 관한 글을 쓴 적이 있어요. 반응이
좋았는지 몇 달 후 '정혜신이 만난 사람들'이라는 인터뷰를 해달라는 의뢰
가 왔죠. 좋기는 한데, 정신과 의사 입장에서 사람을 만나면 상대방도 정신
과 의사와 상담하듯이 얘기를 하게 되어서 그 내용을 잡지에 그대로 쓸 수
없다는 한계가 있어요. 그걸 고민하자 명수 씨가 '사람을 만나지 않고 쓰면

더 자연스럽고 자유롭지 않겠냐'고 하더라고요. 그래서 쓴 게 『남자 대 남자』예요.

명수 씨가 늘 그런 섹시한 기획을 해요. 제 글에 제일 큰 영향을 준 것도, 동기를 부여하고 글을 봐준 것도 모두 이 사람이에요. 세상 사람들은 잘 모르겠지만, 저는 우리나라 최고 글쟁이 중 하나가 이 사람이라고 생각해요. 그런데 우리 사회에선 간판이, 자격증이 너무 중요해요. 사람들은 똑같이 주옥같은 말이더라도 정신과 의사가 얘기하면 더 방점을 찍죠. 그런 것들에 딱 눈꺼풀이 씌우면 눈앞에 벌어지는 일인데도 못 보는 경우가 많아요."

— 그전에도 멋진 남자들을 많이 만났을 텐데 이명수는 뭐가 달랐나요?

정혜신 "정신과에서는 서로 얘기를 많이 해요. 수련 과정 중에도 그래요. 옆의 외과 의국은 수면 부족에 허덕이고 가운도 못 빨아 더러운데, 정신과 애들은 색소폰 불고, 동물원의 김창기는 노래하고, 이범용 선생님은 대학가요제 나가고. 그런 사람들과 일상을 공유하면서 깊이 남자를 접촉할 기회가 많았죠. 전문의가 되어서도 직업상 소위 성공한 남자들의 속마음을 들여다볼 기회가 많았고요.

그런데 이 사람은 제가 만나본 사람 중 최고로 지적이었고요. 뿅이라고 표현한 것처럼 대화가 너무 즐거웠고, 굉장히 독특했어요. 신경질적이고 날카롭고 예민한데, 제가 접해볼 수 없는 종류의, 남자로도 인간으로도 대단히 섹시했죠. 책임감 많고 원칙적인 사람인데 자유롭고, 새의 눈을 가졌지만 개인적으로는 굉장히 친밀하고, 모순되는 것 같지만 그 모든 것의 합이 이명수라서 그렇게 말할 수밖에 없어요."

— 인간이 원래 복잡하고 모순된 존재 아닌가요?

정혜신 "원래 그래요. 깊이 들어가면 그걸 발견하게 되는데, 대부분 그런 깊이까지 가는 도중에 갈등이 있거나 관계가 깨져서 거기까지 들어가 보지 못하거든요. 그래서 관계의 성숙도가 중요한 거죠."

— 심리기획자라는 직업은 정확히 뭘 하는 거죠?

이명수 "우리나라에 하나밖에 없는데 내가 만들었습니다. 심리학이 인간에게 유익을 주는 학문이어야 하는데, 자기들끼리 자격증 따고, 최소한 대학원 이상은 나와야 쳐주고, 책과 이론에만 관심이 있고, 자기한테 학위 주는 사람이나 같은 계통의 동료·선배하고만 소통하는 '연구실 학문'이 되어버렸거든요. 실용적인 심리학이 필요하다고 생각했어요. 심리기획자는 한 개인의 심리적 특성이나 솔루션을 깨닫게 해주고 자아 성찰을 하도록 돕는 운영 시스템이나 공간을 만들죠. 고문 치유 모임 '진실의 힘', 치유 센터 '와락' 같은 것들이 그런 범주에 속하는 일이라고 할 수 있어요.

동학혁명부터 제주 4·3항쟁, 한국전쟁, 광주항쟁을 생각하면 우리 역사가 집단 트라우마란 말이에요. 내 형제들이 우물에서 죽창에 찔려 죽고 강물에 빠져 죽고 돌에 맞아 죽는 걸 옆에서 본 거잖아요. 그런데 한 번도 치유된 경험이 없었죠. 어버이연합 어르신들을 끔찍이 싫어하지만 이해할 수 있어요. 그분들더러 그러지 마라, '빨갱이' 같은 말은 나쁘다고 해봐야 먹히지 않아요. 우리 사회가 치료를 안 해줬으니까요. 한진중공업의 김진숙 씨를 비롯해서 조합원들이 굉장한 트라우마를 겪었는데 그것도 그냥 방치하면 해결이 안 되거든요. 저는 심리기획자가 그런 일을 할 수 있는 토양이나 시스템을 만드는 사람이라고 생각해요."

— 정혜신과 함께 일하기는 어떤가요?

이명수 "저는 이 친구가 당대 최고의 치유자라고 생각해요. 몇 년 전부터 이 친구가 고문피해자, 해고노동자, 감정노동자 등을 치유하는 현장에 빠짐없이 제가 함께 있었잖아요. 선동열이란 투수가 있어서 김응룡이 당대 최고의 감독이 되는 데 결정적 도움을 받은 것처럼 심리기획자인 저에게 이 사람은 행운이죠. 쌍용차 해고노동자 상담처럼 본인이 먼저 뛰어드는 경우가 많지만, 심리 치유와 관련해서 제가 어떤 기획을 하면 이 친구는 어디에 어떻게 투입해도 그걸 해결해요. 무조건 해결해요. 물론 살림에선 그렇지 않지만, 심리 치유 영역에 들어오면 안심이 되죠.(웃음)"

이명수는 '정혜신의 남편'으로 불릴 때가 많습니다. 유명한 사람과 함께 사는 것이 쉽지는 않을 것 같았습니다. 두 사람의 재혼에 관한 보도가 나올 때도 이명수는 주로 '이 모 씨'로 언급되었습니다. 그런 때의 기분을 물었습니다.

이명수 "엄청 안 좋죠. 저는 이 친구보다 강박적이고 소심해서 한동안 인터넷 익스플로러 아이콘을 누를 때 공포를 느꼈어요. 속상하고 쪽 팔리고. 어디다 사인할 때는 제가 기꺼이 '혜신명수'라고 하거든요. '야동순재'처럼.(웃음) 하지만 내가 스스로 원해서 그러는 것과 누군가 나를 투명인간으로 대접하는 건 다르죠. 김두식 교수에게 '정혜신이 중심이 되고 이명수가 도와주는 인터뷰를 하고 싶다'는 이메일을 받았는데 그걸 보면 기분이 더럽죠.(김두식, 떨면서 억지로 웃음) 보이지는 않지만 잽처럼 맞죠. 저도 대중과 접하는 기획을 오래 해서, 예를 들어 심은하와 그 남편을 인터뷰한다면 대중의 관심이 어디 있는지 뻔히 나오잖아요. 그걸 부정하지는 않지만 순간적으로 기분은 안 좋죠. 옛날 같으면 뚜껑이 확 열리는 건데, 지금은 이 친구와의 관계에서 충분히 인정받는 게 있으니까 그걸로 상쇄되는 것 같아요."

정혜신 "자기 경계, 자의식에 너무나 민감한 사람이기 때문에 투명인간 취급받으면서 많이 다쳤죠. 자기 정체성과 관련된 문제는 면역이 생기지 않아요. 저는 이 사람이 계속 아플 거라고 생각해요. 본인은 개인적으로 객관화하지만, 그렇다고 상쇄되거나 무뎌질 수 없는 문제니까요."

지구상에서 가장 행복한
청소년기를 위하여

틀을 넘어선 이 부부의 자녀들은 과연 어찌 사는지도 궁금했습니다. 세 자녀는 모두 영국의 대안학교 '서머힐'에서 10여 년을 보냈습니다. 어린이의 자유를 존중하는 걸로 널리 알려진 곳입니다. 100년 전이나 다를 것 없이 낡은 모습을 그대로 유지한 학교였지만, 직접 방문해보고 용기를 냈답니다. "교육관을 조금만 이야기해도 우리를 굉장히 과격하게들 봐서 이야기를 잘 안 한다"면서도 막상 질문을 받자 답변에 망설임이 없었습니다.

— 아이들은 두 분을 뭐라고 부르나요?

정혜신 "1년 전까지는 아저씨, 아줌마로 불렀어요. 애들의 친엄마, 친아빠가 다 살아 있고, 거기 가서 엄마 아빠라고 해야 하는데, 여기서도 그렇게 불러야 하면 어색하고 불편할 거 아니에요. 굳이 그럴 거 있나 싶었어요. 물론 가족끼리 식사하러 나갔는데, 음식점에서 애들이 아저씨 아줌마 그러면 사람들이 굉장히 민망해했죠. 그럴 때는 또 설명하면 됐고요.

그런데 애들이 크고 나니 문제가 생겼어요. 딸도 아들도 우리하고 스킨십이 말도 못 해요. 집에 오면 막 비비고 베고 눕고, 굉장히 친밀한 관계거든요. 딸이 아빠랑 나가면 너무 붙어 다니는데, 그러면서 아저씨 아저씨 하니까 사람들이 원조 교제하는 걸로 보는 거예요.(웃음) 그래서 딸한테 '우리끼린 괜찮은데 한국 사회에서는 남들이 볼 때 문제가 좀 있네. 어떻게 할래?' 물었죠. 딸아이가 금방 알아들었고, 결국 약간 애칭같이 그냥 아부지라고 부르기로 한 거죠. 큰아들은 아주 흔쾌히 저를 어머니라 부르고요. 서머힐에 있는 막내에게도 '형이랑 누나랑 이렇게 부르기로 했다'고 설명하니, '그거 말 되네' 하더니 바로 동참했어요. 처음에는 약간 쑥스러워하더니 금방 정리가 됐죠."

— 어떤 의미에서는 두 분이 다 가진 것 아닌가요? 사랑도 얻고 애들도 얻고, 심지어 애들의 마음까지 얻었으니까요. 자기 삶에 대해서 '이것으로 충분하다'고 말씀하신 적이 있죠?

정혜신 "꼭 그것 때문에 충분하다기보다, 지금까지 삶이 더 바랄 것 없이 충분하죠."

이명수 "여한이 없어요. 섹스로 치면 오르가슴인데 그 상태가 계속 쭉 가는 거죠. 막내까지 스무 살이 되니까 애들도 혼자서 살아갈 수 있는 나이고, 우리는 내일 죽어도 억울할 게 없어요. 이런 오르가슴이 앞으로 20년쯤 계속돼서 우리가 남는 에너지를 누구한테 주거나 공유하면 도움이 되지 않을까, 그런 점에서만 삶이 가치가 있죠."

— 섹스 얘기가 많이 나왔는데요. 두 분에게 섹스의 의미랄까요, 그런 걸 물어도 될까요? 두 분 사이의 끌림에도 특별한 영향을 준 것인지?

정혜신 "섹스의 의미라기보다는, 그냥 그 자체로 좋은데요. 우리가 함께하는 시간 중에 양적으로도 많은 비중을 차지하고요. 요즘 식스팩 얘기들을 하는데, 저는 물리적으로 완벽하거나 근육질인 남자를 보면 섹시함을 느끼지 못해요. 그걸 유지하기 위해 일상의 몇 시간을 쓰는 게 한심한 거예요. 그런데 얘기하고 생각을 나누다 보면 쾌감을 느껴요.

저는 화를 잘 내는 남자가 좋은데요, 사람이 자기 경계를 침범당했을 때 본능적으로 감정적 반응을 하거든요. 누가 나를 침범하면 화를 내야 하는데, 그걸 못하는 사람들이 많아요. 매일 성격파탄자같이 울뚝불뚝 화를 낸다는 게 아니라 화를 낼 수 있는 기능이 살아 있는, 그러니까 자기 경계에 대한 인식이 분명한, 그런 사람이 섹시한 것 같아요. 명수 씨는 너무나 날이 서 있는데 그게 정말 섹시하죠. 제가 변태 성욕인가.(웃음) 이 사람과의 관계도 처음엔 그런 느낌, 자극, 끌림으로 시작됐죠. 그런데 이렇게까지 오게 될 줄은 몰랐어요."

이명수 "이 친구가 예전에는 상담할 때 섹스 얘기가 나오면 실체를 잘 몰라서 얘기를 해줄 수가 없었대요. 그런데 저를 만나 서로에 대한 끌림 때문에 자기가 그런 걸 좋아하고 즐기게 되면서 새로운 세계를 알게 된 거죠. 그런 점에서 섹스가 우리 사이에서 대단히 중요하죠.

저희는 딸내미한테 열여덟 살부터 섹스하라고 얘기했거든요. 쇼핑 많이 하면 싸고 좋은 물건을 고를 수 있듯, 섹스도 많이 해보면 즐거움을 찾을 수 있죠. 유럽 여자들처럼 자기 침대에서 첫 경험을 하는 게 중요하다고 생각해요. 안정적인 상태에서 하면 더 몰두할 수 있잖아요. 딸아이가 1년쯤 여기 머물 때 주말마다 홍대 클럽엘 갔는데 밤새 놀고 양평까지 전철 타고 오면 우리가 아침에 역까지 마중 나가곤 했어요. 화장은 번지고 술 냄새도 좀 나고 굉장히 피곤한 얼굴로 들어오는데, 너무 귀엽죠. 그럴 때 제가 가끔 묻죠. 했냐? 근데 딸내미는 아직도 안 했어요. 저는 동거를 반드시 해보고 결혼해라, 만약 살다가 아니면 바로바로 털기 힘든데 속궁합도 맞춰보라고 하죠. 허우대는 멀쩡한데 안 맞을 수 있는 거잖아요."

— 정 선생님도 동의하시는 거죠? (웃음)

정혜신 "그럼요, 동거는 당연히 필요하죠. 우리는 아이들 셋 모두에게 그렇게 말했어요."

이명수 "큰아들이랑은 청소년기부터 섹스에 관해 많이 이야기했어요. 그놈은 일찍부터 한 것 같은데, 만약 제가 꼰대 같은 아버지라서 그 아이를 앉혀놓고 섹스가 청소년기에 갖는 중요성 따위를 얘기했다면 얼마나 웃겼겠어요. 이미 졸라 하고 있는데 말이죠. 아이들을 지나치게 방임한다거나 아이들에게 적용하기에는 과격한 생각이라고 볼 수도 있는데, 결과적으로는 우리가 맞는 거 같아요. 우리 아이들은 열여섯, 열일곱 살이 되던 시점에 각각 '지구상에서 나처럼 행복하게 청소년기를 보낸 애는 없을 것'이라고 얘기했어요. 우리가 가장 뿌듯해하는 경험이죠."

정혜신 "큰아들이 열일곱 살 때인가 여자친구랑 집에 와서 며칠을 묵었어요. 너무나 당연하게 한방을 쓰더라고요. 순간 알아차렸어요. 아, 이게 괜찮은 거구나. 그런데 갑자기 부모들이 나타나서 정색할 건 없잖아요. 아침에 우리가 출근한다고 하면 여자애가 침대에서 손 흔들며 '하이 대디' 이래요. 아, 이게 자연스러운 거구나. 그래서 우리도 바로 맞춰줬죠."

— 이 얘기도 그대로 나가도 돼요?

이명수 · 정혜신 (한목소리로) "그럼요. (웃음)"

— 두 분 다 강적이에요. 제가 이상한 건가요? 정혜신 선생님은 예정된 책만 더 내고 공적인 글쓰기를 그만하겠다고 하셨던데 이유가 있나요?

정혜신 "글은 시간도 많이 들어가고 그 과정이 너무 고통스러운데, 상담은 할 때마다 너무 즐겁거든요. 한 시간 상담하면 그 전과 후의 변화를 볼 수 있죠. 거기서 오는 기쁨이 너무 좋아요."

'쌍용차 성금'과 바꾼
딸아이의 유학비

— '잘 산다'는 게 뭐라고 생각하세요?

이명수 "내가 누구인지 알아가는 것도 결국은 잘 살기 위해서잖아요. 나누는 것 외에는 다른 답이 없더라고요. 저는 특히 싫증을 잘 내는 편인데, 함께하고 나누는 건 생명력이 굉장히 길어요.

예를 들면 딸아이가 파리로 공부하러 가기 전에 저희가 1년치 학비를 모아놨어요. 그런데 쌍용차 소식을 접하고 너무 가슴이 아픈데, 관련해서 금전적으로 돕고 싶은 두세 군데의 단체가 있는 거예요. 딸아이도 쌍용 상담 현장에 늘 같이 갔으니까 불러서 물었어요. '애, 아버지가 여기다 네 학비를 내고 싶어, 어떻게 생각하니?' 딸이 그러더라고요. '내! 프랑스는 무료로 갈 방법을 찾아볼게. 안 되면 1년 쉬었다 가지 뭐.' 그래서 그 돈을 다 냈어요. 그 직후에 『홀가분』이 나왔는데 딱 그만큼 인세가 들어왔어요. 그 경험을 하니까 '어 이거 봐라, 되게 재밌네'라는 생각이 들더군요. 그래서 요즘 제가 돈을 무지하게 잘 내요."

— 전형적인 교회 간증인데요? (웃음)

정혜신 "우리가 살아오고 일한 것에 비해서는 놀랄 만큼 재산이 없어요. 근데도 명수 씨는 오래전부터 사적인 영역에서나 공적인 영역에서나 무조건 밥을 사는 사람으로 나름 유명해요. 허세를 부리거나 돈을 개념 없이 쓰는 게 아니라 그 안에 생각이 있거든요. 어른으로서 젊은 사람들의 벽이 돼야 한다는. 한 인간으로서 그런 게 섹시하죠."

이명수 "어제 공중목욕탕 욕조에 앉아 있는데, 서너 살 먹은 아이가 아빠랑 앉아 있다가 일어나면서 모르는 사람인 제 무릎을 아무 거리낌 없이 짚는 거예요. 저쪽에 다녀오면서 또 한 번 그러는데, 그 순간 짜르르 느낌이 왔어요. 아가야, 세상이 너한테 내 무릎 같았으면 좋겠구나, 나는 어른으로서 너에게 그런 벽 같은 존재이면 좋겠고. 그런 마음으로 힘닿는 데까지 젊은 친구들, 마음 아픈 친구들, 소수자들에게 무릎이 되고 싶어요."

정혜신 "저는 반대로 새해부터 거리낌 없이 딴 사람의 무릎을 짚고 일어서야겠다는 생각을 해요. 트위터에도 '트친님들, 새해 무릎 긴장하세요'라고 썼어요."

　애기를 듣다 보니 애초에 가졌던 '선'에 대한 고민은 어느새 잊어버렸습니다. 두 사람은 선을 지키면서도 동시에 선 자체가 녹아버린 사람들이었습니다. 삶의 오르가슴은 그런 사람에게만 주어지는 선물인 것 같았습니다. 자기 애기를 할 때는 거침없지만 옛 배우자와 이웃에 대해 애기할 때는 지극히 조심하는 배려의 모습도 인상적이었습니다. 함께한 저의 마음도 가벼웠습니다. 바로 이게 정혜신, 이명수가 말하는 '홀가분'이지 싶었습니다.

_2012년 2월 11일, 2월 18일

정혜신의 인생 타임라인

엄마의 암 투병 시절. 내 삶의 바탕색이 회색빛
으로 번지기 시작한 때.(오른쪽)

그를 만남. 내 삶이 열반에 들었다.

세 아이를 대안학교 서머힐에 보냄. 그도 나도
새로운 세계로 진입했다.

이명수의 인생 타임라인

도시 생활에 마침표를 찍고 양평의 산마을로 옮
기면서 새로운 삶에 눈뜨다.

그녀와의 공동 작업, 마인드프리즘. 8년간 공동
작업의 쾌락을 만끽하다.

문제를 회피하지 않는, 저항하는 검열자

고려대 법학전문대학원 교수 박경신

      인터넷에 고려대 법학전문대학원 박경신 교수를 검색하면 온갖 험악한 기사와 댓글들이 쏟아져 나옵니다. 그 내용을 요약하면 이렇습니다. 1986년 고1 때 부모를 따라 미국으로 간 박경신은 1999년 교수가 되어 귀국하면서 "병역을 기피하려고" 미국 시민권을 취득합니다. 그러고도 "뻔뻔스럽게" 언론소비자주권국민캠페인(언소주)의 광고불매운동을 옹호하는 등 각종 사회 활동에 활발히 참여하고, 미디어발전국민위원회와 방송통신심의위원회(방심위) 위원 같은 "공직"에도 진출합니다.

    심지어 2011년 7월에는 자신의 블로그에 남성 성기 사진 다섯 장과 귀스타브 쿠르베의 〈세상의 근원〉 그림을 연달아 올려, 포털 검색 순위 1위를 기록하기도 했습니다. 남성 성기 사진은 검찰에 의해 정식으로 기소되어 현재 형사재판이 진행 중입니다.* 어느 보수 언론 기자는 이렇게 썼습니다. "대한민국 남자라면 누구나 감당해야 하는 병역의 의무를 피할 요량으로 미국 시민권을 딴 박 교수가 그렇게 걱정하는 '우리나라'는 대체 어느 나라인지 꼭 한 번 묻고 싶다."

실제로 박경신은 지난 13년간 사법개혁을 주장하고 표현의 자유를 옹호하며 미국 헌법이론을 소개하는 엄청난 분량의 논문과 칼럼을 생산했습니다. 또한 〈PD수첩〉, 언소주, 미네르바, 군 불온서적 법무관 파면, 인터넷 실명제 사건 등 표현의 자유와 관련된 중요한 재판에는 거의 빠짐없이 불려나가 전문가로 의견을 제시했습니다. 참여연대와 함께 기획하고 조직한 소송도 한두 건이 아닙니다. 동료 법학 교수로서 꽤 긴 기간 그를 관찰해온 제가 궁금했던 것은 그의 국적이 아니라 이런 독특한 '에너지의 근원'이었습니다.

— 2012년 2월에 〈한겨레〉에 「검열자 일기」 기소되다」라는 칼럼을 기고했죠. 성기 사진이 박 교수 것이라는 〈한겨레〉 트위터의 오보를 보고, 옛 여자친구가 "박경신 것이 아니라고 제보하겠다"고 연락했다는 내용이 나오던데, 공개적으로 이런 농담을 해도 괜찮나요?

"물론 제 처에게 허락을 받고 썼죠.(웃음) 저를 아는 사람들은 그걸 읽고 빵 터졌다고 하더군요. 엄밀하게 말하자면 제 옛 여자친구의 농담이지 제 농담은 아니에요."

---

* 박경신 교수에 대한 정보통신망 이용촉진 및 정보보호 등에 관한 법률 위반(음란물유포)죄 사건은 2012년 10월 서울고등법원에서 무죄 판결을 받았습니다.

왜 발기된 성기 사진을
인터넷에 올렸나

— 성기 사진을 올린 이유는?

"제가 방심위원이 되면서 국민의 정신생활을 통제하는 '검열자'가 된 셈이잖아요. 국가가 국민의 머리에 들어가 직접 생각을 통제할 수는 없으니까 국민이 보고 듣는 것을 통제하는 방식을 취하는 거죠. 법학 지식을 이용해서 불합리한 통제를 막는 게 저의 임무인데, 국민이 검열 때문에 어떤 것을 보지 못하는지 기록이라도 남겨야겠다고 생각했어요. 그래서 '박경신 자료실(blog.naver.com/kyungsinpark)'이라는 제 블로그에 '검열자 일기'를 쓰기 시작했죠. 촌스러운 제목에서 알 수 있듯이 제가 쓴 논문이나 칼럼을 지인들과 나누는 소박한 블로그예요. 무리하게 삭제되거나 차단된 경우를 제가 양심적으로 판단해서 자료실에 남겨놓고 나중에 추가적인 논의나 연구를 하고 싶었습니다. 특히 성기 사진은 '청소년 유해물로 접근을 제한하자'고 타협했는데도 음란물로 삭제되어버려서 이건 꼭 기록으로 남겨야겠다고 생각했죠."

— 사진까지 직접 올릴 필요가 있었을까요?

"제가 저작권법이나 명예훼손을 가르치다 보면 판결문만 봐서는 도통 무슨 소리인지 알 수가 없어요. 그래서 음악이든 영화든 꼭 실물을 구해서 틀어주죠. 박정희 대통령을 소재로 한 〈그때 그 사람들〉의 명예훼손 사건도 제가 관여했는데, 장면을 아무리 설명해도 실물을 보지 않으면 토론이 되지 않거든요.

이번에도 저는 검열에 대해서 매우 건조한 토론을 하려고 했을 뿐이에요. 『성의 과학』이라고 관련 전문가들이 내놓은 야심작을 보면, 발기된 총천연색 사진을 보여주면서 발기의 진화학적 유래, 즉 삽입의 용이성을 설명하죠. 저는 그런 사진들이 당연히 허용되어야 하고, 청소년 유해 문제도 아니라고 생각해요. 혹시 이번에 올린 사진을 청소년 유해물로 생각하는 사람이 있을까 봐 네이버에 그 페이지만 성인 인증을 받을 수 있느냐고 물어봤는데 안 된다고 하더군요."

— 법률가들은 제3자적 입장에서 남을 옹호하는 역할만 하는 게 보통인데, 박 교수님은 직접 당사자가 되기로 결심한 건가요?

"의도한 건 아니지만 그렇다고 후회하지도 않습니다. 그 덕분에 사람들이 방송통신위원회와 방송통신심의위원회를 구분할 줄 알게 됐잖아요.(웃음) 아무도 모르게 게시물을 내리는 검열자의 존재가 알려진 거죠. 검찰이 본보기로 징역형 구형을 하려고 한다는 얘기를 들었는데,* 만약 그게 사실이라면 저는 '검열자 일기'에 성기 사진을 올린 때가 아니라 미네르바, 언소주 등을 옹호하는 글을 쓰며 검찰을 비판했을 때 이미 당사자가 된 거죠."

화제를 돌려, 대전과학고 1학년 재학 중 카이스트에 합격했지만 갑작스러운 미국 이민으로 입학을 포기하게 된 과정을 물었습니다.

"작은누나가 이대 정외과를 다니면서 운동권이 됐어요. 집에 오면 저한테도 〈농민가〉 같은 이상한 노래를 가르쳤죠. 시골에서 농사짓던 아버지가 그걸 감지하고 '딸을 감옥에 보낼 수 없다'고 생각하셨어요. 한국전쟁 때 인

---

* 인터뷰 후 벌어진 재판에서 검찰은 벌금을 구형했습니다.

민군이 안면도에 들어오면서 지주였던 할아버지를 인민위원장에 앉혔는데 나중에 국군이 들어오면서 맞아 죽을 뻔하셨대요. 장남인 아버지는 그걸 옆에서 지켜보셨고요. 그래서 아버지는 우리 가족이 절대로 정치에 관여해서는 안 된다고 믿으셨어요. 친지의 초청을 받아 1986년에 가족이 이민을 갔죠."

누나들의 시련,
편견과 공포에 맞서는 용기를 배우다

그러나 운동권에서 딸을 구하고자 했던 아버지의 소망은 이루어지지 못했습니다. 1988년 여름 전대협은 "가자 한라에서, 오라 백두에서. 남북은 통일로, 양키는 아메리카로"를 외치며 북한 쪽과 8·15 남북청년학생회담을 추진했습니다. 연세대에서 전대협 의장 오영식과 남쪽 대표 김중기 등이 온몸에 태극기를 감싸고 눈물을 흘리며 〈우리의 소원〉을 불렀던 바로 그 시절입니다.

국내에서는 전대협의 움직임이 원천봉쇄되었지만 미주청년조국통일협의회는 남녀 두 명의 대표를 북한으로 파견했습니다. 그중 한 명이 바로 박경신의 작은누나 박미화(당시 활동명 '박진아')였습니다. 임수경 씨가 방북하기 정확히 1년 전의 일이었습니다.

"그 상황에서도 누나는 동지들을 설득해 출발 몇 시간 전에 부모님께 인사를 드리러 왔어요. '못 돌아올 수도 있으니 딸 하나 잃은 걸로 생각하라'고 당당하게 말하고는 부모님이 몸으로 막는데 그걸 밀치고 그냥 나갔죠.(한동안 침묵) 그땐 누나가 싫었어요.(다시 침묵) 안기부는 북한에서 찍은 누나의 비디오를 보여주며 부모님을 위협했고, 한국에 있는 친척들은 요즘 문제되는 민간인 사찰을 당하는 등 고생을 많이 했죠."

— 동생 입장에서 누나가 집안을 망하게 한다고 생각했겠군요?

"실제로 망했죠.(한동안 침묵) 그 위의 큰누나는 결혼을 하고 나서 가정폭력의 피해자가 됐어요. '결혼할 때는 몰랐는데 네 동생 때문에 내 앞길이 막혔다'면서 큰누나를 학대한 거죠. 큰누나의 남편은 분단이 남긴 편견과 공포를 그대로 간직한 사람이었어요. 결국 학대를 못 이겨 이혼 과정에서 큰누나가 자살을 해요."

이 이야기를 꺼내며 박경신은 눈물을 참느라 말을 잇지 못했습니다. 미국 생활을 오래 한 그도 분단의 상처에서는 자유로울 수 없었던 것입니다. 한국의 표현의 자유 상황을 묻는 외신 기자의 전화가 걸려와 영어로 한참을 통화한 뒤에야 그는 겨우 안정을 되찾았습니다.

"작은누나가 분단을 투쟁과 극복의 대상으로 삼았잖아요. 작은누나의 운동을 막으려고 가족이 이민을 갔는데, 결국 그 분단이 낳은 편견과 공포에 큰누나가 희생된 거죠. 사람들은 흔히 '좌파는 너무 이상적이다, 비판은 옳은데 방법이 틀렸다'고 얘기하며 방관자의 입장에 서요. 그런 핑계로 눈앞의 문제를 피하는 게 얼마나 위험한지, 얼마나 나쁜 일인지 그때 알게 됐어요. 만약 제가 그때 적극적으로 작은누나를 변호하며 편견과 공포에 맞섰다면 큰누나도 '내 동생이 뭐가 잘못됐냐?'며 당당할 수 있었을 테고, 자살도 하지 않았겠죠. 지금도 책임을 느껴요. 그다음부터는 큰누나 몫까지 살아야겠다는 마음으로 무슨 일을 하든 더 열심히 해요. 큰누나가 살지 못한 만큼 제가 대신 살아주는 게 죽은 사람에 대한 가장 올바른 추모라고 생각하는 거죠."

— 1988년 가을 하버드대 물리학과에 진학하면서 누나 같은 운동권이 됐나요?

"그건 아니고요. 1990년 여름 이철 의원실에서 인턴을 했어요. 정확히는 이철 의원의 비서관이던 안희정 씨 밑에서 신문 기사를 번역한 거죠. 그때 아줌마 아저씨들이 국회 담벼락 옆에 불쌍하게 앉아서 농성 중인 걸 봤는데 전교조 선생님들이었어요. 여름방학을 마치고 미국에 돌아가니 고등학교 때 친구들은 어느새 누나를 따르고 있더군요. 그해 가을부터 하버드에서 서재정 교수, 서무석 목사의 도움을 받아 풍물패를 조직하고 우리 역사를 공부했죠. 1991년에 피코 노조 아줌마들이 임금체불 폐업조치에 항의하며 피코 본사를 상대로 미국에서 소송할 때는 풍물패가 모금 공연도 했어요. 미국 북동부 지역에서 인기가 많아 투어를 다닐 정도였죠. 누나 같은 운동권은 아니었지만 누나보다 더 잘한다고 생각한 적도 있었어요.(웃음)"

— 하버드에서 함께 공부한 홍정욱 의원에 대해서는 어떻게 생각하세요?

"농담이었겠지만 그 친구는 그때부터 일본어 시간에 '뭐가 되고 싶습니까?' 하면 '다이토료(대통령)'라고 대답했어요. 요즘 시민단체들이 민주주의나 공정성을 요구하면서 근거로 드는 문헌들만 봐도 알 수 있듯이, 미국 사회의 제도는 엄청난 보수성과 함께 엄청난 해방성이 있거든요. 홍 의원은 그 해방성을 우리나라에 알리는 중요한 역할을 할 수 있는 사람이죠. FTA 날치기에 불참한 거나 이명박 정부의 언론 정책을 치졸하다고 비판한 게 홍 의원의 진짜 모습일 겁니다."

사람들은 흔히 '좌파는 너무 이상적이다, 비판은 옳은데 방법이 틀렸다'고 얘기하며 방관자의 입장에 서요. 그런 핑계로 눈앞의 문제를 피하는 게 얼마나 위험한지, 얼마나 나쁜 일인지 그 때 알게 됐어요.

대학 졸업을 앞둔 박경신은 하버드에 강연하러 온 서승 선생에게서 "최고가 아니라면 동포 사회에 물리학자가 그렇게 쓸모 있을 것 같지 않다"는 조언을 듣고 진로를 틀어 로스앤젤레스 소재 캘리포니아대(UCLA) 로스쿨에 진학합니다. 아침에 배운 노동법을 저녁에 이주노동자센터에서 상담과 자원봉사를 하며 바로 써먹고, 이주노동자센터에서 알게 된 첨단의 노동법 이슈를 다음 날이면 공부에 반영하는 "선순환"이 이어진 로스쿨 생활이었습니다.

졸업 후 이주노동자를 돕는 변호사 생활을 계속하던 그가 귀국을 결심한 이유는 무엇이었을까요.

"아버지가 박정희 시절 산을 개간해 이룬 얼마 안 되는 재산이 있었는데, 국내에서 사기 비슷한 걸 당했어요. 큰누나가 죽은 후라 그 돈마저 찾지 못하면 아버지가 미칠지도 모르는 상황이었죠. 그런데 국내 최고 변호사들이 모두 '억울하지만 질 수밖에 없다'고 포기하는 거예요. 직접 와서 어떻게든 돈을 찾아야 했어요. 마침 한동대 법학부에서 교수직을 제안받아 귀국하게 됐죠. 교수로 일하면서 하승수·이상훈 변호사가 쓴 『혼자 소송하는 법』을 보며 공부해 결국 나 홀로 소송으로 아버지 돈을 되찾았죠."

보수 언론에 두들겨 맞은
그 병역 문제

— 그 당시 "병역 문제 때문에" 미국 시민권을 취득했다고 본인 스스로 밝힌 걸 나중에 보수 언론에서 문제 삼았죠?

"아버지 재산을 되찾으러 한국에 온 건데, 군대에 가면 그걸 할 수가 없잖아요. 그 당시에는 피할 수 없는 결정이었습니다. 아버지 재산을 되찾은 뒤에는 왜 미국으로 돌아가지 않았느냐? 막상 한국에 있다 보니 변호사 정원제 같은 현실 문제가 점점 저를 사로잡았어요. 정의를 주장하는 변호사들이 가장 불공정한 특혜를 받는데 이걸 깨지 못하면 양극화고 뭐고 해결이 불가능하다는 생각을 하게 된 거죠. 그런 문제들과 싸우다 보니 한동대에 미국식 로스쿨을 만들게 되었고, 한국 법에 대해 글 쓰는 것도 재미있어서 조금씩 체류를 연장하게 됐습니다.

재귀화할 기회도 있었지만, 김두식 교수님이 쓴 양심에 따른 병역거부 관련 책을 읽고 '국적까지 바꾸면서 총을 들어야 하나?' 하는 의문도 생겼고요. 하여튼 영구 체류가 확실해졌을 때는 이미 군대 갈 나이가 지나 있었고, 그때 재귀화하는 것은 정치할 목적 빼고는 의미가 없었어요. 어쨌든 병역을 마친 저의 초중고 친구들을 볼 때마다 미안함을 느껴요."

— 그런 약점을 안고도 사회적 발언을 계속하는 이유는 뭔가요?

"운명처럼 가지게 된 약점이죠. 특권층이라고는 찾아볼 수 없는 저의 초중고 친구들에 대한 미안한 마음으로 더 열심히 글을 씁니다. 그 친구들도 제가 더 떠들어주기를 바라고요. 신문사에서 불러주지 않아도 현안이 있을 때마다 기고하는 것도 다 부채감에서 하는 일이에요. 친구들에 대한 부채감, 누나에 대한 부채감."

— 우문이지만 박경신은 한국인인가요, 미국인인가요?

"국가 중심의 국적 개념보다는 공동체 중심의 주민 개념이 중요하다고 생각해요. 그리고 지금까지 제 경험을 보세요. 작은누나, 큰누나, 아버지, 그리고 지금 저의 삶, 제가 정말 한국인으로 살고 있지 않은 걸까요?"

— 요즘은 뭘 하고 지내시나요, 향후 계획은?

"태안 기름유출사고 때 200여 명의 학생들과 법률 봉사활동을 했어요. 그때의 좋은 기억을 가지고 학생들과 많은 시간을 보냅니다. 학생들과 함께 네팔, 미얀마 난민촌에 가서 인권 교육도 하고, '인터넷법 클리닉(www.internetlawclinic.org)'이라는 홈페이지를 만들어 저작권, 명예훼손, 문화와 관련된 법률 상담도 합니다. 제가 13년 전 귀국할 때부터 참여한 변호사 숫자 제한 철폐운동의 결정체가 로스쿨인데 아직도 끝이 보이지를 않네요. 끝장을 봐야죠. 저는 가만히 있는데 억지로 공부할 주제를 던져준 이명박 정부 덕분에 『진실유포죄』라는 교양서도 곧 나옵니다.'"

외롭지 않으냐는 질문에 박경신은 "충성을 바쳐야 할 인맥이나 집단이 없다는 게 나에게는 오히려 힘"이라고 답변했습니다. 그가 가진 독특한 에너지의 근원은, 누나를 잃은 상처가 남긴 '문제를 피하지 않는 용기', '두 몫의 책임감', 그리고 '인맥의 뒷받침 없는 외로움'이었습니다. "외로움이 오히려 힘"이라는 그의 말은 저에게도 큰 위로가 되었습니다. 박경신 같은 '주민'이 더 많아졌으면 좋겠다는 생각을 했습니다. _ 2012년 4월 14일

---

* 박경신의 「진실유포죄」는 2012년 5월 출간되어 언론의 주목을 받았습니다.

박 경 신 의 인 생 타 임 라 인

1978년 초등학교 2학년 때 큰누나가 기획한 가족 성탄절 파티. 큰누나는 그림도 잘 그리고 예술가 기질도 강했다.

1988년 작은누나의 방북 직후 현지 동포 신문에 보도된 사진.

1990년 미국에서 가장 많이 팔렸던 한국의 현대 엑셀 중고차가 우리 풍물패의 '투어 버스'였다.

1995년 미국 유명 잡지인 《마드무아젤》 보도. "이주노동자들은 투표권이 없어 어떤 정치인도 책임지려 하지 않는다."

2008년 태안 기름유출사고 봉사단과 영문 저널 《코리아 유니버시티 로 리뷰(Korea University Law Review)》의 학생 기자들과 함께.

2009~2010년 미네르바를 위해 형사재판과 헌법소원에서 모두 증언대에 섰다. 미네르바는 무죄 판결, 허위사실 유포죄는 위헌 결정.

모 아니면 도,
그래서 인생이 꼬였죠

작가 고종석

'글, 말, 술, 동무.' 1990년대 후반부터 고종석 선생의 글을 열심히 읽어온 저에게 각인된 그의 이미지입니다. 대학 졸업 후 1983년 〈코리아타임스〉에서 시작한 영자신문 기자 생활, 1988년 〈한겨레〉 창간 참여, 1993년 소설가 데뷔, 1994년 파리 사회과학고등연구원 언어학과 석박사 과정 유학, 1999년 〈한국일보〉 논설위원으로 언론계에 복귀한 이후 일간지 한 면을 통째로 채웠던 굵직굵직한 시리즈들, 그리고 최근 트위터(@kohjongsok)에 보이는 위트 넘치는 단문들에 이르기까지, 글과 말을 빼놓은 고종석의 삶이란 상상조차 할 수 없습니다. 강금실, 김정환, 김진석, 조선희, 차병직, 황인숙 등 그의 글에 가끔 등장하는 밤샘 술 동무들도 따지고 보면 모두 글을 쓰는 사람들입니다. 그런 그가 절필이라니, 고종석다운 수준 높은 유머

일지 모른다고 생각하면서도 '한국의 대표적 글쟁이가 글을 접는 우리 시대는 과연 뭔가?' 싶어 마음 한편이 쓰렸습니다. 그의 속마음을 듣고자 서울 강남구 일원동에 있는 그의 작업실(그의 표현대로라면 이제는 '노는 공간')을 찾았습니다.

굉장한 책도둑이었던
법대생 시절

— 오늘은 하루 종일 뭘 하셨어요?

"트위터에 들어가 놀다가 인터뷰 타임라인에 실을 사진 찾아보고, 뭐 그냥 아무 일도 안 했어요. 이렇게 김 교수님 기다렸죠. 김 교수님은 이런 일이 아니더라도 한 번 보고 싶었지만, 알아보니 술을 안 드신다고 해서 실망했는데, 어쨌든 나중에 술은 꺼낼 거예요."

— (작업실에 쌓인 책을 보고) 책은 인터넷과 오프라인 중 주로 어디서 구입하시나요?

"최근에 책을 산 기억이 거의 없어요. 몇몇 출판사에서 제가 소화하기 벅찰 정도로 많은 책을 보내주거든요. 제가 소설 읽기를 싫어하는데 왜 이렇게 소설을 많이 보내주는지 모르겠어요."

— 소설가인데, 소설 읽기를 싫어하신다고요?

"시집, 에세이, 사회과학 책들은 보내주면 꼬박꼬박 읽는데 소설은 안 읽어요. 〈한겨레〉 때 문학 담당 기자를 2년 했는데, 그때도 소설은 의무감으로 읽었어요. 애거사 크리스티, 에릭 시걸, 존 그리셤, 파스칼 키냐르 같은 이들의 소설은 좋아해요. 파스칼 키냐르의 『은밀한 생』은 말들이 너무 예뻐서 문학과지성사에 가서 불어 원본을 구해 다시 읽었어요. 그런데 『토지』나

『태백산맥』 같은 책은 감당을 못하겠어요. 『잃어버린 시간을 찾아서』가 잘 읽히는 걸 보면 꼭 분량 문제는 아닌 것 같고. 『토지』는 에릭 시걸 소설이나 다를 바 없는 대중소설인데 재미가 없고, 『태백산맥』은 1부에서 좌우 중립적인 김범우가 주인공이었는데 1987년 6월 혁명 이후 작가가 왼쪽으로 확 돌아가지고 자기가 만든 캐릭터를 거의 인격 살해했죠. 『한강』, 『아리랑』은 안 읽었는데, 듣기로는 민족주의 과잉이었다고."

— 한국 사회에서 에릭 시걸이나 존 그리셤을 좋아한다고 하면 좀 없어 보이지 않나요?

"저는 에릭 시걸을 좋아하는 데 자부심이 있어요. 존 그리셤 '빠'라고도 할 수 있고요. 나오면 바로 읽느라 대부분 영어나 불어로 읽었어요. 저는 박범신 선생 같은 경우에도 요즘 책보다 과거 절필 전에 쓴 『풀잎처럼 눕다』 같은 책이 훨씬 재밌었거든요. 깡패 나오고 섹스 묘사도 노골적이고. (웃음) 제가 미드(미국 드라마)를 좋아하는 거랑 같은 맥락이죠."

— 얼마 전 교육방송에서 『해피 패밀리』 전체가 낭독되었는데, 아직 출간은 안 되었지요?[*]

"네. 『해피 패밀리』는 작년에 쓴 건데, 절필한 다음에 책이 나오면 사람들이 이상하게 생각하겠네요. 출판사에서는 출간에 우선순위를 매겨서 잘 안 팔리는 작가들 책은 1년씩 묵히고 그러거든요. 제 책은 가수 이아립 씨가 낭독했고, 한 번은 이아립, 시와 씨와 무대에도 함께 섰어요. 그런 유명 인사인 줄 몰랐는데 나중에 젊은 친구들 통해 들으니 이 두 분이 홍대 앞에서는 거의 여신 수준이더라고. (웃음)"

— 가끔은 직접 사보고 싶은 책도 있지 않나요?

"서점 나가는 게 귀찮아서요. '귀차니즘'이라고 하죠. 집에서 서점까지

---

[*] 『해피 패밀리』는 고종석의 절필 이후인 2013년 1월 출간되었습니다.

한 번에 가는 버스도 없고, 걷는 것도 귀찮고, 인터넷으로 주문하는 건 엄두가 안 나고. 사실 제가 대학생 때는 굉장한 책 도둑이었어요."

— 책 도둑이오?

"광화문에 외국 서적만 팔던 서점이 있었어요. 거기서 촘스키의 『통사구조론』과 『데카르트 언어학』 불어판을 샀는데 학생이 값을 치르기에는 너무 비싼 거예요. 너무 비싸서 제가 봉 노릇을 한 것 같은 느낌이 들었고, 감시도 헐렁하고, 겨울이라 옷도 두꺼워 책을 훔칠 조건이 됐어요. 프로이트의 『문명 속의 불만』이 처음 훔친 책인데, 마침 주머니에 넣기 알맞아서 들고 왔죠. 그다음부터 그 서점에 있는 책은 제 집에 있는 것과 마찬가지였어요. 그냥 '옮겨' 오면 되니까요. 나중에는 대형 서점인 종로서적에도 진출했죠. 거긴 지키는 사람이 많았지만, 6~7개월 하니까 거기 있는 책도 이젠 다 내 방에 있는 책 같았어요. 영어판 마르쿠제 전집은 가방 하나에 들어가지를 않아서 두 번에 나눠 집으로 옮겼죠."

— 이거 그대로 써도 되나요?

"(신문 연재물 제목이) 고백이라면서요? 심지어 그렇게 훔쳐서 선물도 했어요. '저자를 대신하여. 고종석'이라고 서명까지 해서요. 열댓 권은 성균관대 법대 도서관에 기증도 했어요. 외서에 값을 너무 많이 붙여서 '내가 착취당하고 있는 거다' 싶어 응징하는 기분으로 했던 거고, 죄의식도 없었어요. 중1 때부터 종로서적에 드나들면서 책을 엄청 샀으니 별로 미안하지도 않았죠."

— 그게 언제까지 계속됐나요?

"지금 모시는 분(아내)과 연애할 때라 광화문에서 약속을 했는데, 시간이 남아 종로서적에 들어갔어요. 그냥 나오자니 할 일을 못한 것 같아서 눈에 띄는 대로 고등학생을 위한 독일어 숙어집 한 권을 들고 나오는데 누가 손을 딱 잡더라고요. 40대로 보이는, 간부 같은 직원이었어요. 책장 뒤의 작은 방으로 끌려갔죠. 그 양반에게 지금 김 교수에게 당하듯 심문을 당했어요. 신분증을 보고 (법대생인 걸 알고는) '무슨 죄 같으냐?'고 묻기에 '단순절도죄 같다'고 하니까 그 양반이 웃으면서 '이왕 주머니에 넣은 책이니 그거나 사가라'며 풀어줬어요. 그 양반이 은인이죠, 내 도벽을 완전히 없애줬으니까. 훔친 책들은 대학원 다닐 때 우리 집에 불이 나서 한 권도 못 건졌어요. 그다음부터는 정말 읽고 싶은 책만 샀어요."

— 그 뒤에도 종로서적은 계속 갔나요?

"갔죠, 왜 안 가요? 종로서적 문 닫을 때까지 계속 갔어요."

전라도 출신의
엘리트주의자를 경멸함

고종석은 까다로운 것 같으면서도 전혀 까다롭지 않은 인터뷰 대상이었습니다. 제가 미리 준비한 '호구조사'성 질문에 대해서는 "국정원에서 나온 것 같다"며 예의 그 귀차니즘의 성의 없는 답변을 날렸지만, 자기 내면을 드러내는 데는 주저함이 없었습니다. 형식적인 것, 비본질적인 것을 태생적으로 싫어하는 사람이었습니다. '직업적 글쓰기'를 접기로 한 이유를 물었습니다.

"결정적인 건 그냥 귀차니즘이에요. 생각해보니 1983년 신문사에 들어간 이후 원고지 한두 매라도 글을 안 쓴 날이 거의 없더라고요. 초창기 기사들은 다 허공으로 날아간 글들인데 그런 것까지 포함해서 스물다섯 살 이

1983년 신문사에 들어간 이후 원고지 한두 매라도 글을 안 쓴 날이 거의 없더라고요. 스물다 섯 살 이후 내가 글을 안 쓰고 하루를 보낸 게 며칠이나 될까? 그게 다 하루살이 글들이거든 요. 이것저것 핑계를 댔지만 어쨌든 글쓰기 싫은 게 가장 큰 이유였어요.

후 내가 글을 안 쓰고 하루를 보낸 게 며칠이나 될까? 그게 다 하루살이 글들이거든요. 이것저것 핑계를 댔지만 어쨌든 글쓰기 싫은 게 가장 큰 이유였어요."

— 〈한겨레〉에 마지막 칼럼이 나가고, 여러 매체에 선생님의 절필을 아쉬워하는 글이 줄을 이었는데요.

"그래서 고맙더라고요.(웃음) 원칙에 관한 한, 내 생각을 다 말한 것 같아요. 예를 들어 국가보안법을 왜 없애야 하는지 제가 이미 다 얘기했잖아요. 보안법 사건이 또 터지면 주인공이 달라지니 다른 글을 쓸 수 있겠지만, 결국 제가 하는 얘기는 똑같거든요. 다시 글 쓸 일은 없을 것 같은데, 그래도 직업적 글쓰기를 그만둔다고 했지, 글쓰기 자체를 안 한다고는 안 했으니, 그야말로 돈 때문이 아니라 '이 말은 꼭 하고 죽어야겠다' 그런 생각이 떠오르면, 그때는 쓰겠죠."

— 절필하면서 "생계무책"이라고 적으셨던데, 2005년 〈한국일보〉 논설위원을 그만두고, 2009년까지 객원 논설위원으로 글을 쓴 다음에는 어디에서도 월급을 받은 일이 없죠?

"제가 뒷생각을 안 해요. 2005년에 사표를 던지니까 장명수 사장이 '야, 너 미쳤냐? 왜 나가냐?'며 말리는데, 사실 그때는 출근하기가 너무 귀찮더라고요. 논설위원이 널널해도 매일 출근은 해야 하니까요. 술 마시는 게 굉장히 불편했어요. 〈한겨레〉 때도 출근하기는 힘들었지만 그때는 젊었으니까 새벽까지 마시고 출근하면 됐죠. 나이 들면서는 새벽까지 마시고 출근하면 이건 뭐……(웃음) 사표 내니까 장 사장이 '그럼 그냥 집에서 한 달에 한두 번 칼럼을 쓰고 시리즈를 맡으라'고 해서 객원 논설위원이 됐죠. 객원이라지만 4대 보험도 되고 한국일보사 직원 명부에도 남아 있었던 거예요. 그러니까 사실 대한민국에서 가장 부도덕한 월급쟁이였던 거죠. 생계무책이 된 건 2009년부터 3년쯤 됐어요."

— 글을 안 쓰면 수입이 완전히 없어지는 것 아닌가요?

"그래서 요새 어떻게 먹고살지 궁리를 하고 있죠. 1998년 프랑스에서 막 돌아왔을 때도 생계무책이어서 고등학생 대상으로 과외할 생각을 했는데, 애 엄마가 하도 화를 내서 못했어요. 말리지만 않으면 지금도 그런 걸 할 수 있다고 생각해요. 그게 아니라면 사람들 모아놓고 글쓰기 교실을 하거나, 대학에서 안 가르치는 불어나 영어 원서들의 강독 모임을 해볼까 생각 중인데, 잘될지는 모르겠어요."*

— 고 선생님 글을 읽다 보면, 전라도 사람이라는 정체성이 굉장히 중요한데, 서울에서 성장했기 때문에 엄밀히 말하면 전라도 사람이 아니지 않나요?

"대답을 알면서 물어보시는 것 같아서 좀 그런데. (한참 생각한 후) 부모님 두 분이 다 전라도 사람이지만 어려서는 제가 전라도 사람이라는 의식이 없었어요. 1980년 광주 이후 '전라도 사람은 차별받는 사람이구나, 대한민국 공동체 안에서 일종의 소수자 집단이구나' 느꼈고, 그 순간, 전라도 사람이 된 거예요. 내가 전라도 사람이란 걸 의식하면서 소수자라고 느꼈고 다른 모든 범주의 소수자 편이 되어야겠다고 생각한 거죠. 그래서 제가 가장 경멸하는 사람들이 전라도 출신의 엘리트주의자들이에요. 전라도 출신이면서 학벌주의자인 사람들. 제가 「전주고 이야기」라는 글에도 썼는데, 사람이 상처를 받았을 때 두 부류로 나뉘어요. 한쪽은 그 상처의 기억으로 다른 사람의 상처를 어루만지고, 다른 쪽은 그 상처를 보상받기 위해 다른 사람의 상처를 후벼 파죠. 제가 상처를 받았기 때문에 상처받은 사람들 편에 서게 된 거예요. 통합진보당 사건 때 트위터에서 제가 이정희 전 의원을 비판

---

* 2013년 9월부터 숭실대, 예스24, 출판사 알마의 공동 후원으로 '고종석의 한국어 글쓰기 강좌'가 진행 중입니다.

하고 나서 계속 뭔가가 걸렸어요. 제가 글을 쓰기 시작한 이후 처음으로, 말하자면 다수의 편에 서서 소수에게 돌을 던지고 있었던 거예요. 몇 번 하다가 말았죠."

— 살면서 가장 따뜻했던 순간은 언제입니까?

"1992년부터 1993년까지 9개월 동안 프랑스 파리에서 '유럽의 기자들'이라는 프로그램에 참석했을 때예요. 당시 〈한겨레〉 김선주 문화부장이 '프랑스 대사관에서 공문이 왔다. 불어 하는 사람은 너밖에 없으니 지원해보라'고 해서 지원했는데, 저한테 정말 행운이었죠. 되돌아보면서 그 시절이 행복했지 하는 게 아니라 당시 그 순간순간이 행복했어요. 절반은 세미나를 듣고 절반은 취재해서 잡지를 만드는 건데, 그게 아주 생동감이 있었어요. 그때를 빼고는 지금이 제일 행복해요. 주량이 줄어 24시간을 못 마시는 건 아쉽고."

새벽 3시,
양주병의 목을 붙잡고서야 겨우……

— 연수 전에 공식 경력으로는 불어를 배운 적이 없는데, 어떻게 불어를 하셨어요?

"불어와 독어를 처음 접한 게 중학교 1학년 겨울방학 때예요. 처음에는 외국어 배우는 걸 두려워했는데 영어를 공부하다 보니 재미있더라고요. 그래서 1학년 겨울방학 때 불어, 독어 교습서를 사서 독학을 했어요. 독어는 중간에 때려치웠는데, 불어는 알리앙스 프랑세즈도 다니고. 그러면서 스페인어도 같이 배워서 영어, 불어, 스페인어는 말은 잘 못해도 그냥 읽고 쓸 수는 있어요."

— 프랑스 연수 이야기를 쓰신 게 1993년 첫 장편 『기자들』이죠?

"귀국해보니 신문사에 원고지가 없어졌더라고요. 타자를 배워야 해서 일주일 동안 연습 삼아 쓴 게 『기자들』이에요."

— 1993년에 발표한 첫 단편 「제망매」와 1996년에 발표한 「서유기」는 각각 동인문학상 후보가 되었죠. 2003년 「엘리야의 제야」로 다시 동인문학상 후보가 됐을 때는 거부를 하셨고요. 소설가로 굉장한 자질을 타고난 것 아닌가요?

"제가 외국어 공부도 시간이 남아서 한 게 아니라 수학을 포기하고 했던 거예요. 본고사 시절이라 수학이 40점 미만으로 과락을 맞으면 대학엘 갈 수가 없었는데도 그랬어요. '모 아니면 도다!' 그래서 인생이 꼬였죠. 연수 끝나고 1년 후 파리 사회과학고등연구원으로 유학 갔을 때도 데으아(DEA · 예비박사과정) 논문이 뜻밖에 엑설런트를 받았어요. '나, 할 수 있나 보다!' 했다가 박사 논문 쓸 때 주제를 너무 크게 잡아서 망했죠. 소설도 그래요. '재능이 있나 보다!' 근데 없는 거예요. 그래서 망했어요."

— 망했다니요? 기존의 소설 틀과 달라서 많이 팔리지 않았을 뿐, 새로운 시대를 열어온 것 아닌가요? 최근의 장편 『독고 준』도 신선한 시도였고요.

"저도 속으로는 그렇게 생각하고 있어요.(웃음)"

밤 9시에 인터뷰가 끝나자 그는 미리 예고한 대로 술을 꺼내 왔습니다. 중국집에서 주문한 탕수육과 양장피가 안주였습니다. "돈을 많이 못 버니까, 한 번씩은 이렇게 친구들을 집으로 불러서 술을 마신다"고 했습니다. 다행히 사진 촬영을 위해 동행해준 강재훈 선임기자가 그와 대작을 해준 덕분에 흥겨운 술자리가 이어졌습니다. 한국의 손꼽히는 소설가, 정치인, 기자, 교수들에 대한 그의 한 줄 품평이 정말 재미있었습니다. "누구는 학자이기는 하되 글쟁이는 못 돼. 누구는 글쟁이야, 난놈이지." 새벽 3시, 제

가 "무조건 집에 가야 한다"며 세 번째 양주병의 목을 붙잡고서야 술자리
는 겨우 끝이 났습니다. 집에 돌아오는 내내 "김두식은 진지한 사람인 줄
알았더니, 완전히 알개네, 알개" 하는 그의 유쾌한 목소리가 귓전에 울렸습
니다. 그러나 진짜 알개는 제가 아니라 상송을 들으며 "아, 이건 모국어네"
라고 미소 짓는 고종석이었습니다. "모 아니면 도"라고 믿는, 살짝 어두운,
그러나 귀여운 슈퍼 울트라 알개.

　 "글을 쓰는 게 더 이상 가치 있는 노동인지 모르겠다"는 고종석의 절필이
얼마나 이어질지 모르지만, 그가 글쓰기를 접은 동안 그의 말을 이끌어낼
강연 기회가 많았으면 좋겠다는 생각이 들었습니다. 형식적인 강연은 그가
싫어할 테니, 질문과 답변이 이어지는 지식의 향연이면 더 좋겠죠. 술 한잔
이 곁들여진다면, 그와 청중은 곧 동무가 될 겁니다. _2012년 11월 17일

고 종 석 의 인 생 타 임 라 인

백일사진. 제1공화국 땐 단기를 썼기에 기념사진의 날짜 역시 단기로 표기되어 있었다.

너덧 살 때 신촌 집 근처의 철길에서. 철길 뒤로 세브란스 병원이 있었다.

대학 3학년 때 경기도 남양주시 샛터에서. 동아리 친구들과 함께 엠티를 갔다.

서울 양평동 한겨레신문사 편집국에서. 문학 담당 기자 시절.

1996년 〈한겨레〉 신연숙 선배(현재 크라운해태제과 상무)와 함께 파리 에펠탑 전망대에서.

2001년 미국 국무부 초청으로 워싱턴을 방문했을 때 백악관 앞에서.

괴상한 놈 하나
왔다 갑니다

정치를 떠나 작가로 돌아온 유시민

고백건대, 제 마음에 남아 있는 가장 '유시민다운 유시민'은 2003년 4월 국회의원으로 당선된 뒤 면바지에 재킷을 입고 선서를 위해 등원하던 산뜻한 모습의 그입니다. 보수적인 의원들뿐만 아니라 진보 언론한테도 '지나치다'고 비판받은 행동이었지만 그날의 유시민이 제게는 참 멋져 보였습니다. 2013년 2월 19일 유시민 전 장관은 정계 은퇴를 선언하는 짧은 글을 트위터에 남겼습니다. "너무 늦어버리기 전에 내가 원하는 삶을 찾고 싶어서 '직업으로서의 정치'를 떠납니다. 지난 10년 동안 정치인 유시민을 성원해주셨던 시민 여러분, 고맙습니다. 열에 하나도 보답하지 못한 채 떠나는 저를 용서해주십시오." 군더더기 하나 없는 담백한 문장을 읽고 오랜만에 면바지 자유주의자 유시민을 되찾은 것 같아 유쾌했습니다. "정치적 자기 검열 없이" 글 쓰는 사람으로 돌아온 그의 심경을 듣고자 파주출판단지의 집필실을 찾는 저의 발걸음도 가벼웠습니다. 손님을 맞이한 그는 "며칠 전 급성위염으로 응급실에 실려 갔다"면서도 핸드드립 커피를 대접하겠다며 원두부터 갈기 시작했습니다.

"입의 요구와 몸의 형편 사이의 부조화죠.(웃음) 커피 자체보다는 위산 분비를 촉진하는 카페인이 필요한 겁니다. 오늘 아침까지 카페인의 대항마인 약을 투입했으니 지금은 좀 마셔도 돼요.(웃음)"

현실 정치 10년,
할 만큼 해봤지만 내가 졌다

— 새 책은 벌써 베스트셀러가 됐더군요. 책 때문에 바쁘시지요?

"하루 종일 사인을 했어요. 제가 정치하면서 신세 진 분들이 많은데, 이제 정치로는 보답을 못하니 책이라도 보내드려야죠."

— 책 제목은 『어떻게 살 것인가』이지만, 실제 내용은 '어떻게 죽을 것인가'에 가깝더군요.

"그렇게 보셨어요? 원래는 '어떻게 죽을 것인가'로 제목을 정하고 대선 전에 초고를 완성했어요. 그런데 대선 결과가 나오고 분위기가 너무 침침해졌어요. 실망한 분들에게 어떻게 죽을 것인가를 내놓으면 감당이 안 될

* 유시민 전 장관의 정계 은퇴 후 첫 번째 공식 인터뷰였습니다. 정계 은퇴 이후인 3월 7일 그는 트위터에 "인터뷰 청하셨던 언론사의 모든 분들, 정말 미안합니다. 뭐 장한 일 한 것도 아닌데 무슨 말을 하겠습니까? 너그럽게 봐주시길. 꾸벅. OTL"이라는 짧은 글을 남겼습니다. 그러나 새로운 책을 출간하고 어차피 강연회 등을 통해 기자들과의 접촉을 피할 수 없게 된 상황에서 그는 앞뒤가 잘린 단편적인 기사들이 계속 나가는 것보다는 하나의 흐름을 가진 인터뷰를 통해 자기 입장을 밝히는 것이 낫겠다고 마음을 바꿨습니다. 오래전부터 인터뷰 요청을 해왔던 저에게는 좋은 기회였고 〈한겨레〉 토요판 1면 톱이 된 이 '특종' 덕분에 한동안 저는 〈한겨레〉 기자들에게 김두식 '기자'로 불리기도 했습니다.

것 같더군요. 대선 다음 날부터 사무실에 나와 완전히 새로 썼어요. 어떻게 살 것인가와 어떻게 죽을 것인가가 분리되는 문제는 아니니까요."

— 갑작스러운 정계 은퇴 선언은 책을 팔기 위한 것 아니냐는 지적도 있는데요.

"정치를 그만두려니 당에 얘기하기가 너무 미안해서 입이 떨어지지 않았어요. 차일피일 미루다가 더 이상은 미룰 수 없는 상황이 됐죠. 삼일절 연휴 때문에 배본에 문제가 생겨서 출간 일정이 갑자기 앞당겨졌거든요. 책 내용을 보고 (정계 은퇴 사실을) 알도록 할 수는 없잖아요. 틀림없이 그런 지적이 나올 걸 알았지만, 어쩔 수 없었어요."

— 은퇴를 더 늦추면 안 되겠다고 생각한 이유는?

"제 인생이 80쪽짜리 논문이라면 65쪽 이후는 결론, 후주, 요약이 들어갈 거고, 막상 본론은 열 쪽밖에 안 남았잖아요. 5년 더 정치하고 나면 은퇴해봐야 의미도 없을 것 같더라고요."

— 직업으로서의 정치를 그만둔다는 의미는?

"유권자, 시민으로서 국가권력의 운용에 대한 의견이 있기 마련이니 투표, 정당 참여, 1인 시위, 촛불시위, 글쓰기 등 다양한 방법으로 정치를 하겠죠. 다만 그걸 직업으로 하지는 않겠다는 의미예요."

— 상황이 바뀌어도 절대로 안 한다는 뜻인가요?

"그 질문에 대해 정치적 자기 검열을 하면 '그런 일이 없었으면 좋겠다'가 현명한 대답이에요. 하지만 저는 이렇게 표현하죠. 다시 직업으로서의 정치는 하고 싶지 않습니다."

— 의지가 담긴 표현이군요. 정치에 환멸을 느껴 떠나는 건가요?

"왜 환멸을 느끼겠어요? 정치는 흥미진진하고 역동적이고 매력적인 활동이에요. 드라마, 신파, 영화, 소설의 요소가 다 있죠. 매우 중요한 영역이고 훌륭한 분들이 정치를 해야 한다고 생각해요. 그런데 저는 이미 많이 했어요. 현실 정치 10년을 한 다음 제가 졌다고 인정하는 거예요. 힘들어도 전망이 보이면 계속하겠지만, 아무리 생각해도 제가 졌어요. 지역 구도를 혁파하는 정당 혁신, 참여 민주주의, 정책 경쟁이 일어나는 정치를 목표로 10년을 했어요. 그런데 안 됐고, 될 가능성도 안 보이니까, 목표는 올바르더라도 대중이 받아들이지 않거나 그 목표를 이룰 사람으로 저를 받아주지 않으니까, 이제 졌다! 내가 가진 모든 걸 갖고 할 만큼 해봤는데 저는 졌습니다! 인정하는 거예요."

— '유빠'라는 손가락질을 받으면서도 지지를 철회하지 않았던 사람들에게 미안하진 않으세요?

"제가 트위터에 올린 글 마지막 문장에 용서해달라고 말씀드렸잖아요. 무슨 말을 더 하겠어요."

— 유 선생님을 좋아하는 저도 가끔 극렬 '유빠'들에게 불편함을 느낄 때가 있는데요.

"민주당 지지층 중에 상대방이 영남패권주의자라고 대드는 사람이 없나요? 박근혜 지지자 중에는 상대방을 종북좌파라고 부르는 사람이 없나요? 박사모나 일베에 이상한 사람들이 있다고 누가 박근혜를 욕하나요? 어떤 정치인 지지자나 그중에는 합리적이고 온건한 사람도 있고, 아주 공격적인 사람도 있는 거예요. 그런데 유독 노무현, 유시민 지지자들에게만 왜 그렇게 가혹하죠? 왜 우리만 손가락질하느냐고요."

— 애고, 오늘 기자들이 적어준 질문에는 '합리적인 진보개혁 진영에서도 당신을 밉상으로 보는 이유'를 묻는 것도 있네요. (웃음)

"정치하면서 노상 그런 이야기를 들었는데 정말 비겁한 질문이라고 생각해요. 예를 들어 저는 저녁이 되면 체질상 눈이 무조건 충혈되거든요. 밤 12시에 만나고는 제가 권력에 눈이 벌게서 어떻다는 식의 기사를 쓰는 데야 어쩌겠어요? 제가 정치할 때는 그런 질문을 받아도 애써 웃으며 답했는데, 솔직히 그런 질문은 대답할 가치가 없다고 생각해요. 너무나 많은 비열한 질문을 받아서 이제는 성질을 좀 내기로 했어요.(웃음)"

나쁜 놈과 이상한 놈은 있는데,
왜 착한 놈은 없는가

— 『어떻게 살 것인가』에 "안철수가 과연 권력투쟁으로서의 정치가 내포한 비루함과 야수성을 인내하고 소화할 수 있을지 의문"이라고 적으셨더군요. 정치의 비루함은 어떤 건가요?

"구체적으로 말씀드려볼까요? 제가 술을 못 마셔요. 소주 석 잔이면 얼굴이 빨개져요. 그런데 5월이면 지역구에서 마을마다 효도 잔치가 열리고 어른들이 소주를 따라주세요. 안 받으면 싸가지 없는 놈이 되고, 받아 마시면 두 군데 돌고 제가 뻗어버려요. 그런 때 '이걸 왜 해야 하나' 비참해져요. 10월이면 지역구 학교들부터 제 모교까지 온갖 체육대회가 열려요. 10시 개회식에 가면 벌써 삼겹살 굽고 소주잔이 돌고 있어요. 모교 체육대회를 가니 기수별로 천막이 40개예요. 정말 꾹꾹 참으면서 술을 받아먹는데 우리 기수까지 겨우 돌고 뻗었어요. 누구의 잘못도 아니에요. 그냥 정치가 그런 거예요.

당내 선거 때도 비참해요. 전당대회를 오후 2시에 하니까 아침에 차 타고 올라오면 되잖아요. 그런데 꼭 그 전날 온다고요. 저를 아끼는 선배가 '어느 지역 대의원들이 여의도 중국음식점에 모여 있다. 어디 호텔에 있다'면서 방마다 돌래요. 인사라도 해야지, 아니면 싸가지 없다는 소리를 들으니까. 가보면 요리 접시, 빈 양주병이 굴러다니고 50~60대 대의원들이 벌겋

게 취해서 '어이, 이제 왔어?' 바로 반말을 해요. 제가 40대 중반의 당의장 후보일 때요. 도대체 그 요리값, 호텔비는 누가 냈는지 몰라요. 거기서 고개 숙이고……. 물론 좋은 정치를 만들려면 그것도 참아야죠. 그러나 시궁창에 들어와 있는 것 같았어요. 비루한 거죠. 그런 순간이 무지하게 많습니다. 제가 민주당을 특정했다고 적지는 마세요. 분열주의자, 이적행위자란 말을 하도 많이 들어서 저는 무서워요. 제1야당의 내부 문제를 지적하고 혁신하자고 하면 그런 소리를 하는 거예요. 6월항쟁 이후 25년 동안 계속된 프레임이에요."

— 어떤 프레임이죠?

"비유하자면 되게 힘센 나쁜 놈(the bad)이 있어요. 객관적인 나쁜 놈이라기보다는 우리가 생각할 때 나쁜 놈이죠. 그리고 가끔은 착하기도 못나기도 한 이상한 애(the ugly)가 있어요. 이상한 애는 힘이 좀 있어서 나쁜 놈이 나쁜 짓 하는 걸 막아주기도 하는데 자기도 가끔 나쁜 일을 해요. 서부영화로 치면 우리는 '더 굿'이 없는 정치예요. 여기서 착한 애(the good)가 좋은 일을 할 힘을 얻으려면 시간이 걸려요. 영화 보는 사람들이 진짜 우리 편으로 믿고 박수 쳐줄 수 있는 배역, 즉 더 굿을 만드는 게 우리 정치의 과제예요. 그런데 착한 애가 나타나면 나쁜 놈과 이상한 애가 각각 총을 쏴요. 이상한 애는 총을 쏘면서도 착한 애한테 '내 말대로 해야 착한 사람이 된다'고 조언해요. 그 말을 따르면 절대로 착한 사람이 될 수 없어요. 하지만 시킨 대로 안 하면 '분열주의자'라고 낙인찍혀요. 이런 프레임이 87년 체제의 본질이에요. 지난 10년간 이 프레임을 깨려고 도전했지만 제가 진 거예요."

— 통합진보당에 참여한 것도 그런 도전의 일환이었나요?

"통합진보당에서 마지막 가능성을 봤던 거예요. 문제도 많고 경직되어

65

있지만, 이 프레임을 깨는 데 힘을 모을 수 있다고 생각했어요. 저는 좌에서 우로 왔다 갔다 한 게 아니에요. 더 굿의 포지션을 차지할 수 있는 제법 강력한 세력을 하나 만들고 싶었던 거예요."

— 경선 부정 문제를 제기했지만, 결과적으로 구 민주노동당계의 의회 진출을 도왔고, 진보 정당의 분열에 책임이 있다는 지적도 있습니다.

"통합진보당 사태 이후 제가 한 말들을 찾아보라고 하세요. 더 이상은 할 말이 없어요. 끝없이 얘기해도 계속 같은 질문만 하는 언론인들이 무서워요.(웃음)"

— 안철수 박사가 비루함을 이겨내고 더 굿의 역할을 해낼 수 있을까요?

"알아서 자기 길을 열어가겠죠. 그가 어떤 힘으로 이 프레임을 부술 수 있을지 저는 흥미진진하게 바라보고 있어요."

— 안 박사를 만난 적이 있나요?

"전혀. 나 같은 사람과 어울리지 말라고 많이들 조언했을 거예요. 저는 정치를 그만둔 뒤에도 공격받을 거예요. 무책임한, 싸가지 없는. 이미 붙여 놓은 딱지들이 계속 따라다닐 거라고 봐요. 이 얘기는 여기까지!"

— 왜 이렇게 안티가 많다고 생각하세요?

"제가 행실이 나빠서 그렇겠죠. 달리 뭐라고 설명하겠습니까."

— 저는 정치 자체를 즐기는 사람이 정치를 했으면 좋겠습니다. 억지로 부름 받아 나온 사람들이 정치하는 건 지켜보기도 피곤하거든요. 유 선생님도 사람 만나는 걸 즐기는 편은 아니시죠?

"국가적 이슈는 건드리지 않으면서 지적 활동도 열심히 하지 않고, 작은 정책 개선에 보람을 느끼며 지역구를 지켜내는 정치인도 물론 필요해요. 그러나 사람 만나는 걸 게을리하고 싫어하지만 큰 어젠다 중심으로 가는

사람도 있어야 정치가 돌아가요. 어느 한 유형의 사람들만 정치를 하면 안
돼요. 제 스타일이 우리 정치 풍토에서 살아남기 힘든 건 사실이지만요."

니는 내 살았을 때
정치하지 마래이

1959년 경주에서 태어나 대구에서 초·중·고교를 졸업하고 1978년 서울대
경제학과에 입학한 유시민은 1980년 5월 17일 "다 도망가서 텅 빈 학교를
계엄군에게 넘겨주기는 좀 그렇다"며 홀로 자리를 지키다가 경찰청 특수수
사대에 붙잡혀 두 달 동안 말 못할 고초를 겪었습니다. 엄청나게 얻어맞으
며 하루 세끼 똑같은 아욱된장국만 먹다가 어느 날 냉면 대접에 고기를 많
이 넣은 소고기무국이 나오자 모두들 겁에 질려 '갑자기 왜 이럴까? 우리를
모두 죽이려는 걸까?' 떨어야 했던 살벌한 시절이었습니다. 군사재판을 받
고 바로 강제징집된 그는 꼬박 32개월을 전방 소총수로 복무합니다. 이등
병 때는 반파쇼학우투쟁선언문이 발단이 된 무림사건이 터져 보안사 서빙
고 분실에 끌려가 조사를 받았고, 말년에는 '녹화사업(관제 프락치 사업)' 공
작 대상으로 보안사에 엉터리 보고서까지 제출해야 했습니다. "어디로도
도망갈 수 없는" 군 생활이 너무 힘들었기에 1983년 5월의 제대일은 평생
잊을 수 없는 행복한 날이었습니다.

"제대하는 날 화천에서 춘천까지 버스로 데려다주는데, 정말 몸이 공중
에 뜨는 것 같았어요. 진짜 제대하는구나. 제 인생에서 가장 황홀한 날이었
어요. 구름을 타면 이런 기분일 거야! 제대하고는 보안사 퇴계로 진양 분실

에서 진행되던 녹화사업을 야당 의원들에게 폭로했어요. 그런데 국회 가서 제대로 질문도 안 하더라고요."

— (이른바 '서울대 프락치 사건'과 관련해) 폭행범으로 몰린 상태에서 열 시간 만에 홀로 작성한 1985년 5월 26일자 '항소이유서'는 시대의 명문으로 꼽힙니다. 글 쓰는 재주는 그때 처음 자각했나요?

"네. 당시 애인이던 아내는 '글을 써서 먹고살 수도 있겠다'는 제 편지를 받고 '이 사람이 감옥에서 이상한 생각을 하고 있다'고 생각했대요.(웃음)"

— 그 시절을 죽지 않고 살아남게 한 힘은 '거리감'이었다고 적었더군요. 세상과 타인, 심지어 자신과도 일정한 거리감을 유지한다는 얘기를 읽고 깊은 허무를 느꼈습니다.

"살면서 너무 많은 사람을 알 필요는 없다고 생각해요. 인간관계망에도 최대치가 있는 거죠. 그리고 제가 약간 데카당(décadent)해요. 어릴 때부터 저한테 그런 게 있어요."

— 어떤 아이였나요?

"겁 많고 고집은 엄청 센 울보. 아침 식사 때 4녀 2남에게 꽁치를 나눠주는데 저에게 작은 걸 주면 큰 걸 달라고 하지는 않고 그냥 '안 먹어' 하고 잉잉 울었대요. 그래서 아버지가 벽장에 넣고 문을 닫았더니, 큰누이가 학교 다녀와 꺼내줄 때까지 나오지 않고 계속 이불에 기대 울고 있더라는.(웃음) 어머니한테 맞을 때도 절대 '잘못했다'는 말을 한 적이 없어요, 한 번도! 잘못했다고 생각하면서도 그걸 말하기는 싫었어요. 그 기억이 나요."

— 어머니는 어떤 분이셨나요?

"저에게 가장 큰 영향을 주신 분이죠. '기집년들 글 가르쳐놓으면 친정에 편지질이나 한다'고 외할아버지께서 학교를 안 보내주니까, 어머니는 증조 외할아버지가 머무는 사랑채 옆방에 드러누워 3일 동안 벽을 차며 울었대요. 일곱 살짜리 여자애가 그러니까 증조 외할아버지가 외할아버지에게 '아따, 그년 지독하다. 학교 보내라'고 해서 어머니부터는 여자도 학교를 다녔다고 하죠. 자존심과 강단이 있는 분인데 저하고는 사이클이 잘 맞아요. 대화를 안 해도 금방 알아요. 지난 설에 오셔서는 갑자기 '야야. 니는 내 살았을 때 정치하지 마래이' 하시더라고요. 제가 금방 알아들었어요. '니는 순하고 착한데 그렇게 나쁜 놈처럼 욕먹고 비난받는 걸 내가 더는 못 보겠다. 죽고 나서는 해도 되는데 내가 살아 있는 동안은 하지 마라'는 뜻이죠. 그 말씀이 제 부담을 덜어준 면이 있어요."

— 수줍음이 많은데 학생운동과 정치에 뛰어들어 참 파란만장한 삶을 살았습니다. 시대를 잘못 타고난 건가요?

"데카당하고 조용하고 수줍은 건 사실이지만 또 한편으로는 굉장히 냉소적이고 공격적인 면이 있어요. 2002년에 그게 한 번 불붙어 10년간 싸운 거예요. 그러다가 힘이 다 빠진 거죠. 사람은 누구나 양면이 있는 것 같아요. 양면, 삼면, 심지어 사면이 있죠."

남을 의식 안한 건
교만이었어요

— 시사평론가, 〈100분 토론〉 진행자로 이름을 날렸는데 다시 해볼 마음이 있나요?

"그럴 생각은 별로 없어요. 방송 진행을 맡기지도 않겠지만. 아버지 박통 시절에 도망 다녔는데, 딸 박 대통령 밑에서 잡혀가지 않는 것만 해도 어디예요? 지난 30여 년간 대한민국이 그만큼은 좋아진 거죠."

데카당하고 조용하고 수줍은 건 사실이지만 또 한편으로는 굉장히 냉소적이고 공격적인 면이 있어요. 2002년에 그게 한 번 불붙어 10년간 싸운 거예요. 그러다가 힘이 다 빠진 거죠. 사람은 누구나 양면이 있는 것 같아요. 양면, 삼면, 심지어 사면이 있죠.

— 면바지 등원을 좋아했던 제게는, 리버럴 유시민의 색깔이 계속 옅어진 아쉬움이 남는데.

"그런 면이 있죠. 분재가 되어가는 소나무의 슬픔. 저는 분재를 싫어해요. 분재는 뻗어가는 생명을 묶어놓고 모양을 만드는 거잖아요. 반자연적인 거예요. 그런데 그게 정치 환경과 관련이 있어요. 우리 정치는 51퍼센트를 얻어야 생존이 가능하잖아요. 독일은 5퍼센트만 받아도 생존해요. 태양과 반대쪽으로 잎을 뻗고 싶어하는 놈도 5퍼센트만 받으면 살아남아요. 우리 선거제도에서는 다양성이 꽃필 수가 없어요. 노 대통령의 대연정은 권력의 절반을 한나라당에 내주더라도 선거제도만 바꾸면 이런 다양한 정당들이 자기 색깔을 유지한 채로 꽃밭처럼 흐드러질 수 있다는 얘기였어요. 저도 거기 100퍼센트 공감했고요."

— 서울대 출신에 정치인, 작가로도 성공했고 행복한 가정까지, 너무 많은 걸 가진 인생 아닌가요?

"사실이에요. 2003년 보궐선거에 나온 때부터 국회의원, 최고위원, 장관에다가 대통령의 오른팔이니 왼팔이니 하는 얘기까지 들으면서 제가 무지하게 조심하고 몸을 낮췄어야 하는데 주관적으로 그런 의식이 없었어요. 예전과 똑같이 살았어요. 노 대통령과는 공적인 관계인데 인간적으로 서로 좋아했어요. 제가 대통령 측근도 아니었고, 측근 모임에서 저를 부른 적도 없고. 저는 그냥 일 있으면 대통령에게 가서 이야기했어요. 나는 나대로 사는 거다, 내가 옳다고 생각하면 그대로 했어요. 그런데 세상 사람들은 자기 시각으로 나를 보지, 있는 그대로 나를 봐주는 게 아니에요. 타인의 눈으로 나를 봤어야 하는데 그 생각을 못한 거예요. 지금은 남의 시선을 의식 안 하고 산 것 자체가 교만이라고 생각해요. 그건 참 잘못했어요."

— 정치를 그만둔다니 집에서는 좋아하죠?

"주변에서 위로를 받지만 가족들은 오히려 좋아 죽겠다는 표정을 관리하느라 힘들대요. 어머니는 봄날 종달새처럼 목소리가 한 톤 높아지셨어요. 제가 정치를 계속했어야 한다고 믿는 분들에게 죄송해서 이런 표현도 막 할 수는 없죠."

— 정치인을 그만두는 마당에 국민들에게 하고 싶은 말이 있다면?

"정치인을 무작정 싫어하거나 기피하시면 안 돼요. 모든 정치인이 나쁜 사람도 아니고 저질도 아니에요. 정치인을 그렇게 보이게 하는 구조가 있는데 그 구조가 바뀌기 전에는 정치가 불만족스러울 수밖에 없어요."

그동안 수없이 그를 촬영했다는 강재훈 기자는 오늘 뷰파인더 속의 유시민이 어느 때보다 편안해 보인다고 했습니다. 패배를 선언한 '겁 많고 고집 센 울보'에게는 여유가 넘쳤습니다. 기분 좋은 인터뷰를 마치고 떠나려는데 뒤에서 불쑥 혼잣말이 들렸습니다. "우리나라 정치에 괴상한 놈이 하나 왔다 갔다고 보면 되지 뭐." 자조적인 한마디를 들으니 슬며시 웃음이 나오면서도 마음이 아팠습니다. 겉은 편안해 보였지만, 급성위염에 걸린 그의 속까지 편치는 않은 것 같았습니다. 〈석양의 무법자(The Good, The Bad, and The Ugly)〉의 클린트 이스트우드처럼 그는 누가 군이 괴롭히지 않아도 혼자 충분히 괴로운 사람이었습니다. 말과 글을 무기로 홀로 싸워나갈 그의 앞길은 좀 더 평안하기를._ 2013년 3월 16일

유시민의 인생 타임라인

1975년 유신정권 시절 고등학교 교련 시간에 총검술을 배웠다. 그에게 유신체제란 전 사회의 병영화였다.

1985년 구속되어 쓴 '항소 이유서'가 '지하 베스트셀러'가 되었다. 글을 써서 먹고살 수 있겠다는 생각을 처음 했다.

1988년 6년 연애 끝에 누이동생의 친구이자 대학 후배인 한경혜와 혼인했다. 인생에서 제일 잘한 결정이었다.

2003년 경기도 고양시 덕양갑 보궐선거에서 개혁당 후보로 국회의원에 당선되었다. 정치인으로서의 첫 출발.

2006년 참여정부의 제44대 보건복지부 장관이 되었다. 5년의 공직 생활 중에 그나마 밥값을 한 시기라고 생각한다.

2013년 직업 정치를 떠나 자유인으로 돌아옴. 자신의 삶을 다듬는 데 집중할 수 있는 행복을 처음으로 누리려 한다.

모르는 걸 모른다고 하는 무서운 사람

만화가 윤태호

한국기원 연구생으로 7년을 보내고도 프로 입단에 실패한 '장그래'는 군복무를 마친 뒤 굴지의 종합상사 '원 인터내셔널'에 '낙하산'으로 입사합니다. 낙하산이라고 해봐야 바둑 후견인 덕분에 한 다리 건너 얻은 하루살이 인턴 자리. 그래도 장그래는 바둑 한 수를 복기하는 겸손한 마음으로 주어진 과제를 하나씩 수행해 일단 계약직 사원이 되는 데 성공합니다. 그러나 엘리트 사원들로 넘쳐나는 회사에서 고졸 학력에 특별한 기술도 없는 그가 정규직이 되기란 불가능에 가깝습니다. 아는 사람은 다 아는 만화 〈미생〉 얘기입니다. 종합상사가 뭔지조차 몰랐던 장그래가 일을 배워가는 과정을 한 회씩 따라가는 동안 일상성이 갖는 그 차분한 아름다움에 저는 여러 번 감동했습니다.

그 아름다운 세계를 만들어낸 사람은 놀랍게도 〈야후〉, 〈이끼〉, 〈내부자들〉처럼 어둡고 사회성 짙은 작품으로 유명한 윤태호 작가입니다. 경기도 성남시 분당 오리역 부근 작업실에서 만난 윤태호의 첫인상은 〈미생〉의 장그래보다 〈이끼〉의 '류해국'에 가까웠습니다. 자존심 강하고 까칠한 표정에서 은근한 '포스'가 느껴졌습니다. 작업실에는 세 명의 문하생이 일하고 있었습니다.

〈미생〉의 주인공 장그래는
나와 닮았다

— 요즘도 문하생이 있군요?

"처음에는 연재 스케줄에 맞추기 위해 화실 후배들하고 의기투합한 수준이었고, 2000년대 초반부터 본격적으로 문하생을 뒀어요. 〈이끼〉 끝나고 〈미생〉 시작할 때까지 3년 동안은 수입이 거의 없어서 월급 주느라 빚을 지기도 했죠."

— 운영 부담이 적지 않을 텐데요.

"한국과 일본 만화는 연재 형식을 취하기 때문에 어쩔 수가 없어요. 저는 15페이지씩 주 2회 연재하는데, 제가 스토리까지 다 쓰거든요. 그림 그릴 시간을 줄여서라도 스토리를 고민해야 질 좋은 이야기가 나오기 때문에 무리해서라도 문하생을 둘 수밖에 없어요. 기본적으로 만화가는 단행본으로 먹고살아야 하고, 연재 고료는 제작비인 셈이거든요. 작가 혼자 단행본을 만드는 미국이나 유럽하고는 구조가 다르죠."

— 저는 선생님 작품을 대부분 종이책으로 사 봤는데, 웹툰의 그림이 오히려 선명하고 보기

좋더군요. 공짜로도 볼 수 있는데 사람들이 왜 만화책을 사 볼까요?

"발광체니까 모니터로 보면 색도 더 선명하고 예쁘죠. 그런데 가만히 보면 사람들이 의심이 많아요. 무슨 내용인지 모르고 상품을 사지는 않거든요. 영화를 볼 때도 먼저 인터넷에서 리뷰를 찾아보잖아요. 군중심리도 있고, 아는 내용을 확인하고 싶은 욕망도 있고, 신뢰의 문제도 있는 거죠. 포털에 웹툰을 올리는 것 자체가 그런 신뢰를 얻는 마케팅의 일환이고요."

— 〈미생〉은 악인이 없으면서도 등장인물의 캐릭터가 살아 있어서 좋더군요. 저는 '안영이' 처럼 안정감 있는 캐릭터가 좋았어요.

"(깜짝 반기며) 그렇죠? 대부분 그런 사람이 어디 있냐고 하던데, 세상에는 그런 슈퍼우먼이 있어요!"

— 장그래와 안영이가 연애라도 할 걸 기대했는데, 좀처럼 그런 일은 일어나지 않더군요.

"제가 〈미생〉에서 그리고자 한 게 있거든요. 하나는 임원의 품격. 회사 임원들이 회사 내 정치나 하고 룸살롱에서 술 먹고 국회의원 만나고 사장단끼리 여행이나 다닐 것 같지만, 그게 전부는 아니에요. 일을 잘 아는 사람이 임원이 되는 건 기본이죠. 둘째로는 회사 내에서 애정으로 발전하지는 않는 나이스한 남녀 관계! 연애나 악인이 나오는 순간 만화의 태도, 톤이 달라지는데 그걸 원하지 않았어요. 뭔가 서로 동기를 촉발해주는 사람의 존재를 그리고 싶었죠. 동성보다 이성 간에 그런 게 있을 수 있거든요. 건강한 경쟁 관계도 가능하고."

— 자기 회사가 원 인터내셔널의 모델이라는 사람을 여럿 봤습니다.

"회식 자리에 나가보면 각 상사의 차장, 부장님들이 모두 '우리 회사가 모델이죠?' 물어요. 전반적인 회사 분위기는 대우인데, 회의 준비나 절차를 보면 삼성 스타일, 또 어떤 면은 엘지 같고."

— 어두운 만화를 주로 그리다가 일종의 인생지침서나 자기계발서로 분위기를 확 바꿨습니다. 동기가 뭔가요, 혹시 먹히는 걸 한 번 해보자?(웃음)

"출판사에서 계약금을 받고도 〈이끼〉 끝나고 3년 동안은 취재만 했어요. 바둑과 샐러리맨을 연결시킨 드라마를 만들고 싶었는데, 제가 두 분야 모두 문외한이었거든요. 〈가우스 전자〉, 〈무대리〉처럼 회사원들을 대상으로 한 유머러스한 만화는 많은데, 어떻게 극만화를 만들까 고민이 많았죠. 그렇다고 우리가 혼다를 무릎 꿇리는 식의 성공신화는 만들고 싶지 않았어요. 세상 사는 게 힘든 것은 악인 때문이 아니라 자기 스스로의 내적 모순 때문일 때가 많거든요. 자기 한계, 내 생각의 편협함 때문에 힘든 건데, 자기를 돌아보면서 발전하는 사람들의 작은 이야기를 그리고 싶었어요. 그러나 회사에 대한 개략적인 이해만 있을 뿐, 제가 현실을 모르잖아요. 취재하다 보니 다행히 디테일이 살아나고 갑자기 저 스스로 재미있어졌어요. 인생지침서나 자기계발서 같다? 이 책은 사실 제 개인의 고백서예요. 많은 에피소드들이 제가 살면서 후회했던 지점들에 대한 반성이에요. 왜 그때 그 노력을 하지 않았지? 왜 그때 용감하게 그 말을 하지 않았지? 왜 자기 합리화를 하고 도망쳤지? 인정받고 싶은 장그래의 욕망에 제 감정이 많이 이입되죠."

— 어떤 점이 고백적인가요?

"장그래는 바둑 특기생으로 자랐고, 저는 미술 특기생으로 자랐어요. 똑같이 고졸이고 학업성취도가 많이 떨어지는 삶이었죠. 저도 세상에 나와서 만화가 아니면 뭘 했을까 싶을 정도로 일반적인 상식의 기초가 떨어지는 사람이에요. 문하생 때는 비슷한 또래끼리 생활하니 별로 부끄럽지 않았는데, 제 이름 달고 데뷔하면서 만나는 사람들이 많아지니까 영어 쓰는 사람도 많고, 그런 사람들에게 꿀리는 게 싫어서 알아듣는 척하다가 돌아와서는 좌절에 빠지고, 전화해서 그게 무슨 뜻이었는지 물어보고. 무식에 대한 공포가 컸어요."

문하생 선배들의
화투판을 엎어버리자……

— 장그래와 비슷한 두려움을 느꼈군요.

"〈미생〉을 통해서 그런 두려움을 떨쳐내고 싶었어요. 그전의 만화들에는 남을 깔보거나 무시하는 냉소적인 유머, 건강하지 못한 유머가 많았거든요. 어느 날 열두 살짜리 큰애가 여덟 살짜리 동생에게 짜증을 내는데 말투가 딱 제 모습인 거예요. 저의 성향이 아이들에게 유전된다는 느낌이 들었어요. 애를 혼낼 게 아니고 내가 바뀌어야 하는구나, 내가 바뀌려면 기본적으로 삶을 바라보는 태도가 바뀌어야겠구나 생각했죠. 〈미생〉이 4~5회 지나니까 아내가 '처음으로 마음 편히 볼 수 있는 작품이라 좋다'고 하더군요. 〈이끼〉는 반응이 뜨거웠지만 아내가 항상 조마조마해했거든요."

— 저는 솔직히 〈야후〉를 보면서 너무 힘들었어요. 삼풍백화점을 비롯해서 내내 무너지고, 죽고, 죽이고.

"〈야후〉를 5년 동안 연재했는데, 주인공을 모두 죽이면서 끝냈죠. 진짜 두 생명을 죽인 것 같았고, 이후 3년의 슬럼프가 왔어요. 장모님한테 돈 빌려서 겨우 버텼죠. 그때 제가 해낸 큰일이라고는 아이가 타는 네발자전거를 두발로 바꿔준 게 전부였어요. 창작자로서 정말 지옥이었어요, 뭘 해도 안 됐고."

어느 날 열두 살짜리 큰애가 여덟 살짜리 동생에게 짜증을 내는데 말투가 딱 제 모습인 거예요. 저의 성향이 아이들에게 유전된다는 느낌이 들었어요. 애를 혼낼 게 아니고 내가 바뀌어야 하는구나, 내가 바뀌려면 기본적으로 삶을 바라보는 태도가 바뀌어야겠구나 생각했죠.

— 이전 작품에서는 주로 아버지만 나오는 데다 그나마 대부분 비참하게 죽습니다. 〈미생〉에서 비로소 어머니가 등장하는데요.

"제 아버지는 꽤 거친 분이셔서 제가 많이 혼나면서 자랐어요. 아버지를 생각하면 머리 위에 맷돌 하나 올려놓은 것처럼 턱턱 걸리는 느낌일 때가 있어요. 그래서 『한 정신과 의사의 실존적 자기분석』이라는 책을 읽고 제가 바라본 아버지 입장에서 '아버지 일기'를 적은 적도 있어요. 아버지가 〈한겨레〉를 보시기 때문에 더 자세한 말씀은 못 드리고요.(웃음) 〈미생〉에서 어머니가 등장한 것은 제 내면의 새로운 출발을 의미해요."

1969년 광주에서 태어난 윤태호는 어려서부터 그림을 잘 그리고 각종 대회에서 상도 많이 받아 자연스럽게 미대 진학을 꿈꾸었습니다. 인사성 밝고 남을 웃기기 좋아한 소년의 별명은 '까불이'. 그러나 고1 때 미대를 생각할 수 없을 정도로 집안 형편이 어려워지면서 "어마어마한 방황"이 시작됐습니다. 동시상영 극장, 만화방 등을 전전하면서 친구도 없이 외로운 2년을 보내고 나니, 동년배 미대 준비생들과 뛰어넘을 수 없는 실력 차이도 생겼습니다. "돈이 없으면 미술학원 청소를 해주면서라도 그림을 배웠어야 했다"고 뒤늦게 깨닫고 나자 더 깊은 절망이 밀려들었습니다. 그 절망 속에서 "막연하게 생각했던 거라도 질러봐야지" 싶어 선택한 것이 만화가의 길이었습니다.

"1988년 서울에 올라와 노숙하며 만화학원에 다닐 때 지하철에서 고교 동창을 만났어요. '반장에게 전화해 장소를 확인하고 동창회에 나오라'고 하더군요. 그런데 막상 반장은 난처한 목소리로 '대학 다니는 애들만 모이기로 했다'고 하는 거예요. 그 얘기를 듣고 억다구니가 생겼고, '나는 스물다섯 살까지 만화가로 데뷔하겠다'고 결심했죠."

— 그 결심 때문에 허영만 문하생에서 조운학 문하생으로 옮겨가기도 했죠?

"문하생에도 단계가 있거든요. 1단계는 머리카락이나 눈동자를 먹칠하는 '뒤처리', 2단계는 인물을 제외한 모든 것, 예컨대 자동차나 건물을 그리는 '배경', 3단계는 인물을 펜으로 그리는 '잉킹(inking)', 4단계는 콘티를 받아 밑그림을 연필로 그리는 '데생'. 그런데 허영만 선생님은 데생을 직접 하시기 때문에 데생을 배울 방법이 없었어요. 그래서 조운학 선생께로 옮겼죠."

— 데생은 고참 문하생이 하는 거라서 기회를 잡기가 쉽지 않았을 텐데요.

"그래서 제가 사고도 쳤어요. 화실에 40~50대의 고참 '선생님급'이 많았는데, 이분들이 밤이면 고스톱을 치는 거예요. 제가 그걸 보다가 참지 못하고 화투판을 엎었어요. '내가 당신들 술심부름이나 하러 여기 온 줄 알아, 내가 뭘 포기하고 여기 왔는데?' 하는 마음이 있었거든요. 스물다섯 살 전에 데뷔하겠다는 복수심으로 버티던 시절이니까요. 그래서 그분들이 '저 새끼 안 자르면 우리가 집단으로 그만두겠다'고 해서 제가 무릎 꿇고 사과하고 난리가 났었죠. 그러고는 저 혼자 데생 연습을 하고 그걸 누가 빼앗지 못하게 팔꿈치로 누르고 화판에 엎드려 잠을 잤어요. 그러자 조 선생님이 저보다 나이 든 사람을 모두 불러 모아 '태호한테 데생을 시키려는데 반대하는 사람 손들어' 하고 물으셨어요. 아무도 손을 안 들었죠."

— 나이를 뛰어넘은 파격인데 윤태호의 뭘 보고 데생을 시키기로 작정하셨을까요?

"(잠시 생각하다가) 그림의 성취를 느껴본 사람들은 지금 당장 잘 그리는 것보다 성취 욕망이나 동기의 명확성 같은 기질을 보는 것 같아요. 안 시켜주면 당장 나갈 것 같아 붙잡으신 면도 있겠죠.(웃음)"

실제로 윤태호는 스물다섯 살이 되던 1993년 화실을 나와《월간 점프》에 「비상착륙」이라는 작품으로 데뷔합니다. 그러나 막상 첫 작품이 인쇄된 걸 보니 "그건 만화가 아니라 쓰레기"였습니다.

그림이 아무리 좋아도 스토리가 빠지면 만화가 아님을 깨달은 것입니다. 그는 주저 없이 문하생으로 화실에 복귀했고 1995년 말까지는 생계를 유지할 정도의 그림만 그리며 나머지 시간을 스토리 공부에 투자했습니다. 당시 〈모래시계〉 드라마 대본과 최인호 시나리오 전집을 손으로 베낀 것은 이미 유명한 이야기입니다. 그 과정에서 에니어그램을 배웠고, 〈발칙한 인생〉을 그릴 때는 아예 아홉 명의 주인공에게 에니어그램에 따른 각각의 성격을 부여했습니다. 지금은 사주팔자, 손금, 별자리까지 공부하면서 등장인물의 성격을 창조하고 있습니다.

"이 사람은 아버지가 뭐하는 분이고 어머니는 누구인데, 학교는 어디를 다니고, 육성회비를 못 내서 이런 고생을 했다고 가상의 개인사를 빽빽하게 적어놓으면, 나중에는 상극인 캐릭터들이 알아서 부딪히며 자기들끼리 이야기를 만들어내요. 〈내부자들〉을 그릴 때는 주인공들이 태어날 때부터 해마다 무슨 일이 있었는지를 미리 엑셀로 정리했어요."

고졸 콤플렉스에서
벗어나던 그 순간

— 본인은 어떤 성격입니까?

"결혼 전 장모님이 궁합을 보니 저에 대해 '여자보다 몇 배 예민하다. 상처도 잘 받고 이상한 지점에서 시비를 걸 거'라고 하더래요. '예민하고 자기밖에 모른다, 내 딸이라면 결혼 안 시킨다'는 뜻이죠.(웃음) 네 군데에서 반대했는데, 다섯 번째 갔더니 '그냥 시켜. 합이 들었는데 뭘' 그러더래요. 장모님은 처음부터 결혼시킬 마음이셨던 거죠. 만화가 잘 안 되면 모든 게 헝클어지는 걸 보면 점쟁이 말이 맞아요."

— 웃기는 질문이지만, 윤태호에게 대학은 어떤 의미일까요?

"(잠시 생각) 20대 때는 완전히 콤플렉스. 포장마차에서 술 먹다가 우연히 옆에 앉은 서강대 여학생이 너무 똑똑하고 지적이라서 '저렇게 선명하게 말을 잘하는 저 여자는 누구일까? 뭘 배웠기에 저렇게 똑똑한가?' 싶어 뒤따라가 말을 붙인 적도 있어요. 은행 계단에 앉아서 한 시간쯤 이야기를 나눴죠. 제가 못 가본 세계에 대한 극도의 호기심이 있었어요."

— 그 콤플렉스를 어떻게 극복했나요?

"20대에는 인생이 많이 다른 것 같지만, 군대 가고, 취업하고, 결혼하고, 집 사고, 애 낳고 이런 비슷한 경험을 거치다 보면 어느 순간 X자 모양으로 인생이 모이는 시기가 있어요. '캠퍼스의 낭만은 내가 모르지만, 사고체계는 다를 게 없네. 만화 그리는 데는 오히려 내가 더 풍요로운 지점도 있네' 깨닫는 순간이 오는 거죠. 저는 모르는 영역은 얼추 모르는 게 아니라 100퍼센트 몰라요. 미술 빼고는 모두 바닥! 제가 문하생일 때 아내를 만났는데, 그때 아내가 생각했대요. 이 사람은 어떻게 글을 이렇게 못 쓸까, 그림 재능이 너무 아깝다!(웃음) 진짜 무식한 걸 알기 때문에 취재할 때 정말 열심히 물어봐요. 돌아와서 후회하지 않으려고 바보처럼 묻고 또 묻고."

— 인천상륙작전 만화를 준비 중이시죠?

"한국전쟁 당시 필름을 보면 완전히 민둥산, 초가집, 꼬불꼬불한 길뿐인데, 그 황량함에서 느껴지는 미묘한 서글픔, 비극적인 아름다움이 있어요. 그걸 그려보고 싶어요. 한국전쟁 영화나 드라마에는 너무 울창한 배경이 나와서 리얼리티가 떨어지는데, 드라마가 못하는 걸 만화는 할 수 있거든요. 『드래곤볼』에서 아예 지구를 없애버리듯.(웃음)"*

　처음에 다소 서먹하던 분위기는 제가 그의 만화를 대부분 읽었다는 사실이 확인되자마자 확 녹아버렸습니다. 살아난 분위기는 저녁 식사를 겸한 술자리로 이어졌고 막차 시간까지 가지 말라고 붙잡는 지경에 이르렀습니다. 최우리 기자를 포함해 천칭자리 두 명과 물병자리 한 명의 특성을 나누느라 시간 가는 줄을 몰랐습니다. 천칭자리 윤태호는 수없는 오류를 수정하면서 자신을 성찰해온 사람이었습니다. 약점이었던 스토리는 그런 성찰을 통해 오히려 강력한 무기가 되었습니다. 모르는 걸 모른다고 할 수 있는 사람, 흔치 않은 자신감의 소유자를 만나 유쾌한 시간이었습니다. 그래서 진짜 무서운 사람이라는 생각도 들었지만 말이죠. _ 2013년 1월 26일

---

* 윤태호 작가는 2013년 5월부터 〈한겨레〉 토요판에 2면에 걸쳐 「인천상륙작전」 연재를 시작했습니다.

윤 태 호 의 인 생 타 임 라 인

1988년 만화학원에 다니며 노숙하던 때. 남한산성으로 떠난 학원 야유회. 고기를 얻어먹어 감사한 날.

1992년 데뷔 직전 조운학 화실 문하생 시절. 그림만이 전부였던 그때. 스토리에 대한 각성이 없이 그림만 그렸다.

1993년 데뷔 당시 자취방. 이 방에서 만든 원고를 들고 출판사를 돌아다녔고, 여덟 번 퇴짜 끝에 데뷔했으나 4개월 만에 끝.

1994년 데뷔 실패 후 화실 복귀. 난 책상을 없애고 테이블만 놓고 책을 읽거나 소량의 원고만 그렸다.

1997년 제일 좋아하는 작가, '만화가들의 만화가' 양영순과 함께 포이동 자취방에서. 그 덕에 나는 조금씩 성장했다.

2012년 〈미생〉으로 오늘의 우리 만화상과 콘텐츠대상 만화 부문 대통령상 수상.

꼰대가 될 수 없어 행복해요

'게이 영화감독' 김조광수

　　지하철에서 중년 여성 두 분이 흘끗흘끗 저를 쳐다봤습니다. 마침 한양대생 이문식이 임수경 방북사건 재판정에서 "임수경 만세!"를 외치고 구류를 살게 된 부분을 읽던 참이었습니다. 요즘 잘나가는 배우 이문식 씨의 얼굴이 떠올라 피식 웃음이 터졌습니다. 그러자 아주머니들은 책 제목을 한 번, 제 얼굴을 한 번 쳐다보더니 '다 알겠다'는 듯 의미 있는 눈빛을 주고받았습니다. 뭐가 잘못되었나 싶어 제가 읽던 책 표지를 확인했습니다. 시커먼 표지에 빨간 제목이 눈에 들어왔습니다. 『나는 게이라서 행복하다』. 아차, 저도 모르게 슬며시 제목을 가렸습니다.

　　『나는 게이라서 행복하다』는 장편 데뷔작 〈두 번의 결혼식과 한 번의 장례식(두결한장)〉으로 화제를 모은 김조광수 감독을 인터뷰한 책입니다. 너무 재미있어서 한달음에 읽고 나니 엉뚱한 고민이 생겼습니다. 자기 인생을 이렇게 속속들이 바닥까지, 그것도 인터뷰 형식으로 털어놓았는데, 지면의 제약을 받는 신문 인터뷰에서 더 끌어낼 이야기가 과연 뭐가 있을까. 인터뷰를 취소해야 할지, 최우리 기자와 함께 심각하게 고민했습니다. 결론은 김조광수를 믿고 그대로 가보자는 것이었습니다. 서울 혜화동 '청년필름' 근처의 카페에서 그를 대면하는 순간, 우리는 그 고민이 한낱 기우였음을 깨달았습니다. 그는 끝없는 이야깃거리를 가진 사람이었습니다.

호모포비아들한테
이렇게 대응했다

— 『나는 게이라서 행복하다』의 겉표지를 벗겨내면, 다른 제목이 나오더군요. 인쇄하는 중간에 제목을 바꾼 건가요?

"청소년의 경우 동성애자 모임에서 받은 자료집이나 책 때문에 아우팅(원치 않는 정체성의 공개)이 많이 돼요. 아이들의 사생활을 보장하지 않고 책장을 마구 뒤지는 나라니까요. 그런 친구들을 보호하기 위해서 일부러 두 개의 표지를 만든 거예요."

— 실수가 아니었군요. 책과 영화를 동시에 냈으니 참 대단한 기획력입니다.

"원래는 결혼식까지 함께할 예정이었는데 그렇게는 안 됐죠. 2011년 3월에 제 파트너가 커밍아웃을 하고 제가 파트너의 부모님께 인사도 드렸지만, 부모님은 파트너가 공개 결혼식까지 하면 호모포비아들의 공격에 노출되고 당신들의 사생활도 드러날까 걱정하시는 것 같아요. 주변을 정리할 시간을 달라고 하시는데, 우리가 기다리는 게 정답인 것 같아서 기다리는 중이죠."*

— 결혼제도 자체에 대한 회의도 많은데, 예식이 그렇게 중요할까요?

"결혼식 세리머니가 어릴 때부터 로망이었어요. 결혼식을 노천극장이나 광장 같은 곳에서 아주 큰 공연으로 기획하고 축의금을 많이 모아 동성애 인권센터를 만들 계획도 있고요. 김혜수 씨가 사회를 보고 한류 스타들이 노래를 부르는 멋진 결혼식을 통해서 우리 사회가 이만큼 열려 있다는 것도 보여주고 싶어요. 센터가 설립되면 결혼식을 원하는 다른 동성애자들의 예식도 해줘야죠. 사회적 편견을 단숨에 깨는 역할을 하리라 생각해요. 이성애자하고는 형편이 다르죠. 운동 차원에서도 필요한 일이에요."

— 열아홉 살 연하 파트너와의 동거 사실을 밝힌 데 따른 불이익은 없나요?

"그런 게 포털 검색 순위로 올라가는 걸 보면 좀 웃기죠. 호모포비아들의 공격에도 시달리게 되고요. 게이도 싫은데 열아홉 살 연하와 사귀는 게이는 얼마나 싫겠어요?(웃음) 하지만 저는 남들이 뭐라 하든 '남들 때문에 사는 게 아니고 나 좋자고 사는 건데'라고 생각하고 신경을 안 쓰는 편이에요."

— 그래도 인터넷 댓글을 보면 끔찍하잖아요.

"〈디워(D-War)〉를 비판했을 때 저에게 달린 댓글들을 보니 대부분 호모포비아들이 맥락도 없이 비판하는 것이었어요. 가끔은 '너희 아버지 뭐나 빨아라' 하는 글도 있었는데, 그러면 제가 가서 실명으로 댓글을 썼죠. '우리 아버지 2년 전에 돌아가셨거든. 빨고 싶어도 못 빨아, 이년아!'(웃음) 욕설하는 사람의 블로그에 들어가 보면 '나른한 오후에 상큼한 라테 한잔?' 하고 우아한 척하는 글이 올라 있을 때도 있어요. 제가 가서 '나한테 욕설이

---

* 김조광수 감독은 2013년 9월 7일 파트너인 김승환 레인보우 팩토리 대표와 결혼식을 올렸습니다. 물론 김 대표 부모님의 동의도 받았습니다. 그러나 혼인의 법률적 효력을 인정받기까지는 여전히 넘어야 할 산이 많습니다.

나 쓰면서 이럴 수가 있냐?'고 하면 제 댓글을 삭제하거나 자기 글을 삭제해요. 이번에 '19세 연하'로 포털 검색 순위에 올라간 뒤 팬들이 '댓글이 비등비등해요. 좋아졌어요'라고 하기에 들어가 봤더니 좋아지기는 뭘.(웃음) 예전에 제 편이 5퍼센트였다면, 이제 20퍼센트쯤 된 걸 좋아졌다고 하는 거예요. 역시 댓글은 볼 게 아냐."

— 탁현민, 곽현화 씨와 함께 〈나는 딴따라다〉의 진행도 맡으셨는데 일종의 〈나꼼수〉 문화판이죠?

"성소수자 문제와 관련해서 우리 편을 넓혀야 한다는 마음으로 참여했어요. 〈나꼼수〉 팬 중에는 남성주의 마초도 많잖아요. 마초를 동경하는 여성 분들도 있고. 탁현민 씨가 같이 해보자고 제안하기에 '내가 〈나꼼수〉에 비판적인데도 상관없냐?'고 했더니 괜찮다고 하더군요. 탁현민 씨랑 안 맞을 줄 알았는데 만나고 나니 귀여운 면이 있어요, 마초인데 귀여운 마초.(웃음) 〈나는 딴따라다〉를 통해서 성소수자에 관심을 갖게 됐다거나 조금씩 저를 좋아하게 됐다는 분들이 생겨서 기뻐요. 다만 이걸 계속하면 세무 조사나 민간인 사찰을 받는 것이 아니냐고 주변에서 걱정들은 하시죠."

1965년 서울에서 태어난 김조광수의 삶은 여자애들과 함께 둑길의 쑥을 잔뜩 뜯어와 어머니의 칭찬을 들으며 함께 쑥떡을 만들어 먹은 추억에서부터 시작됩니다. 중학교 때는 멋진 남자 선생님과 친구들을 볼 때마다 가슴이 뛰었습니다. 그러나 "호모는 전염되는 나쁜 병"이라는 가르침 때문에 "친구에게 들킬까 봐, 전염시킬까 봐" 두려움에 떨며 어둡고 우울한 청소년기를 보냈습니다. 국어 교사를 꿈꾸었지만 "교직보다는 연극이나 영화배우가 훨씬 어울릴 것 같다"는 선생님과 선배의 조언을 듣고 1983년 진학한 것이 한양대학교 연극영화과. 대학 시절 내내 NL 운동권으로 활동한 그는 군 제대 후 인문대 학생회장까지 지냅니다. 당시 함께 활동했던 이문식, 정윤철, 김명준, 권해효, 정지우, 김용균 등의 후배들은 그를 "들국화의 노래도 퇴폐적이라고 못 듣게 하던 과격한 선배"로 기억한다고 합니다. 운동권 투사는 동성애자라는 정체성을 누구에게도 밝힐 수 없었습니다.

"엄혹한 시기에 나의 정체성 때문에 전선을 흐트러뜨릴 수가 없었어요. '운동권 혼숙' 같은 터무니없는 기사도 나오던 시절이라 보수 언론에 '전대협은 호모 소굴'이라는 기사라도 나올까 봐 겁이 났던 거죠. 후배인 임종석(전대협 의장)하고 방도 같이 쓰고 그랬는데, 당연히 아무 일도 없었지만, '임종석의 애인' 이렇게 나오면 큰일이잖아요.(웃음) 당시 PD 중에는 성소수자 인권운동에 눈을 떠가는 사람도 있었지만, NL의 분위기는 그렇지 못했어요. NL한테 동성애는 미제의 썩은 문화였을 뿐이죠. 정체성을 숨길 수밖에 없었어요."

— 임수경 씨 방북사건 후에는 구속도 됐죠?

"임수경 방북 후에 종석이는 수배가 되었고 누군가 대신 기자회견을 해야 했는데, 종석이가 '광수 형이 하는 게 제일 낫겠다'고 그랬어요. 자타가 공인하는 딴따라니 붙잡혀갈 리 없으리라 생각했던 거죠. 하지만 제가 기자회견장에 들어가니까 웬걸, 기자는 달랑 〈한겨레〉와 〈조선일보〉 둘이고 나머지 300명은 사복경찰이었어요.(웃음) 바로 구속됐고, 집행유예를 받아 나왔죠."

한때 남편에게 맞고 사는
여자들처럼

— 정체성을 감추기 쉽지 않았을 텐데요.

"당시에 저는 예쁜 여자친구라면 동성애를 고칠 수 있지 않을까 생각했
어요. 아주 예쁜 여학생과 데이트를 했는데, 상대방도 곧 저를 좋아했어요.
이유를 물으니 '솔직히 다른 남자들은 두 번만 만나면 여관부터 가자고 하
는데, 너는 한 번도 그런 적이 없다'고 하더군요.(웃음) 저만 자기를 욕망에
달뜬 눈으로 쳐다보지 않았다는 거예요. 거기다가 다른 남자들은 옷 사러
가면 금방 피곤해하는데 저는 두 시간씩 같이 다니며 코디까지 해주니까
좋아했던 거죠.(웃음) 하지만 5~6개월이 지나도 계속 스킨십이 없으니까
나중에는 자꾸 어두운 곳으로 데리고 가며 '정말 나를 사랑하나?'고 묻더라
고요. 그래도 저는 장난만 쳤죠. '너를 지켜주고 싶어서'라는 식의 거짓말도
했지만 결국은 '널 사랑하지 않는 것 같다'고 솔직하게 고백했어요. 나중에
제가 커밍아웃하고 나서 그 친구는 오히려 마음의 치유를 받았대요."

— 정체성을 숨기면서 욕망을 참지 못할 때는 없었나요?

"조직에서 선후배 남자들을 좋아한 적은 있지만 한 번도 말하지 못했어
요. 1990년대 초반에는 종로3가의 파고다극장을 알게 되어 그야말로 참을
수 없을 때면 그곳을 찾아 하룻밤 상대를 만나기도 했죠. 혹시 잡힐 때에 대
비해서 영화사적으로 중요한 영화를 할 때만 골라서 갔고요."

1993년 한총련 출범식을 마친 뒤 NL 운동권과 결별한 그는 1994년 '영
화제작소 청년'에 참여했고, 1998년 청년필름을 설립하여 대표가 됩니다.

청년필름은 1999년 첫 장편 〈해피엔드〉를 칸영화제에 보낸 이후 〈와니와 준하〉, 〈질투는 나의 힘〉, 〈귀여워〉, 〈후회하지 않아〉, 〈분홍신〉 등 열혈 팬을 확보한 문제작을 연달아 내놓았지만, 재정 형편은 늘 바닥이었습니다.

13년을 통틀어 봉급 1000만 원만 받고 버틴 영화제작자 김조광수는 〈조선명탐정: 각시투구꽃의 비밀〉과 〈의뢰인〉이 각각 470만, 240만의 기록적인 관객을 동원한 2011년에야 비로소 빚더미에서 벗어났습니다. 어려운 형편의 그가 2000년부터 제작부와 연출부에 월급 형식의 개런티를 지급한 것은 우리나라 영화 제작 환경을 개선하는 데 크게 기여한 결단으로 평가받습니다. 영화사 내 노조 설립을 격려하고, 〈조선명탐정〉의 수익을 스태프들과 나눈 것도 우리 영화판에서는 이례적인 일이었습니다. 2008년부터는 "주목받고 싶은 연예인병"을 이기지 못해 〈소년, 소년을 만나다〉, 〈친구사이?〉, 〈사랑은 100℃〉 등 주로 동성애자의 성장 과정을 그린 영화를 직접 감독했고, 이 작업은 로맨틱 코미디인 첫 장편 〈두결한장〉으로 이어집니다.

— 회사 대표가 노조 설립을 격려하다니, 재미있군요.

"한때는 사장실에서 노조 회의도 했어요. 민주노총 분들이 우리 회사를 방문한 날 조합원들이 사장실에 모여 있으니까 벌써 사장실을 점거했냐고 할 정도였죠. 제가 인사를 하니까 '농성 중인데 대표가 나오다니 가증스럽다'고 막 째려보고.(웃음) 대규모 노동자 집회에 나갔는데 직원들이 아무도 없어서 '왜 안 나오냐?'고 전화하면 '우리가 거기까지 나가야 해요?' 하며 귀찮아했어요. 그렇게 2~3년 있다가 노조가 없어졌죠. 대표만 적극적이었던 거예요."

— 커밍아웃하는 데 시간이 꽤 걸렸죠?

"영화 일을 시작하면서 영화 하는 친구들에게, 2000년대 초반에 부모님께, 2006년에 사회적으로 완전히 커밍아웃했어요. 엄마는 '평생 너의 본질을 모르고 살다가 죽었으면 정말 억울했을 것 같다. 네가 커밍아웃해줘서 너를 이해할 수 있게 되었고 훨씬 더 친밀한 모자 관계가 돼서 고맙다'고 하셨죠. 뭔가 이상한데 왜 그런지는 몰라서 본인의 잘못으로 돌리고 서로 멀리하던 것이 커밍아웃하면서 쫙 풀린 거예요. 사회적으로 커밍아웃한 뒤에는 오히려 활동 영역도 넓어지고 자신감도 생겼어요."

— 감독님의 성정체성 때문에 투자를 꺼리는 사람은 없나요?

"그런 사람과는 일을 안 하면 그만이에요."

— 감독님의 영화나 인터뷰를 보면 의식적으로 어두운 얘기는 피하시는 것 같습니다. 이별 얘기도 하나쯤 들려주시죠.

"예전 파트너에게 맞고 산 적도 있어요. 첫눈에 반하는 사랑이 저의 로망이에요. 초반에 저를 많이 좋아하는 사람에게 끌려요. 그런데 그런 사람은 집착이 강하기 쉽죠. 자기가 무시당한다고 생각하는 순간 정신적으로 확 돌면서 손찌검을 하고, 그러고는 미안하다고 울면서 매달리고. 남편에게 맞고 사는 여자들과 제가 똑같았어요. 그 순간만 지나면 그 사람이 너무 안타깝고 내가 구원해주지 않으면 안 될 것 같은 느낌. 옆집의 신고로 경찰서에 간 적도 있는데, 경찰은 '당신들 호모야? 호모들이 드러내놓고 싸우기도 하는군' 하면서 비아냥거리고. 그런데도 1년을 더 살았어요. 마지막에는 도저히 안 되겠다, 나부터 구원해야겠다는 생각이 들어서 헤어졌죠. 왜곡된 사랑이었어요."

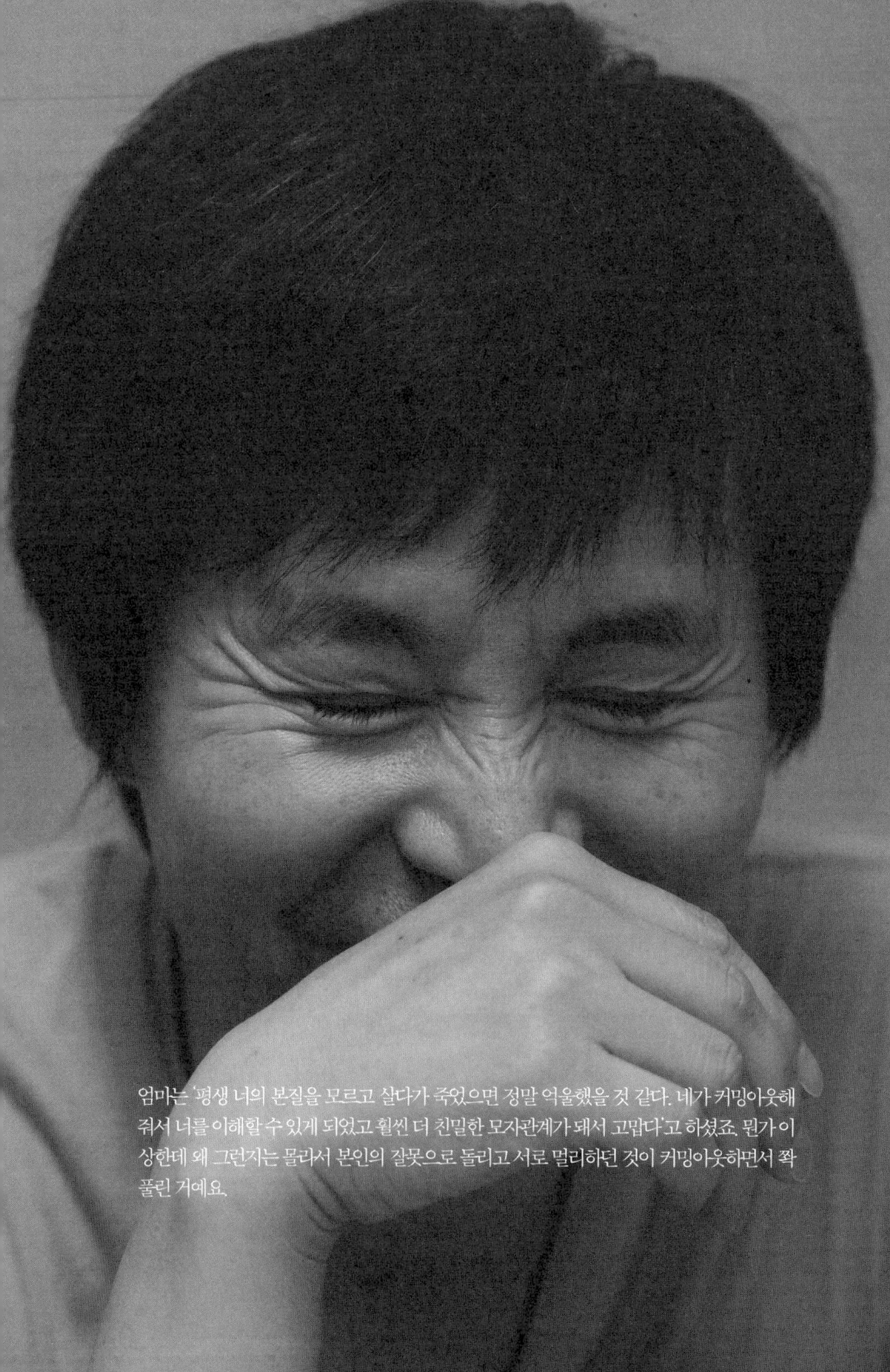

엄마는 '평생 너의 본질을 모르고 살다가 죽었으면 정말 억울했을 것 같다. 네가 커밍아웃해
줘서 너를 이해할 수 있게 되었고 훨씬 더 친밀한 모자관계가 돼서 고맙다'고 하셨죠. 뭔가 이
상한데 왜 그런지는 몰라서 본인의 잘못으로 돌리고 서로 멀리하던 것이 커밍아웃하면서 쫙
풀린 거예요.

수상식장 프러포즈가
스스로도 가장 대견

— 게이들은 사랑의 유효기간이 짧다는 얘기도 있습니다.

"이성애자들은 일상적인 연애가 가능한데 우리는 아니잖아요. 주로 게이
바 같은 업소, 커뮤니티, 인터넷 채팅 등을 통해서 상대를 만나게 되죠. 욕
망이 들끓는 남자들이라 스파크가 금방 일어나요. 아우팅 문제 때문에 서
로의 신상을 묻지 않고 눈빛만 교환한 뒤 바로 대시할 때도 있죠. 금방 불타
올랐다가 금방 식기도 한다는 점에서는 유효기간이 짧을 수 있지만, 사회
적인 억압 앞에 똘똘 뭉치면서 유효기간이 연장되는 면도 있어요. 만나는
게 쉽지 않기 때문에 이런 괜찮은 사람을 언제 또 만날지 몰라 더 오래가기
도 하는 거죠."

— 게이 감독이라 캐스팅의 어려움을 겪기도 했죠? 그런데도 김남길, 유아인, 이제훈 등 신
인 배우를 많이 발굴하셨는데.

"게이라는 이미지가 씌워지면 광고주가 선택을 안 할까 봐 꺼리는 경우
는 있어요. 그러나 게이의 눈이 이성애자 여성의 눈보다 조금 앞서 있어서
신인 발굴에는 유리해요. 아직까지 다수의 이성애자 여성들은 좋아하지 않
는데 게이들이 보고 '얘 괜찮아. 뜰 것 같아' 그러면 곧 뜨는 식이죠. 〈섹스
앤 더 시티〉에도 남자 모델의 경우 먼저 게이 대상 광고에 내보내고 반응이
좋으면 다음에 소녀들, 그다음에 나이 든 여성을 대상으로 한 광고에 내보
낸다는 얘기가 나오거든요. 그래서인지 기획사에서 신인 남자 배우에 대해
어떠냐고 저에게 물어볼 때가 많아요. 그러면 얘기를 해주죠. 이 얼굴에는
키가 커야 해, 얘는 외모는 괜찮은데 키가 커서 안 돼, 얘는 성형을 해줘야

해, 애는 성형하면 절대 안 돼, 이제훈은 코가 백만 불짜리니 다른 데는 모르겠고 코는 놔둬라.(웃음)"

— 인생에서 가장 따뜻했던 순간은?

"〈두결한장〉으로 2010년 서울국제여성영화제에서 상을 받으면서 수상 소감으로 '평생 나랑 살아줬으면 좋겠다'고 파트너에게 프러포즈를 했어요. 나 자신이 로맨틱해 보인달까, 스스로 대견했던 순간이죠."

— 게이라서 정말 행복한가요?

"저는 꼰대가 되고 싶지 않은데, 게이이기 때문에 꼰대가 될 가능성이 계속 차단되죠. 사회적 약자이기 때문에 기득권으로 가기가 어려우니까요. 그래서 행복해요."

그의 이야기를 듣다 보면 웃음과 눈물이 동시에 터져 나올 때가 많았습니다. 〈두결한장〉을 보면서도 그랬습니다. 자기 정체성을 깊이 고민하고 받아들인 사람만의 독특한 향기가 제 웃음과 눈물의 원천을 함께 건드리는 것 같았습니다. 자기가 누구인지를 아는 것은 동성애자뿐 아니라 모든 인간의 과제라는 생각도 들었습니다. 김조광수는 다음 세대에게 "고민이 너무 많으면 일을 그르친다. 자기가 좋아하는 게 있으면 재지 말고 일단 해보라"고 조언했습니다. 소심한 저부터 새겨들어야 할 얘기였습니다.

_ 2012년 7월 7일

김 조 광 수 의   인 생   타 임 라 인

단란했던 우리 가족. 지금 봐도 똘망똘망하다.
아버지는 2년 전에 돌아가셨고 엄마는 할머니가
되셨다.(위 오른쪽)

꽃미남이던 대학 1학년 시절. 게이 정체성을 숨
기고 살아야 했기 때문에 동성과의 연애는 제대
로 해보지도 못했다.

한양대 인문대 학생회장이 되어 청춘을 자주·
민주·통일에 불살랐다. 머리를 깎는 일도 많았
고 단식도 참 많이 했지.

청년필름을 설립하고 어릴 때부터 꿈이었던 영
화 만드는 일을 직업으로 삼게 되었다. 꿈을 이
룬 것만으로도 행복했다.

〈소년, 소년을 만나다〉라는 단편영화를 연출하
면서 감독이 됐다. 《씨네21》에 「소년, 감독이 되
다」라는 기획기사가 실렸다.

김조광수를 간판에 내건 책을 출판하게 되었다.
그 책의 표지 사진. 내가 팔릴까? 잘 팔렸으면
좋겠다.

당신이 굳게 믿는
그것이 진리일까

성노동자 김연희

2004년 성매매특별법이 시행되면서 그에 저항하는 성매매 종사자들의 집단적인 목소리가 표출되었습니다. 최근에는 성매매도 다른 노동과 다를 것이 없다며 스스로를 '성노동자'로 규정하는 적극적인 운동가들도 등장했습니다. 트위터에서 활발한 목소리를 내는 성매매 경력 5년의 스물다섯 살 여성 김연희 씨(@tsukiREN_)도 그중 한 사람입니다. 매년 형사정책 과목의 일부로 성매매라는 해묵은 난제를 다루면서도 당사자를 직접 만나본 적이 없는 저에게, 지난 몇 년 동안 그의 트위트는 성매매 여성의 일상을 알려주는 소중한 정보원이었습니다. 철거 현장 '마리'에서 시작해, 한진, 쌍용차, 현대차 투쟁 현장으로 이어지는 그의 연대 활동도 인상적이었습니다. 공격적인 댓글에 따뜻하게 대응하는 김연희 씨의 태도를 보고,

뚜렷한 자신만의 목소리를 지닌 그를 한 번 만나보고 싶어졌습니다. 금요일 오후 2시, 커다란 빨간 가방을 메고 약속 장소에 나타난 그는 어디서나 볼 수 있는 수수한 20대 여성의 모습이었습니다. 어제오늘 주로 무엇을 하고 지냈는지부터 물었습니다.

성노동자를 일깨워준
'밀사'와 '지지'

"어제 오후 늦게 일어나서 집에 페인트칠을 새로 하고, 애(고양이)들 밥 주고, 저녁 6시쯤 출근해서 지금까지 가게(충남에 있는 안마시술소)에서 일하다가 왔어요."

— 늘 밤을 새우나요?

"기본적으로 밤 10시부터 새벽 4시까지는 일해줘야 하고, 앞뒤로 더 하는 건 제 마음인데, 오늘은 11시 30분까지 일을 했네요. 아침에 잠깐 토막잠을 자기는 했어요."

— 그냥 안마만 받으러 오는 손님도 있나요?

"저희 가게는 그런 손님은 받지 않아요. 그런 분이 있으면 태국이나 중국 마사지로 보내죠. 가끔 '여기는 안마가 왜 이렇게 비싸냐?'고 묻는 분들이 있는데, 그러면 '여기는 아가씨 서비스까지 들어가는 곳'이라고 알려주고 돌려보내요."

— 하는 일을 설명해주시겠어요?

"손님이 오면 먼저 맹인 안마사가 20~30분 정도 안마를 하고, 그다음에 제가 한 시간 정도 '연애'를 해요. 안마시술소의 성노동은 전신 애무 등 서

비스가 많이 들어가거든요. '바디를 탄다'고 하죠. 감정노동 비율이 높은 업종도 있고 육체노동 비율이 높은 업종도 있는데, 안마시술소의 연애는 기술이 필요한 육체노동이에요. 그래서 저도 처음에는 선배 아가씨에게 교육비를 내고 서비스를 배워야 했어요. 손님에게 18만 원 받아서 맹인 안마사가 2만 원 떼고 업소에서도 떼고 나면, 제가 받는 돈은 손님 한 명당 7만 5000원에서 9만 원 사이예요."

— 가끔은 휴게텔에서도 일한다면서요?

"사실은 몇 달 전 바디를 타던 중에 손님이 술에 취해 몸을 돌리는 바람에 제가 '다이'에서 떨어져 어깨를 다쳤어요. 그 후에는 바디를 계속 타면 어깨가 아파서 휴게텔과 안마시술소를 번갈아 가며 일하고 있어요. 휴게텔은 바디를 타지는 않고 그냥 연애만 하죠. 손님이 10만 원을 내면 저에게 6만 원이 와요."

— 일하면서 어려운 점은 뭔가요?

"아가씨를 인간 취급하지 않는 사람이 너무 많아요. 일주일에 두 번 정도는 욕을 하거나 때리는 사람을 만나죠. 성노동이 불법이다 보니 경찰에 신고하지도 못해요. 심지어 콘돔을 끼라고 하면 경찰에 신고하겠다고 협박하는 사람도 있어요. 가장 힘든 것은 단속이죠. 동네 경찰은 평소에 업주에게 돈을 받으니까 괜찮아요. 그런데 외부에서 단속 나오면 진짜 심하게 해요. 성매매를 안 했다고 부인하면 '걸레 같은 년, 다른 아가씨가 다 말했으니까 어서 말하라'고 엄청나게 욕을 하고요. 콘돔이 증거가 되다 보니 아가씨들이 콘돔을 삼키기도 해요. 성매매 여성의 인권을 생각해준다면서 그렇게 단속하는 건 말이 안 되죠. 엄청난 트라우마예요. 그러다 보니 아가씨들이 더 위험한 '조건 만남' 쪽으로 가게 되죠. 함께 있으면 삼촌들이 보호를 해주는데 조건 만남은 그럴 수가 없는데도요."

— 삼촌들이라는 게 조폭 아닌가요?

"요즘은 자영업 하다가 온 업주들, 회사 다니면서 가게를 차린 업주들도 많아요. 솔직히 심리적으로는 조폭인 삼촌이 더 안전해요. 회사원 업주랑 일한 적이 있는데 그때는 문제가 생기면 업주가 해결은 못해주고 매일 맞고 있고.(웃음) 조폭이라 해도 아가씨들을 함부로 대하지 않아요. 아가씨들 숫자는 늘 부족하고 들락날락하니 잘 해줄 수밖에 없죠."

자기 일을 설명하는 김연희 씨의 태도는 지극히 담담했습니다. 손님이 한 명도 없는 날이 있는가 하면, 하루에 열두 명까지 상대하고 "시체처럼 쓰러져 기절하듯 잔 적도 있다"고 했습니다. "뭐든지 사고팔 수 있다는 생각은 신자유주의적인 것 아니냐? 사회경제적 약자가 억지로 성매매에 내몰리는 것 아니냐? 제3자인 성산업만 살찌우는 것 아니냐?"는 식으로 줄줄 이어지는 저의 질문에 대한 그의 답변은 간단했습니다. "세상에 안 그런 노동도 있나요?"

이야기는 자연스럽게 그의 다양한 활동으로 넘어갔습니다.

— 트위터는 언제 어떻게 시작했나요?

"2011년 초에 '밀사(@Milsa_)'라는 학생이 학교에서 여성주의 수업을 듣다가 직접 성노동을 해보겠다고 마음먹고 '성노동 실험'을 하면서 네이버 블로그에 일지를 썼어요. '저런 미친년이 다 있느냐'며 1000개 가까이 악플이 달리고, 네티즌들은 밀사의 학교가 어딘지 개인 신상을 털었죠. 그런데 우연히 읽은 밀사의 글이 저에게는 기분 좋은 충격이었어요. 그전까지는 제가 일을 한다고 생각하지 않았거든요. 그런데 이게 노동이고 직업이라고 생각하니 신선했어요. 밀사에게 '너를 지지한다'는 말을 하고 싶었는데, 개인정보 뜬 걸 보니 밀사의 트위터가 있더라고요. 걔한테 그 말을 해주고 싶어서 트위터를 시작했죠."

— 밀사와 함께 성노동자 권리모임 '지지(GG)' 활동도 하고 계시죠? 지지는 어떤 단체죠?

"2004년 성노동자들의 시위를 보고 충격을 받은 여성문화이론연구소의 여성주의자들이 성노동자 운동과 연대하고자 성노동 세미나를 시작했어요. 그 연속선상에서 만들어진 게 성노동자 권리모임 지지예요. 운동이 침체되는 상황에서 밀사가 성노동 실험이라는 사고를 쳤고, 그 소식을 들은 지지 쪽에서 바로 밀사와 접촉했죠. 밀사가 지지 활동을 함께하자고 저에게 제안했고요. 지지는 제가 집창촌에서 보던 여성운동 하는 사람들과 느낌이 많이 달랐어요."

모범생에서
가출 청소년이 되기까지

— 어떻게 달랐죠?

"그전에 집창촌을 찾아오던 여성운동 하는 사람들은 무조건 우리가 남성들에게 폭력을 당하고 있다면서 '너희는 여기서 벗어나야 해'라고만 했어요. 선물이라고 머리핀 같은 거나 들고 오고.(웃음) 먹고살기 위해서 하루하루 일하는 우리에게 '너희는 강간을 사고파는 거야' 뭐 그런 이야기나 하니까, 듣는 입장에서 굉장히 불쾌했죠. 쌈리(평택의 성매매 집결지)에 있을 때는 업주들이랑 아가씨들이 아예 '여성단체 출입금지'라고 써 붙였을 정도예요.

　그런데 지지 사람들은 '성매매가 현재 불법이기 때문에 폭력을 당해도 피해를 호소할 수 없게 된 것'이라고 설명해줬어요. 일상에서는 듣지 못하지만 현실적으로 맞는 얘기들이었어요. 우리가 일하는 상황에 대해 굉장한 관심을 가지고 물어보기도 했고요. 존중받는다는 느낌이 들었어요. 그래서 활동을 함께하게 됐죠."

— 한진, 쌍용차, 현대차 등 투쟁 현장도 자주 방문하죠?

　"밀사랑 같이 영도에 내려가서 크레인 위의 김진숙 지도위원을 멀리서 보고 손 흔들고 막 울고, 나중에 여의도에 오셨을 때는 만나러 가기도 했죠. 그 후에는 쌍용차를 찾아갔고, 요즘은 2주에 한 번씩 현대차 비정규직 철탑 농성 현장을 찾아가요. 천막 치고 계시니까 먹을 것도 사다 드리고 그러죠. '혜리'라고 저와 함께 성노동하는 친구는 매주 수요일·목요일에 집에서 밥을 해서 쌍용차 밥셔틀에 가지고 가요. 희망식당은 아직은 그저 밥 사먹으러 가는 수준이지만, 좀 더 준비가 되면 지지에서 공식 사업으로 해보려고 계획 중이고요."

— 현장의 노동자들에게 성노동자라고 밝히면 놀라지 않나요?

　"몇 초간 정적이 흐르고, '진짜요?' 하며 깜짝 놀라죠. 그러나 익숙해지면 다른 사람과 다를 게 없어요. 얼굴 다 알고 친하게 지내고."

— 투쟁 현장을 찾게 된 계기는?

　"명동 마리의 철거 현장이 처음이었어요. 용역들에게 맞고 다치는 얘기가 트위터에 계속 올라오는 걸 보고 '그래, 직접 가보자. 몸으로 겪어보자'고 생각했죠. 막상 현장에 직접 가서 보니 용역과 경찰은 서로 인사하며 친한 척하고, 농성자들은 용역에게 맞아서 병원에 실려 가는 상황이 너무 충격적이었어요. 크레인으로 벽을 막 부수고 들어오는데, 움직이지 않고 버티며 거기 앉아 있자니 오만 생각이 다 들더라고요. 저는 어려서 유복한 집에서 보수적으로 자랐기 때문에 투쟁하는 사람들은 다 나쁘고 돈이나 더 받으려고 하는 짓이라고 생각했거든요. 그런데 한 번 가서 딱 겪어보니까 우리 사회가 너무 썩었구나 싶고, 내가 너무 몰랐구나 하는 부채감이 생겼어요."

— 원래 유복한 집안 출신이군요?

"어머니는 외동딸인 저를 키운다고 교사를 그만두셨고, 아버지는 고위 공무원이세요. 저는 학원도 안 다니고 어머니께 공부를 배워 고등학교 2학년 때까지는 전교 1등을 놓친 적이 별로 없었어요. 한 번 2등 했다가 엄청 맞은 기억이 있을 정도로요. 어머니에게 배운 영어가 나중에 대만, 인도, 일본, 태국의 성노동자들과 연대할 때는 큰 도움이 됐죠."

— 해외 성노동자들과의 연대는 어떻게 이루어졌나요?

"2011년 4월에 지지의 사업으로 대만의 코스와스(COSWAS)라는 성노동 운동 단체를 방문해서 교류하고 공부할 기회가 있었어요. 처음에 밀사가 같이 가자고 했을 때는 너무 무서워서 못 가겠다고 제가 발을 뺐어요. 해외에 성매매하러 갔다가 여권을 뺏기고 갇힌 얘기를 많이 들었거든요. 그런데 용기를 내서 지지 사람들과 함께 가보니 코스와스는 성노동자 쉼터도 만들고, 성노동자가 직접 일할 수 있도록 구역을 짜기도 하고, 정치에도 참여하는 등 다양한 사업을 벌이고 있었어요.

대만에 다녀오면서 우리도 불이 붙었죠. 우리나라는 이런 분위기지만 세계적으로는 좀 다를 수도 있구나 하는 걸 알았기 때문이에요. 그 후에는 인도, 일본, 태국도 다녀왔어요. 외국 사례를 보면 반성매매 운동단체들이랑 성노동 단체들이 같은 사무실에서 함께 일하는 경우도 있어요. 입장은 좀 달라도 탈성매매 여성이 도움을 요청하면 같이 도와주고 그러죠. 양쪽이 갈라져서 불법이다 아니다 싸움만 하는 우리 현실은 좀 서글퍼요. 작년에는 아이캅(ICAAP)이라고 부산에서 열린 아시아태평양 에이즈대회에도 적극적으로 참여했어요."

— 유복한 집안 출신이 어떻게 성매매를 시작하게 됐는지.

"고3이 되니까 그런 생활에 슬슬 질리더라고요. 감정을 나누는 대화가 전혀 없는 집이었어요. 아침이면 가족이 신문을 보면서 토론을 하고, 학교 다녀와서는 엄마랑 공부를 했죠. 엄마는 뭐든지 빨리 배우고 한 번 보면 잊어버리지 않는 분이에요. 그래서 저도 뭐든지 잘하기를 바라셨어요. 엄마 때문에 부담감이 컸고, 감정적으로 힘들어도 힘들다고 말 못하는 분위기가 싫었고, 갑갑하기도 하고……. 고민을 많이 하다가 수능 한 달 전에 탈가정했어요."

— 가출한 딸을 찾느라 난리가 났겠군요.

"아니요. 나오면 붙잡을 줄 알았는데, 그렇게 살 거면 나가라고, 우리는 너 필요 없다고 하셨어요. 되게 독한 분들이세요. 그냥 그렇게 관계가 끊어졌어요. 그래서 고시원에 방을 구하고 아르바이트를 시작했죠. 학원 강사, 빵집 종업원, 병원 사무보조, 편의점 알바 등 1년 동안 온갖 일을 다 했는데, 천식 때문에 아파서 쉰다고 하면 영영 쉬라고 잘라버리고, 말도 함부로 하고, 시간당 3000원, 5000원 주면서 사람을 함부로 대하는 거예요. 사장님들이 너무 싫었어요. 돈을 좀더 주는 '빠'에 가서 일해봤지만 거기는 술 마시다가 토하면 '빨리 토한 거 치우고 다시 술 마시러 들어가라'고 하더군요. 그러다가 2008년에 인터넷에서 단란주점 종업원을 모집한다는 광고를 봤어요."

— 가보니까 성매매 업소였군요?

"카페에서 면접을 하며 '손님과 연애하고 술 한잔 마셔주면 된다'고 하는데 무슨 말인지 잘 모르겠더라고요. 출퇴근을 마음대로 할 수 있다고 해서 따라갔더니 빨간 유리창에 아가씨들이 앉아 있는 미아리 텍사스였어요. 인신매매 당하는구나 싶어 깜짝 놀라고 무서워서 울고 있는데, 가게 언니들이 화장시키고 옷을 갈아입혀주더군요. 시작은 정신없었지만 막상 일하고 나서는 옆에서 계속 챙겨주고 최대한 배려받는다는 느낌, 처음으로 사용자와 노동자가 동등한 위치라는 느낌, 공동체라는 느낌이 너무 좋았어요. 첫날 20만 원을 벌고, 몸은 너무 피곤한데 아침에 방에 돌아와 잠 못 자고 계속 생각했거든요. 사장들이랑 매일 신경전 벌이고 추가임금도 못 받는 알바보다 여기가 더 좋구나! 아침에 다 보는 데서 얼마 벌었나 확인하고, 일한 만큼 돈을 나누고, 이모들도 다 착했어요. 그래서 다음 날도 나갔어요."

'마리' 철거 반대에 동참하며
떠오른 죄책감

— 성매매를 시작하는 데 따른 윤리적인 부담은 없었나요?

"가장 친한 친구에게 말했다가 '더럽다'는 얘기를 들으며 비참함을 느끼고 자존감이 깎인 적은 있어도 윤리적인 부담을 느낀 적은 없었어요. 중3 때 첫 연애 상대였던 서른 살 남자가 '다자 연애주의자'였거든요. 그 사람의 영향을 많이 받아서 모르는 사람과 섹스하는 것 자체에 대한 거부감은 없었어요."

— 계속 미아리 텍사스에서 일했나요?

"미아리 집창촌이 철거되면서 공동체도 무너졌어요. 그때는 어쩔 수 없다고 생각하고 다들 다른 곳으로 옮겼거든요. 나중에 마리에서 철거 반대 투쟁에 동참하면서 미아리에서 도망쳤던 데 대한 죄책감을 느꼈어요. 철거 당할 때는 한 사람 한 사람이 굉장히 중요하거든요. 그런데 미아리 집창촌에서는 맞서 싸울 사람이 아무도 없어서 밀렸어요. 영등포 집창촌이 철거될 때도 마찬가지였고요. 파주 용주골에 갔다가 나중에는 룸살롱에서도 일했는데 술 마시는 게 체질에 맞지 않아서 결국 안마라는 업종에 정착하게 된 거죠."

— 일하면서 아는 사람을 만난 적은 없나요?

"룸살롱에서 일하며 대학을 다니던 때, 교수님을 만난 적이 있어요. 다른 과 교수님들이랑 학생지원센터 실장, 부실장 이런 분들이 함께 오셨더군요. 여기서 초이스 당하면 안 된다 싶어서 고개를 숙이고 있었는데, 다음 날 수업에서 당장 알아보셨어요.(웃음) 나중에 제가 대학을 그만두고 나서 교수님이 전화도 주시고 두 번 정도 만나 밥도 사주셨어요. 왜 그런 일을 하냐면서."

— 대학은 왜 그만뒀어요?

"등록금이 400만 원이잖아요. 까마득한 돈인 거예요. 그만한 가치를 하겠지 싶어 대출받아 대학을 갔는데 그 돈만큼 제가 못 배운다는 느낌을 계속 받았어요. 두 학기만 다니고 그만뒀죠."

— 애인과의 섹스보다 일할 때의 섹스가 더 즐겁다는 연희 씨의 글을 보고 좀 놀랐어요. 사랑과 같이 가는 섹스가 더 즐겁다는 게 통념 아닌가요?

"저는 아니에요. 제가 엄청 사랑했던 옛날 남자친구가 있는데요. 처음에 두세 번만 함께하고 거의 3년을 같이 살면서 섹스리스로 지냈어요. 남자친구도 제가 하는 일을 알았고요. 생활을 공유하는 건 너무 좋은데 섹스는 하기 싫은 거예요. 일반화할 수는 없겠지만, 적어도 저에게 섹스와 사랑은 별개였어요. 저는 오히려 일할 때가 역할 구분이 분명해서 좋아요. 애인하고 섹스할 때는 내가 어느 정도를 해주고, 어느 정도를 받아야 하는지 잘 모르겠고 심리적으로 불편하거든요."

— 일하면서 느낀 한국 남자들의 특징이 있다면?

"말을 안 듣는다는 느낌. 외국 손님보다 배려심이 부족하고 거칠어요. 다들 정말 외롭고요. 자기가 집에 돈만 벌어다주는 기계 같다는 분, 연애 상담하는 분, 잠깐 친구가 필요하다는 분, 심지어 저하고 애니팡 게임만 하다가 그냥 가는 손님도 있어요.(웃음)"

— 성매매가 범죄라고 믿는 사람들에게 해주고 싶은 말이 있다면?

"자신이 굳게 믿는 것에 대해서 한 번쯤 물음표를 던져봤으면 좋겠어요. 우리가 당연하게 생각했던 것이 진리가 아닐 수도 있으니까요."

성매매 관련 논문 수십 편을 읽는 것보다 훨씬 많은 것을 배운 시간이었습니다. 당사자의 목소리가 갖는 힘을 절감했습니다. 유기되어 안락사를 기다리는 고양이 열세 마리를 맡아 키우느라 지방으로 내려갔고, 지금은 채식과 생식의 새로운 삶을 고민한다는 김연희 씨의 진지한 태도에도 박수를 보내고 싶었습니다. 다만 "꼬꼬 할머니가 될 때까지 이 일을 계속하고 싶다"는 그의 꿈이 이루어질지는 의문이었습니다. 한 가지 일을 평생 계속하기에는 너무 재능이 많은 사람이라는 느낌을 받았기 때문이었습니다. 멈추지 말고 그 지평을 계속 넓혀가기를! _2012년 11월 1일

김 연 희 의 인 생 타 임 라 인

술 먹는 업종이 맞지 않아 2010년 안마시술소에 뛰어들다.

성노동자 운동에 뛰어들어 한 첫 행동. 영등포 집창촌을 억압하는 데 반대하며 타임스퀘어 앞에서 벌인 피켓 시위.

부산에서 열린 10차 아시아태평양 에이즈대회(ICAAP10)에서 「성매매특별법이 한국 성노동자에게 미치는 영향」을 발표.

방콕에서 열린 성노동 법안, 인권, 에이즈 바이러스 관련 유엔 회의. 한국은 성노동 분야에는 처음으로 참석했다.

국내에서 많은 사람을 만날 수 있는 기회를 준 경순 감독의 영화 〈레드 마리아〉 '관객과의 만남(GV)'.

일본 교토대에서 열린 '성노동의 국제화' 심포지엄 참가. 한국의 노동 상황과 이주 성노동자에 대해 발제하고 토론했다.

2장

자아를 찾아 떠나는 인생 여행

함께 공부하면
자신의 꼬라지를 알게 되죠

고전연구자 고미숙

2004년 출간된 『아무도 기획하지 않은 자유』는 수유리의 작은 공부방에서 소수의 국문학 연구자들로 시작된 모임이 서울사회과학연구소의 사회과학자들과 결합해 '수유+너머'라는 연구공동체로 성장하는 과정을 역동적으로 보여준 '인류학 보고서'입니다. 소모적인 교수 임용에 매달려 '정력을 탕진'하느니 경제적 자립과 배움이 가능한 '열린 광장'을 만들겠다는 젊은 고전연구자 고미숙의 꿈은 곧 300평이 넘는 용산의 옛 정일학원 건물로도 모자라는 엄청난 규모로 확장되었습니다. 이 거대한 공동체는 2011년 '수유너머 R', '수유너머 N', '인문팩토리 길' 등 여러 모임으로 분립되었고, 의역학으로 관심 영역을 넓힌 고미숙은 남산 자락의 '감이당'으로 활동 무대를 옮겼습니다. '열하일기 3종 세트'와 '달인 3종 세트'에 이어『고미숙의 몸과 인문학』으로 최근 '동의보감 3종 세트'를 완간한 그를 만나기 위해 감이당을 찾았습니다. 약속 시간보다 조금 일찍 도착한 우리는 2000원만 내면 누구나 먹을 수 있는 정갈하고 맛있는 식사를 함께하면서 공부와 삶이 분리되지 않는 공동체의 모습을 살짝 엿볼 수 있었습니다. 대구 수성아트피아에서 세미나 강좌를 마치고 귀경한 고미숙 선생은 지방 강연의 의미로 말문을 열었습니다.

교회 다닌다고
명리학 배우면 안되나요

"2007~2008년경부터 더 이상 '부자 되세요!'만으로는 살 수 없게 됐어요. 수강생들의 수준이 굉장히 높아졌고 인문학적 수요도 전방위로 확장되었죠. 처음에는 제가 지방으로 강의를 가지만, 수강생들 사이에 글쓰기를 본격적으로 배우겠다는 욕구가 생기면 세미나를 하게 되고, 그다음에는 수강생들이 서울까지 직접 올라오게 돼요. 도시락을 싸든 이들이 새벽에 모여 열차를 타고, 거기에서 시험공부를 하고, 감이당에서 공부가 끝나면 남산을 타고 서울역까지 걸어가죠. 함께 걸어가는 것도 공부거든요. 스스로 배움을 구하러 찾아다니는 주체가 되는 거죠. 그렇게 공부해서 스스로 지성을 생산할 수 있게 되면 (서울까지 올 필요 없이) 거기서 그냥 가르치면 되는 거예요. 몇 년 뒤에는 지방에서 자체 순환이 돼야죠."

감이당과 남산강학원에서 '수유너머'를 떼어내게 된 이유를 묻자 그는 "명(名)과 실(實)의 불일치를 극복하는 것이 공부"라며 "훌륭한 선생은 추격

하는 제자에 앞서 도망가는 자"라는 박노해의 시를 인용했습니다. 포화 상태의 수유+너머가 분화를 준비할 때 그는 이미 『동의보감』 세미나를 진행 중이었고 새로운 그룹 이름을 감이당으로 정한 상태였기 때문에 굳이 수유너머라는 이름을 짊어지고 다닐 필요가 없었다는 것입니다. 이야기는 자연스럽게 연암 박지원과 다산 정약용을 주제로 퇴고를 앞둔 라이벌 평전으로 이어졌고,* 명리학적으로 물(水)이었던 연암과 불(火)이었던 다산에 대한 설명은 고미숙이 명리학에 관심을 갖게 된 계기로 물 흐르듯 연결되었습니다.

"몸이 안 좋아서 『동의보감』을 배우다가 엉뚱하게 명리학에 눈뜨게 됐어요. 몸이 운명의 현장인데, 그 90퍼센트는 자율신경이라는 무의식으로 이루어져 있어요. 명리는 내 안에 있는 그 무의식의 장을 보는 거예요. 심리상담을 해도, 정신과에서 약을 받아 먹어도, 온갖 포스트모더니즘을 공부해도, 내가 무의식적으로 왜 그런 행동을 했는지 절대 알 수 없어요. 그런데 명리학은 기초만 배우면 그동안 내가 왜 그렇게 살아왔는지 절반은 해명이 돼요. 토(土)의 기운이 지나치면 식욕을 조절하기 어렵고, 수(水)의 기운이 많으면 유머러스하지만 꼼수를 부리는 등등. 내 몸의 리듬이 이렇구나 하는 걸 알아야 반성을 하든지 새 출발을 하든지 할 수 있죠.

저도 인생의 반은 열렬한 기독교인으로 살았어요. 그러나 교회에 다닌다고 물리학이나 미적분을 안 배우는 건 아니잖아요. 부질없는 편견 때문에 명리학이 음성화되어 그 지적인 담백성까지 놓치게 된 것이 안타까워요. 다산 선생도 유배지에 가서 주역을 마스터했어요. 그러면서 자기 운명

---

* 연암 박지원과 다산 정약용을 주제로 한 라이벌 평전은 2013년 6월 『두 개의 별 두 개의 지도』라는 제목으로 출간되었습니다.

을 받아들이게 되죠. 명리학은 길흉화복을 점치는 게 아니라 자기 자신을 객관화해서 바라보는 우주적인 거울이에요. 천지자연, 봄여름가을겨울, 절기, 오행의 거울에 비추어 자신을 바라보는 거죠."

— 요즘 SNS에서 주기적으로 벌어지는 일종의 '사냥' 현상이 있잖아요. 사건만 터지면 모두가 나서서 미친 듯이 돌을 던지는 거요. 개인의 병리현상이라기보다는 사회적인 문제 같은데 명리학이 이런 문제에도 답을 주나요?

"억압된 측면이 폭력으로 나타나는 거예요. 언어 폭력이 제일 쉬우니까요. 옛날에는 열대여섯 살에 결혼을 했잖아요. 연애나 짝짓기 때문에 고민할 시간이 없었고 그때쯤 당연히 결혼하고 성욕도 해결한 건데, 지금은 그게 완전히 차단됐어요. 결혼적령기가 이제 서른세 살이더라고요. 옛날의 딱 두 배가 된 거죠. 에너지가 제일 활발할 때 딱 갇혀 있게 된 거예요. 그런데 그 에너지가 어디 가나요? 우주적으로 절대 사라지지 않아요.

이 시기를 너무 모범적으로 넘기면 중년에 폭발해요. 중딩도 문제지만 50~60대도 안정적이지 않아요. 중딩들은 아무것도 없으니 자기들끼리 싸우고 마는데, 50~60대는 돈과 권력을 갖는 나이이다 보니 주로 성과 관련한 사고를 치죠. 나중에 왜 그랬냐고 물어보면 자기도 몰라요. 그렇게 자기를 모르면서 하는 행위가 많아질 때 명리학적으로 '흉하다'고 해요. 명리학적으로는 돈이 갑자기 제어할 수 없을 정도로 많이 들어오면 그것도 흉하다고 하죠. 명리학, 의역학의 핵심은 자기 운명을 마지막 순간까지 스스로 조절하는 데 있어요. 대단한 공력이 필요하죠. 그런데 이걸 훈련할 기회가 전혀 없어요. 그런 훈련 없이 그저 참고 또 참고 억누른 사람이 40대에 성공을 해요. 성공해봤는데 허전해. 맛있는 걸 먹어도, 집이 아무리 커져도 충만함이 없어. 그럴 때 자기성찰로 나아가면 그나마 출구가 있는데 그런 경우는 드물고, 대개 성이나 도박으로 나가요. 그런 사건이 터질 때마다 예전에는 '도덕적으로 어떻게 저럴 수가' 했는데 이제는 그냥 안타까워요."

— 사실 저도 『욕망해도 괜찮아』라는 책에서 비슷한 얘기를 했는데요. 사회 전체적으로 '몸'의 문제를 너무 무시했다가 벌을 받고 있는 것 같기도 해요.

"그런 병이 있어요. '음허화동(陰虛火動)'이라고. 음이 신장인데 그게 허해. 그러면 화가 올라가서 망동을 하거든요. 우리나라에 이 병에 안 걸린 남성이 있을까 싶어요. 걷지를 않고 운동을 안 해서 신장은 다 약해요. 음이 허한 거죠. 그럴 때 불이 망동을 하면 여성은 명품 쇼핑에 미치거나 사교육으로 애들을 잡아요. 보통 사람은 백화점에 다녀오면 기진맥진해서 쓰러지는 게 정상인데 백화점에 다녀와서 기분이 너무 좋아지면 그것도 음허화동이거든요. 남성들은 주로 제어되지 않는 성욕으로 나타나요."

— 그럼 어떻게 해야 하죠?

"우선 이게 몸의 문제임을 자각해야죠. 남자들끼리는 그런 사고를 친 친구들을 보면서 '더럽게 재수 없다'고 생각하지 '인격이 이상해'라고 생각하지는 않을 거예요. 여자도 남자의 몸을 모르고 남자도 여자의 몸을 너무 몰라요. 그래서 엇갈려요. 서로 모르니 자꾸 숨기게 되고 음허화동은 더 심해져요. CCTV를 더 많이 설치하고 형량을 높이고 거세한다고 해도 해결되지 않아요. 몸의 문제를 자기가 조절하는 게 윤리예요. 도덕이 아니고요. 도덕은 선악을 나누잖아요. 우리 연구실에서는 '여름에 특히 조절이 안 되는 사람들, 불 기운이 많은 사람들은 터놓고 얘기하라'고 해요. 남들은 다 돌을 던져도 우리는 어떤 기저인지를 아니까요. 음을 보호하는 약을 먹고 하루 몇 시간씩 걸으면서 자기를 돌아보라고 조언하죠. 이건 죄나 악의 문제가 아니거든요."

뒤이어 그는 의역학을 통해 몸과 우주의 정치경제학을 깨닫고 나니 "지금이야말로 백수의 천국 시대"임을 알게 됐다고 이야기했습니다. 곳곳에 도서관이 있어 도시락만 싸가지고 다니면 원하는 책을 마음대로 읽을 수 있고, 남산 주변의 친환경적인 산책 코스를 공짜로 걸어 다닐 수 있는데, 기실 이것이야말로 누구나 부자가 되면 자기 집에 가져다 놓고 누리고 싶은 인생 아니냐는 것이었습니다. 인터넷의 폭력성, 성형수술의 문제점 등 온갖 현상들을 의역학의 관점에서 풀이하는 그의 설명은 시간을 잊을 만큼 재미있는 지식의 향연이었습니다.

지옥에서 보낸 한철,
인생을 바꾸다

사주를 보면 공부운과 조직운만 나온다는 물[水]의 사람 고미숙은 1960년 강원도 정선군 함백의 탄광촌에서 광부의 딸로 태어났습니다. 화전으로 살아가던 동네에 자그만 탄광이 개발되면서 광부 생활을 시작한 스물다섯 살의 아버지가 하숙집 딸이던 스무 살의 어머니와 덜컥 눈이 맞아 갖게 된 아이가 그였습니다.

"엄마랑 아버지는 임신인지도 몰랐대요. 입덧을 하는데 감기에 걸린 줄 알고 약 사다 주고 그랬다니까요. 결혼식은 제가 초등학교 들어가기 직전쯤 올리셨어요. 과자를 많이 사다주고 저를 외가에 맡긴 뒤 결혼식 하러 가던 엄마, 아버지 모습이 기억나요. 혼전 임신의 결과물인 저는 부모님을 연결하는 귀중한 존재였고, 그래서인지 남녀차별을 받은 적이 없어요."

할머니, 부모님, 삼남매에 삼촌, 고모까지 아홉 식구가 한 방에 살았던 가난한 환경에서 그는 일찌감치 인간의 희로애락을 보았고, 왜 세상에 이렇게 고난이 많은지 고민하며 교회를 찾았습니다. 춘천여고를 거쳐 78학번으로 고려대 독문과를 졸업하기까지 '환자'로 불릴 만큼 독실한 기독교인이었던 고미숙은 "너무 무식해서 자유가 없었던, 어리바리하고 허랑방탕한" 대학 시절을 보냈습니다. 그런 그에게 새로운 삶을 열어준 것은 1984년 대학원 국문과에 진학하면서 만난 '공부'였습니다.

"고전문학은 무조건 지구력 있는 놈이 살아남는 거예요. 재능이고 테크닉이고 다 필요 없어요. 성실함 말고는 다른 게 없어요. 한문을 전혀 모르는 상태에서 선배들의 혹독한 수련을 받았죠. 석사 논문을 쓸 때까지 제가 겪은 글쓰기 훈련은 '지옥에서 보낸 한 철'이라고 할 수 있어요. 그 수련으로 제 인생이 바뀌었어요. 1년 동안 단 한 번도 세미나에 빠지지 않았어요. 그렇게 돌파하니 선배들이 제가 독문과 출신인 걸 의식하지 못했어요. 공부의 기초를 집중적으로 훈련받은 그때가 내 인생 최고의 시간이었어요."

그러나 1994년 박사학위를 받은 그를 맞이한 세상은 결코 호락호락하지 않았습니다. 그를 완전히 질리게 한 것은 연봉을 얼마 줄지는 알려주지 않으면서 고등학교 성적증명서까지 떼어 오라고 요구하는 대학들의 태도였습니다.

"대학교수가 되고 싶었던 것은 지도교수님처럼 살고 싶었기 때문이에요. 제가 방 조교를 할 때 선생님이 어디 지방이라도 가서 자리를 비워야 조교들의 해방구가 되는 건데, 우리 선생님은 온종일 방에서 공부만 하셨어요. 잡일 없이 공부만 하시는 모습이 너무 멋있었죠. 저녁이면 조교들을 다 불러 학교 앞 '골목집'에 가서 모둠 회랑 소주를 먹는 게 일주일에 3~4회였는데 그러면서 또 사교육을 받는 거예요. 거기서 듣는 말로 논문도 쓰고, 쓰다가 안 풀리면 또 술자리에 가서 묻고 또 듣고, 그게 대학인 줄 알았죠. 그런데 1990년대 대학은 회의, 서류, 보고서에 시달리는 곳이 되어버렸어요."

마르크스주의를 함께 공부하며 형성되었던 네트워크가 1990년대 후반 완전히 증발하고 모두 각개약진을 하게 된 상황도 절망적이었습니다. 숫기도 없고 내성적이었지만 중학교 때부터 늘 조직을 만들어 누군가와 함께 공부했던 고미숙에게 중요한 것은 마르크스주의 자체가 아니라 그걸 공부하는 네트워크였기 때문입니다. 대학교수직을 포기하고 네트워크까지 무너진 황무지에서 그가 시작한 수유리 공부방은 수유+너머를 거쳐 감이당까지 꾸준히 이어진 연구공동체의 모태였습니다.

— 무슨 돈으로 그런 공동체들을 꾸려왔는지 궁금합니다.

"종잣돈에 해당하는 건 제가 받는 강사료, 인세 등으로 충당했고, 일상적인 운영은 멤버들과 함께 꾸려왔죠. 그렇다고 분에 넘치는 건 절대 안 해요. 충분히 쓰고 남는 게 있으면 청년 백수들을 위한 이런저런 프로그램을 만들고 있죠. 공동주택이나 글쓰기 장학금 같은 것 등등. 자식이 없으면 모든 어린애들이 자식이잖아요. 제도권의 후원금은 절대 받지 않아요. 지원을 받으면 서류를 남겨야 하는데 제가 가장 싫어하는 게 서류예요. 서류가 개입하면 자발성과 창발성이 손상되거든요."

배신을 많이 하기도 하고 많이 당하기도 해서 저는 '배신의 달인'이에요. 다들 공동체에 대한 환상을 가지고 모였다가 엄청난 번뇌를 겪었죠. 그러면서 명분으로 만나고 명분으로 헤어지는 게 얼마나 무의미한지, 감정이라는 게 얼마나 중요한지를 깨달았어요.

— 공동체가 항상 이상적일 리는 없을 텐데 혹시 배신을 당한 적은 없나요?

"매일매일이 배신의 연속이죠.(웃음) 배신을 많이 하기도 하고 많이 당하기도 해서 저는 '배신의 달인'이에요. 다들 공동체에 대한 환상을 가지고 모였다가 엄청난 번뇌를 겪었죠. 그러면서 사람에 대한 공부를 하게 됐고, 명분으로 만나고 명분으로 헤어지는 게 얼마나 무의미한지, 감정이라는 게 얼마나 중요한지를 깨달았어요. 불교의 승가공동체, 유교의 강학원, 기독교의 수도원뿐만 아니라 바둑이나 무술을 배워도 함께 먹고 자면서 공부를 하잖아요. 그러면서 자신의 꼬라지를 알게 되고, 나락까지 떨어지기도 하죠. 그러다 문득 이게 인류가 살 수 있는 최고의 삶인 것을 알게 되죠. 번뇌가 곧 보리라는 게 이런 거구나. 이런 걸 겪지 않고 어떻게 깨달음이 오나 싶어요."

비판적 글쓰기와
독설을 중단한 이유

— 1996년에는 이문열의 『선택』을 '세기말을 배회하는 가부장제의 망령'으로, 1999년에는 공지영, 신경숙 등의 작품을 '추억과 연민의 미학'으로 비판하면서 언론의 주목을 받았습니다. 그런 날 선 글을 더 이상 볼 수 없는 이유는?

"동양학을 배우면서 비판적인 글쓰기, 독설을 중단했어요. 우리가 비판을 하고 독설을 할 때는 상대방과 나 사이에 새로운 공명의 지대를 만드는 게 목적인데 그렇게 되는 경우는 거의 없거든요. 논리로 싸우자고 하지만 감정을 다치게 돼요. 그러면 감정의 문제를 따져야 하는데 서양 학문은 그걸 하지 않죠. 연암은 '남을 비판하면서 명예를 얻는 건 선비가 해서는 안 되는 일'이라면서 자기가 젊어서 쓴 작품을 불태운 적도 있어요. 상대방의 단점이나 허물을 통해서 내가 일어서는 것은 아무리 잘해도 예속적인 글쓰기예요. 설득을 해도 피차 자기 생각을 절대 바꾸지 않는다면 논쟁이 무용지물 아닌가요."

― 여기서 더 나가면 혹시 도를 닦는 종교적인 성격을 띠게 되는 것은 아닌지.

"의역학에다가 글쓰기까지 하려면 진짜 용맹정진해야 해요. 학기말마다 1박 2일 에세이 발표를 하면 자신의 글이 갈가리 해체되는 아픔을 맛보게 되는데, 그러다 보면 자식 걱정, 남편 걱정, 돈 걱정, 온갖 번뇌가 사라지고 얼굴이 해맑아져요. 학벌은 진짜 좋지만 글쓰기의 기초도 모르던 친구들이 칭찬은커녕 태어나서 처음으로 온갖 욕지거리를 다 들으며 카타르시스를 느끼게 되죠. 그러고 나면 다른 생각이 없어지고 그냥 배가 고프다, 내가 살아남았구나 하는 생각만 남아요. 그렇게 지성을 연마하다 보면 영성을 터득하는 길도 열리겠죠."

고미숙은 스스로 정의한 대로 "공부와 밥과 친구의 일치를 꿈꾸는 사람"이었습니다. 그래서인지 이번 만남은 전체적으로 인터뷰라기보다는 강연에 가까웠습니다. 어떤 질문을 해도 공부와 공동체로 연결되었습니다. 기름기가 다 빠진 그의 담백함에서 종교적 향기가 나는 이유는 뭘까, 고개를 갸우뚱하며 감이당을 나섰습니다. 늦은 밤에도 감이당은 공부하는 사람들의 열기로 뜨거웠습니다. _2013년 4월 13일

고 미 숙 의 인 생 타 임 라 인

중3 때 친구들과 성황당 아래에서. 가난했지만 '축구와 친구와 책'으로 충만했던 시절이다.(오른쪽)

대학원 동학들과 엠티 때. 대학원 시절은 '지옥에서의 한 철'이자 내 공부의 불멸의 토대이다.(윗줄 오른쪽)

1994년 박사학위 수여식 때 엄마랑. 광산촌 출신이건만 박사학위까지 별 고생 없이 통과한 건 부모님 덕분이다.

이 고북구(구베이커우) 장성을 넘어 연암은 미지의 땅 열하로 들어갔다. 2003년 나도 그 길 위에 섰다.

2004년 가을 코넬대학에 한 학기 취업(?)하면서 뉴욕과 '운명적으로' 만났다. 감이당의 다음 비전은 뉴욕이다!

'수유+너머' 시절. 공동체는 사람을 만나는 곳이면서 동시에 헤어지는 곳임을 알게 되었다.

난 프티부르주아,
죄책감은 사라졌다

희망제작소 기획이사 유시주

1986년 5월 3일 인천에서는 대규모 민주화 시위가 벌어졌습니다. 당황한 전두환 군사독재 정권은 배후 세력 검거에 나섰고, 5월 6일 밤 국군 보안사령부는 서울 잠실의 한 아파트를 급습하여 서울노동운동연합(서노련) 핵심 간부들을 검거했습니다. 베란다 유리창을 깨고 들어오는 보안사 요원들에 맞서 김문수 등 남성들이 대걸레 자루로 대항하는 동안 서혜경, 유시주 등 여성들은 화장실 세숫대야에 문건들을 불태웠습니다.

서울대 국어교육과를 졸업하고 짧은 교사 생활을 거쳐 가리봉전자에 위장취업해 이미 해고자가 되어 있던 스물네 살의 유시주는 그날 밤 말로만 듣던 보안사 장지동 분실의 '하얀 방'에서 자신도 고문을 당하면서 밤새 김문수의 끔찍한 비명 소리를 들어야 했습니다. 고문자들이 알고 싶어했던 것은 심상정과 박노해의 소재였습니다. 사라진 동생의 행방을 찾아 나선 유시민은 다른 구속자 가족들과 함께 장지동 분실의 대문을 흔들며 불법 구금에 항의했고, 조영래와 박원순을 비롯한 인권변호사들은 구속자들의 변론을 맡았습니다. 그날의 '젊은 그들' 중 김문수, 심상정, 유시민은 2010년 경기도지사 선거에서 격돌했고, 박원순은 2011년 가을 서울시장이 되었습니다.

초등학교 백일장 장원을 시작으로 고등학생 때는 《여학생》 문학상까지 거머쥐었던 문학 소녀 유시주는 1987년 출소 후 구로노동자문학회에서 노동자문예운동을 벌였고, 생계를 위해 출판사 편집장, 자서전 대필 작가, 대기업의 사사 집필자 등으로 일하며 『거꾸로 읽는 그리스 로마 신화』라는 스테디셀러를 남겼습니다. 결혼하여 아들을 키우면서는 어린이집 공동 운영, 생협, 아파트 입주자대표회의 등에 참여해 (본인 표현에 따르면) "겸손한 또는 저렴한" 이력을 쌓았고, 박원순의 제안으로 희망제작소에 참여한 후 '우리 시대 희망찾기' 연구위원을 거쳐 부소장과 소장을 지냈습니다.

사람 앞에 나서기 싫어하는 그의 성격을 알기 때문에 몇 차례 거절당하고 인터뷰를 포기했는데, 며칠 전 예상치 못한 전화를 받았습니다. 희망제작소 소장을 그만두고 기획이사로 내려앉으면서 편안한 마음으로 북한산에 올랐다는 그의 목소리는 밝았습니다. "인생 3기를 시작하는 기념으로 인터뷰에 응할게요. 좀 더 명랑하고 밝은 분위기로 자유롭게 살고 싶다는 선언이에요." 부리나케 짐을 챙겨 희망제작소를 찾았습니다.

박원순이 이명박과
뭐가 다르죠?

— 희망제작소 소장을 그만두고 뭘 하며 지내셨어요?

"해방 기념 주간을 보내고 있어요. 청소와 빨래를 하고, 애 밥해주고, 산
에 가고, 책 읽고."

퇴임 후 한 달 동안 그는 『밀레니엄』부터 『백의 그림자』에 이르기까지 다
양한 소설을 읽었다고 했습니다. 인터뷰 도중에도 쿤데라, 하벨, 오웰, 숄로
호프, 아렌트, 임화 등의 작품에 나오는 여러 묘사들을 적절히 인용하며 자
신의 상황을 설명했습니다. 문학은 여전히 그의 힘이었습니다.

— 희망제작소 소장은 어떻게 맡게 됐나요?

"원래는 어떤 조직에도 소속될 마음이 없었는데, 『우리는 더 많은 민주주
의를 원한다』의 집필을 마친 후에 '우리시대 희망찾기' 시리즈 전체의 감수
를 맡게 되었고, 그 과정에서 연구원들과 친해지다 보니 발목이 잡혔어요.
희망제작소가 급성장하면서 일이 굉장히 많아졌고, 조직 내부에 여러 문제
도 발생해서 해결책을 찾고자 2008년에 '성장통'이란 이름의 태스크포스
팀이 만들어졌거든. 제가 팀장으로 최종보고서를 작성했는데 그 발표 때
상임이사님(박원순 변호사)이 불쑥 제게 소장을 하라시는 거예요. 말도 안 된
다고 거절했지만 결국 부소장을 맡게 됐고 2009년 6월에 소장이 됐죠."

— 당시 성장통 팀이 진단한 희망제작소의 문제는 무엇이었나요?

"일은 많고 높은 질까지 요구되는데 그걸 따라가지 못해서 힘들어하는

연구원들이 많았어요. 조직을 효율적으로 이끌어갈 시스템을 갖추지 못한 게 문제였는데, 상임이사의 독특한 리더십도 원인 중 하나였죠."

— 독특한 리더십이라면?

"상임이사가 엄청난 일 중독자거든요. '두 개의 뇌, 두 개의 심장, 두 개의 폐를 가졌다'고 저희가 농담을 하는데, 열성에 비해서 일을 조직적으로 꾸려나가는 훈련된 미덕이 부족하세요. 여러 직급이 섞여서 일을 하는데, 상임이사는 관료적이거나 권위적인 걸 싫어하셔서 자기 방식대로 일을 하다 보니 상임이사 한 분에게만 힘이 집중되는 문제가 생겼죠. 남에게 요청하는 것 이상으로 자신도 열심히 일하는 분이라서 연구원들은 반발도 못하고 기만 죽었어요. 그래서 성장통 팀에서는 상임이사에게 집중된 힘을 완화시키자는 제안을 했죠."

— 여러 번 거절하다가 결국 소장 제의를 받아들인 이유는 뭐였죠?

"상임이사는 창립 후 5년이 되면 조직을 떠나는 지병이 있어요.(웃음) 의미 있는 작업을 시작해 튼튼한 토대를 만들지만 떠날 때는 완전히 내려놓는 훌륭한 분인데, 희망제작소에서도 마찬가지일 거라고 다들 예상했죠. 상임이사가 떠나기까지의 과도기에 제가 일정한 역할을 수행할 수 있으리라 생각했어요. 무엇보다 일 욕심과 아이디어가 많은 상임이사가 투하하는 '폭탄(일거리)'을 막을 사람이 필요했거든요.

다행히 저는 운동권 시절 자라를 보고 놀란 적이 있기 때문에 솥뚜껑을 봐도 항상 경계심을 늦추지 않는 습관이 있어서 어떤 교리, 권력, 위대한 인물에도 100퍼센트 빠져들지 않아요. 인간은 누구든지 불완전하고, 불완전한 인간이 만드는 어떤 조직도 불완전하다고 생각하죠. 그래서 상임이사가 굉장히 훌륭한 분이기는 하지만, 저는 충성심 같은 걸 갖고 있지 않았어요.

저는 소리 내서 싸우는 스타일은 아니지만 저만의 방식으로 조직 내부를 조정하며 상임이사의 폭탄을 막았죠."

— 어떤 방식이죠?

"'네' 해놓고 뭉갤 때도 있었고요. 크게 충돌해서 한 번은 사표를 쓴 적도 있어요.(웃음)"

— 박 시장의 장점과 약점을 꼽는다면?

"우리 사회의 공적 과제에 대한 엄청난 몰입과 헌신성이 장점이죠. 자신을 돋보이게 하려는 사심이나 위선이 전혀 없고, 선량한 얼굴이 보여주는 그대로예요. 약점이라면 '일 중독이라는 면에서 박정희, 이명박과 뭐가 달라요?' 하고 제가 직접 말씀드린 적도 있어요.(웃음) 공적인 마인드로 충일한 분이어서 제 개인적으로는 사실 매력을 못 느꼈어요. 저는 어떤 위대한 인물이라도 자연인 아무개로서 매력을 느끼는 게 중요하거든요."

— 소장을 그만두신 이유는 뭐죠?

"저는 상임이사와 있을 때만 의미가 있는 상호보완적인 카드였어요. 상임이사는 '늘 감격 시대'라고 부를 수 있을 만큼 감동을 잘하고, 일을 막 벌이는 스타일이시죠. 저는 남에게 잘 안 넘어가고 과장을 싫어하는 성격인데다 자원을 동원할 능력도 없고 큰 비전을 만들어 나를 따르라고도 못하죠. 그런 상보적인 팀이었는데, 상임이사가 떠나시면 제 역할도 끝나는 게 맞죠."

— 박 변호사가 시장을 잘할 것 같으세요?

"굉장히 잘하실 거예요. 공무원들은 괴롭겠죠.(웃음) 하급직 공무원들은 좋아하는데 간부들은 괴로워한다는 소문이 벌써 돌고 있던데요."

20대의 오류를 사후 보정하느라
30대를 시든 배추처럼 살다

유시주는 경북 경주에서 4녀 2남의 막내로 태어나 대구에서 성장했습니다. 아버지가 교사셨는데도 "왜 그렇게 가난했는지 모르겠다 싶을 정도"의 형편이라 두 살 터울의 오빠 유시민과 함께 어머니의 구멍가게 일을 도와야 했습니다. 대학 진학 뒤에는 운동권 중에서 "착한 애들"이 모인 곳을 오빠에게 추천받아 지하 서클에 가입했습니다. 조희연, 김동춘, 한홍구 등이 선배였던 모임입니다. 그리고 1980년 12월 그곳에서 평생 잊지 못할 경험을 하게 됩니다.

"처음에는 학습하는 것과 현실 사이에 약간의 틈을 느꼈어요. 학습이 레토릭 같아서 거부감을 느낄 때가 있었거든요. 그러다가 휴교가 풀리고 처음 일어난 시위에 참여하라는 지시를 전달받았어요. 무림사건의 시작이었죠. 당시 시위는 학생식당에서 시간 딱 되면 누군가 '학우여!' 하고 일어나면서 유인물을 뿌리며 시작되는 방식이었어요. 그날 마침 제가 앉은 곳에서 세 테이블 건너에 주동(주동자가 시위를 시작하는 행위)이 떴어요. 학생식당의 절반은 사복형사들이었는데 '학우여!' 하자마자 형사들이 달려들어서 식판으로 머리를 내려치고 발을 잡아 질질 끌고 가는 걸 바로 옆에서 목격했죠. 폭력을 뚫고 솟구치는 힘, 그리고 저쪽의 응전, 그 생생한 리얼리티를 본 거예요.

며칠 후 엠티에서 밤을 새우고 버스 내릴 곳을 놓쳐서 눈 덮인 허허벌판을 물어물어 둔촌동 큰언니 집으로 가는데, 문득 내가 살아가는 시대가 구체적인 현실로 몸에 착 감겨오는 걸 느꼈어요. 소위 역사적 책임이 완벽하게 접수되어, 시인 유진오의 말처럼 '시인이 되기는 바쁘지 않다, 먼저 철저한 민주주의자가 되어야겠다'고 깨달은 순간이었죠."

— 계속 같은 서클에 계셨나요?

"아니요. 당시 서울대에 이념 서클이 여러 개 있었고, 메이저 서클의 지도부가 학생운동의 지도부가 됐거든요. 그런데 여학생이 숫자도 적은데 너무 소외시키는 거예요. 그래서 심상정 언니가 '지도부 되는 자격이 서클 지도부라는 거지? 그럼 여학생 서클을 만들겠어' 하면서 단대별로 여학생 서클을 만들었죠. '자, 우리도 서클이 됐어. 티오를 줘' 이러면서 심상정 언니가 엄청 방방 뜨고 다녔거든요.(웃음) 2학년 때 그리로 옮겼죠. 물론 그래도 위에서 티오는 안 줬어요."

— 공장 갈 때는 대학 졸업자인 걸 숨기셨죠?

"그걸 숨기려고 뽀글뽀글 파마를 하고 갔죠. 몇 군데 면접을 하면서 소중한 경험도 했어요. 제가 집이 가난하네 어쩌네 해도 공부를 잘해서 남에게 무시당한 경험이 없었잖아요. 들킬까 봐 쫄아서 면접을 보는데 하대를 당하니까 자존감이 팍 떨어지면서 굉장히 위축되는 거예요. 저를 보는 그 눈빛 앞에서 제 목소리가 기어들어가더라고요."

— 서노련 사건으로 함께 고생한 김문수 지사는 가끔 만나나요?

"김문수 씨가 부천에서 국회의원 할 때 망년회에서 한 번 본 게 마지막이었죠. 1997년 대통령 선거 때 김문수 의원이 정당연설원으로 나와서 김대중 후보를 불온한 자로 모는 걸 우연히 버스에서 듣고 토할 뻔했어요. '사회주의는 말짱 꽝이었다' 이렇게 생각이 바뀔 수는 있지만, 빨갱이로 몰려 고생한 사람이 남에게 빨갱이 딱지를 붙이는 건 예의가 아니죠.

운동권 중에서 한 부류는 과거를 액자에 걸고, 다른 한 부류는 쓰레기통에 처박아요. 둘 다 올바르지 않아요. 영광과 미숙함을 다 공유해야죠. 그 연설 이후로 저는 김문수에 대해 고민해본 적이 없어요."

— 운동권 경험에서 어떤 걸 배우셨나요?

"서노련 사건으로 감방에 있으면서 제 삶의 중요한 원칙을 정했어요. 정직한 사람이 되자. 서클에서 사회주의 공부를 하면서 베른슈타인이나 칼 포퍼의 수정주의를 비판하는 글을 읽는데, 저는 오히려 그 수정주의에 너무 공감이 가는 거예요. 이런 의문을 딱 한 번 선배에게 얘기한 적이 있는데, 선배가 '그런 얘기는 운동 청산할 때 하는 얘기인데?' 그러더라고요. 그래서 입을 꽉 다물었죠. 천박한 반공주의 파시스트들과의 싸움 앞에서 그런 의혹을 펼쳐 보일 수가 없었던 거지만, 사상적으로 자신에게 정직하지 못했던 거죠.

나중에 사회주의가 무너지고 운동권이 지리멸렬하게 흩어지는 걸 보고, 제가 정말 부끄러워한 것은 그 부정직함이었어요. 부끄러워서 한동안 구로동 주변을 지나다니지도 못했어요. 스스로도 확신할 수 없는 이념이나 주장을 타인에게 강요했다는 게 너무나 부끄러워서요. 그때의 미숙함은 나이를 빼고는 완전한 설명이 불가능하다고 생각해요. 20대는 혁명적이지만 매우 미숙한 시기거든요. 그걸 깨닫고 삶으로 책임질 수 있는 주장만 하기로 결심했죠."

그는 보수 진영보다 같은 편에게 할 말이 많았습니다. 운동권 출신에게는 남의 말을 안 듣고, 자기 말을 하기 바쁘며, 남을 평결하고, 진리를 독점한 듯 독선적 태도를 보이는 경향이 있다고 반성했습니다. 새누리당을 비판하

나중에 사회주의가 무너지고 운동권이 지리멸렬하게 흩어지는 걸 보고, 제가 정말 부끄러워한 것은 그 부정직함이었어요. 그때의 미숙함은 나이를 빼고는 완전한 설명이 불가능하다고 생각해요. 20대는 혁명적이지만 매우 미숙한 시기거든요. 그걸 깨닫고 삶으로 책임질 수 있는 주장만 하기로 결심했죠.

는 절반만이라도 우리의 미숙함, 무능함을 성찰해봤으면 좋겠다고도 했습니다. "20대의 오류를 사후 보정하느라 30대를 괴로워하며 시든 배추처럼 살았다"는 사람다웠습니다. 그 괴로움에서 어떻게 벗어났는지 물었습니다.

독선적인 진보 진영,
미숙과 무능 성찰해야

"'아, 그게 우리 세대의 운명이었구나' 하고 깨닫고 나니 자신이 용서가 되었어요. 사회주의 혁명이론 또는 계급적 결정론이 저에게 '동요하는 프티부르주아'라는 죄책감을 심어줬거든요. 그런데 지금은 죄책감이 전혀 없어요. 누가 뭐라고 하면 '세상을 변화시키는 데 프티부르주아도 필요해. 성실한 프티부르주아는 나태한 프롤레타리아보다 나아'라고 얘기하죠.(웃음)"

— 오빠 얘기를 묻지 않을 수 없네요. 유시민 씨에 대한 나쁜 평가 하나만 꼽고 변론한다면?

"나쁜 평가가 하도 많아서.(웃음) 혈연이 하는 말이라 믿거나 말거나인데, 자기 이익을 위해서 뭘 선택하는 사람은 아니에요. 자기 말처럼, 섣부른 열정 때문에 실수한 적은 있지만 나 아닌 다른 존재로 위장한 적은 없는 사람이에요. 학생운동 시절부터 지금까지 사상적 변화가 가장 적었던 사람으로, 일관된 기준을 지켜왔다는 얘기를 하고 싶어요."

— 유시민 대표의 부인하고는 오랜 친구인데 불편하지 않나요?

"불편해진다고들 하던데 저희는 친구로서의 정체성이 더 강해요. 여학생 서클과 노동운동을 같이했죠. 제가 오빠에게 소개했고요. 수학사로 박사를 딴 올케는 제주도가 고향이고, 조용하지만 독립심이 강한 여자예요. 둘이 오빠 흉을 같이 보죠.(웃음)"

— 혹시 정치적으로 오빠를 도울 생각은 없으신가요?[*]

"제가 지금까지 오빠를 도운 것은 딱 두 번이에요. 국회의원 선거 때 그집의 어린 아들을 봐준 것, 경기도지사 선거 때 가족으로 편지를 쓴 것. 그편지는 신문사의 기획이었는데 올케도, 조카도 쓰기 싫다고 해서 할 수 없이 제가 썼어요. 크게 책임 질 일은 겁나서 못해요."

— 앞으로의 계획을 듣고 싶습니다.

"운동 시기와 사후 보정 시기에 이어서 인생 3기인데요, 2기와는 의식적으로 다르게 살고 싶어요. 북한산에서 '따질 게 뭐 있어? 인터뷰 한 번 하지 뭐'라고 결심한 게 그런 변화죠.(웃음) 황정은의 소설 『백의 그림자』를 읽으면서 '연애를 해보고 싶다'는 생각도 했어요. 생명과 창조의 에너지라는 에로스를 경험하고 싶다고나 할까요.(웃음)"

유시주는 '내 인생의 책'으로 네 권을 뽑았습니다. 그중 두 권이 동화입니다. 인생은 어쨌거나 좀 슬픈 것임을 알려준 『인어공주』, 지켜야 할 삶의 마지노선을 깨닫게 한 『미운 오리 새끼』, 사회를 구조적으로 보는 법을 가르쳐준 『공산당선언』, 위대한 개인, 해방된 단독자의 삶을 보여준 『월든』. 책 목록이 꼭 그의 삶을 닮은 것 같았습니다. 인터뷰를 마치며, 허세라고는 찾아볼 수 없이 담백한 그의 남은 생애가 앞선 세 권의 시대를 넘어 『월든』으로 달려가기를 기원했습니다. 그리고 제발 그만 부끄러워하기를!

_ 2012년 3월 3일

[*] 이 인터뷰는 유시민 씨의 정계 은퇴 이전에 이루어졌습니다.

유 시 주 의 인 생 타 임 라 인

문학소녀 시절. 여러 책을 읽고 많은 백일장에서
상을 받았다. 작가가 될 줄 알았다.(여고 3학년
봄 소풍. 뒷줄 가운데)

대학에 가서 시대와 역사를 체감하다. '운동권'은
사진 '따위'는 찍지 않았기에 단 한 장의 사진도
남아 있지 않다.

노동운동에 참여. '있는 그대로의 나'와 '시대정신
에 따라 되어야만 했던 나' 사이에서 괴로워했다.

결혼, 출산, 육아는 범속함에 스며 있는 진실들
을 깨닫게 하고 나를 더 성숙한 인간으로 만들어
주었다.

지조를 지닌 시민이 되고자 마음먹고 호구지책
틈틈이 공동 육아, 생협, 아파트 입주자대표회의
등에 참여했다.

현장, 작은 것, 실사구시, 구체성을 강조하는 것
이 좋아서 희망제작소에 참여했다. 내 생애 시즌
2의 마지막 장면.

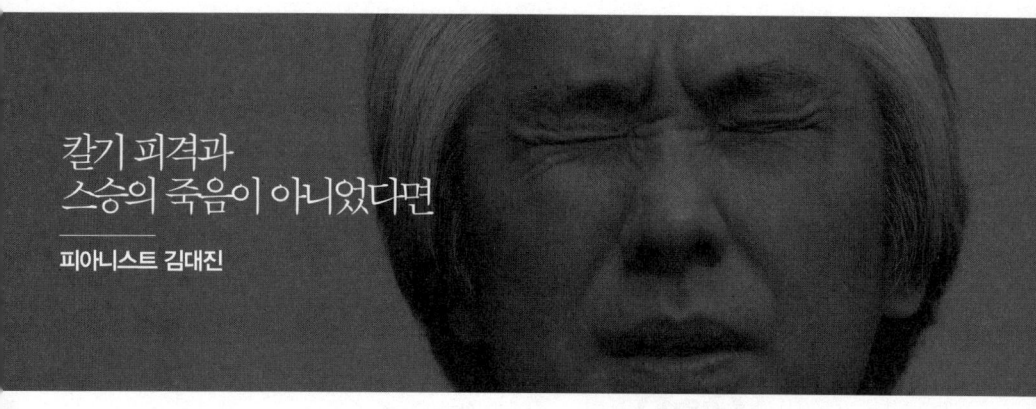

칼기 피격과
스승의 죽음이 아니었다면
피아니스트 김대진

　랑랑(1994년), 손열음(2000년), 김선욱(2004년), 문지영(2012년) 등을 배출한 독일 에틀링겐 국제 청소년 피아노 콩쿠르는 피아노 영재들의 소문난 등용문입니다. 공교롭게도 순수 국내파인 세 명의 한국인 우승자는 모두 한국예술종합학교(한예종) 음악원 김대진 교수의 제자들입니다. 김 교수 자신도 1973년 열한 살의 나이로 국립교향악단과 베토벤 피아노 협주곡 1번을 협연하고, 예원학교, 서울예고를 다니는 동안 이화, 경향, 중앙, 동아 등 국내 음악 콩쿠르를 휩쓸었던 전설적인 인물입니다. 서울대 음대 2학년이던 1982년 줄리아드 음대로 유학을 떠난 그는 1985년 로베르 카자드쥐 국제 콩쿠르에서 우승한 뒤 세계적인 교향악단들과 협연을 계속하는 한편, 모차르트 피아노 협주곡 연구로 줄리아드에서 흔치 않은 박사학위까지 받았습니다.

1994년 맨해튼 음대 예비학교 교수로 일하던 그가 갓 개교한 한예종 교수로 귀국한 것은 당시로는 상당히 이례적인 선택이었습니다. 귀국 후 그는 누구보다 자주 무대에 서면서도 늘 최고의 기량을 보여주는 '전천후 피아니스트'로 평가받았고, 제자를 키워 지속적으로 국제무대에 내보냈으며, '김대진 렉처 콘서트' 등 클래식 대중화를 위한 다양한 기획에도 주도적으로 참여했습니다. 2005년에는 지휘자로 데뷔하여 2008년부터 수원시향의 상임지휘자도 맡고 있습니다. 다음 세대를 키우는 데 일찍이 헌신한 뛰어난 스승을 만난다는 설렘으로 서울 서초동 한예종의 연구실을 찾았습니다. 교습을 위한 두 대의 피아노가 나란히 놓인 연구실은 생각보다 좁고 추웠습니다. 옆방의 노래와 악기 소리도 그대로 전달되었습니다.

한국 아이들,
무대 올라서면 살기 느껴져

— 2012년 12월 14일 고양 아람누리에서 브람스 피아노 협주곡 1번과 베토벤 교향곡 5번을 지휘하시는 걸 봤습니다. 손열음, 김선욱 등 제자들과 눈길을 주고받으며 지휘할 때 가장 행복해 보인다는 평이 많던데, 그날 피아니스트 이진상과의 연주도 역시 좋더군요.

"협연자를 편안하게 해주고, 그들이 뭘 원하는지 알아내는 건 지휘자의 기본이에요. 협연자와 교감하지 못할 거면 지휘할 이유가 없죠."

— 베토벤 교향곡 5번은 웬만한 클래식 애호가라면 전곡을 따라 부를 수 있을 정도로 유명한 곡이라 지휘자에게도 부담이 클 텐데요.

"사실 엄청난 부담이죠. 그래서 그 곡으로 음반도 내고 연주도 여러 번

하면서 자신감을 쌓아왔어요. 연주자나 교향악단마다 그릇의 크기는 다 다르지만, 수원시향의 그릇을 우리가 노력해서 채웠다고 느끼는 순간 자신 있는 연주가 만들어지거든요. 그 진심과 열정이 전달될 때 감동이 있는 거죠."

— 고양 아람누리에 모인 청중의 반응도 인상적이었습니다. 집중도가 굉장히 높더군요.

"청중의 전반적인 수준도 올랐지만 그날 관객이 더 특별했던 것 같아요. 정말 음악이 듣고 싶어 온 분들인 걸 저도 느꼈거든요. 저는 연주를 시작하기 전에 걸어 나가면서 동물적인 감각으로 느껴요. 걸어 나갈 때 연주자는 구름 위를 걷는 것처럼 살짝 뜨고, 청중은 반대로 연주자를 누른다 싶게 살짝 가라앉은 분위기가 최상이에요. 우리나라 연주회는 번잡스럽게 약간 떠 있는 느낌일 때가 많거든요. 그날처럼 무게 있는 분위기 속에 걸어 나가면 절로 기분이 좋아지죠."

— 제자들의 연주회에 빠짐없이 참석하신다고 들었습니다.

"제 연주회와 겹칠 때 빼고는 다 가려고 노력해요. 저에게 큰 도움이 되니까요. 연습실에서 6개월을 가르친 것보다 실제 연주회 한 번을 보면서 학생의 성향을 더 많이 파악할 수 있거든요. 연습실은 의식의 세계지만 무대는 무의식의 세계예요. 놀랄 때 '아이고'라고 외치는 것을 '엄마야'로 바꾼다고 생각해보세요. 그 교육이 성공했는지를 알려면 실질적으로 애를 깜짝 놀라게 하는 수밖에 없어요. 연습실은 의식의 세계라 교육의 결과를 확인할 방법이 없고, 무대에 올라야 평소에 내가 주문한 것들이 어느 정도 받아들여졌는지 확인할 수 있죠. 의식의 세계에서 모든 것을 다 입력시켜, 무의식의 세계에서 어떤 상황에 부딪히더라도 실력을 발휘할 수 있게 도와주는 게 교육이에요."

— 상당히 무서운 선생님으로 알려져 있는데요.

"아마도.(웃음) 그런데 2012년 9월 영국의 리즈 콩쿠르 심사에 갔다가 가르침에 대한 생각이 많이 바뀌었어요. 국제 콩쿠르 심사를 처음 하는 게 아닌데, 그전에 못 보던 걸 그때 보게 되었거든요. 한국 애들과 유럽 애들의 차이가 눈에 확 들어온 거예요. 우리 애들이 무대에 올라오면 일단 무서워요. 어둡고 긴장되어 있는데 거의 살기가 느껴질 정도예요. 안 틀려서 입상해야겠다는 의지가 그만큼 강해요. 그런 애들을 보면 심사위원도 긴장이 돼요. 듣는 사람도 (몸을 바짝 세우고 앞을 무섭게 쳐다보며) 이렇게 딱 경직이 되기 마련이죠. 저도 그렇게 경직된 상태로 듣다가 '가만있어봐. 왜 이러는 거지?' 고민을 하게 됐어요. 유럽 애들은 기능적으로는 우리보다 떨어지지만, 어쨌든 자기 이야기를 하거든요. 무대 위에서 즐기며 연주하니까 듣는 사람도 편안하게 거기에 빨려 들어가며 감상할 수 있어요. 축구도 똑같더라고요. 축구공을 보면 무서운 코치만 생각나는 우리 애들과 축구공을 놀이로 생각하는 남미 애들의 차이랄까."

— 원인이 뭐라고 생각하세요?

"과거에 저는 불쑥불쑥 튀어나온 특징 있는 애들을 보면 마치 잔디를 깎듯이 그 울퉁불퉁한 부분을 깎아냈어요. 시간도 오래 안 걸렸어요. 6개월이면 완벽하게 깎아서 객관적인 부분만 남길 수 있었죠. 걔네들이 국제 콩쿠르에 나가서 실수 없이 상도 타고 그랬어요. 그런데 그런 애들에게 자신만의 얼굴이 있었나 생각해보니, 잘 모르겠더군요. 후회가 밀려왔어요. 이 아이는 지구상에 딱 한 명이에요. 그 한 명이 자기 느낌을 표출하고 자기주장을 하는 게 진짜거든요. 오리지널! 남이 절대 흉내 낼 수 없는 거죠. 그걸 끌어내는 게 교육이에요. 그런데 우리는 어떻게 하든 튀지 않는 게 중요한 나라잖아요."

— 잔디 기계가 깎기 전에 잔디가 스스로 자기를 깎기도 하죠.

"정확한 표현이에요. 흔히 말하는 정석 코스, 즉 예원, 예고 나온 애들이 피아노 치는 게 다 흡사한 이유가 거기 있어요. 우리는 남과 다를까 걱정하고, 외국 애들은 남과 같아질까 걱정하죠. 물론 그림이 되려면 일단 액자 안에 들어가야 해요. 남에게도 인정받을 수 있는 객관성이라는 틀을 갖춰야 하죠. 그러나 액자 안에 들어가면서도 어디선가 본 듯한 그림이 아니라 난생처음 본 그림이라는 느낌을 줘야 해요. 그런데 제가 지금까지 액자 만드는 방법만 가르친 게 아닌지 반성하고 있어요."

아홉 살 때 앓은 뇌막염은
피아니스트 인생의 출발

— 과거의 방법으로도 손열음, 김선욱 같은 훌륭한 연주자를 키워내셨잖아요.

"물론 저도 자기 합리화가 필요하니까 '그래도 네가 잘못만 한 건 아니야. 네 학생 중에는 누구도 있고 누구도 있잖아?'라고 자문하죠. 하지만 개네들은 어딜 가도 성공했을 애들이에요. 원래부터 개성이 있었죠. 외국 애들은 액자에 안 들어가는 그림을 그리고 우리 애들은 아주 견고한 액자만 만드는데, 개들은 그 두 가지를 다 갖춘 특별한 경우였어요. 저는 그 특별한 애들이 너무 옆으로 빠지거나 자기가 어디로 가는지 모를 때 방향을 제시해줬을 뿐이에요."

— 결국 타고난 게 중요한 건가요?

"타고난 것만 중요한 건 아니고요. 예를 들면 제 학생 중에 페달을 너무 너무 못 쓰는 아이가 있었어요. 그래서 4년 내내 제가 페달 밟기만 가르쳤

우리는 남과 다를까 걱정하고, 외국 애들은 남과 같아질까 걱정하죠. 물론 그림이 되려면 일단 액자 안에 들어가야 해요. 그러나 어디선가 본 듯한 그림이 아니라 난생처음 본 그림이라는 느낌을 줘야 해요. 그런데 제가 지금까지 액자 만드는 방법만 가르친 게 아닌지 반성하고 있어요.

어요. 졸업 연주 하루 전날 바로 이 자리에서 레슨을 하는데 결국 다 고쳐진 걸 보고, 제가 일기에 썼어요. '다 고쳤다. 아무리 생각해도 나는 훌륭한 선생이다!' 그리고 졸업 연주회에 갔는데 걔가 신입생 때보다도 더 나빠진 상태로 연주를 하더군요. 원점이 아니라 마이너스로 간 거예요. 그날 밤 '아, 나 같은 사람이 누구를 가르쳐도 되는가?'라는 회의가 밀려들었어요. 그런데 몇 년 후 걔한테 이메일이 왔는데 '유학 와서 제가 페달이 안 좋다는 걸 깨달았어요.' 이렇게 적혀 있는 거예요."

— 그게 무슨 소리예요? 김 교수님께서 내내 그 문제를 지적하셨다면서요?

"그러니까 제가 가르친 것은 걔한테 하나도 입력이 안 된 거예요.(웃음) 뭘 가르친다는 게 의미가 없고, 자기 스스로 깨닫는 순간이 와야 하는 거죠. 굳이 얘기하자면 그걸 깨닫게 해주는 거울 역할을 하는 게 선생이고요. 인내를 갖고 더 긴 시간 바라봐야 하는 거죠."

김대진은 그저 "은행원의 아들"이라고 밝히지만 그의 아버지는 국민은행 전무를 거쳐 상업은행장을 지낸 분입니다. 외할머니는 유관순과 함께 옥살이를 한 독립운동가였고, 어머니는 한국걸스카우트연맹 총재를 지냈습니다. 한때 바이올리니스트를 꿈꾸었던 아버지 덕분에 집에는 수천 장의 클래식 레코드가 굴러다녔습니다. 아홉 살 때 뇌막염에 걸려 학교를 못 가게 된 김대진이 피아노를 장난감 삼아 노는 걸 본 외할머니가 찬송가 치는 법을 알려준 것이 피아니스트 인생의 출발이었습니다. 피아노의 시작은 남보다 훨씬 늦었지만, 아버지의 레코드로 이미 충분한 음악적 감수성을 갖추고 있었기 때문에 테크닉을 따라잡는 데는 그리 오랜 시간이 걸리지 않았습니다. 중2 때부터는 같은 동네에 살던 서울대 음대 오정주 교수 집에 가서 밤마다 레슨을 받고 통금 호루라기가 들리면 집으로 뛰어오는 생활을 계속했습니다. "김대진은 오정주의 아들"이라는 얘기가 있을 정도로 사랑받는 제자였습니다. 일반인과 상당히 다른 성장 배경을 가지고 세계적인 피아니스트로 한참 잘나가던 그가 자기 정체성을 '선생'으로 규정하게 된 것도 오 교수 때문이었습니다.

"1983년 오정주 선생님이 미국을 다녀오는 길에 대한항공기 피격 사건으로 세상을 떠나셨어요. 말로 표현할 수 없는 충격이었죠. 비행기 표를 끊으러 가실 때 저도 따라갔기 때문에 잘 알아요. 노스웨스트를 끊고 가셨다가 대한항공으로 바꾸어 며칠 일찍 귀국하다가 사고를 당하셨거든요. 왜 그랬을까 생각해보니, 순전히 제 짐작이지만, 며칠 일찍 들어오면 당신 제자가 콩쿠르 준비하는 걸 한 번 더 들어주실 수 있었어요. 그것 말고는 비싼 돈 주고 표를 바꿀 이유가 없었거든요. 선생님의 죽음을 보고 교육자의 열정이 뭔지 깨달았죠. 선생님 연구실의 유품도 제가 정리했어요. 그때부터 선생님의 뒤를 이어야겠다는 생각을 했어요. 인생의 큰 전환이었죠."

— 한예종을 선택한 이유는?

"미국에서 교수를 하던 중 서울대 교수 공채를 보고 당연히 제 갈 길이라 생각하고 두 번 지원했는데 다 떨어졌어요. 살면서 가장 힘든 순간이었죠. 두 번째 떨어지고 미국으로 돌아가기 전날 이강숙 선생님께 인사 전화를 드렸는데, 바로 만나자고 하시더군요. 찾아뵈니 '당장 마음을 정하면 (한예종 교수로) 뽑아주겠다. 지금 이 자리에서 정하라'고 하셨어요. 뭔가에 홀렸다고 할까요, 그 자리에서 그냥 '알겠습니다' 해버렸어요."

— 그 뒤에 서울대로 갈 기회가 있었죠?

"네. 하지만 그렇게 저를 뽑아준 학창 시절 은사님에 대한 신의를 저버릴 수가 없었어요. 그 일 때문에 저는 운명이라는 걸 조금씩 믿기 시작했어요."

— 해외 음악인으로 국내 교향악단과 협연하며 받던 개런티와 귀국 후 받는 개런티가 너무 달라서 놀랐다고 하던데요.

"똑같은 사람인데 귀국하자마자 개런티가 거의 3분의 1로 깎이더군요. 그런데 1997년 외환위기를 겪으면서 국내 음악인에게 발전의 계기가 찾아왔어요. 외환위기로 외국 음악인들을 불러올 수 없게 되면서 저희가 전부 대타를 뛰게 됐거든요. 그때부터 봇물 터지듯이 국내 음악인들의 새로운 기획이 시작됐어요. 무언의 공감이 있었던 거죠. 그전까지는 국내에서 단 두 명이라도 함께 모여 기획 연주를 의논한 적이 없는데, 그때부터 좋은 기획이 이루어지고 청중들도 '돈 주고 가서 들을 만하다, 싸고 좋다'고 생각하기 시작했어요."

피아노 하면 한국!
이상한 애국심의 정체는?

— 유학파로서 순수 국내파 양성에 헌신한 이유도 궁금합니다.

"1980년대에는 '피아노 하면 모스크바'였어요. 특별한 이유 없이 그때부터 저는 '피아노 하면 한국'이 안 될 이유가 어디 있나 생각했어요. 국내파를 키울 뿐만 아니라 해외에서 유학 오게 만들겠다는 꿈을 꿨죠. 실제로 지금은 일본에서 비행기 타고 저에게 개인 레슨을 받으러 오는 학생들이 생겼어요."

— 뒤늦게 지휘자로 데뷔한 이유는 뭔가요?

"지휘자를 꿈꾼 적은 없지만, 우리 음악계의 고질적인 문제에 대한 고민은 있었어요. 국내파보다 유학파가 우대받는 것도 문제지만, 연주자를 꿈꾸며 유학을 마친 그 많은 사람들이 일자리를 찾지 못하는 것도 문제거든요. 일자리가 없으니 대개 레슨을 하는 교육자가 되는데, 일자리가 없다고 하면서도 교향악단에는 들어오지 않아요. 연주자를 꿈꾸던 사람이 교향악단에 들어오는 건 한마디로 창피하다는 거죠. 대우도 워낙 열악하고요. 그런데 해외는 베를린필이든, 뉴욕필이든 거기 들어가면 주변 사람들이 국제 콩쿠르 1등 한 것만큼 축하해줘요. 우수한 연주자가 교향악단에 들어와 교향악단의 기량이 향상되면 청중도 모이기 마련이죠. 우리나라는 세계 어느 나라보다도 훌륭한 교향악단을 만들 수 있는 기본 자원을 갖춘 나라인데, 그런 순환이 제대로 이루어지지를 않았어요.

그런 고민을 하던 중에 수원시향에서 지휘자 제안을 받았죠. 처음에는 피아노 협연을 하자는 줄 알았는데, 교향곡을 정하라기에 전화를 잘못 받은 줄 알았어요.(웃음) 그런데 시장님을 만나고 마음이 움직여서 지휘를 맡게 됐죠. 수원시향이 일정한 수준에 올라 인구에 회자되고 이제는 줄리아드 졸업생이 들어올 정도가 된 데 보람을 느껴요. 지금도 지휘자로서 야망은 없고, 대한민국이 음악 강국이 되는 기본 구조를 만드는 데 기여하고 싶을 뿐이에요."

— 삶의 바탕에 깔린 이상한 애국심은 어디서 나온 거죠. 유관순과 함께 독립운동을 한 외할머니?

"설명은 못하겠어요. 그냥 원래 그래요.(웃음)"

— 살면서 가장 따뜻했던 순간을 꼽는다면?

"학생들이 잘됐을 때죠. 콩쿠르 우승할 때도 좋지만, 학생이 자기 벽을 뚫고 한 단계 도약하는 걸 볼 때마다 제가 느끼는 순수한 감동이 있어요. 그게 저의 존재 이유고요."

'슈퍼 엘리트'에 속하는 그의 가문과 경력 때문에 인터뷰를 하기 전에 솔직히 잠깐 주저했습니다. 그러나 이야기를 들으면서 어느 분야든 일가를 이룬 사람에게는 배울 점이 있다는 사실을 새삼 확인했습니다. 특히 '가르침'에 대한 김대진의 최근 깨달음은 비수처럼 팍팍 제 가슴에 꽂혔습니다. 남이 흉내 낼 수 없는 오리지널을 키우지 못하고 액자 만드는 법만 가르치는 것은 비단 음악계만의 문제가 아니기 때문입니다.

저항을 상징하던 이른바 '386세대'가 어느덧 '다음 세대를 키우지 않는 꼰대들'로 비판받는 시절이 되었습니다. 일찍이 후진 양성에 헌신한 음악가 김대진의 독특한 애국심이 어쩌면 그 세대를 위한 훌륭한 알리바이가 될지 모르겠다는 엉뚱한 생각이 들었습니다. _2013년 1월 12일

김 대 진 의 인 생 타 임 라 인

1973년 초등학교 5학년 때 데뷔 협연하다. 베토벤 협주곡 1번을 연주했다. 떨지 않고 기분 좋게 연주했던 처음이자 마지막 연주회.

1974년 11월 초등학교의 마지막 학년에 첫 독주회를 열었다. 지금은 흔하지만 당시에는 어린 나이에 독주회를 여는 경우가 드물었다.

1979년 3월 고2 때 중앙 콩쿠르 대상 발표 후 작고하신 오정주 은사님과 함께, 가장 아끼는 사진 중 하나이다.

1991년 5월 줄리아드 음대 박사 졸업식에서 모친, 은사 마틴 캐닌 부부와 함께. 내게 교육의 근본을 심어주신 분들이다.

2002년 서울시향 신년음악회 협연 후 마틴 캐닌 선생님과 함께. 졸업 후 처음 선생님 앞에서 피아노를 쳐서 무척 떨었다.

2006년 폴란드 국립방송교향악단과의 협주곡 녹음. 지휘와 연주를 함께한 첫 번째 녹음이었다.

인기 없을 땐 어떻게 살 거냐, 그게 제일 중요해요

'시나위' 기타리스트 신대철

      2012년 7월 7일 〈탑밴드 2〉의 16강에 진출한 밴드들한테는 김경호, 김도균, 신대철, 유영석, 네 심사위원 중에서 한 사람을 코치로 선택할 기회가 주어졌습니다. 저라면 피했을 코치는 신대철 씨였습니다. 무서운 인상에다가 주관까지 강해 자기 색깔만을 강요할 것 같았기 때문입니다. 그러나 진짜 '선수'들은 달랐습니다. 절반 가까운 팀이 그를 선택했고, 아예 "신대철이 아니면 기권하겠다"는 사람도 있었습니다. "어두운 건 나한테 배우면 돼요." 마성이 느껴지는 그의 한마디도 인상적이었습니다. 당장 그를 만나고 싶었지만 자신이 없었습니다. 기독교 근본주의의 영향 아래 대중음악을 배척하며 청년기를 보낸 저의 문화적 토양이 너무나 척박했기 때문입니다. 오랜 망설임 끝에 인터뷰 약속을 잡고, 친구들의 도움을 받아 벼락치기로 그의 삶과 음악을 공부했습니다.

방송 체질 아닌데도
〈탑밴드 2〉에 출연한 이유

1967년 신중현의 아들로 태어나 1986년 〈크게 라디오를 켜고〉를 타이틀로 시나위 1집을 내면서 이 땅에 본격적인 헤비메탈을 소개한 천재 미소년 신대철. 그는 처음부터 록의 전설이었습니다. 임재범, 김종서, 서태지가 시나위를 거쳐 또 다른 전설로 성장한 것도 벌써 20년 전의 일입니다. 저와 동갑이지만 그는 여러 모로 부담스러운 인터뷰 대상이었습니다. 그가 대표로 있는 서울 논현동 지하의 '에코브리드' 스튜디오에서 먼저 사진을 찍은 뒤 길 건너 카페에서 이야기를 시작했습니다. 흡연을 위해 자리 잡은 야외 테이블은 자동차 소음으로 무척 시끄러웠습니다.

— 요즘도 밤낮이 바뀐 생활을 하시나요?

"그러진 않고요. 음악은 원래 음기(陰氣)가 많아서 밤에 잘된다고는 하죠. 어둠이 좀 있어야 차분하게 생각할 수도 있고. 음악 자체가 눈에 보이는 게 아니잖아요. (음악 하는 사람들의) 자기 합리화죠. (웃음)"

— 최근에 재미있게 본 영화나 책이 있나요, 즐기는 취미라도?

"스티브 잡스 자서전은 재밌었어요. 음악을 굉장히 좋아한 사람이었기 때문에 음악에 대한 생각도 설득력이 있었어요. 세상을 바꾸는 사람들은 예술적 소양이 깊은가 보다 생각했죠. 온라인 게임, 바둑 등 좋아하는 취미가 많았는데, 시간이 한정된 상황에서 취미는 사치인 것 같아 요즘은 되도

149

록 본업에 충실하려고 해요."

— 오디션 프로그램을 반대할 것 같은 이미지인데, 〈탑밴드 2〉 출연을 결심한 이유는?

"후배들을 위해서였죠. 대중음악계가 오랜 기간 아이돌 위주로 너무 한쪽에 치우쳐 있었잖아요. 거대 기획사에서 오디션 보고 어렸을 때부터 노래, 춤, 어학을 가르쳐서 기획상품처럼 말 잘 듣는 연예인을 키워내는 방식. 그게 꼭 나쁘지는 않지만 자연스럽지 못한 것 같아요. 밴드 음악은 자연발생적이죠. 비틀스도 그렇고, 레드 제플린도 그렇고 그냥 동네 친구들이거든요. '너 기타 잘 치지? 노래는 내가 할게!' 하고 뭉쳐서 화음을 만들며 밑바닥부터 함께 성장하는 방식. 〈탑밴드〉는 그런 밴드들을 부각시키는 프로그램이기 때문에 후배들을 위해서 이건 해야겠다고 생각했어요."

— 1996년 KBS 〈빅쇼〉의 제목이 아예 '시나위 방송선언'이었을 정도로 과거에는 방송 출연을 잘 안 하셨죠?

"대중적인 성공보다는 음악적 성취를 중요하게 생각했어요. 1980년대 중반만 해도 사전 검열, 방송 심의 등 엄청 많은 관문을 통과해야 했는데 그것도 싫었고요. 영혼의 자유가 중요한데 그렇게까지 하면서 방송을 해야 하나 생각했죠. 예전이나 지금이나 방송이 원하는 게 있잖아요. 그들이 원하는 대로 움직이며 망가져주는 것. 그것도 하기 싫고.(웃음)"

— 2011년 10월에는 〈놀러와〉에도 나갔는데, 방송 출연의 균형점을 어디서 찾으세요?

"좋아서 하는 건 아니고요. 제가 가진 정체성을 해치지 않는다면 괜찮은 정도?"

— 〈탑밴드 2〉에서 선생님만의 심사 기준은 뭔가요?

"밴드는 음악에 대한 생각과 성장 배경이 다른 사람들이 한목소리, 하나의 하모니를 내는 건데, 그걸 얼마만큼 창의적으로 표현하는가가 제일 중요한 것 같아요. 하모니와 창의성. 이 친구들이 앞으로 굉장한 업적을 남길 수 있는데 우리가 몰라서 놓치는 우를 범하지 않으려고 매번 굉장히 신중해져요."

막상 얼굴을 맞댄 신대철은 카리스마와는 거리가 멀었습니다. 어색함을 견디지 못하는 수줍은 소년 같았습니다. 초조한 표정으로 팔짱을 낀 채 오래 고민하다 띄엄띄엄 나온 답변은 대개 "하하하하하" 하는 크고 어색한 웃음으로 마무리됐습니다. "소음 때문에 녹취가 어렵다"고 하소연하자 그 뒤부터는 차가 지나갈 때마다 어김없이 목소리를 높여주었습니다. 화장지 세 통을 강매하는 할머니에게는 서슴없이 지갑을 열었습니다. 은근히 귀여운 캐릭터였습니다.

— 신중현 씨는 "정신없이 돌아다니다 집에 들어가면 못 보던 아기가 하나씩 누워 있는 식이었다"고 회고하던데, 그런 이야기를 들으면 당사자로서 어떤 생각이 드나요?

"훌륭한 아버지는 아닌 거죠.(큰 웃음)"

— 아버지가 사이키델릭에 심취해서 대마초를 하다가 1975년 12월에 감옥을 가죠. 초등학교 3학년에게는 큰 충격이었을 것 같습니다.

"어느 날 아저씨들이 집에 와서 집안 전체를 테이핑하며 훑더라고요. 대마초를 찾는 거였죠. 처음에는 뭐하는 건지, 경찰인지도 모르다가 옆구리에 총을 찬 걸 보고는 경찰관인 줄 알았어요. 제가 '아저씨, 진짜 총 맞아요?'라고 물었던 기억이 나요. 얼마 후에 언론을 통해 발표되고 난리가 났죠. 굉장한 충격이었어요."

— 친구들에게 놀림도 받았겠네요.

"친구들에게 제일 듣기 싫은 소리가 '너희 아버지, 신중현이라며?'였어요.(웃음) 그래서 내성적이 된 것 같아요. 그때는 내성적인 정도가 아니라 말 한마디를 안 했으니까. 굉장히 어려웠죠. 어렸을 때는 '튀지 말자'는 생각을 많이 했어요."

서태지한테 담배 심부름 시킨
유일한 사람

— 그런데도 음악을 한 게 의외입니다.

"그게 아이러니인데, 아버지가 감옥에 다녀오신 후 일자리를 찾지 못해서 계속 집에만 계셨어요. 그전에는 얼굴도 제대로 뵙지 못했거든요. 그때 아버지께 '기타 좀 가르쳐주세요' 그랬죠. 그게 음악을 하게 된 계기예요. 새옹지마라고.(웃음)"

— 어린 나이인데 집안의 변화를 실감했나요?

"큰 집에서 살다가 월세로 옮기고, 악기는 전당포에 잡히고, 어머니는 장롱의 자개 붙이는 일을 하셨어요. 저도 옆에서 도와드렸죠. 무슨 일이 있다는 걸 장남은 알잖아요, 장남은 알아요."

— 늘 아버지와 함께 거론되는 게 부담스럽지 않나요?

"당연히 부담스럽죠. 잘해야 본전치기. 그래도 동생들(신윤철, 신석철)보다는 낫죠. 저는 '신중현의 아들'이지만, 동생은 '신중현의 아들에다가 신대철의 동생'이기까지.(웃음) 미안한 생각이 들죠. 그래도 음악적으로는 처음부터 아버지와 달랐다고 생각해요. 동생들도 그럴 거예요."

신대철은 열 살 때 이미 레드 제플린의 〈스테어웨이 투 헤븐(Stairway to Heaven)〉을 완벽하게 소화한 것으로 유명합니다. 김태원, 김도균과 함께 3대 기타리스트로 출연한 〈놀러와〉를 보면, 20대 때부터 끊임없이 신대철을 의식한 김태원과는 달리 신대철은 다른 사람을 별로 경쟁자로 생각했던 것 같지 않습니다. 19세기 옥스퍼드에 진학한 영국 귀족이 가난한 집에서 열심히 공부해 겨우 그 자리에 이른 사람을 살짝 내려다보는 것 같은 여유도 보입니다. 공기처럼 누리는 특권과 천재 소년의 피곤한 삶을 어떻게 받아들였는지 궁금했습니다.

"비슷한 이야기를 신해철이 하더라고요. 비유도 거의 같아요. 글쎄요. 어떻게 말씀드려야 하나.(웃음) 어렸을 때 친구들, 후배들 얘기를 요즘 들어보면 그때는 자기들이 아무리 해도 저를 따라올 수 없었대요. 어쩌면 당연하죠. 저는 어려서부터 음악을 쉽게 접할 수 있는 조건이었고 고급 정보를 많이 알았으니 아무래도 조금 빨랐겠죠. 하지만 어렸을 때 아무리 대단한 걸 해내도 결국 늙으면 비슷하더라고요.(웃음)"

— 국내 록 음악을 개척하고 선구적 음반을 냈다는 자부심이 있죠?

"최초라는 말은 못하겠지만, 전문 장르음악을 발표하는 길을 텄다고 얘기할 수는 있겠죠."

— 전두환 정권 아래서 음악 하기란 어땠나요?

"가사를 타이핑해서 심의위원회에 보내면 조금만 삐딱해도 '불가'가 나와요. 그러면 아예 음반에 싣지도 못하는 시절이었어요. 말도 안 되는, 있을 수 없는, 있어서는 안 되는 일이죠."

— 흔히 록은 저항에 기반한다고 하는데, 막상 록을 하는 사람들은 상당히 권위적인 것 같습

니다.

"그런 모순이 많죠. 핑크 플로이드의 〈머니〉는 자본주의를 신랄하게 비판했지만 자신들은 그 노래로 엄청난 부자가 됐잖아요. 너바나의 커트 코베인도 비슷하죠. 저는 어릴 때 지미 헨드릭스의 기타 연주를 듣고 감명을 받았어요. 1969년 우드스탁에서 지미 헨드릭스가 미국 국가를 연주한 걸 보면 폭격 소리와 함께 전쟁의 참상을 표현해요. 반전, 평화의 메시지를 던진 거죠. 그걸 보고 이게 록이구나 생각했어요. 인위적으로 '나 칼 있어' 하고 인상 쓰는 게 아니라 지미 헨드릭스 같은 내공이 쌓이면서 남의 우러름을 받으면 그게 카리스마겠죠.(웃음)"

— 시나위가 앨범을 내고 기지개를 펴려고만 하면 보컬이 떠나는 일이 반복됐습니다. 1992년 임재범, 김종서의 솔로 성공을 보고 마음이 편치는 않았을 텐데.

"기획사도, 체계적인 관리도 없던 시절이죠. 매니저 혼자 운전도 하고 공연장 정리도 했으니까요. 20대 초반 젊은이들끼리 '야, 나가!' '나 안 해!' '하지 마!' 하다가 깨지는 분위기였어요. 형제보다 더 친한 친구들끼리 매일 동고동락하며 열심히 했는데 돈은 못 버니 당연히 앞날을 생각하며 다른 배를 탈 수 있는 거죠. 그때는 어렸으니까. 참을성은 나이를 먹으면서 생기는 거죠.(웃음)"

— 서태지에게 담배 심부름을 시켰더니 "우리 아버지도 그런 식으로 심부름 안 시킨다"며 떠났다는 얘기는 유명하던데요?

"대한민국에서 서태지에게 담배 심부름을 시킨 사람은 저밖에 없죠.(웃음) 왜 그만두려고 하느냐고 물었더니 담배 심부름이 싫다고 직접 말했어요. 저도 알았다고 했죠."

— 김종서 씨와는 1984년에 헤어졌다가 1987〜1990년 다시 작업했고, 또 갈라섰습니다. 굉장

1969년 우드스탁에서 지미 헨드릭스가 미국 국가를 연주한 걸 보면 폭격 소리와 함께 전쟁의 참상을 표현해요. 반전, 평화의 메시지를 던진 거죠. 그걸 보고 이게 록이구나 생각했어요. 인위적으로 '나 칼 있어' 하고 인상 쓰는 게 아니라 지미 헨드릭스 같은 내공이 쌓이면서 남의 우러름을 받으면 그게 카리스마겠죠.

한 애증 관계인데요.

"밖에서 보기엔 치고받고 싸웠나 보다 생각하지만 그건 아니에요. 스무 살 언저리의 애들이었으니 인내, 배려는 없고 타협을 모르잖아요. 그렇게 헤어졌다가도 '이번 건 그 친구가 하면 좋겠는데?' 그러면 또 같이하고 그랬어요. 바닥이 좁으니까요. 생각이 다른 사람과 대화하고 타협하는 방법은 나이 들면서 배우는 거죠."

인기는 없어도
꿀리는 것 없다는 자존감은 있어야

— 우리나라 록의 전성기는 왜 그렇게 빨리 끝났을까요. 보컬들이 너무 빨리 돈과 명성을 추구한 건 아닐까요?

"그분들은 충분히 그럴 능력이 있었고요. 발라드와 록으로 가는 길이 좀 달랐던 거죠. 저는 너무 외골수였고, 그분들은 대중이 원하는 걸 던져줄 줄 알았던."

— 멤버들이 떠난 이후 1990년대 초반의 힘든 시간을 어떻게 이겨냈나요?

"입에 풀칠을 해야 했죠. 몇 년 동안 세션 일을 하면서 돈도 꽤 벌었어요. 그런데 어느 날 차를 타고 가다가 라디오에서 우연히 제가 세션으로 연주한 음악을 들었죠. 제가 한 건 분명한데 언제 어디서 누구랑 한 건지 전혀 기억이 안 나는 거예요. 연주도 되게 성의 없이 날림으로 한 티가 나고. 그걸 듣고 '이 길은 아니다' 싶어서 그날로 그만뒀어요. 배고파도 하고 싶은 걸 해야겠다!"

— 1990년대 중반에 재결성한 시나위도 보컬인 김바다가 떠나면서 다시 와해됐죠?

"오랫동안 나름 한길을 걸었는데 난관에 부닥치면서 내 능력으로 안 되는 일에 대한 자괴감이 들었죠. 맨땅에 헤딩하는 마음으로 해외 시장을 노크해보자는 꿈이 있었는데 번번이 좌절됐거든요. 일본계 회사들의 제안이 있을 때마다 성사 직전에 시나위가 깨졌으니까요. 세 번 정도. 지금 같은 한류 분위기가 있기 전이었죠. 그러나 지금도 전 세계를 대상으로 음악을 해야지 로컬로 끝낼 수 없다는 생각은 계속해요. 나름대로 호연지기죠."

— 친구들처럼 대중이 원하는 걸 할걸, 후회하지는 않나요?

"저는 예전부터 폼 재는 게 좋았어요.(웃음) 대중이 원치 않더라도 기존의 문법을 따르지 않고 새로운 문법을 만들어 제시하고 싶은 욕심이 있었어요. 지금도 그렇고."

— 〈탑밴드〉 출연자라면 모를까 대중은 그런 문법을 모르지 않나요?

"그래서 제 역할이 필요한 거죠. 밴드의 훌륭한 점이 있는데 대중은 모를 수 있잖아요. 그들에게 가치를 부여하고, 대중에게 소개하는 일종의 다리 역할."

— 시나위 9집이 나온 지 벌써 6년인데 이제 해체된 건가요?

"제 인생과 함께 온 것이니 놓을 수는 없죠. 기회만 된다면 다시 하고 싶어요."

— 공연이 끝나면 여자들이 줄을 서던 시절과 지금을 비교한다면?

"(품, 웃으며) 그런 시기가 없었다고는 말 못하죠. 외국 밴드들한테 왜 음악을 하느냐고 물으면 여자에게 잘 보이고 싶어서가 80퍼센트는 된다잖아요. 그런데 인생에서 엄청난 인기를 누리는 건 불과 몇 년이거든요. 인기는 순간이에요. 그 이후의 과정이 더 힘들죠. 음반을 새로 내고 나름 광고한다고 열심히 뛰어다니는데 우연히 만난 후배가 난데없이 '형은 요즘 뭐해?'

하고 물을 때 정말 괴로워요.(웃음) 인기 없을 때 어떻게 살 것이냐, 사실 그게 제일 중요해요."

— 어떻게 살아야죠?

"나 꿀리는 것 없다는 자존감이 있어야죠. 연예인들이 인기를 먹고 사니까 인기 떨어지면 조급한 마음에 별짓을 다 하거든요. 잊힌 아이돌 스타가 제작자를 찾아와 울면서 '저 좀 써주세요' 하고 부탁하는 것도 봤어요. 중심을 못 잡으면 그런 경우에 좌절하죠. 거기에 대비해서 음악적 성취에 집착했던 것 같기도 해요.(웃음) 중요한 건 받아들이는 거예요. '내가 요새 잘 못 나가는 것 알잖아?' 하고 쉽게 받아들이면 되죠."

까칠하게 "예", "아니오"만 하거나 수틀려 중간에 나갈까 봐 미리 걱정했던 것은 기우였습니다. 그 얘기를 하자 신대철 자신도 "10년 전이라면 그랬을 거예요"라며 웃었습니다. 잦은 부침을 어렵게 극복해온 수줍고 질긴 중년의 여유와 힘이 느껴졌습니다. 그가 나이 들면서 배웠다는 인내, 배려, 대화, 타협 같은 단어도 참 좋았습니다. 신대철뿐 아니라 우리 세대 전체가 아버지의 유산과 부채에서 독립하고자 투쟁하던 시간을 어느새 한참 지나, 다음 세대를 위한 다리 노릇을 할 때가 되었다는 자연의 진리를 깨닫게 해준 인터뷰였습니다. 훌쩍 다가온 가을이 남의 일 같지 않았습니다.

_2012년 9월 1일

신 대 철 의   인 생   타 임 라 인

대여섯 살 무렵. 뒷줄 왼쪽이 본인이고 오른쪽이 동생 윤철. 아버지 신중현과 어머니 명정강.

고2 시절 기타 연습 중인 모습. 우리 집에 있던 내 방 모습인데 뒤쪽에 동경하던 록스타들의 사진이 붙어 있다.

1986년 데뷔 시절의 모습. 잡지에 실렸던 사진이다. 왼쪽부터 김형준, 강기영(현 달파란), 김민기, 나, 임재범.

1986년 데뷔 후 공연장에서. 저렇게 열광적인 관객 매너는 아마도 시나위가 처음이었던 듯.

어느 대기실에서 김태원과 백두산 멤버들과 한 컷. 왼쪽 김태원, 가운데 김도균, 그 옆 유현상, 그 옆에 나.

KBS 밴드 오디션 프로그램 〈탑밴드 2〉의 심사위원들과 함께. 왼쪽부터 나, 유영석, 김도균, 김경호.

자존심이 편집장에게
미치는 영향

《지큐 코리아》 편집장 이충걸

얼마 전까지만 해도 《지큐(GQ)》와 《맥심(MAXIM)》을 구분하지 못했던 저는 '강남 스타일'은커녕 아예 스타일이란 걸 가져본 적이 없는 촌스러운 사람입니다. 글을 쓸 때도 그저 잘 읽히는 게 좋은 글이라고 생각했을 뿐 아름다움이나 스타일을 고민해본 적이 없습니다. 그런 저의 눈으로 볼 때 남성 라이프스타일 잡지 《지큐 코리아》의 이충걸 편집장은 참 신기한 존재입니다. 대학에서 건축공학을 전공하고 《행복이 가득한 집》에서 에디터 생활을 시작한 그는 지난 20년간 인터뷰, 에세이, 소설, 패션을 넘나들며 한 시대의 스타일을 주도해왔습니다. 1990년대 후반 이충걸은 《보그》의 피처 디렉터로 일하면서 박정자, 김수현, 김민기, 이문열 등 색깔 넘치는 인물들을 만나 자신만의 독특한 스타일로 인터뷰 기사의 새로운 전범을 만들었습니다. 인터뷰이의 말을 그대로 옮기는 게 아니라 인터뷰어의 마음에 비친 이미지를 전달하는 그의 글쓰기는 10여 년이 지난 지금 다시 읽어봐도 전혀 어색하지 않습니다. 2011년 소설집 『완전히 불완전한』을 내놓으며 "나에게 소설을 쓰는 것은 언어 자체의 문제였다"고 적었을 정도로 언어와 아름다움에 대한 그의 집착은 유별납니다. 그래서일까, 매달 실리는 한 쪽짜리 편집장의 글을 읽기 위해 《지큐》를 산다는 독자가 있을 정도로, 화려하고 탐미적인 그의 글은 열렬한 지지층을 확보하고 있습니다. '소년의 감수성을 지닌 피터 팬'부터 '자신만의 스타일을 강요하며 아랫사람을 죽이는 악마'에 이르기까지 극단적으로 갈리는 주변의 평가도 저의 호기심을 자극했습니다. 《지큐》 편집장실로 우르르 들어서는 우리를 맞이하는 그의 모습은 숭배자를 기다리는 수줍은 폭군 같았습니다. 45도 각도로 슬쩍 우리를 스캔한 그는 곧바로 그 이미지를 말로 옮겼습니다.

"고경태 기자님이 저렇게 미소년일지 몰랐어요. 농구부에 들어갈까 배드민턴을 칠까 고민하는 사대부고 학생 같아요. 김두식 선생님은 이렇게 귀엽게 생기셨을 줄 몰랐어요. 제가 예순에 본 아들 같아요."

약간 들뜬 그의 목소리 때문인지 초면에 던지는 이런 묘한 얘기도 별로 이상하게 느껴지지 않았습니다. 실제로는 이충걸 자신이야말로 나이가 믿기지 않는 미소년의 모습이었습니다.

용맹스러운 인생의 친구,
어머니

"저희 어머니 말씀이, 사람은 나무와 같아서 겉에서 보면 모르지만 잘라 보면 나이가 다 있다고, 술 처먹고 늦게 다니지 말라고 하셨어요. 또래 친구들을 만나면 서로 깜짝 놀라요. 걔네들은 중력의 영향을 아주 적극적으로 받았고, 저는 살짝 그렇진 않거든요. 그래서 서로 비주얼이 주는 쇼크가 큰데다 관심사가 너무너무 달라요. 걔네들은 축첩을 한다거나 아내 흉을 보고, 2차는 꼭 룸살롱을 가야 하는데, 내가 왜 친한 사람들의 교미 의식을 봐야 해요? 저는 그런 게 불편하고 거북해요. 친구들과는 같은 지점에서 출발했지만 '판 이론'처럼 서로 다른 극을 향해 영원히 멀어져버렸어요."

— 오늘 입은 스웨터도 멋집니다.

"대전에 있는 빈티지 가게에서 5000원 주고 산 건데, 자꾸 빨다 보니 밑이 짧아져서 다른 옷을 이어 붙였어요."

— 그것도 명품인 줄 알았는데, 아니군요?

"제가 후지게 입고 다녀도 다 비싼 줄 아니까요. 저는 1970년대 3차 경제개발 5개년 계획 때 나온 것 같은 무늬를 좋아해요. 주변에 돈 써서 오히려 추해지는 친구들이 정말 많아요. 그것 자체가 좋고 예쁜 것은 알겠지만, 모든 룩의 핵심은 얼굴인데 못생겨가지고 그러면 뭐하나 싶고요. 매년 파리나 밀라노에서 열리는 컬렉션에 가면 세계 유수의 편집장들이며 세계 패션을 움직이는 사람들이 다들 맨 앞좌석에 고개를 쳐들고 앉아 있어요. 그러나 저는 '웃기고 있네' 그래요. 일단 못생긴 데다가 별로 멋있지도 않고…… 제가 제일 멋있어요. 책도 제가 제일 잘 만들고요."

— 외국 편집장들을 만날 기회도 많죠?

"재작년 파리에서 전 세계 《지큐》 편집장들이 다 모였는데, 독일 편집장이 제 옆에서 '한국 《지큐》 너무 좋아. 스타일 좋고 불가능한 게 없어 보여'라고 하기에 제가 그랬어요. '난 이미 알고 있어. 하지만 난 독일 《지큐》 안 봐. 넌 한국말부터 배워야 해.' 이런 자랑 듣기 싫죠? 내가 옷 입고 '엄마, 나 어때? 멋있어?' 그러면, 엄마는 '오뉴월 수캐 뭐 자랑하듯 지 자랑은'이라고 하세요. 자랑을 침처럼 매달고 다닌다, 이거죠."

— 자랑도 자꾸 들으니 괜찮네요. 시계를 특별히 좋아하신다고 들었는데.

"이건 롤렉스 에어킹이라는 모델인데, 엄마는 아직 몰라요. 엄마가 아시면 휴우. 자동차나 오디오처럼 시계는 돈이 어마어마하게 드는 거라서. 제가 가진 시계 값을 계산해보니 제가 사는 아파트 값의 3분의 1이에요. 어쨌든 시계는 시침과 분침을 움직여서 시간을 가르쳐주는 게 아니라 시간에 대한 기준을 가르쳐줌으로써 우리에게 불멸과 유한함에 대한 감각을 갖게 해줘요. 시계는 시간을 인지하는 우리의 심상을 드러내는 오브제예요. 사실 남자들은 액세서리랄 게 별로 없잖아요."

무슨 질문을 하든지 어머니 이야기가 나왔습니다. 11년 전에 『어느 날 '엄마'에 관해 쓰기 시작했다』라는 책을 낸 사람다웠습니다. 그 후의 이야기를 추가한 개정판이 곧 나올 예정인데,* 그와 어머니의 관계도 변한 게 있을까 궁금했습니다.

"똑같아요. 엄마는요, 저를 성인으로 인정하지 않아요. 저희 집이 성수동

---

* 『엄마는 어쩌면 그렇게』라는 제목으로 2013년 4월에 출간되었습니다.

인데 저녁 6∼7시에 압구정동으로 술 마시러 나가면 그때마다 '이 시간에 어디 가니?' 하세요. 그러면 저는 '엄마, 내가 몇 살인데 이 시간에 왜 못 나가?'라고 하죠. 가끔은 저렇게 근면하고 정직한 여자가 어떻게 나 같은 아들을 낳았을까 경이로워요. 엄마의 용맹스러움을 생각하면 내가 그 신들메를 푸는 것도 감당치 못할 정도예요. 재작년 무릎에 관절경 수술을 받을 땐 그 끔찍한 수술 장면을 모니터로 다 보셨다니까요. 용맹스러운 만큼 유연한 분은 아니지만, 저는 어머니를 엄마로서가 아니라 제 인생의 친구로서 되게 좋아해요."

— 어려서는 어떤 아이였나요?

"위로 형 둘, 누나 하나인데, 어머니는 '위로 셋보다 너 하나 기르는 게 더 힘들었다'고 푸념하세요. 제가 너무나 까다롭다는 거예요. 하지만 동의할 수 없는 게, 정확한 의사를 표현하는 게 악덕은 아니잖아요."

《지큐》를 비롯한 패션지의 주 수입원은 명품 브랜드의 광고입니다. 자동차만 하더라도 아우디, 볼보, 캐딜락, 혼다, 벤츠 같은 고급 외제 승용차들의 광고만 주로 실립니다. 대중적인 상표의 광고는 찾아보기 힘듭니다. 누구에게나 접근 가능한 물건은 더 이상 매력적일 수 없는 까닭입니다. 그러나 그런 매체의 책임자인 이충걸은 작은 차를 몰면서 누구보다 자주 소비의 죄의식을 얘기합니다. 그의 책 『갖고 싶은 게 너무나 많은 인생을 위하여』는 아예 한 장을 죄의식에 할애하고 있을 정도입니다.

"작은 차를 모는 건 단지 그게 예뻐서예요. 작은 차는 도시의 풍경을 만드니까요. 큰 차는 '너에게 경제적 박탈감을 줄게. 난 너보다 조금 더 지구를 점유하겠어. 결정적으로 어떤 것과 부딪혔을 때 적어도 나는 죽지 않아.' 이런 암시를 주죠. 적절치 않아요. 사실 한국에 그렇게 과속할 수 있는 도로나 있나요?"

— 작은 차의 아름다움을 강조하는 편집장의 글과 광고가 안 어울린다 싶을 때도 있는데요.

"《지큐》의 메시지는 이걸 사라는 게 아니에요. 현세에 가장 훌륭한 디자이너들의 살아 있는 작품을 보여줌으로써 안목을 높이고 변별력을 갖추라는 거예요. 잡지의 중요한 기능은 판타지예요. 눈이 즐겁고 우리 마음의 작은 한 부분을 채울 수 있으면 그걸로 족해요. 《지큐》는 비싼 것만 다루지 않아요. 한국에서 도외시된 가치, 소외된 것에 대한 사랑이 훨씬 더 커요."

처음 주례 섰다가
눈물 콧물 쏟은 사연

— 소비의 죄의식을 얘기하는 건 일종의 책임감이나 윤리의식인가요?

"저는 아무런 사회적 책무도 빚도 없어요. 제 직업에 가장 중요한 건 저의 개인적인 자존심을 지키는 거예요. 잡지를 만들다 보면 별의별 권세들과 마주하게 돼요. 대중적으로 알려진 누군가를 섭외했는데 연예 매니지먼트가 '우리 애는 반나절만 반짝하면 중소기업 하나를 좌우할 수 있어. 뭘 해줄 건데?' 하고 요구하는 일도 있어요. 그런 걸 콧등으로 날려버리자면 책이 말하려는 바, 또는 책 자체의 품질이 뛰어나야 해요. 책도 후지게 만들면서 그런 걸 웃긴다고 하면, 지나가던 개가 밟아버리겠죠. 개인적 자존심을 지키는 건 《지큐》라는 미디어를 지키는 것과 똑같아요. 《지큐》는 저의 또 다른 인격이거든요. 자존심을 지키는 저만의 방법은 브랜드와 관계를 맺지

《지큐》의 메시지는 이걸 사라는 게 아니에요. 현세에 가장 훌륭한 디자이너들의 살아 있는 작품을 보여줌으로써 안목을 높이고 변별력을 갖추라는 거예요. 잡지의 중요한 기능은 판타지예요. 눈이 즐겁고 우리 마음의 작은 한 부분을 채울 수 있으면 그걸로 족해요.《지큐》는 비싼 것만 다루지 않아요. 한국에서 도외시된 가치, 소외된 것에 대한 사랑이 훨씬 더 커요.

않는 거예요. 친해지면 중립을 지킬 수 없고, 요청을 거절할 수 없어요. 좋게 말하면 정직한 거고, 나쁘게 말하면 편협한 건데, 그래서 어떤 배우들은 오히려 《지큐》는 뒷거래가 없어서 인터뷰에 응하겠다'고도 해요. 문화적인 의미로서 '지큐적인'이라는 낱말, 합의가 생긴 거죠."

— 지큐적인 것은 이충걸의 색깔을 의미하나요?

"이충걸의 색깔이라고 말하면 교만이고, 저와 스태프들이 만든 유산일 거예요. 완벽하게 잘했다고는 볼 수 없겠지만, 저는 한 인간이 지금 대한민국 사회에서 지킬 수 있는 최상의 자존심을 보여왔다고 생각해요. 공적인 관계 맺음에 대해선 누구도 저처럼 잘할 수 없어요."

— 일할 때는 가끔 악마적인 모습을 보인다는 얘기도 있던데요.

"저는 밖에서 직원들과 따로 술자리 갖는 걸 좋아하지 않아요. 술을 마시면 정서적으로 되게 따뜻해지잖아요. 그래서 '두식아, 너 같은 에디터랑 일하는 나는 정말 행복한 편집장이야'라고 말했다가 다음 날 '너는 뇌가 없니?'라고 말할 게 뻔하니까요. 그래도 에디터들은 다 저와 일하는 게 행복하고 가치 있는 일이라고 느껴요. 전 인간적으로는 정말 부족하고 철이 없지만, 티칭이 정확하고 피드백이 빨라요. 글을 고칠 때도 '촌스러워. 다시 써 와'가 아니라 '요는 연결형 어미이고, 오는 종결형 어미잖아. 시제가 일치해야 하는데 어긋나잖아!' 하는 식이니까요."

이충걸의 말을 받아 적으니 그대로 글이 됐습니다. 말할 때도 그만큼 완결된 문장을 구사했습니다. 얼마 전에 처음 결혼식 주례를 섰다면서 주례사를 소개하는데 "주례사 도중에 고개를 들고 신랑 신부의 얼굴을 보는 순간 갑자기 목이 뻣뻣해지고 눈물 콧물이 정신없이 쏟아져서 창피해 혼났다"면서도 우리에게 들려주는 주례사 문장은 단 한 줄도 빠뜨리지 않았습니다. 자신의 글을 완벽하게 암기하고 있는 것 같았습니다. 그는 정말로 언어가 중요한 사람이었습니다.

"언어는 존재의 집이기 때문에 말을 후지게 하면 존재 자체가 남루하게 느껴져요. 사실 언어가 예전에는 권세였잖아요. 나라가 망하려면 말부터 망하거든요. 언어는 신령한 거예요. 형체가 없는 음악이 우리 마음을 만지는 것처럼, 언어도 알 수 없는 기호가 합쳐짐으로써 우리 마음을 들었다 놨다 하잖아요. 붕대로 싸맸다가 칼로 베었다가. 그만큼 언어는 절대적이죠. 그래서 《지큐 코리아》는 타이포가 미술로 보이는 역할을 할 때나 스타일, 타이, 택시처럼 한국말로 바꾸기 애매한 경우를 제외하고는 영어를 안 써요. 저는 조선의 《지큐》를 만든다는 걸 한 번도 잊은 적이 없어요."

— 《보그》에서 일할 때는 인터뷰어로 이름을 날렸습니다.

"인터뷰는 잘해서 한 거지, 좋아서 한 건 아니에요. 기사의 꼴을 갖추기 위해서는 팩트를 전하는 질문이 필요한데 궁금하지도 않으면서 묻는 게 너무 싫었어요. 제 인터뷰 방식은 팩트 여부에 달려 있지 않았어요. 어떤 순간에 반응하는 그들의 스피릿이 궁금했어요. 하지만 질문했을 때 들려오는 사람들의 언어가 그다지 아름답진 않았어요. 그래서 항상 스트레스를 받았지요."

서정적인 댐을 무너뜨리는
이충걸식 인터뷰

— 객관적인 사실의 전달에는 관심이 없었군요?

"인터뷰하는 순간에 입회한 사람은 저하고 그분밖에 없으니까요. 저의 관점과 필터를 통해서 타전되는 그의 모습이 진짜거든요. 이를테면 '강인한 턱을 가진 김두식은 혀를 굴리는 거품이 있는 듯한 목소리를 갖고 있었다'는 건 순전히 저만 느낀 거잖아요. 제가 내내 따라다니면서 그 사람의 여러 모습을 본 게 아니라 그 순간 제 인생에 다가온 모습을 전하고 싶었어요. 저는 그게 주관적인 듯 보이는 객관이라고 생각했어요."

— 인터뷰 상대방과 교감을 잘하는 편이었죠?

"저는 강한 분들과 잘 맞았어요. 그런데 제가 인터뷰할 때는 그분들이 자주 울었어요. 그럴 때 제가 무의식적으로 등도 두드려주고 머리도 쓰다듬고 했는데 어른들에게 무례하게 왜 그랬는지 지금도 잘 모르겠어요. 사실 인터뷰의 가치는 듣는 거거든요. 게다가 저는 감정이입이 아주 빨라서 온몸으로 상대의 모든 걸 느꼈어요. 그래서 그분들이 마음을 여는 바람에 서정적인 댐이 무너져서 수문이 흘러넘친 적이 많았어요."

— 여든 살까지 편집장을 하고 싶다고 하셨던데, 후배들은 영원히 편집장을 못하는 건가요? 후배들의 감각을 못 따라가는 순간이 올 수도 있잖아요?

"마르그리트 뒤라스가 노년에 글을 썼다고 해서 감수성과 무슨 관련이 있나요? 오히려 민감해지지 않나요? 에디터(잡지에서 취재와 편집을 전담하는 이들을 칭하는 용어)들은 꼭 편집장을 해야 하나요? 그게 지위가 올라가는 일인가요? 에디터로 평생 글을 쓰는 게 남루한 일인가요?"

— 스스로를 한마디로 요약한다면?

"잎새에 이는 바람에도 괴로워하는 속물. 저는 솔직하긴 하지만 정직하지는 않아요. 솔직한 건 무정한 거니까, 정직한 건 피를 흘리는 거니까. 오늘 인터뷰도 어디까지 말할 수 있을까 부담돼서 하기 싫었는데, 예순에 낳은 아이가 와서 얘기를 너무 재미있게 이끌어줘서……."

서양에서 만들어진 잡지의 한국인 편집장이 외국의 쟁쟁한 동료들 앞에서 자존심을 지키기란 쉬운 일이 아닙니다. 자신감 넘치는 그의 얘기를 듣다 보니 《보그》의 애나 윈투어를 모델로 삼았다는 영화 〈악마는 프라다를 입는다〉가 생각났습니다. 스노비즘(snobbism)의 상징 같았던 영화 속 메릴 스트립처럼 상대방을 거만하게 대하고, 자신을 최고로 믿게 하며, 사람을 헷갈리게 하다가 결정적인 순간에 자비를 보이는 태도는 패션지 편집장에게 요구되는 일종의 직업윤리 같았습니다. 스타일이 생명인 직업인에게 겸손하고 소탈한 내면 고백을 기대하기는 어렵겠죠.

스타일과 한참 거리가 멀었던 제가 몇 시간을 그와 보냈다고 그 세계의 모든 것을 이해할 리도 만무합니다. 어쩌면 지금 저에게 남겨진 이해 불가와 혼란의 느낌이야말로 그가 보여주고 싶은 자기 직업의 가장 정확한 이미지인지도 모릅니다. 초현실적인 자화자찬, 속물의 정체성, "솔직하지만 정직하지는 않다"는 주관적인 자기 객관화도 이충걸만이 할 수 있는 기막힌 고백이었습니다. 인터뷰를 마치며 문득, 탐미적인 글에 스며 있는 허무의 흔적은 화려한 세계에서도 균형을 잃지 않으려는 그의 처절한 몸부림이라는 생각이 들었습니다. _ 2013년 3월 2일

이충걸의 인생 타임라인

유치원 졸업식. 왼쪽에서 세 번째가 나. 엄마(뒷줄 오른쪽)는 헤어스타일만으로도 호락호락한 여자가 아니라는 걸 드러낸다.

대학교 4학년 즈음. 매일 맥주만 마셨다. 도서관의 책을 다 읽어야 한다는 강박만 또렷했다.

풀 비린내 나던 《행복이 가득한 집》 시절, 이혜필 편집장과 함께. 그녀에 따르면 나는 '통제가 안 되는 정신 나간 친구'였다.

박정자 선생님과 미국 여행 중. 내 〈멍에〉 반주에 맞춘 그녀의 노래. 나의 첫 번째 인터뷰이, 내 인생의 베스트 프렌드.

《지큐 코리아》 편집장으로서의 첫해. 모든 게 풍만했다. 지금의 나는 어쩌면 이렇게 다를까. 그런데 어쩌면 이렇게 똑같을까.

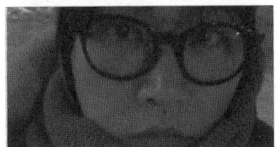

2013년 1월, 파리에서 있었던 2013 F/W 남성복 컬렉션 중 '생 로랑 파리' 런웨이 직전. 내가 속한 지점을 다시 한 번 인식하는 자리.

어느 날 부끄러워졌어요,
내 위악과 공격성이

영화감독 변영주

변영주 감독은 참 다재다능한 사람입니다. 제주도의 관광 요정에서 일하는 성매매 여성들의 이야기를 그린 〈아시아에서 여성으로 산다는 것은〉(1993)으로 작품 활동을 시작한 그는, 위안부 할머니들과 거의 8년을 함께 생활하며 제작한 〈낮은 목소리〉(1995, 1997, 1999) 연작 다큐멘터리로 세상에 이름을 알렸습니다. 극영화로 전환한 뒤에는 전업주부의 은밀한 사랑을 매혹적으로 묘사한 〈밀애〉(2002)와 입시를 앞둔 청소년들의 고민과 방황을 따뜻한 시선으로 바라본 〈발레교습소〉(2004)를 만들었고, 사회경제적 약자로 극한에 몰린 여성의 극단적 선택을 그린 〈화차〉(2012)로 흥행 감독의 대열에 올랐습니다.

〈시네마 천국〉을 비롯한 여러 TV 프로그램에서 해설자와 패널로 활약했고, 진보정당 지지자로 각종 집회에 빠짐없이 나타나는 운동가이자 사회자로도 유명합니다. 지난 20년간 그가 벌여온 다양한 활동의 중심에는 쫓겨나고 밀려난 '성문 밖 사람들'에 대한 일관된 애정이 담겨 있습니다. 그 사람들이 자연스럽게 녹아든 캐릭터가 바로 〈화차〉의 경선(김민희)입니다. 〈밀애〉와 〈발레교습소〉를 좋아했던 저는, 그와 일면식 없는 사이면서도 〈화차〉의 흥행 소식을 듣고 마치 가까운 친구가 대박을 낸 것처럼 기뻤습니다. 홍대 근처의 어두운 카페에서 팬의 마음으로 변영주를 만났습니다. 2012년 총선이 끝난 다음 날이라 아무래도 선거 이야기를 피할 수 없었습니다.

— 트위터를 보니까 어제(선거일) 밤늦게까지 술을 마셨더군요.

"심상정 때문에 노심초사하면서 마셨고, 당선됐다는 얘기를 듣고는 즐거워져서 더 마셨죠."

— 진보신당의 낮은 득표에 실망하지는 않으셨나요?

"전국 24만 명의 지지를 받았는데, 거기부터 출발하면 된다고 생각해요. 적어도 그 24만 명은 비정규직이나 해고에 관심이 많은 분들이잖아요. 저는 성공하지 못하는 것에 익숙해요.(웃음) 진보신당보다 정말 중요한 것은 쌍용차, 강정, 재능교육, 한일병원 같은 문제라고 생각하고요."

— 왜 실패했는지는 검토해봐야 하지 않을까요?

"누구 잘못이겠어요. 우리 잘못이지. 세상을 바꾸고 싶어서 앞줄에 나와 깃발을 흔들고 있는 사람들, 바로 우리 같은 선거의 춤꾼들 책임이죠. 우리 춤이 덜 섹시했거나 신기(神氣)를 덜 받았던 거겠죠. 젊은이들에게 '너는 왜 대한민국 사회에 관심이 없니?' 하고 책임을 묻는 건, 편의점 알바한테 시급도 제대로 안 주면서 건방 떠는 편의점 주인과 다를 게 없어요."

학생운동 하는 딸을
경찰에 신고한 아버지

― 〈화차〉를 보면 극단적 선택을 하는 주인공 경선에 대한 감독의 애정이 느껴집니다. 그래도 살인은 살인 아닌가요?

"영화를 만든 제 입장은 경선에 대해 훨씬 냉정했어요. 그런데 우리나라 관객들이 그동안 여성 배우의 열연에 굶주렸던 것 같아요. 문호(이선균)의 애틋한 시선과는 독립적으로 김민희의 열연이 관객과 예상치 못한 긍정적인 화학작용을 만들어낸 거죠."

― 시나리오가 무려 20고를 거쳤다고 하더군요. 완벽주의자이신 거죠?

"완벽주의자는 아니고요. 3년쯤 걸렸는데, 처음 9고까지는 매번 완전히 다른 줄거리를 썼어요. 엔딩까지 쓰고, 함정에 다 빠져봐야 알 수 있는 게 있더라고요. '형사를 주인공으로 넣어보니 엔딩은 이것밖에 안 나오는구나' 하고요. 겨울에 시작했는데 다 쓰고 나면 이미 벚꽃이 진 때도 있었어요. 그러고도 모두 버려야 할 때는 침대를 붙잡고 엉엉 울기도 했죠. 그래도 영화를 찍는 도중에 잘못되는 것보다는 훨씬 나아요. 돈이 안 드니까요."

1966년 서울에서 태어난 변영주는 어려서부터 『플루타르코스 영웅전』을 옆에 끼고 살았을 정도로 역사와 문학을 좋아했습니다. 의사였던 아버지의 손을 잡고 〈암흑가의 세 사람〉, 〈아라비아의 로렌스〉 등을 보러 다니며 영화의 맛을 느꼈고, 〈스타워즈〉처럼 서사가 살아 있는 영화들을 좋아했습니다.

— 의사 아버지 밑에서 생활의 어려움은 없었겠네요? 아버지는 어떤 분이죠?

"학교 다니면서 등록금 걱정은 안 했어요. 영화 일을 시작하고 나서야 '버스비도 없다는 게 이런 거구나' 처음 알았고 그때부터 아르바이트를 많이 했죠. 〈낮은 목소리〉를 찍을 때 아버지는 저에게 말씀도 안 하시고 '나눔의 집'에 무료 진료를 다니셨어요. 〈조선일보〉만 보시면서도 '윤리는 보수의 생명'이라고 생각하는 분이죠. 선행도 오직 빨갱이들이 득세하는 것을 막기 위해서 하는 분이에요.(웃음) 평안도가 고향이시고 전형적인 자유주의자인데, 노동절 행사에 참여하지 않았다고 교화소에 끌려갔다가 월남해서 위생병으로 한국전쟁에 참전하셨죠. 어느 날 가족들이 피난 간 곳으로 휴가를 나갔는데 동네에 의사가 없으니까 모든 환자들이 아버지를 의사인 줄 알고 찾아오더래요. 그때 의사가 되기로 결심하고 나중에 검정고시로 의대에 들어가셨다고 해요.

제가 학생운동 할 때는 심지어 노량진 경찰서에 딸을 따로 관리해달라고 신고도 하고, 빨갱이 책처럼 보이는 건 모두 불태우실 정도로 관계가 안 좋았어요. 나중에 박완서의 『그 남자네 집』을 읽고 '저 남자들의 청춘을 빼앗아간 것은 전쟁인데, 저 남자들은 전쟁이 아니라 공산주의를 무서워하는구나' 깨닫고 아버지를 좀 이해하게 됐죠. 제가 만난 몇 안 되는 괜찮은 보수주의자예요."

— 학생운동을 열심히 하다가 영화과 대학원에 들어가 다큐멘터리를 찍기 시작하셨죠?

"대학 시절은 붙잡히는 게 무서워서 피하고 도망 다닌 기억뿐이에요. 저 대신 잡혀가 고생한 친구들에게는 미안한 마음이 있죠. 그러나 정작 세상에 눈을 뜬 건 대학 때가 아니라 현대중공업 노동자들에 대한 다큐멘터리 〈전열〉(1991)에 참여하면서부터였어요. 그분들이 저를 집까지 불러, 집에서 담근 시큼한 포도주를 따라주면서 인생 얘기를 들려준 게 저에게는 최고의 공부였죠. 나중에 그 어른들 중 몇몇이 뉴라이트가 된 걸 보고 충격을 받았습니다."

— 〈아시아에서 여성으로 산다는 것은〉과 〈낮은 목소리〉 연작은 시대를 뛰어넘어 억압받는 여성의 문제를 다루고 있습니다. 특별한 계기가 있었나요?

"김동원 감독의 권유로 기생 관광 다큐를 만들러 제주도에 내려갔어요. 그때는 제주도의 특급 호텔 지하마다 외국인 관광객을 상대로 한 요정이 있었거든요. 거기 일하는 언니 한 명을 소개받아 이야기의 중심으로 삼았는데, 알고 보니 그 언니의 어머니가 위안부셨어요. 위안부 어머니의 수술비를 마련하려고 공장을 다니다가 성매매 여성이 된 거였죠. 아, 이게 정말 여성의 운명인가 생각하고, 위안부 할머니들이 계시던 '나눔의 집'까지 찾아가게 됐어요.

처음에는 할머니들이 '넌 또 우리를 어떻게 이용하려는 거냐?'며 쫓아내셨죠. 그렇게 쫓겨나 혼자 투덜거리면서 집으로 오는데 갑자기 궁금해졌어요. 도대체 이 할머니들은 나를 왜 쫓아낼까? 할머니들의 과거가 아니라 할머니들이 세상에 드러난 순간 삶이 어떻게 바뀌었는지 알고 싶어진 거예요. 다음 날부터 매일 '나눔의 집'으로 출근해서 온종일 꿔다놓은 보릿자루처럼 앉아 있었어요. 할머니들은 저를 계속 무시하셨죠. 6개월이 지나니 말씀을 시작하시더군요. 그때 결심했어요. 할머니들이 스스로 얘기를 꺼내기 전에는 위안소에 대해서, 과거에 대해서 내가 먼저 묻지 않겠다고. 결국 할머니 한 분이 낮술 자시고 화투를 치다가 툭툭 이야기를 던지신 게 〈낮은 목소리〉의 출발이 됐죠. 영화가 나오고 나서는 할머니들이 관객들 반응을 보고 정말 좋아하셨어요."

〈낮은 목소리〉 찍다
가슴에 대못 박힌 사연

— 아픔을 안고 사는 할머니들과 8년 가까이 함께 지내며 영화를 찍는다는 게 쉬운 일은 아니었을 텐데요?

"〈낮은 목소리 2〉가 제일 힘들었어요. 강덕경 할머니가 폐암 말기 판정을 받고 3개월밖에 못 산다고, 오래 기억될 수 있는 영화를 찍어달라고 부탁하셔서 시작한 다큐거든요. 사실 〈낮은 목소리〉를 처음 시작할 때부터 제작진끼리 담당 할머니를 나누고 있었어요. 할머니들끼리 싸우고 문 걸어 잠그시면 촬영이 안 되니까, 우리가 각자 담당한 할머니의 얘기를 듣고 우리끼리 싸우면서 해법을 찾아 화해를 시켜드리곤 했거든요. 강덕경 할머니가 제 담당이었기 때문에 당연히 저랑 제일 친했어요. 제가 살아온 이야기도 다 했고, 할머니도 저한테 별별 이야기를 다 하셨죠. 저한테는 친엄마 같고, 친할머니 같고, 때로는 자매나 친구 같은 분이었어요.

그런데 이분이 3개월을 넘어 1년 반을 더 사셨거든요. 딱 1년이 지나니까 촬영할 돈은 떨어졌고, 두 달에 한 번꼴로 할머니는 응급실에 실려 가시는데, 언젠가부터 제가 '이번에는 영화를 끝낼 수 있으려나?' 생각하고 있더라고요. 조감독 녀석 하나는 간호사한테 '이번에 할머니 돌아가시나요?'라고 묻고는 자기가 더 놀라서 한쪽 구석에서 꺼이꺼이 울고, 저는 죄책감과 트라우마 때문에 촬영이 끝나면 밖에 나가 술만 마셨어요.

그러다가 제가 도쿄에 나타난 여자 귀신 이야기로 시나리오를 썼어요. 강덕경 할머니와 비슷한 얘기를 간직한 귀신이었는데 그걸로 로테르담 영화제 시네마트에 초청을 받았죠. '야, 신난다, 가서 쉬고 와야겠다' 생각하고 출국했는데, 바로 다음 날 할머니가 돌아가셨다는 연락을 받았어요. 그때 정말 화가 나더군요. 제가 잠깐 자리를 비웠다고 '어, 니가 날 놔두고 한국 떴어?' 하면서 '못된 할망구'가 복수하고 벌을 준다고 생각했거든요. 돌아오는 비행기 안에서 엄청 울었어요. 할머니가 '너는 나를 평생 못 잊어' 하면서 대못을 박은 것 같았어요. 그때가 제 인생에서 가장 힘든 때였죠."

— 그 후에도 〈낮은 목소리 3-숨결〉을 계속 찍으셨죠?

"너무 힘들어서 〈낮은 목소리 2〉로 접으려고 했는데, 이용수 할머니하고 일본 피스보트(Peace Boat)의 초청을 받아 배 타고 베트남에 가게 됐어요. 한국군이 베트남 양민을 학살한 지역에 가는 거였는데, 거기 도착하기 전부터 할머니가 '영주야, 나한테 잘못을 저지른 일본 애들이 왜 한국 군인이 잘못한 데로 나를 데려가는 거냐, 음모가 있는 것 아니냐?'며 불안해하셨어요. 베트남에서 한국 군인이 저지른 일에 대해 듣고 나서는 충격이 더 크셨죠.

그러다가 한국군에게 학살당한 마을의 생존자로 한쪽 다리를 잃은 베트남 할머니를 만나게 된 거라. 그 할머니의 증언을 듣던 이용수 할머니가 손을 번쩍 드셨어요. 뭔 소리를 하실지 몰랐죠. 그런데 '나는 일본군에게 피해를 입었다. 오늘 당신 얘기를 들으니 우리 여성에게 왜들 이런 끔찍한 일을 저지르는지 모르겠다. 그러니 당신도 일주일에 한 번씩 베트남 한국대사관에 가서 배상을 요구해라. 수요일은 한국에서 우리가 하니까 당신은 다른 요일에 하라'고 하시는 거예요. 난 정말 그런 연대를 본 적이 없어요. 그 모습에 홀딱 반해서 갑자기 이용수 할머니가 다른 할머니들을 직접 인터뷰하면 어떤 느낌일까 궁금해졌어요. '나는 대만으로 끌려갔는데 넌 어디로 갔었어?' 하고 묻는 거죠. 결국 이용수 할머니를 인터뷰로 〈낮은 목소리 3-숨결〉을 찍었어요. 개인적으로는 〈낮은 목소리 3-숨결〉의 완성도가 가장 높았다고 생각해요."

— 그러고 나서 극영화로 전환한 이유는 무엇이었나요?

"〈낮은 목소리 3 - 숨결〉을 찍은 다음에 백내장에 걸렸어요. 백내장은 주로 할머니들이 걸리는 병이잖아요. 할머니들과 너무 오래 있었나? 그래서 백내장도 전염병인가 생각했죠.(웃음) 양쪽 눈 수술을 받았는데 더는 카메라 뷰파인더를 볼 수가 없었어요. 감독이 다큐멘터리를 직접 찍던 시절이라 다른 길을 찾아야 했죠. 할머니들 중 한 분의 위안부 경험이 거짓이었다는 논란을 겪으면서 내가 아직 진실과 거짓을 판단할 수 있는 어른이 아니구나 생각한 것도 전환의 계기가 됐어요."

— 첫 극영화가 여성의 욕망을 다룬 노출 수위 높은 〈밀애〉였다는 게 의외입니다.

"독립영화를 하면서 사람들에게 받았던 지지를 가지고 충무로에 가는 건 치사하다고 생각했어요. 그래서 위안부 이야기처럼 정치적이거나 올바른 게 아니라 아주 사적이고 여성적인 영화를 만들려고 했죠."

함정에 빠졌다 돌아온 친구들에게는
따뜻한 코코아를

— 〈밀애〉와 〈발레교습소〉의 흥행에 연달아 실패하고는 많이 힘들었죠?

"빈둥거리다 밤 12시에 텔레비전을 켰는데 〈밀애〉를 하고 있으면, 채널도 돌리지 못하고 다시 보면서 괴로워하죠. 부끄러워서요. 내가 잘못한 걸 끊임없이 확인받는 거니까요. 〈발레교습소〉는 무엇보다 영화 속에 들어 있는 이야기가 너무 많았어요. 두 시간 안으로 밀어붙이려다 보니 그 많은 이야기가 아귀가 하나도 안 맞고, 다 잘려나가고. 훨씬 더 매혹적이고 경쾌하게 만들

수 있었는데 제가 게을러터지고 시건방졌어요. 영화를 만들며 나를 완전히 발화시키고 소진시키지를 않았던 거죠. 하지만 〈발레교습소〉가 망하고 안식년처럼 쉬면서는 정말 좋았어요. 영화 보고 책 읽고 음악 듣는 동안 잘 마른 장작을 하나씩 마련하는 느낌이었어요. 한 번 불을 댕기면 확 타오를 수 있는 그런 장작을."

— 기억에 남는 연애가 있다면?

"상대방이 똑똑한 사람이어서 잘 보이려고 열심히 공부했던 적이 있어요.(웃음) 연애는 실패했지만 덕분에 제가 현명한 어른이 되었죠. 저는 철저하게 혼자인 걸 즐기는 편이에요. 동면기에 들어가면 아무도 안 만나요. 한 달 동안 사람과 대화하지 않은 적도 있어요. 거울 보고 혼잣말을 하며 제 멘탈을 키우죠. 전 정말 멘탈이 '갑'입니다.(웃음) 특히 촬영할 때는 연애든 뭐든 다른 일을 전혀 못해요. 〈화차〉를 만들 때는 〈시네마 천국〉도 그만두고, 아무리 힘들어도 밖에서 위로를 찾으려 하지 않고 영화 안으로 더 깊이 들어갔어요. 그러니까 풀리는 게 있더라고요."

— 배우들은 변 감독님을 '배려할 줄 아는, 여리고 똑똑한 분'이라고 하더군요.

"원래는 제가 위악적이고 공격적인 애였어요. 재능이 있다고 생각하면서도 모르는 게 탄로날까 봐 늘 두려웠죠. 그런데 마흔이 되던 해 인간적으로 저에게 너무 큰 실망을 안겨준 친구가 있었어요. 그 친구가 자기가 얼마나 불쌍한 존재인지 얘기하며 자기연민에 빠져 변명을 늘어놓는데 그게 딱 제 모습이더라고요. 확 부끄러웠고, 그때부터 되게 많이 달라졌어요. 미안하다고 빨리 말할 수 있게 되었고, 다시 찍자고 부탁할 수 있게 됐죠. 부족한 재능은 다른 사람의 도움으로 채우면 되고, 감독에게 무엇보다 필요한 건 듣는 귀라는 생각도 하게 됐어요."

마흔이 되던 해 인간적으로 저에게 너무 큰 실망을 안겨준 친구가 있었어요. 그 친구가 자기
가 얼마나 불쌍한 존재인지 얘기하며 자기연민에 빠져 변명을 늘어놓는데 그게 딱 제 모습이
더라고요. 확 부끄러웠고, 그때부터 되게 많이 달라졌어요. 미안하다고 빨리 말할 수 있게 되
었고, 다시 찍자고 부탁할 수 있게 됐죠.

— 과거의 감독님처럼 위악적이고 공격적인 후배들이 주변에 많지 않나요?

"몇 번 당하면 지들도 알게 되겠죠.(웃음) 빠져야 하는 함정이라면 빠지는 게 좋아요. 그래서 멘토라는 말이 재수 없다고 생각해요. 멘토는 무슨.(웃음) 우리가 할 일은 함정에 빠졌다 지쳐 돌아온 친구들에게 따뜻한 코코아나 타주는 거예요."

— 영화를 만들면서 행복했던 순간이 있다면?

"〈화차〉 개봉날 삼겹살집에서 친구들과 뒤풀이를 하는데, 거기서 일하는 청년이 나무젓가락을 부러뜨려 칸과 아카데미 시상식에서 주는 트로피 모양의 깃발을 만들어주더군요. '아침에 영화 봤는데 너무 좋았어요' 하면서요. 미치게 고마웠어요. 우리 영화가 이 친구의 삶에 직접적인 도움은 안 되겠지만, 정신없이 바쁘고 지친 그의 일상 중에 두 시간만이라도 카타르시스와 위안을 줬다면 감독으로서 그보다 더 행복한 일이 뭐가 있을까? 그날 죽기 직전까지 술을 마셨는데도 아침에 일어나니 제가 그 깃발을 여전히 손에 쥐고 있더군요."

낮에 만난 변영주는 함정에 빠지는 것을 두려워하지 않는 사람이었습니다. '그물에 걸리지 않는 바람처럼, 소리에 놀라지 않는 사자처럼' 듬직하고 차분했습니다. 그런데 다음 날 밤 김상봉 선생의 『기업은 누구의 것인가』 출판기념모임에서 우연히 다시 만난 그는 전혀 다른 모습이었습니다. 참석자를 소개하던 사회자 변영주는 테이블을 돌며 분위기를 띄우다가 감정이 오르면 동료들과 어깨를 겯고 큰소리로 노래를 불렀습니다. 넘쳐나는 그의 정열을 보며 '한밤중에 술 마시고 인터뷰할걸' 하는 후회가 쓰나미처럼 밀려왔습니다. _ 2012년 4월 28일

변 영 주 의   인 생   타 임 라 인

위안부 할머니들, 그리고 스태프들과의 〈낮은 목소리 2〉 촬영을 마친 뒤 기념사진

전주 지역 영화사 다큐멘터리를 함께 구성해주신 송길한 작가님. 나에게 한국 영화의 숨결을 알려주신 스승.

〈밀애〉. 하늘하늘한 사람과 여름의 풍경을 담고 싶었던. 전경린 작가의 문장을 흉내 내고 싶었던.

〈발레교습소〉. 이 영화의 실패가 나를 장르문학으로 인도했다.

〈화차〉의 작가 미야베 미유키와 함께. 영화의 첫 관객이 그여야 한다고 믿었다. 기자 시사회 전날, 그에게 DVD를 드렸다.

〈화차〉. 당신에게 선보이는 저의 출사표. 이제 더욱 뜨거워지고 좀더 정교해지겠습니다.

날것처럼 살아 있지만
그 위험을 아는 관찰자

만화가 김성희

『먼지 없는 방』은 참 묘한 만화입니다. 삼성 반도체 공장에서 일하다가 백혈병으로 사망한 황민웅 씨 사건이 중심에 놓여 있지만, 이야기의 화자는 황 씨가 아니라 그의 아내 정애정 씨입니다. 군산여상 3학년 때 삼성 반도체 공장에 취업해 그곳에서 남편을 만났고 단란한 가정을 꾸렸으나 결국 그곳에서 남편을 잃은 애정 씨의 눈으로 반도체가 청정 산업이 아니라 화학물질로 가득 찬 위험 산업임을 보여준 것입니다. 작가의 시선은 처음부터 끝까지 오직 '한 사람' 애정 씨만을 향합니다. 작가 김성희는 이렇게 적었습니다. "150여 명의 피해자가 아니라 한 사람 한 사람이 누군가의 가족이고 친구이기에, 남의 이야기가 아니라 당신의 이야기로 가까이 생각해주길 소망하며 이 책을 만들었다."

'한 사람'을 가족처럼 소중히 여기는 작가의 시선에 이끌려 김성희의 진작 『몹쓸년』도 찾아 읽었습니다. 『몹쓸년』은 박재동 화백의 추천사처럼 "기승전결도 굳이 없이 30대 미혼 여성으로 살아가는 일을 마치 싱크대 앞 도마 위에 저녁거리 고등어를 툭 반 토막 내어놓은 것처럼 그냥 보여준" 만화였습니다. 이번에 만난 김성희는 그의 작품만큼이나 싱싱한 '날것'의 느낌이었습니다. 어린아이처럼 순진무구한 표정으로 구구한 설명 없이 그저 감정의 선을 따라서 툭툭 던지는 이야기도 은근히 매력적이었습니다.

옥탑방에서 낮엔 만화를 그리고
저녁엔 조카를 봐주고

— 오늘은 무슨 일을 하다가 오셨어요?

"동생이 석 달 전 둘째를 낳아서 육아휴직을 하고 모유 수유를 하고 있어요. 세 살 된 첫째 아이를 돌봐달라는 부탁을 받아서 매일 저녁 7시 이후에는 제가 조카를 봐요. 오늘은 어린이집이 방학이라서 오전에 조카를 데리고 옥수역의 물분수대를 구경했어요. 분수를 보면 애가 '물이 자란다'고 엄청 좋아하거든요."

— 동생네와 함께 살고 있군요?

"1층에는 부모님이, 2층에는 동생네가 살고, 저는 옥탑방에 살아요. 금호동 산비탈에 있는 조그만 집이라 1층이 곧 반지하인 구조죠. 얼마 전까지는 애니메이션 센터, 정독도서관, 한국예술종합학교(한예종) 작업실, 보리출판사 등에서 작업을 했는데, 요즘은 옥탑방에서 주로 일해요. 에어컨이 없어서 좀 더워요."

— 낮에 일하고 밤에 조카를 보면 언제 쉬세요?

"가끔 혼자 있고 싶을 때는 찜질방을 가죠. 잠을 혼자 자고 싶어서. 같은 집에 있으면 동생에게 미안해서 쉴 수가 없어요. 차라리 찜질방이 편한.(웃음) 육아 때문에 친구들과는 놀 수가 없어요."

— 삼성 문제를 다루자는 것은 누구의 아이디어였나요?

"보리출판사의 윤구병 선생님이 2년 전에 저하고 김수박 작가를 불러 삼성에 대해서 이야기해보자고 제안하셨어요. 김용철 변호사의 『삼성을 생각한다』가 나온 때였죠. 저희에게 알아서 취재해보라고 하셨어요. 저희는 삼성 백혈병이 가장 심각하면서 보통 사람들에게 공감을 얻을 수 있는 얘기라고 말씀드렸고요."

— 정애정 씨를 주인공으로 삼은 이유는?

"저는 처음부터 애정 씨에게 마음이 갔어요. 애정 씨는 제 동생과 같은 나이예요. 동생처럼 애정 씨도 집안의 막내이고, 두 명의 아이를 키우고 있어요. 저는 세상의 막내는 어떤 어려움도 겪지 말아야 한다는 마음이 있어요. 동생을 둔 언니와 오빠들만 공감할 수 있는, 비논리적인 감정이죠."

— 『사람 냄새』의 김수박 작가는 백혈병으로 사망한 황유미 씨의 아버지 황상기 씨를 주인공으로 삼았죠. 두 작가가 모두 개인에게 초점을 맞춘 이유가 있나요?

"언론사에서 다 취재해놓은 것, 『삼성을 생각한다』에서 김용철 변호사가 폭로한 내부 이야기를 가지고 우리가 만화를 그릴 수는 없잖아요. 저희가 직접 취재해서 그려야 하는데, 삼성이 배타적이어서 탐사 보도가 어려웠어요. 결국 독자가 공감할 수 있는 '한 사람'을 찾아야 했고, 김수박 씨는 아이를 가진 입장이라 아버지인 황상기 씨에게, 저는 동생 같은 정애정 씨에게 마음이 갔던 거죠."

— 아예 김용철 변호사를 주인공으로 삼았으면 어땠을까요?

"저희는 삼성의 상류층 이야기가 아니라 삼성의 구조에 눌린 평범한 사람들 이야기를 듣고 싶었어요. 삼성이 바뀌어야 한다는 얘기도 그들의 목소리로 전하고 싶었죠."

— 『먼지 없는 방』에는 반도체 공정에 관한 자세한 설명이 나옵니다. 공부를 할 수 있어서 좋았지만 지루해하는 독자도 있었을 것 같습니다.

"복잡하고 위험한 반도체 공정에 대해서는 애정 씨도 처음 입사해서 30분 정도 배운 게 전부예요. 자기가 다루는 설비만 해도 공부할 게 너무 많아서 전체 공정은 곧 잊어버렸죠. 남편이 죽고 소송을 하면서 비로소 클린룸이 유해물질에 노출될 가능성이 얼마나 큰지를 알게 돼요. 저는 독자들도 애정 씨와 똑같은 경험을 하기를 원했어요. 처음에는 어려워서 그냥 넘어갔다가 나중에 애정 씨의 캐릭터에 감정이입이 되면서 앞부분을 다시 찾아읽었다는 독자들도 많아요. 여고 3학년 때 취업한 열아홉 살 친구들이 복잡한 공정을 배우며 '이걸 다 읽으라는 거야?' 하고 느꼈을 버거움을 독자들도 똑같이 느끼는 거죠."

— 거대 기업에 맞서며 부담을 느끼지는 않았나요?

"윤구병 선생님은 살 만큼 살았기 때문에 괜찮다고 하시던데, 저희는 아직 한창 나이잖아요. 생각 좀 해보겠다고 하고 두 달을 고민했어요. 삼성 얘기를 그렸다가 성공하지 못하면 나만 망하고 끝날 수 있다, 그러나 우리가 설득력 있게만 그려낸다면 고립되지는 않을 거다, 있는 그대로만 보여줘도 다들 공감할 거다, 이런 자신감을 확인하는 데 두 달이 걸린 거죠."

— 책이 나오고 삼성의 반응은?

"절대 삼성은 반응이 없고요.(웃음) 광고에서만 어려움을 겪었죠. 진보매

삼성 얘기를 그렸다가 성공하지 못하면 나만 망하고 끝날 수 있다. 그러나 우리가 설득력 있
게만 그려낸다면 고립되지는 않을 거다, 있는 그대로만 보여줘도 다들 공감할 거다. 이런 자
신감을 확인하는 데 두 달이 걸린 거죠.

체도 광고를 안 실어줬거든요."

'몹쓸 년'의 생활,
막노동 아빠의 소원

1975년생 김성희는 『몹쓸년』의 주인공처럼 인문계 고교에서 취업반으로
옮기겠다고 고집을 피우다가 엄마에게 혼나고 청소년 쉼터로 가출한 경험
이 있습니다. 제빵 기술을 배운 뒤 고교 3학년 때는 샤니에 취업해 "인생에
서 처음으로 열심히 살아보기도" 했습니다. 그렇게 열심히 살았건만 공장
의 아저씨들은 그를 "그저 그런 공순이"로만 취급했습니다.

　6개월 만에 첫 휴가를 받고 집에 누워 있다가 "좀 놀아야겠다, 놀 수 있는
곳은 대학밖에 없겠다 싶어" 대학에 진학했고, "어려서부터 소리 나는 대
로 글을 쓰는 습관 때문에 넘쳐나던 오자를 줄여보고자" 대학신문사 기자
가 되었습니다. 대학신문에서는 엉뚱하게도 만평을 맡았는데, 선배들에게
매일 혼나면서 생전 처음 "만평만 아니라면, 좋아하는 만화에 10년쯤 노력
을 기울여 뭐라도 할 수 있지 않을까" 마음먹게 되었습니다. 그렇게 만화에
입문해 무명으로 10년 이상을 지내는 동안에는 늘 "투잡 이상을 뛰며" 생계
를 유지했습니다. 계간지 정기구독자 확보, 전단지 붙이기를 비롯해서 호빵
공장, 아이스크림 공장, 식당, 커피숍 등에서 웬만한 '알바'는 모두 경험했습
니다. 2년간의 특수학급 보조원 생활이 가장 긴 직업이었는데, "수준이 똑
같아서 애들과 잘 놀았던" 시간이었습니다. 두 달 정도 일해서 돈이 모이면
만화를 그리고, 돈이 떨어지면 다시 일을 했습니다. 아버지는 그런 딸을 보
고 "만화 그만두고 시집가면 안 되겠니?"라고 묻곤 하셨습니다.

"아빠는 늘 '의자에 앉는 직업을 가지라'고 하셨어요. 평생 막노동을 하셨고 지금은 영풍문고에서 청소를 하세요. 제 책도 영풍문고에서 직접 사서 엄마와 함께 보셨어요. 오빠는 경찰, 저는 만화가, 동생은 공무원이니 다들 의자에 앉는 직업이기는 하죠.(웃음) 엄마는 『피터 팬』의 웬디 같은 여자예요. 남을 돌봐야 직성이 풀리는, 그러나 돌봄을 받지는 못한, 그래서 조금 악에 받쳐 있는 분이죠. 오빠나 동생네 애들도 모두 엄마가 키우셨거든요. (잠깐 울먹) 엄마는 자신을 희생해가면서 우리를 각자 자기 가치관이 있는 사람으로 만드셨어요. 엄마가 그런 식으로 투자해서 내가 엄마랑 다른 생각을 가지게 됐으니, 엄마랑 싸우더라도 내 고집을 관철하는 게 효도라고 생각해요."

— 특별히 만화를 좋아하게 된 계기가 있나요?

"초등학교 4학년 때 왕따를 당했어요. 어느 날 여자애들 일고여덟 명이 뒷산으로 저를 부르더니 '이제부터 널 때리겠다'고 하더군요. '왜 때리는데?'라고 물으니 자기들끼리 뒤에 가서 회의를 하고는 '넌 말이 없어서'라고 대답했어요. 걔네들한테 맞고 나니까 갑자기 세상이 보이고 들리기 시작했어요. 그 후로 말도 많아졌어요. 그러나 말을 않던 애가 말을 많이 한다는 건, 그저 말 잘하는 애를 흉내 내는 거예요. 말을 뱉어도 관계나 상황에 맞지 않으니 더 왕따가 되죠. 그때 저를 왕따 시킨 애들이 교회 친구들이라, 교회 안 가려고 찾은 게 만화방이었어요."

— 왕따 경험을 극복하는 게 쉽지 않았을 텐데요

"오랜 시간을 거쳐 중학교 2학년이 되어서야 말을 적절히 하는 법을 터득했어요. 저를 때렸던 친구를 우연히 만난 것도 그때쯤이에요. 저쪽 끝에서 그 친구가 걸어오는데 서서히 긴장감이 쌓이다가 서로를 외면하지는 못

하고……. 그런데 그 친구가 저를 때린 걸 기억하는 눈빛으로 살짝 웃으면서 지나갔어요. 폭력의 대상이었던 저를 기억하고 겸연쩍어하면서 미안해하는 눈빛. 그게 참 따뜻했어요. 그때 감정이 많이 풀렸어요."

『몹쓸년』은 자전적 만화이지만 시간적 순서를 따라가지 않습니다. 감정의 결을 따라서 이야기가 하늘에서 뚝뚝 떨어지는 것 같습니다. 자세한 설명이 생략되어 때로는 불친절하게 느껴집니다. 그러나 각 장을 덮을 때면 묘하게도 작가가 뭘 말하려고 하는지를 정확히 알 수 있습니다. 사랑과 미움이 씨줄과 날줄처럼 교차하는 가족관계와, "이대로 팔려갈 수는 없다"는 30대 여성의 흔들리는 일상이, 만화에 자주 내리는 비처럼 독자의 마음을 적십니다.

"저는 기억의 감정을 풀어낸 순서대로 작업해요. 초등학교 4학년 때의 왕따 사건을 20년 동안 반복적으로 저 자신에게 납득시켜온 것과 같은 작업이죠. 살아오는 동안 수많은 일이 있었지만, 내가 아파했던 부분, 쉽게 넘어가지 않는 부분만 기억에 남아요. 그렇게 남아 있는 이야기들이 고리로 연결되어 서사가 되는 거예요. 그보다 완벽한 서사가 없어요. 한 사람 한 사람의 기억은 너무나 납득이 되는 방식으로 연결되어 있거든요."
— 김 작가의 만화를 읽다 보면 "꼭 누구마냥 확 꺼지네. 가스 냄새만 퍼뜨리고"처럼 뜬금없이 툭 한마디를 던질 때가 많습니다. 독자보다는 특정인을 염두에 둔 것처럼 느껴질 때도 있는데요.
"제 만화의 독자는 딱 한 명이에요. 한 명의 독자에게 말을 걸고 제 감정을 보여준다는 점에서 편지와 같아요. 늘 그렇게 작업해왔어요. 그게 책으로 나오면 독자가 확장될 뿐이죠. 물론 그렇게 감정을 나누는 대상이 확 사라지기도 해요. 믿었던 사랑이 확 꺼지기도 하고요. 그렇게 꺼지는 게 사랑의 속성이더라도 계속 사랑하겠다는 마음으로 그림을 그려요."

황지우 총장의 가슴에 불붙인
텐트 시위의 주역

— 요즘 넘쳐나는 멘토들은 흔히 "하고 싶은 일을 선택하라"고 하잖아요. 만화가야말로 그런 선택일 수 있는데, 먹고사는 게 너무 힘들지 않나요?

"만화를 시작하고 2년쯤 지나서 누군가와 사랑에 빠지면서 만화의 진짜 맛을 알게 됐어요. 걔한테 감정을 말해주려고 그림을 그리는 게 행복하고 좋았죠. 멘토들 얘기는 살짝 어이가 없어요. 자기가 뭘 좋아하는지 처음부터 아는 애가 어디 있어요? 경험해봐야 뭘 좋아하는지 알죠. 어떤 직업을 선택하라더라도 그걸 하는 이유를 스스로 납득하기만 하면 행복하게 살 수 있어요. 저는 한 달에 15만 원으로도 살고 100만 원으로도 살아요. 자기 직업의 특징을 알고 선택한 이상 투정 부리는 건 유치하다고 생각해요. 다만 삶이 너무 불안정하지 않도록 의료보험 같은 사회안전망은 확보해줬으면 좋겠어요."

— 만화가로 10년 이상 일한 뒤 한예종 전문사 과정에 입학했죠?

"국민의 세금으로 운영되는 대학은 지역 주민이 이용할 수 있어야 한다고 생각해서 친구들의 열쇠를 빌려서 한예종 도서관을 작업실로 삼았어요.(웃음) 그런데 고지식한 도서관 아저씨가 계속 쫓아내셨어요. 실어줄 지면도 찾기 어려운 아웃사이더인데 그렇게 쫓겨나다 보니 우울해지더군요.

그래도 그 줄다리기를 하면서 1년 반을 다녔어요. 아웃사이더 한 번 해보세요. 어느 순간 확 돌아요. 당당히 도서관을 이용할 테다!(웃음) 원서를 넣고 합격한 뒤에는 '아저씨 때문에 대학원에 들어갔다'고 커피도 뽑아드렸죠."

2009년 한예종에서는 황지우 총장이 사표를 쓰고 시간강사 위촉까지 취소되자 학생 한 명이 황 교수의 강의를 듣고 싶다며 1인 텐트 농성을 시작했고, 동조하는 텐트가 하나둘 늘어 나중에는 작은 마을을 이루었습니다. 박재동 화백에 따르면, 그 한 명의 학생이 바로 김성희였다고 합니다.

"『내가 살던 용산』을 작업하던 때였는데 제가 듣고 싶었던 선생님들 수업이 다 없어지는 거예요. 첫 학기 때는 학부생들이 맞서 싸웠지만, 두 번째 학기가 되자 과제 등에 쫓겨 동력이 확 떨어졌죠. 화도 나고, 마감에는 쫓기고, 결국 1인용 텐트를 인터넷으로 주문해서 거기 살면서 작업을 했어요. 비상대책위원회나 다른 과 애들이 바닥을 깔고 전등도 연결해줬는데, 한잔하고 놀다가 재미있었는지 하나씩 텐트가 늘더군요. 오자가 많은 대자보를 제가 붙이니, 다른 애들도 따라서 대자보를 붙이고. 인터넷에는 매일 일기를 썼죠. 나중에 황지우 선생님을 뵈니 '나의 가슴에 불을 붙여줬다'고 하시는데, 어찌나 가슴이 두근거리던지.(웃음)"

— 여전히 결혼에 대한 압박이 많죠?

"동생이나 친구들을 보면 사회적 생존방식으로 결혼만큼 합리적인 게 없어요. 그러나 감정의 생존방식으로는 결혼이 결론이 아닐 수 있겠더라고요. 감정이란 불안할 때 움직이기 마련인데, 결혼은 안정적이니까 부딪힘이 없어 운동성이 떨어지기 쉽죠. (책상에 얼굴을 묻으면서) 저는 이렇게 자꾸 관찰자로만 살아요.(웃음)"

　김성희는 "날것은 요리된 것보다 빨리 썩고, 썩었을 때 더 냄새가 난다. 그걸 판단할 줄 알아야 한다"고 했습니다. 날것처럼 살아 있으면서도 날것의 위험성을 아는 관찰자였습니다. 어린 시절 말 때문에 왕따가 되었던 김성희는 오랜 세월 아주 천천히 자신만의 언어 세계를 구축하면서 말 대신 그림으로 내면을 표현하는 만화가가 되었습니다. 자신의 내면을 넘어 이제는 애정 씨 같은 다른 사람의 마음까지 그려냅니다. 남보다 늦게 배운 말, 여전히 오자가 많은 글, 감정의 결을 따라가는 그림으로 침묵하는 세상을 깨우고 있는 것입니다. 개인을 외면하는 거대 담론에 피로를 느껴 사람들이 마음의 문을 닫아버린 시대입니다. 인터뷰를 마치며, 오직 '한 사람'에게 주목하는 김성희의 방식이 어쩌면 그 닫힌 문을 여는 새로운 대안이 될지도 모른다는 희망 섞인 관측을 하게 됐습니다. _ 2012년 8월 18일

김 성 희 의 인 생 타 임 라 인

초등학교 4학년. 동그라미에서 짝을 지어 누가 남느냐 같은 게임인데, 이 시절 나는 게임의 법칙을 몰랐다. 오른쪽에서 두 번째, 땅꼬마가 나.

2003년 대학을 졸업하고 만화를 하겠다고 결심했다. 막막했던 2년의 시간이 지나 만화 창작집단 '바카'를 만났다.

2007년 출판에서 유통까지 작가가 하는 만화잡지 독립출판모임 '살북'에서 활동하다. 내가 창간 편집장이다. 하하.

2009년 1월 20일 용산참사. 네가 이 세상에 살고 있다면 이 세상에 필요한 말을 하라고 말해주는 것 같았다.

2010년 애정 씨의 이야기를 들으면서 울지 않으려고 노력했고 울지 않았다. 녹취를 풀면서는 눈이 뻘게졌고…….

나를 자유롭게 만들어준 사람, 엄마. 이 사람의 이야기를 세상에 꺼내고 싶다. 보통 사람의 평범한 위대함을 말하고 싶다.

3장

사연의 속살, 그 깊은 우물들

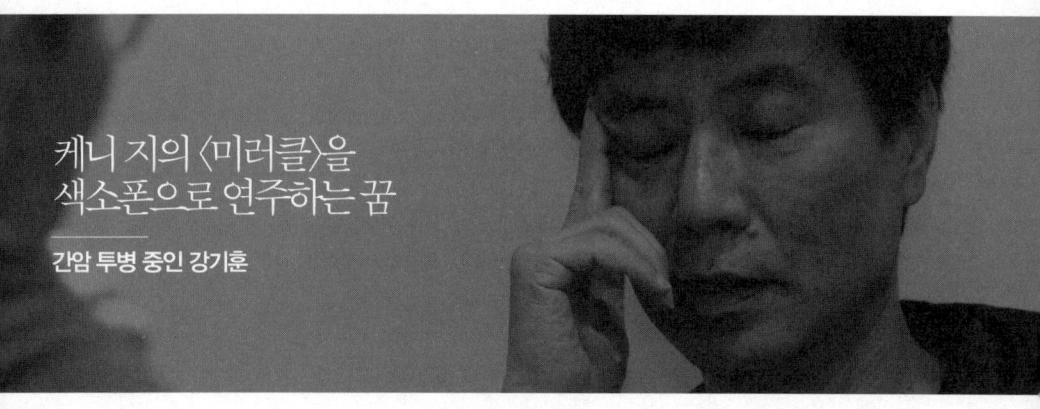

케니 지의 〈미러클〉을
색소폰으로 연주하는 꿈

간암 투병 중인 강기훈

1991년 정국을 뒤흔들었던 유서대필(자살방조) 사건의 대법원 판결문을 읽다 보면 세 가지 사실에 놀랍니다. 첫째, 판결문이 너무 길다는 것, 둘째, 범행의 일시, 장소, 행위 방법이 특정되지 않은 공소사실에 유죄 판결이 내려졌다는 것, 셋째, 그 긴 판결문에 막상 공소사실 자체에 관한 내용은 거의 없고 사후 정황에 대한 끝없는 설명만 넘쳐난다는 것. 똑똑한 판검사들이 결론을 정해놓고 벌인 기괴한 비논리의 향연에서 '의심스러울 때는 피고인의 이익으로'라는 형사법의 기본 원칙은 흔적도 찾을 수 없습니다. 지루한 공방이 계속되는 동안 사람들의 관심은 점차 사건의 본질에서 멀어졌고, 잊힌 인간 강기훈의 삶은 뿌리까지 무너져 내렸습니다. 벌써 20여 년 전의 일입니다. 서울 광화문의 조그만 카페에서 만난 강기훈 선생은 사진에서 보던 것보다 많이 여윈 상태였습니다. 그는 언론에 대한 아쉬움으로 말문을 열었습니다.

"옛날에는 사건 얘기를 잘 안 했어요. 하루라도 빨리 잊고 싶었던 데다 초반에는 직장 생활에 지장이 많았거든요. 회사에서 영업을 하는데 기자들이 카메라를 들고 오면 어떻게 됩니까? 민감해지죠. '찾아오는 건 괜찮지만 카메라를 들이대며 요란스럽게 굴면 안 된다'고 조건을 걸어도 그걸 지키는 기자는 아무도 없더라고요. 자기들이 그랬으면 하고 바라는 것을 그대로 사실처럼 쓰는 언론도 있고."

엄청난 양의
피를 토하고 또 토하고

— 간암 수술을 하셨죠? 부모님도 간암으로 돌아가셨던데 가족력이 있는 건가요?

"부모님은 다른 데서 시작된 것이 간으로 옮겨온 경우라 저하고는 좀 다릅니다. 저는 원래 B형 간염이지만 비활성이라 괜찮은 상태였는데 2011년 6월 말이던가 사무실에서 근무하다가 이상하게 체한 것 같아서 화장실에서 토했더니 음식물이 아니라 피가 나왔어요. 간경변에 의한 위정맥류였죠. 약을 먹고 굉장히 조심하며 시티(CT)도 3개월마다 찍었고 2012년 1월까지만 해도 문제가 없다고 했는데, 4월에 검사하니 의사의 표정이 안 좋더라고요. 결국 5월 15일에 암 진단을 받았고 23일에 바로 수술을 했어요."

— 수술 경과는 어떻습니까?

"복강경 수술은 일단 무사히 끝났는데 며칠 뒤에 또 위출혈로 피를 엄청

쏟았어요. 하필이면 휴일 새벽에. 레지던트들만 있는 시간인데, 걔들은 참 호기심이 많아서 프로토콜대로 이것도 해보고 저것도 해보고. 저는 그동안 초주검이 됐는데 걔들은 환자를 보지 않고 데이터만 봐요. 이것저것 막 하죠. 부당하다고 생각해서 저는 항의하고 욕하고 레지던트들에게 '하지 말라고 했잖아. 너 나랑 원터치 한 번 까자'고 하다가 피를 막 토하고.(웃음) 내 시경을 넣어서 지지는데, 제가 피를 워낙 많이 흘린 상태라서 의사들은 정신 놓으면 처치를 못한다고 저를 깨웠죠. 제가 깜빡하는 순간 다른 차원으로 가는 거였어요. 그다음에는 폐에 물이 차서 옆구리에 구멍을 뚫고 관으로 물을 빼내는데, 어휴, 숨 쉴 때마다 정말 아프더라고요.(웃음) 3주가 지나서 퇴원을 했어요. 그리고 일주일 뒤에 정맥류가 또 터져서, 이번에는 토한 게 아니라 밑으로 혈변이 나와서 8일을 더 입원했죠. 지금까지 내내 병원에 있었던 셈이에요."

— 오늘은 출근하신 건가요?

"이틀 전부터 회사를 나가는데 일을 하겠다기보다는 우선 일을 할 수 있는지 몸을 움직여보는 거죠. 병명 자체가 워낙 살벌한 거라서. 1년 내 재발률이 70퍼센트가 넘는다고 얘기해주는 의사도 있더군요. 5년까지 살 확률은 5~7퍼센트? 제 나이 때는 더 낮대요. 그 얘기를 듣고 '네, 감사합니다' 그럴 수도 없고.(웃음) 그냥 '알았다'고 했어요."

심각한 상태를 털어놓으면서도 그는 잘 웃었습니다. 이 모든 상황이 기가 막힌 듯한, 조금은 냉소적인, 헛헛한 웃음이었습니다. 긴 고통을 겪으며 자기 상황을 객관화하는 훈련이 된 사람 같았습니다. 2009년 서울고등법원의 재심 결정이 내려진 이후 3년 가까이 결론을 미루고 있는 대법원의 답답한 태도에 대해서도 그는 담담했습니다.

"고등법원에서 결정이 나고도 저는 쉽게 끝날 거라고 생각하지 않았어요. 즉시항고를 한 검찰은 제대로 수사는 하지 않으면서 조직 방어에만 늘 적극적이죠. '수사는 적법했고 판결은 법원이 한 것'이라면서 구체적인 상황을 딱딱 짚어가며 문제가 없었다는 말만 해요. 이건 잘못돼도 한참 잘못된 거예요. 아니, 거꾸로 뒤집힌 거죠. 조직 방어 논리로만 움직이는 건데, 당사자들이 현직에 있건 없건 걔네들이 그런 조직이에요."

— 대법원이 왜 빨리 결론을 내리지 않는다고 생각하세요?

"그들 입장에서는 그게 유일한 방법이니까. '시간이 지나면 당사자도 나이를 먹지 않겠어? 아프거나 포기하지 않겠어? 그러다가 성질나면 이민을 가겠지?' 하고 바라는 거죠. 시간이 지나면 사람들은 또 잊어버릴 거고."

전교 1등을 도맡아 했지만 가난과 전쟁 때문에 초등학교밖에 못 마친 어머니와 평생을 초등학교 평교사로 일한 아버지 사이에서 2남 1녀의 장남으로 태어난 강기훈은 어린 시절 "분유 뚜껑을 두드릴 때부터" 탁월한 리듬감을 인정받았던 아이였습니다. 어려운 집안 형편에도 한때는 작곡가를 꿈꾸며 바이올린, 첼로, 피아노 등을 배우기도 했습니다. 교회 선배들의 영향으로 리영희 선생 등의 책을 읽으며 일찍이 사회과학에 눈뜬 그는 1982년 단국대 화학과에 입학하면서 자연스럽게 학생운동에 참여했습니다. 집에서 대자보를 쓰는 아들을 보고 "너 혼자 볼 거냐?"고 묻던 아버지는 "학교에 붙일 것"이라는 아들의 대답에 아무 말 없이 한숨만 푹 쉬셨다고 합니다.

"아들이 옳다고 생각하신 거겠죠. 3학년 2학기 때 제가 단국대 민주화추진위원장을 맡아 단식을 하는데, 학교 등쌀에 못 이겨 찾아오신 아버지께서 '밥은 먹으면서 하라'고 딱 한마디만 하고 가셨어요. 기관원들이 벙 쪘죠. 집회 도중에 찾아와 '이년아' 하면서 머리채를 붙잡고 잡아가다가 '너죽고 나 죽자'며 딸을 계단에 굴려버리는 아버지도 있던 시절이었거든요."

쟤네들 원하는 대로
다 이뤄지더라고요

단국대에서 민추위, 삼민투 등 "이제는 정확한 명칭조차 기억나지 않는" 위원회들의 장을 맡으며 반독재 투쟁에 나섰던 강기훈은 제적과 수배를 거쳐 1985년 11월 민정당 중앙정치연수원 점거농성 사건으로 구속됩니다. "규격에 따른" 반성문을 쓰면 예외 없이 집행유예로 풀려나는 상황이었지만 그는 쓰지 않았습니다.

"후배에게는 반성문을 쓰고 나가라고 했어요. 진심이 아닌 걸 다 아니까 괜찮다고. 하지만 저는 안 썼죠. 군사독재 타도, 민주헌법 쟁취 같은 걸 좀 세게 요구하다가 들어온 건데, 학교 대표가 어떻게 반성문을 써요?(웃음) 20개월 살았던 첫 번째 감옥 생활은 고생도 많았지만, 참 재밌고 즐겁고 유익했어요. 두 번째와 비교할 때 그렇다는 거예요."

감옥에서 나온 뒤 노동운동에 투신한 강기훈은 1989년 전국노동운동단체협의회 소속으로 전국민족민주운동연합(전민련)에 파견되어 민생대책협

의회, 사회부 등에서 간사로 활동합니다. 파업 현장에 구사대가 투입되거나 노점상이 강제 철거되었다는 소식을 들으면 곧바로 현장으로 달려가 짧으면 2~3일, 길면 10일씩 농성에 참여하는 고된 하루하루였습니다. 그러다가 컴퓨터를 잘한다는 이유로 떠맡은 보직이 전민련 총무부장이었습니다. 1991년 4월 26일 강경대 군 치사 사건이 터지면서는 전국의 상황을 집계해 전파하는 일종의 상황실장 역할을 수행했습니다. 당시 전민련은 정치권 진출 문제로 의견이 갈려 어수선한 분위기였습니다. 무슨 일을 조직적으로 꾸밀 수 있는 상황이 아니었습니다. 그러다가 졸지에 운명의 그날, 1991년 5월 8일을 맞이하게 됩니다. 함께 일하던 김기설 씨가 분신했다는 소식을 들은 겁니다.

"저는 (김기설 씨가 자살하겠다는 것을 주변에서 만류하던) 전날의 상황을 몰랐어요. 어버이날 전날이라 부모님 댁에 일찍 가자는 얘기를 동생과 주고받고 좀 일찍 퇴근했고요. 막내하고 집에서 수다를 떠는 동안 연세대에서는 그 난리가 났던 거죠. 5월 8일 아침에 늦게 일어나서 9시 45분인가 뉴스를 보는데 분신 소식이 나오는 거예요. 숟가락을 놓고 뛰어나갔죠. 사무실에 나가서 이야기를 듣는데 처참했어요. '어떻게 된 거야? 왜 못 붙잡았지? 누가 끝까지 같이 있었어? 도대체 어떤 새끼가 놓친 거야?' 나중에 보니까 (김 씨를) 놓친 애는 연세대에서 퍼져 자고 있었어요. 너무 화가 나서 밟아주고 싶더라고요. 내부의 분위기는 그랬어요. 분신이 계속되고 정신은 하나도 없는데 우리가 뭘 준비해요? 저희도 멘탈이 간(정신적으로 무너진) 상태였는데."

— 분신이 많았던 상황이기는 했죠?

"그 방법밖에 안 남았다고 생각했을 때 분신하는 거예요. 제일 좋지 않은

주변에서 '혹시, 했니?' 하고 묻는 사람들이 있었죠. 정말 아무렇지도 않게 궁금해서 물은 것일 수도 있지만 저에게는 엄청난 상처였어요. 신문 보도보다 그게 훨씬 더 힘들었어요. 한 방에 멘탈이 가더라고요.

방법이죠. 자살이라는 방법의 극단성이 제 신념하고는 맞지 않았어요. 당시에 교회를 열심히 다니지는 않았지만 제게는 어머니에게 받은 기독교적 영향이 강했으니까요."

— 분신의 배후로 찍혔을 때 심정은 어땠나요?

"웃긴다고 생각했어요. '쟤네들 대체 뭐하는 거야? 맥락도 없이?' 이게 첫 반응이었어요. '쟤들의 수가 이거였나? 차라리 잘됐다, 싸워보자.' 그때는 제가 이길 줄 알았죠. 그런데 쟤네들이 원하는 대로 다 이뤄지더라고요. 제가 세상을 너무 순진하게 본 거죠."

— 강경대 군 치사 사건으로 구석에 몰린 상황에서 공안당국은 반전의 계기가 필요했겠죠?

"김기설 씨보다 며칠 앞섰던 안동대 김영균 씨 분신 사건의 처리 과정에서도 똑같은 일이 벌어졌어요. 조직사건으로 엮으려다가 당사자가 자살을 하니까 선배 중의 한 명을 찍어서 '네가 태워 죽였다'고 밀어붙였죠. 제가 겪은 일과 완전히 똑같았어요."

— 결백을 주장하며 명동성당에서 농성할 때도 많이 힘들었죠?

"주변에서 '혹시, 했니?' 하고 묻는 사람들이 있었죠. 정말 아무렇지도 않게 궁금해서 물은 것일 수도 있지만 저에게는 엄청난 상처였어요. 신문 보도보다 그게 훨씬 더 힘들었어요. 한 방에 멘탈이 가더라고요."

— 동료들로서는 일단 사실부터 확인하고 싸움을 시작해야겠다고 생각한 것이 아니었을까요?

"싸움이오? 대부분은 더 중요한 일이 있다면서 핑계 대고 도망갔는데요? 농성장에서 차 트렁크에 숨어서 나가고, 뒷담치기로 나가다 잡히기도 하고. 그래 놓고 전민련 열심히 했다는 소리들을 하죠. 지금 여당 국회의원이 된 친구는 '일단 도망가라. 두세 달 지나면 조용해진다. 지금 잡히면 10년 형을 받지만 조용해지면 집행유예로 끝난다'고 하더군요. 그거 듣고 웃었어요. '너는 그렇게 살아라. 나는 그렇게 못 살겠다. 싸워야겠다'고 했죠. 다들 그렇게 도망간 상황에서 끝까지 책임진 게 당시 전민련에 들어온 지 몇 달 되지도 않던 서준식 선생이었어요. 자기들은 정치에 입신하면서 귀찮은 일을 모두 서 선생에게 맡겨버린 거죠."

— 대법원 판결문은 읽어보셨죠?

"1992년 여름 교도소에서 대법원 확정판결문을 받았을 때가 제 인생에서 가장 추웠던 때입니다. 읽다가 찢을 뻔했어요. 문장은 비문이고 주술관계도 엉망이고. 무슨 대법관들이 이런 문장을 쓰나, 판결문이라고 할 수가 없었어요."

— 사건을 처리한 판검사들에 대해 어떻게 생각하세요?

"어떻게 설명을 해야 할까요. 제가 원래 혈압이 좀 낮습니다. 특히 밤이면 혈압이 많이 떨어져요. 며칠 전 밤에 병원에 실려 갔는데 레지던트는 제 혈압을 보고 비상상황이라고 생각했어요. 주치의가 퇴근하면 레지던트가 '밤의 권력'인데, 하필 공명심에 불타는, 뭔가를 하고 싶어 안달이 난 애가 온 거예요. 제가 '평소에도 그러니까 혈압에 대해서는 특별한 조치를 하지 않아도 된다'고 아무리 말해도 절대 듣지 않아요. 애가 중심정맥을 잡겠다고 어깨에 구멍을 뚫는데 수십 번을 해도 못 잡는 거예요. 저는 굉장히 아픈데 애들은 절대 환자를 보지 않죠. 애들의 시선은 구멍을 뚫는 데만 가 있어요. 겨우 성공해서 한 방울씩 처방을 늘려가다가 아침에 심장 쇼크가 왔어요. 주치의가 나중에 보고 황당해하면서도 '그 상황에서 아무것도 안 해서 사고가 나는 것보다는 그래도 쇼크가 오든 말든 뭘 하다가 실수하는 게 레지던트 입장에서는 덜 혼날 일'이라고 설명하더군요. 그게 프로토콜이에요.

검사도 똑같아요. 대한민국에서 '사'자 붙은 직업 중 가장 뭔가를 하고 싶어하는 애들, 공명심에 불타는 애들이 검사예요. 여자 검사들도 있지만, 여전히 거기는 수컷 세상인데, 대한민국 수컷들은 권력을 쥐면 휘두르고 싶어 안달이거든요. 그게 메커니즘이죠. 검사들이 정치권력의 눈치를 본다고요? 아니에요. 개들은 자기 논리대로 움직여요. 자기 조직의 논리가 자기 논리이기도 하죠. 그 논리를 가지고 일을 저지르면 조직 안에서 누구도 뭐라고 하지 않아요. 뭐라도 일을 벌여야 올라가는 거예요. 실존적으로 고민해봐야 소용없고요. 개들을 움직이는 건 딱 한 가지예요. 뭐라도 하겠다는 공명심."

나의 버킷 리스트,
색소폰을 연주하고 싶은 꿈

— 판결문에도 나오는 여자친구와 출소 직후 결혼하셨죠. 아이들은 아빠 사건을 어떻게 생각하나요?

"아내는 전민련 시절 학교 과모임에서 만난 후배였어요. 학생 때는 몰랐고요. 큰애가 고2, 작은애가 중3인데, 둘째는 책 읽기를 좋아해서 할머니가 쓴 책(1994년 출간된 『너를 위한 촛불이 되어』)도 읽은 것 같아요. 그런데 저도 '대한민국 아빠'라 애들 생각은 잘 모르겠어요. 애들도 제가 병원에 있을 때는 불쌍해 보이는지 잘해주다가 퇴원해서 잔소리하면 싫어하죠.(웃음)"

— 앞으로 정말 하고 싶은 일이 있다면?

"암 선고를 받고 버킷 리스트를 쓰다가 눈물이 나서 두세 개 적고 그만뒀어요. 가장 먼저 생각난 것은 음악이었어요. 케니 지의 〈미러클〉이라는 색소폰 곡. 중학교 때 잠깐 클라리넷을 했는데 색소폰과 클라리넷의 운지법이 비슷합니다. 그래서 집 앞의 색소폰 학원에서 배워 그걸 연주해야겠다, 그리고 예고 입시를 준비 중인 딸의 반주를 해주고 싶다고 썼죠."

인터뷰를 준비하는 동안 유서대필 사건의 당사자에 대해 알려진 것이 너무 적다는 사실에 놀랐습니다. 언론도 사건의 복잡한 전개 과정을 설명하다 보면 시간과 지면이 금방 바닥나서 정작 그 중심에 선 인간에게 공간을 할애하기 힘들었을 겁니다. 온몸으로 경험한 강기훈의 통찰처럼, 어쩌면 판검사, 의사, 언론인처럼 힘깨나 쓰는 전문가들의 공통된 문제가 인간 개개인에 대한 깊은 관심의 결여인지도 모릅니다. 인터뷰를 마치면서 강기훈은 작은 목소리로 "왜 나한테 자꾸 이런 일이 오는지, 억울하고 기분이 더럽다"는 말을 남겼습니다. "고통에는 뜻이 있다"고 병실에서 전도하는 사람을 보면 "내 성격이 못되어서, 인간이 덜되어서 그런지, 한 대 때려주고 싶다"고도 했습니다. 예의 그 헛헛한 웃음을 날리는 그의 눈가로 언뜻 눈물이 비쳤습니다. 타협을 거절한 인간의 눈물이었습니다. 그 눈물을 못 본 척하는 사회에서는 누구라도 언제든지 강기훈처럼 억울한 희생자가 될 수 있습니다. _ 2012년 8월 4일

강 기 훈 의 인 생 타 임 라 인

1991년 6월, 명동성당에서 검찰청으로 자진출석할 때. 검찰은 '검거'라고 했고 나는 '출두'라고 했다.

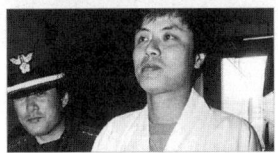

1992년 봄, 항소심 때. 당시 허위감정 혐의로 체포됐던 국립과학수사연구소 김형영 문서분석실장은 1심에서 석방됐다.

2000년 6월께 한 언론사 요청으로 마석 모란공원에서 인터뷰를 했다. 연출한 장면이다.

어머니. 성공회대학교 수시 합격 인터뷰를 하시며. 오랜 바람 속에 가까스로 열린 대학 생활의 길이었다.

2005년 4월 무렵. 이때부터의 눈물겨운 여러 사람들의 노력은 2009년 고등법원의 재심 개시 결정문을 이끌어냈다.

2011년 10월 동생과 함께 여행한 프랑스 알자스 지방에서. 업무차 독일에 들른 뒤 스위스와 프랑스를 여행했다.

상처를 돌아보며
내 삶과 화해하고 싶어요
'부미방 30돌'의 문부식

1982년 3월 18일 고신대를 다니던 신학생 문부식은 "광주
의 비극을 상기시키고 미국과 전두환의 더러운 결탁을 고발"하고자 후배들
과 함께 부산 미문화원에 불을 질렀습니다. 휘발유의 폭발력을 예상치 못
한 그들의 미숙함은 "사람을 살해한 죄악을 고발하려다 사람을 죽게 하는
모순되고 어처구니없는 결과"[*]를 낳았고, 문부식은 사형선고와 10년 가까
운 수감 생활을 끝낸 후에도 영원히 내려놓을 수 없는 상흔과 부채감을 안
게 됩니다.

두 번째 출소 후 시집 『꽃들』을 출간한 시인 문부식은 1997년 계간지 《당
대비평》을 창간하면서 '국가폭력'과 '기억의 정치'를 성찰하는 글들을 쏟아

---

[*] 문부식 선생의 책 『잃어버린 기억을 찾아서』에 나오는 표현입니다.

내기 시작합니다. 그러나 2002년 『잃어버린 기억을 찾아서: 광기의 시대를 생각함』의 출간을 앞두고, 동의대 사건 관련자들의 민주화운동 인정을 문제 삼은 그의 인터뷰가 〈조선일보〉에 실리면서 엄청난 비판에 부딪혔고, 깊은 상처를 입은 그는 《당대비평》을 떠나야 했습니다. 뒤이어 〈조선일보〉에 연재한 분쟁 지역 기행문도 '변절'의 낙인만 남긴 채 1년을 넘기지 못하고 막을 내렸지요.

편의점의 심야 아르바이트에 이어 카페를 차려 생계를 이어가던 문부식은 2007년 출판가로 돌아와 『진보의 재탄생』, 『굿바이 삼성』 등을 기획했고, 2011년 12월 진보신당 대변인이 되었다가 한 달 만에 사임했습니다. 사임 두 달 후인 2월 29일 홍대 앞의 작은 카페에서 그를 만나 사임 경위를 묻는 것부터 이야기를 시작했습니다.

— 택시기사와의 시비는 어떻게 된 건가요?

"결국 그 이야기부터 시작해야 하나요. 시간의 거리가 더 필요한데, 솔직히 어젯밤엔 인터뷰를 미루지 못한 것을 후회했습니다. 그날 사건은 여전히 기억이 제대로 구성되지 않습니다. 해서는 안 될 일을 했다는 생각에 사과하기 바빴는데, 저 자신이 어떤 사람인지가 궁금해서 택시기사 분께 정말 무슨 일이 있었는지 이야기해달라고 부탁했어요. 그랬더니 그날 밤 술자리에 동석했던 누군가로 자신을 오해해서 '네가 왜 이 차를 운전하느냐, 네가 왜 나를 데리고 가냐?'면서 시비를 걸었다고 하더군요. 하루 종일 언짢고 날카로운 일들이 이어진 날이었는데, 제 안의 어떤 망상이 그런 행태를 보였을지 몰라도 공인의식 같은 것 없이, 두서없이 울퉁불퉁 살아온 것의 반영이라 생각합니다."

그는 이번 사건의 "공허함" 때문에 많이 힘들어 보였습니다. "돌 하나가 날아와 생을 가려주던 유리창이 왕창 내려앉은 느낌"이라고 했습니다.

그 죽음에 대해 누군가 책임져야 한다면
그건 저라고

— 아버지 형제 다섯 분 중 네 분이 육사를 나왔다고 들었습니다.

"1982년에 안기부에 갔더니 '총을 왜 거꾸로 잡느냐'고 하더군요. 할아버지가 좌익한테 죽임을 당해서 장남을 뺀 아들들이 모두 육사에 들어갔다는 얘기도 거기서 들었어요. 아버지 쪽과 오래 불화한 탓에 사실을 확인하지는 않았지만, 재판을 받을 즈음에는 집안 내력이 저의 구명을 바라는 분들의 논리가 되기도 했습니다. 김수환 추기경께서 대구교도소로 면회를 오셨을 때 하신 첫 말씀이 '그래서 자네가 공산주의자가 아니라고 믿는다'였죠."

— 신학대학을 선택했는데, 원래 기독교 집안인가요?

"아닙니다. 넉넉지 못한 집안의 맏딸인 어머니가 청년 장교의 장래를 보고 결혼하셨을 텐데, 두 분의 불화로 집안이 늘 불안정했죠. 성장기 내내 참 불행하다고 생각했습니다. 기독교와 만난 건 고등학교에 들어갈 무렵 친구의 권유로 교회에 나가면서부터였지요. 집에서 느낄 수 없는 우애나 새벽 기도의 분위기에 끌렸던 것 같습니다. 일찌감치 성직을 꿈꾸고 그때부터 입시 공부 대신 번역된 신학 서적들을 닥치는 대로 읽었어요. 신학대학에 간다니까 경멸의 눈으로 쳐다보시는 아버지와 크게 충돌한 후 집을 나온게 첫 번째 가출이었을 겁니다.

그런데 막상 신학대학에 들어가니 상상하던 것과는 영 달랐지요. 신에

대해, 인간 존재에 대해 고민하는 오솔길이 아니라 넥타이에 금박의 성경
책만 눈에 띄었어요. 그래서 장발에 고무신을 끌고 다니고, 교련 시간 같
은 데는 얼굴도 안 비치고, 소주 마시고 불콰한 얼굴로 수업에 들어가고
그랬죠. 그러다가 2학년 때 그 학교가 생긴 이래 처음으로 유인물이란 걸
뿌렸습니다."

— 그 일로 처벌을 받으셨나요?

"네. 강제 휴학을 당했죠. 그 무렵 어머니는 사업을 하다 큰 빚을 지고 이
혼도 당하고 어딘가로 피하셔야 했어요. 제가 숨겨드리기도 했는데, 학사
징계가 결정되고 허탈한 심정으로 귀가하다가 어머니가 스스로 목숨을 끊
으셨다는 소식을 들었습니다. 차가운 산에 어머니를 묻고 당시 학교 가는
길목에 있던 완월동(성매매 업소 집결지)을 찾아갔습니다. 신학생으로 멀리
서만 바라보던 그곳을요. 1년이 지나면서부터 산이나 흐르는 강만 봐도 걷
잡을 수 없이 눈물이 나더군요. 어머니를 지켜드리지 못했다는 자책감으로
견디기 힘들었지요."

— 1980년 봄 복학해서 사회과학 공부 모임을 만들었고, 광주항쟁 수배자였던 김현장 씨를
만나면서 부미방(부산 미문화원 방화사건)으로 이어지게 되었죠? 30여 년 전 사건을 돌이
켜보면 어떤 생각이 듭니까?

"사람이 죽었다는 사실이 먼저 다가오는 것은 어쩔 수 없습니다. 오랜 시
간이 흘러도 그로부터 달아나지지가 않아요. 언젠가 최인훈 선생님께서 말
씀 중에 '지나치게 종교적인 태도 아닌가' 하시던데 내려놓을 수 없는 짐이
라 생각해요. 딸이 자라는 것을 보다가도 문득 '내가 이렇게 행복해도 돼?'
하는 생각이 들면 아프지요."

— 당시 문 선생은 방화 현장에 있지 않고 문화원 밖에서 사진을 찍으셨죠?

"그게 면책사유가 될 수 있나요. 1980년 12월의 광주 미문화원 방화사건처럼 단순 실화로 은폐되면 안 된다고 생각했기 때문에, 저는 밖에서 언론에 보낼 사진을 찍고 동료들에게 사인을 보내고 그랬지요. 사람이 다칠 것을 염려하던 후배들에게 참으로 면목이 없었어요. 제가 더 세심한 주의를 기울였더라면…….(잠시 침묵)

그 죽음에 대해 누군가 책임져야 한다면 그건 저라고 생각했고 스스로에게 유죄판결을 내린 자로서 법정에서도 무죄 주장을 하지 않았습니다. 부산에 가더라도 미문화원 쪽은 쳐다보지도 못했어요. 유리창 깨지는 소리, 연기 속에서 달려 나오던 후배들의 모습, 이들이 짊어져야 했던 부채감들이 떠올라서."

— 동의대 사건 관련자들의 민주화운동 인정에 대해 불편함을 느꼈던 것도 그런 이유 때문인가요?

"저는 그 사건 관련자들이 민주화에 대한 열망을 가지고 있었다는 것을 조금도 의심하지 않습니다. 오히려 원치 않았던 결과를 떠안아야 한다는 점에서 그이들과 이해와 공감의 끈을 가지고 있어요. 그러나 명예회복과 보상을 제도적으로 실행하는 일은 다른 문제를 동반합니다. 설혹 역사에 대해 청구할 것이 있다 하더라도 그 '좁은 문' 앞에 저나 그이들은 다른 사람들보다 뒷줄에 서야 한다고 생각했어요. 그것이 우리 같은 사람들이 묵묵히 지고 갈 짐이라고. 동의대 사건에 대한 제 이야기 자체는 지금도 회수하고 싶은 생각이 없어요."

〈조선〉〈중앙〉과의 해프닝,
그리고 편의점 알바

— 그런 내용을 전달하는 매체로 〈조선일보〉를 선택한 건 판단 착오 아니었나요?

"현명치 못했고, 결과적으로 이야기하고자 하는 바를 전달하는 데도 실패했습니다. 그러나 그 인터뷰는 계획된 것이 아니었습니다. 그 무렵 역사문제연구소라는 학술단체에서 책 출간을 앞둔 저를 불러 이야기를 듣는 토론회를 열었어요. 〈조선일보〉와 〈한겨레〉 기자가 참석했는데, 먼저 기사화한 것은 〈한겨레〉였습니다. 〈조선일보〉 학술부 기자에게는 '책이 나오면 써달라'고 당부했지만, 데스크에서 성화를 부리는데 엄연히 현장에 있던 기자의 기사를 계속 막을 수는 없었지요. 그때 그쪽에서 '기사가 싫으면 인터뷰를 하고 본인의 확인을 거친 후 기사를 내보내겠다'는 제안을 했죠. 그편이 제 생각을 제대로 전달하는 데 낫다고 생각해 수락했는데, 인터뷰가 나가자마자 난리가 났던 거죠."

— 결과적으로 이용당한 건가요?

"제가 동의했으므로 이용이란 말은 쓰고 싶지 않네요. 특정 부분을 강조했을지는 몰라도 제 말을 왜곡하지는 않았습니다. 제가 살아남기 위해 해당 기자가 하지 않은 일을 했다고 말할 수 없고요. 그 신문이 사설이나 칼럼에서 마치 알카에다가 간디로 개과천선한 것처럼 묘사하고, 그게 운동을 비판하는 무기가 된 것은 안타깝지만, 어디까지나 그것도 제 책임이죠."

— 인터뷰는 몰라도 2003년 2월부터 〈조선일보〉에 「폭력의 세기를 넘어: 문부식의 시간여행」을 연재한 것은 문제 아닌가요?

"비판받아야 한다면 기꺼이 감수해야 할 일이라 생각합니다. 인터뷰 사건으로 이미 '〈조선일보〉의 나팔수'가 되었고 잡지 일도 자진해서 그만두고 하필이면 살던 작은 아파트도 경매에 넘어갈 상황이었어요. '내가 더 추락할 바닥이 있나?'라고 생각했습니다. 그때 〈조선일보〉가 기명 칼럼을 주겠다고 했는데, 제가 다른 제안을 했습니다. 분쟁 지역을 돌아다니는 여행 에세이를 쓰고 싶다고요."

— 집이 넘어가는 판에 〈조선일보〉에 여행 에세이를 쓴다고 경제적으로 도움이 되나요?

"원고료 선금을 받아 월세 보증금을 충당했고, 적지 않은 원고료와 넉넉한 여행 경비가 따로 책정되었어요. 기억의 상품화를 비판해온 사람으로서 자신의 과거를 상품성으로 평가받았다는 점에서 변명의 여지가 없는 일이겠죠. 연재는 중간에 포기했어요. 기왕에 쓰는 거 좋은 글을 쓰고 싶었는데 돈이 급해 뛰어나간 여행에서 무얼 제대로 볼 수 있었겠습니까. 신문사 입장에서는 '화끈한' 얘기가 없으니 재미없어하는 것 같고, 저는 저대로 자기 모멸감 같은 것에 허우적대고. 그래서 끝내겠다고 했죠."

— 그전에 〈중앙일보〉하고도 이야기가 있었다고 들었는데요?

"뭐가 다른지는 모르겠지만, 어쨌든 주변에서 〈조선일보〉는 피하라고 권유해서 〈중앙일보〉하고 이야기한 적이 있어요. 문화부 데스크는 환영했는데, 나중에 뭔가 메모를 갖고 내려옵디다. 너무 반미적이면 안 되고 너무 반정부적이면 안 되고……. (웃음) 그런 가이드라인이 있는 것도 그렇고, 여행경비도 삼성 같은 곳에서 협찬받아야 한다고 얘기하기에 구질구질한 느낌이 들어서 못 하겠다고 그랬어요."

— 〈조선일보〉 연재를 중단한 후에는 편의점에서 일하셨죠?

"밤 12시부터 아침 9시까지 심야 아르바이트를 했죠. 스스로에게 내린 '하방'이었습니다. 허명에 기대지 않아도 되는 삶, 책을 멀리하는 삶, 몸을 움직여 사는 삶을 살고 싶었어요. 그런데 구체적으로 할 수 있는 게 없더라고요. 운전면허도 없고, 아파트 경비원을 하려니 나이가 너무 젊어서 안 된다고 하고.(웃음)

이력서를 내지 않아도 되는 동네 편의점에 전화하고 가서 애 학원비라도 벌려고 왔다고 했어요. 수도하는 마음으로 쓸고 닦고, 꼬맹이들에게 동전 거슬러주고 사탕 끼워주며 열심히 일했죠."

그 무렵 문부식은 어떤 모임에서든 밤 11시만 되면 어김없이 자리를 떠나곤 했습니다. 민주화운동 보상 신청도 하지 않은 전직 사형수가 편의점 '알바'를 위해 자리를 뜬 뒤에도 저를 포함한 《당대비평》의 다른 편집위원들은 대부분 자리를 지켰습니다. 남아 있는 사람들은 모두 서울에서 대학을 다녔고, 한때 운동권 언저리를 맴돌았으며, 지금은 주로 교수로 일하는 사람들이었습니다. 문부식은 그때 느꼈던 적막감을 이야기했습니다.

"눈이 많이 오던 겨울밤 오랜만에 동료들을 만나 술 한잔 걸치고 집에 왔지요. 혼자 자전거 타고 편의점으로 가다가 미끄러져 공중에 떴다가 자빠지고 난 뒤 생각했어요. '이런 젠장, 내 인생은 뭐지?' 꽤 열심히 살아왔다고 생각했는데. 불과 몇 시간 전까지 어울리던 친구들과 저는 다른 인생이었던 거죠. 그동안 지녀온 지적 자존심이 삭풍과 함께 날아가버린 것 같은 쓸쓸함."

'이런 젠장. 내 인생은 뭐지?' 꽤 열심히 살아왔다고 생각했는데. 불과 몇 시간 전까지 어울리던 친구들과 저는 다른 인생이었던 거죠. 그동안 지녀온 지적 자존심이 삭풍과 함께 날아가버릴 것 같은 쓸쓸함.

그를 끝까지 보호한
'조직'은 없었네

— 한때 월드뮤직에 푹 빠져 지냈다는 소문도 있었는데요.

"편의점은 손님이 없으면 밤에 할 일이 없잖아요. 활자를 보면 화가 치밀 것 같고. 작은 플라스틱 의자에 앉아서 졸고 있으면 손님이 깨워주는 식인데, 그 가게에 조그만 오디오가 있었습니다. 주인에게 양해를 구한 뒤 아무거나 가져다 들었죠. 어떤 책에 끼워준 빅토르 하라의 노래를 듣다가 마지막 트랙에 편집된 비올레타 파라의 〈삶에 감사드리며(Gracias A La Vida)〉를 만났어요.

피노체트 쿠데타 군이 대통령궁을 포격하는 시끄러운 소리 안에 삽입되어 있던, 한쪽에선 총에 맞아 죽어가는데, 그럼에도 삶을 긍정하는, 저 간절한 목소리는 뭘까. 그때부터 어떤 목소리들을 추적하기 시작했습니다. 나쁜 일 곁에는 좋은 일이 숨어 있다고, 그게 나중에 카페 할 때 자산이 되더라고요."

— 너무 추운 이야기만 들은 것 같습니다. 인생에서 가장 따뜻했던 시기는 언제입니까?

"딸의 첫울음 소리? 처음으로 아이가 제게 거짓말한 때? 지난 10년간 많이 외롭다고 생각했는데, 이번에 사고를 치고 보니 소중한 사람들이 곁에 있더라고요. 힘들 때면 달려가서 이야기를 나누는 영혼의 친구도 있고, 예컨대 홍세화 선생님 같은 분. 언젠가 이분이 저를 끌고 반강제로 치과에 갔는데 의자에 누워 입을 벌리기 전 멀리서 저를 바라보는 안타까운 그분의 눈길을 봤어요. 울컥했는데, 이후로 졸졸 따라다니죠. 강연도 따라다니고, 대신 주량도 좀 늘려드리고.(웃음)"

— 앞으로의 계획은?

"목공 일을 제대로 배워 목수가 되고 싶어요. 시간이 조금 더 흐르면 지나온 제 삶과도 지금과는 다른 방식으로 만나고 싶습니다. 상처만 있었냐고, 외로움만 있었냐고. 곳곳에 묻혀 있을 행복하고 아름다웠던 순간들과도 만나고, 그래서 내 삶과 화해하고 싶어요. 그러고는 글쓰기도 다시 시작하고 싶고."

굴곡이 심했던 인생 이야기를 마무리하면서 문부식은 "나는 원래 길 잃은 인간으로 태어났으며 구원받는 것을 별로 달갑게 여기지도 않는다"는 존 스타인벡의 말을 인용했습니다. 이야기를 듣다 보니, 네이팜탄 공장에 폭탄을 설치했다가 예기치 않은 희생자를 내고 평생 도망 다녀야 했던 영화 〈허공에의 질주〉의 반전운동가 부부가 떠올랐습니다. 그러나 안타깝게도 영화 속의 그들과 달리. 문부식에게는 그를 끝까지 보호하고 지원하는 '조직'이 없었습니다. 그만큼 사람을 쓰고 빨리 내다버리는 곳이 우리 사회입니다. 문부식처럼 민주화운동에 목숨을 걸었던 사람들에게 자기 삶과 화해할 기회를 한 번이라도 더 주는 것이, 저처럼 민주화운동에 전혀 기여한 바 없이 과실만 따먹은 사람들이 가져야 할 최소한의 예의가 아닐까요.

_ 2012년 3월 17일

문 부 식 의 인 생 타 임 라 인

1982년 3월 18일 불타는 부산 미문화원. 대면하기 두려운 사진이다. 그날 바람은 왜 그리 세차게 불어대던지……

1983년 3월 15일 사형에서 감형되기 전날 밤. 어머니는 사진 속 모습 그대로 꿈속에 찾아오셨다. 옛날 사진은 달랑 이것 하나.

1988년 12월 21일 청주교도소에서 나올 때 찍힌 사진 20대를 감방에서 보내고 남은 것은 『꽃들』이란 시집 하나이다.

1991년 3월. 한동안 재소자 인권 문제로 분주했다. 갇힌 자들을 돌보지 않는 사회는 야만의 감옥에 갇힌 사회이다.

2002년 7월 동의대 사건과 관련된 〈조선일보〉 인터뷰 이후 입에서 담배가 떠나지 않았다.

2006년 6월 호구지책이었던 카페 '키 작은 자유인'에서. 당시 김두식 교수가 찍은 사진이다.

'운명에 대한 질투'는
내가 안고 갈 십자가

소설가 공지영

「고백」인터뷰를 진행하면서 가장 힘들었던 것은 대상자 선정이었습니다. 개인사가 다 알려진 유명인에게는 더 이상 새로운 얘기를 기대할 수 없었고, 너무 무명인으로는 독자의 눈길을 끌 수가 없었습니다. 너무 유명하지 않으면서 독자들이 궁금해할 만한 대상을 겨우 찾아내면 인터뷰를 거절당하기 일쑤. 물론 인터뷰를 '당하고(?)' 싶어 안달인 분들도 있었지만, 그런 분들에게는 이상하게도 제가 매력을 느끼지 못했습니다.

소설가 공지영 선생은 새로운 얘기를 기대하기 어려운 대표적인 유명인입니다. 1988년《창작과 비평》가을호에 단편「동트는 새벽」으로 등단한 그는 지난 25년 동안 『더 이상 아름다운 방황은 없다』, 『그리고 그들의 아름다운 시작』, 『무소의 뿔처럼 혼자서 가라』, 『고등어』, 『착한 여자』, 『봉순이 언니』, 『우리들의 행복한 시간』, 『즐거운 나의 집』, 『도가니』 등 수많은 베스트셀러를 썼습니다. 총 판매량이 최근 1000만 권을 넘어섰다는 소식도 들립니다. 인터뷰집 『괜찮다 다 괜찮다』가 따로 출간된 데다가 트위터에도 수시로 자기 생각을 밝히니 인터뷰 대상으로는 거의 최악입니다. 그런데도 그를 인터뷰하기로 마음먹은 이유는 세 가지입니다. 가장 사랑받는 동시에 가장 미움받는 작가라는 독특한 위상에 대한 본인의 입장이 궁금했고, 상처를 딛고 끊임없이 일어서는 '복원력'의 근원도 알고 싶었습니다. 최근의 연애 이야기까지 들을 수 있다면 금상첨화라고 생각했습니다.

2012년 추석 연휴가 시작되던 금요일 오후, 폭우를 뚫고 서초구 서래마을에 있는 공지영 선생의 빌라를 찾았습니다. 멀리서 강연하는 모습은 여러 번 보았고 문자와 전화를 주고받은 적도 있는 '트친' 관계이지만 개인적으로 그를 대면하는 것은 처음이었습니다. 여러 논란에도 불구하고 그의 표정은 참 밝았습니다.

문재인 후보가 들으면
서운해할 말?

— 집 근처의 산책길이 멋지던데 운동은 자주 하시나요?

"움직이는 걸 싫어해요. 과학적으로 여자 몸과 남자 몸이 다르대요. 남자들은 운동하는 족족 살이 빠지지만 여자들은 운동한다고 날씬해지지 않거든요. 근육이 붙으면 예쁘지 않다는 거죠. 가뜩이나 운동을 안 하는데 이제는 안 해도 되는 과학적 근거까지 찾았어요.(웃음) 그래도 지리산, 금강산, 설악산에 올라갈 때 제가 처진 적은 없어요. 오히려 저 혼자 쌩쌩할 때도 있어요. 그러고 보니 깔때기?(웃음)"

— 9월 25일에는 한 시간짜리 사인회를 마치고 곧바로 '응답하라 PD수첩' 집회에 나타나는 등 엄청난 일정을 소화하고 계시던데요?

"그날 공식적으로만 세 탕을 뛰었어요. 낮에는 탁현민과 영화 〈맥코리아〉의 내레이션까지 녹음했죠."

— 매니저도 없이 그 많은 일정을 어떻게 관리하세요?

"원래는 이렇게 바쁘게 살지 않아요. 휴대전화를 세 개 정도 쓰면서 가족이나 친한 친구들이 거는 것만 켜놓고 다른 건 꺼놓았다가 하루 한 번만 확인했죠. 그런데 2011년 가을 박원순 시장 선거 때 전화번호가 순식간에 공개되면서 결심했어요. 대선까지는 전화를 하나로 단일화하고 전화를 받겠다! 이게 저에게는 일종의 희생입니다."

— 거절할 때도 이유를 대야 하는 우리 사회라 쉽지 않을 텐데요.

"'여자가 거절하는 법' 같은 책을 30권은 읽은 것 같아요.(웃음) 근데 소용이 없어요. 요즘은 움직이는 만큼 책이 팔리는 데다가 절절한 명분으로 호소하는 것까지 거절할 수는 없으니까요. 하지만 비행기에서는 비상시에 자기부터 산소마스크를 끼고 아이에게 끼워주라고 교육하잖아요. 그게 많은 걸 상징한다고 생각해요. 내가 살아 있고 내 정신이 온전한 게 무엇보다 중요하죠. 그런 생각을 하면서 마음을 모질게 다졌어요. 독일 사람들은 하루에 한 건 이상 약속을 안 잡는다고 하더라고요. 그게 맞는 것 같아요. 지금은 비상시국이라 이렇게 사는 거죠. (대선 때까지) 두 달 반만 참으면 된다고 생각하고 버텨요."

— 비상시국이라고 느끼시는군요?

"오셀로의 질투심처럼 영웅을 파국에 이르게 하는 치명적 결함을 '하마

르티아(hamartia)'라고 하잖아요. 제가 영웅은 아니지만, 어렸을 때부터 어려운 사람을 보면 꼭 행동해서 도와주고야 마는 약점(?)이 있어요. 트위터를 시작하고는 쌍용차, 한진중공업 등의 문제가 계속 저의 약점을 건드렸죠. 어쨌든 제가 움직이고 참여하면 조금이라도 관심들을 가지니까. 그런데 이렇게 계속 행동하는 것은 저의 본성과도 맞지 않고, 특히 고독해야 하는 작가에게는 치명적이에요. 작가로서 중년의 완숙기에 들어서는 시기라 좋은 작품을 많이 쓰고 싶은데 큰 방해를 받고 있죠. 이 시기가 빨리 끝나는 것만이 저의 살길이라는 점에서 비상시국이에요."

— 이런 참여를 통해서 선생님이 얻는 건 뭐죠?

"없어요. 인권과 민주주의가 발전하는 나라에서 살면 개인적 운신의 폭이 넓어지기는 하죠. 제가 후일담 작가라는 오명을 쓰고 이를 박박 갈았는데요, 다양한 장르의 소설을 마음껏 뽐내면서 선보인 게 다 노무현 때였어요. 『즐거운 나의 집』, 『지리산 행복학교』, 『아주 가벼운 깃털 하나』, 『우리들의 행복한 시간』, 『사랑 후에 오는 것들』은 그전의 제 책들과 색깔이 다르거든요. 엄숙한 문학의 짐을 내려놓아 너무 좋았어요. 그때는 '우주, 시간, 마녀, 우리나라 귀신 이야기, 탐정 이야기를 쓰고 싶다'고 포부를 자랑했는데, (이명박 정부 이후) 다시 『도가니』, 『의자놀이』 이렇게 오게 된 거죠. 너무 싫어요."

트위터가
감정적이었다는 점은 인정

— 『의자놀이』를 출간하고 토크 콘서트에 다니다가 중단하셨죠. 하종강, 이선옥 선생의 문제

제기로 시작된 논란을 어떻게 정리하셨어요?

　"논란 아니에요. '논란'이라는 표현은 저에게 상처예요. 소란이 맞지 않나요? 전혀 문제될 이유가 없었어요. 저의 트위터가 감정적 대응이었다는 점은 인정해요. 제가 많이 약해져 있었던 게 가장 큰 원인이었죠. 지난 25년 동안 제가 수많은 안티를 무찌르고 여기까지 왔는데, 그때는 『의자놀이』를 쓰느라 심신이 지쳐 있었어요. 잠 못 자고, 빙의된 것 같고, 애들은 아프고, 글을 쓰다 보면 머리 뒤가 서늘해지고, 무서워서 글을 못 쓸 정도였거든요. 그래서 글 쓸 때 성가를 틀어놓고, 수도원에서 얻은 촛불들까지 다 켜놓고 난리였어요. 보통은 책이 잘 팔리거나 좋은 평가를 받으면 그 즐거움으로 보상을 받아 회복이 되거든요. 25년 만에 처음 듣는 표절이라는 단어에 자존심이 상했고, 화가 났어요. 제가 평소 같으면 잘 넘어갔을 텐데 심신이 약해져 있으니까 히스테릭하게 반응하고 집착하게 되더라고요. 또 트위터를 하면서 폭발적으로 친구가 늘어났는데, 제가 친구라고 생각했던 사람들 중 몇 분이 내용도 알아보지 않고 물어보지도 않은 상태에서 저를 비난하는 대열에 가담하는 걸 보고 깊은 충격을 받았어요. 그야말로 '기'가 막히면서 보름 동안 6킬로그램이나 몸이 불었죠. 마지막 콘서트 때는 신발이 안들어가고, 입고 갈 옷도 없는 거예요.

　저는 몸과 마음의 소통이 빨라서 둘이 같이 가는 사람이거든요. 위기를 느꼈고 산소마스크를 써야겠다고 생각했어요. 누가 뭐라든 상관없어요. 트위터 절필하고 효소단식 하고 사람 안 만나고 술, 커피 다 끊으니 정신이 맑아지고 몸의 부기가 빠지면서 마음이 담담해졌어요. 그러고 많이 울었죠. 그럴 때는 눈물을 흘려야 해요. 내가 헌신한다고 하면서 어느 순간 대가를 바라고 있었구나, 명예욕 같은 게 있었구나, 그때 깨달았어요. 멸시와 배척을 당하면서도 말없이 고통을 지고 간 예수님에 관한 싱경 구절을 읽으면서, 내가 기꺼이 그 일을 한다고 해놓고 수치를 피하려고 하는구나, 깨달았죠.”

— 쌍용차 사태를 바라보는 공지영의 '마음'을 담은 책이 나왔다면 그런 반응이 없었을 텐데. 공지영의 첫 번째 '르포르타주'라고 나오다 보니, '진압 당시에는 문제의식도 없었다는 사람이 어떻게 르포를 쓰나, 다른 사람이 조사한 것에 자기 느낌만 덧붙인 것 아닌가, 3일씩 빙의가 되었다는데 현장의 고통을 너무 우습게 본 것 아닌가' 같은 비판도 나온 게 아닐까요?

“지네들은 아나? 3일 동안 잠을 못 자봤나? 너무 황당해요. 제가 평생 받아온 공격과 같은 맥락이에요.”

— 근본적으로 어디에서 문제가 시작됐다고 보십니까?

“인용하는 부분의 활자 크기를 다르게 했으면 문제가 아니었는데, 활자가 똑같았어요. 좋은 일을 하는 과정에서 나온 출판사의 간단한 실수였어요. 하지만 그분들은 의도적인 표절이라고 생각한 것 같아요. 출판사의 실수를 대놓고 지적할 수도 없어서 제가 난처했죠. 게다가 초판 전체의 회수는 너무 무리한 요구였어요. 이선옥 씨의 기명이 되어 있다는 칼럼의 PDF 파일도 찾아봤는데 어디에도 원저자의 이름은 나오지 않아요. 또 저는 사과 요구도 받은 적이 없어요. 그런데 '사과만 했어도'라는 말이 나오는 거예요. 말이 안 통하는 상황에서 제가 입을 다물자고 생각했어요.”

— 쌍용차 분들에 대한 서운함은 없었나요?

“엄청 서운했죠. 그분들이 '어쩔 수 없고 저희도 난처합니다'라고 하기에 더 말하지 않았어요. 진실이 아무리 잔인해도 진실의 편에 서야 해요. 저는 진실을 위해서라면 친구에게도 '넌 나빠'라고 말할 수 있는 사람이에요. 이번 소란의 팩트는 하나예요. 내가 그 사람의 이름을 빼먹었다! 하종강이 썼다는 티를 내지 않은 거죠. 다른 무슨 팩트가 있어요. 그다음은 싸움이고.

227

도대체 뭔 소리인지 모르겠어요."

— 공 선생님이 가끔 "촌스럽게 구호 외치는 것 그만하자"고 하시는 게 평생 노동운동 하신 분들께는 불편할 수도 있지 않을까요?

"제가 처음 쌍용차 분향소 천막에 가서 이렇게 말했어요. '저도 이 일이 아니었으면 쑥스러워서 (천막 안에) 안 들어왔을 수 있다. 무심히 지나다니는 저분들도 마음이 없는 게 절대 아니다. 시끄러운 운동가에 적이나 투쟁 같은 표현이 울타리를 친다. 저분들이 무서워한다.' 그 얘기를 농담처럼 한 건데 거기 상처를 받으시더라고요."

차라리 운동판에서
밥을 날랐다면 달랐을까

— 공지영식 솔직 화법의 부작용 아닌가요?

"제가 평생 너무 편한 사람들하고만 놀았던 결과라고 느껴요. 제가 교제 범위가 좁았거든요. 딱 내 수준의 딴따라들, 너무 편한 사람들, 내 말을 빨리 알아듣는 사람들하고만 30년을 만나고, 다른 색깔의 사람들을 만난 게 불과 1~2년밖에 안 됐어요. 그래서 그분들이 자꾸 상처를 받는데도 이미 말은 나갔고 다시 하자니 어색하고 촌스럽고 그래서 못하는 게 있어요. 그분들의 불편함도 일리가 있죠."

— 초기작인 『인간에 대한 예의』 후기에 이미 "글을 하나 발표하고 나면 나는 씩씩한 투사들에게 비웃음의 표적이 되곤 했다"고 적었더군요.

"제가 2000년 들어서면서는 (운동 쪽에) 관심을 안 가졌어요. 그쪽으로 경계를 넘지 않았기 때문에 그들이 나를 쫓아낼 일도 없고 표적으로 삼을 일

도 없었죠. 다시 범위를 그쪽으로 넓히다 보니 옛날 일이 반복된다는 느낌
도 있어요."

— 뻔히 알면서 왜 그 세계로 돌아가신 거죠?

"그래도 가만히 있는 것보다는 덜 힘들어서라고 말할 수밖에 없어요. 눈
앞에서 벌어지는 고통을 읽으면서 가만히 있는 게 저에게는 고문이었어요.
가서 뭐라도 해야 했는데, 그게 마침 글이 된 거죠. 밥을 날라야 한다면 밥
을 날랐을 거예요. 밥을 날랐다면 글을 쓴 것처럼 욕을 먹지는 않았겠죠."

— 트위터에서 사라진 지 불과 20일 만에 복귀하셨어요. 놀라운 상처 복원력입니다.

"저의 복원력은 딱 하나예요. 난 내 인생이 너무 아까워. 시간이 아까워.
제가 모스크바에 가서 호텔에서 남편에게 맞고 나서도 파란 아이섀도 바르
고 혼자 박물관에 갔거든요. 맞은 것도 억울한데 그것 때문에 여행을 망치
고 싶지 않았어요. 이번에는 쌍용차와 관련한 중요한 일정이 많이 남아 있
었어요. 그래, 내가 '죽일 년'이라도 좋으니 나는 『의자놀이』를 팔아야겠어.
어떻게 욕해도 나는 팔 거야. 추석 전에 도움이 되게 할 거야. 이렇게 생각
하고 나왔죠.* 매사가 그래요. 상처 입을 걸 알고 나서면 오히려 다치지 않
아요. 상처 입지 않으려고 하면 다치더라고요. 강한 에너지는 집착하지 않
을 때, 욕심부리지 않을 때 나와요."

— 보수와 진보 양쪽에서 폭넓은 비판을 받고 계신데, 공지영의 어떤 점이 사람들을 화나게
한다고 생각하세요?

"생각 안 해봤다면 거짓말이겠죠. 정말 잘 모르겠어요. 진보는 저의 부르
주아적 배경을, 보수는 여자라는 점을 불편하게 느끼는 것 아닐까요? 세상

---

* 2012년 9월 18일 1차로 『의자놀이』의 출판 수익금 1억 2700여만 원과 모금 2600여만 원이 쌍용차 해고자들의 분향소에 전달
되었고, 10월 18일에는 2차로 9200여만 원이 전달되었습니다.

에서 가장 큰 시기와 질투는 운명에 대한 거예요. 운명에 대한 시기와 질투는 거의 살인을 부르는 수준이에요. 막을 수가 없어요. 그 운명에는 성장 환경, 재능, 외모, 지금 잘나가는 것, 잘 풀리는 것이 모두 포함돼요. 그거야말로 제가 안고 가야 하는 십자가라고 생각해요. 저의 성장 환경이나 부모님을 바꿀 수는 없잖아요. 저의 세대에서는 참 드물게 부모님은 저를 진짜 자유롭게 키워주셨어요. 엄마 아빠 앞에서 담배도 피웠으니까요. 두 분이 사이가 좋았고 굉장히 지적이셨고요. 저는 처음에 가난을 각오하고 노동소설을 쓰기 시작했는데, 어쩌다가 많은 책을 팔아 이렇게 잘 먹고 잘살게 됐어요. 세 번이나 이혼한 게 저의 유일한 불쌍함인데 그래도 주눅 들지 않고, 결혼한 사람들 부러워하지 않고 명랑해요. 흔히 말하는 꼬인 사람들에게는, 인생이 힘든 사람에게는 그런 것까지 얼마나 상처가 될까 싶어요."

— 소설가치고는 유난히 안티가 많은 것도 특징인데요.

"공지영 소설이 아니라 공지영을 읽어요. 어느 순간부터는 시기, 질투하나 보다 하고 넘어가요. 안 그러면 제가 살 수가 없어요. 밉다는데, 싫다는데 어쩌겠어요?"

공지영 선생은 좌우 양쪽의 지속적인 비판을 "운명에 대한 시기와 질투"로 받아들이고 넘어갔습니다. 고깝게 들을 수도 있지만, "안 그러면 살 수가 없었다"는 설명에서 저는 그의 절박함을 느꼈습니다. 그만큼 유복한 성장 환경이었던 것도 사실입니다. 1963년 서울 아현동에서 태어난 공지영은 주로 여의도 아파트촌에서 청소년기를 보냈습니다. 미국 유학을 다녀온 아버지는 1970년대 초반에 이미 주5일제를 시행하는 외국계 회사에 근무하며 주말이면 손수 운전하는 외제 승용차에 가족을 태우고 나들이를 다

넜습니다. 초등학교 때부터 대학 때까지 매일 아침 공지영을 승용차로 등교
시켰을 정도로 아버지의 딸 사랑은 유별났습니다. 특별한 노력 없이 공부와
소설 창작에서 두각을 나타낸 것도 그의 운명이라면 운명입니다. '사소설'
이라는 혹평을 받으면서도 자신과 비슷한 중산층 또는 중상층 여성을 1인
칭 화자로 자주 등장시키는 이유를 물었습니다.

어렸을 때 받은
순결 교육의 영향

"그게 편안해서요. 제가 전달하고자 하는 주제를 가장 잘 전달할 수 있는
방법이라서 그렇게 쓰는 거죠. 『즐거운 나의 집』은 정말 자기 이야기라고
표방한 첫 번째 책인데, 만약 성이 다른 세 아이를 키우면서 씩씩하게 사는
여자가 있다면 제가 취재를 갔을 거예요. 마침 그게 저라서 편하게 쓴 것뿐
이에요. 주인공이 시대와 어떤 연관을 맺는지가 중요한데, 제가 나름대로
시대의 한복판에 산다고 생각해서 그렇게 된 거죠. 구매력 있는 독자 중에
는 스스로 중산층이라고 생각하는 분이 많잖아요. 저는 남의 소설을 읽을
때도 감정이입이 잘되는 1인칭이 편한데, 독자들도 비슷하지 않을까요?"
— 1990년대 초부터 저는 공 선생님의 고백적인 소설을 읽으며 중산층 남성의 한계를 반성
했습니다. 저 같은 독자도 많은데, 저자 입장에서는 아무래도 비판을 주로 의식하게 되죠?
　"사람이 다 그렇죠. '우리 모두는 늘 우리를 비난하는 사람들을 배심원석
에 앉혀놓고, 피고인석에 앉아 우리의 행위를 변명하고자 하는 강박에 사
로잡혀 있다'는 안젤름 그륀 신부님의 글을 읽고 제 인생을 바꿨어요. 물론
아직도 기억하는 비판이 있어요. 뒤끝 작렬하며.(웃음)"

— 제 주변의 1960년대 초반 태생 여성 중에는 유난히 이혼한 분들이 많습니다. 남녀평등 사상의 첫 세례를 받았지만, 현실에서 가장 먼저 부딪힌 세대가 아닌가 싶은데요.

"저는 결혼하고 완전 경악했어요. 명절 때 나는 전을 부치는데 왜 저 사람들은 고스톱을 치지? 내가 열 달간 술, 담배도 못하고 애를 낳았는데 왜 남편 성을 붙여야 하는데? 나보고 모성애가 없다고 하는데 진짜 없는 걸 어쩌라고? 그런 걸 당당하게 말하고 싶었어요. 한완상 교수님께서 언젠가 그러시더군요. '당신들 세대가 이상하다. 저 여자 괜찮다 싶으면 다 이혼을 했더라. 그걸 보고 사회학자로서 우리나라 결혼 제도에 관심을 가져야겠다고 생각했다'고요."

— 신물 날 법한데도 굳이 제도로서의 결혼에 여러 번 들어가신 이유는 뭔가요?

"연애하는 남자들이 결혼하자고 하니까. 저는 세 번 연애해서 세 번 결혼했어요. 다른 연애 경험이 없었어요. 결혼 제도가 문제가 아니라 그저 사람이 이상할 뿐이라고 생각했죠. 창피하지만 어렸을 때 받은 순결 교육의 영향도 컸어요. 잠을 자면 결혼해야 하고, 결혼해야 잠을 잔다고 생각한 거죠.(웃음) 5년 전까지는 그렇게 생각했어요."

— 두 번째 이혼 이후에 굉장히 힘든 시간을 보내셨죠?

"지금은 돌아가신 분(두 번째 남편)이 1995년 영화에 실패해서 제가 그 당시 전 재산 10억 원을 다 날렸어요. 제작을 도왔던 깡패 같은 사람들에게 협박을 당하고, 두 번 이혼한 여자가 애도 하나 데리고 엄마 집에 방 한 칸 얻어 살자니 너무 힘들었어요. 1994년에 갑자기 유명해진 것도 그때는 재앙이었죠. 여성지에 나고, 문단에서는 욕하고, 돈 많다고 소문났는데 돈은 없고. 무엇보다 힘든 건 내가 누구인지를 모르겠더라고요. 그때 정신과를 찾아갔고, 큰 도움을 받았어요. 나 자신을 아끼고 사랑하는 법을 알았죠. 정신과 선생님은 제가 말을 안 하면 어쩌나 걱정하셨다는데, 제가 말을 너무 많이 하고, 어떤 환자보다도 전향적으로 협조해서 치료 효과도 컸다고 해요.(웃음)"

— 거듭되는 이혼도 일종의 운명인가요?

"제가 성격이 이상해서 특이한 남자들을 찾아다닌 건 아닌지 자책하고, 정신분석도 공부했어요. 결혼 생활 내내 거의 사슬에 묶여 살면서도 그걸 감내했거든요. 귀가 시간을 계속 체크당하고, 어디에서 누구를 만나는지 꼭 얘기해야 하고. 남자들이 모두 그랬어요. 마지막 결혼 때는 7년 동안 저녁 약속 한 번 못 잡고 거의 아무 데도 나가지 않았어요. 그러나 이제는 상대방들에게 제가 힘든 사람이었다는 것도 이해가 돼요. 제가 어느 날 태연한 얼굴로 '다른 사람이 좋아졌어. 결혼할래. 이혼해줘'라고 할 수 있는 사람이라는 걸 그들도 정확히 알았죠. 실제로 그런 적은 없지만 제가 그런 사람인 건 사실이에요. 남의 이목이 두려워 자기 진심을 희생하는 법이 없는, 일종의 '진심주의자'인데, 자기 내면에 충실한 그런 사람은 위험한 존재죠. 그 남자들이 모른 건 제가 내면에 충실한 사람이지만 그 내면이 자주 바뀌는 사람은 아니라는 사실이에요. 어쨌든 남자들이 많이 불안해했던 것 같아요."

교양과 폭력성은
별개인 걸 알았어요

— 남자 보는 눈이 없었던 건 아닌가요?

"저는 성장하면서 때리는 사람을 본 적이 없어요. 두 번째 남편에게 맞

이제는 상대방들에게 제가 힘든 사람이었다는 것도 이해가 돼요. 제가 남의 이목이 두려워 자기 진심을 희생하는 법이 없는, 일종의 '진심주의자'인데, 자기 내면에 충실한 그런 사람은 위험한 존재죠.

았지만 그때는 남편이 딴따라인 데다가 운동권도 아니라서 그냥 제가 잘못 결혼한 거라고 생각했어요. 그래서 찾고 찾은 게 좋은 학교를 나와서 안정된 직장을 가진 사람이었어요. 남녀평등 얘기를 많이 하고 제 둘째 아이도 흔쾌히 받아줬고요. 결혼 전에는 얼마나 잘해줬는지, 정말 영원히 행복하리라 생각했죠.(웃음) 제가 주변에서 폭력적인 사람을 보고 자랐으면 경계심이 있었을 텐데, 교양 있는 사람은 그럴 리 없다고 너무 쉽게 생각했어요. 지금은 교양과 폭력성이 별개인 걸 알아요."

— '다른 사람이 좋아졌어. 결혼할래. 이혼해줘'라고 태연하게 얘기할 수 있는 사람이 어떻게 폭력을 감내할 수 있죠?

"이혼 전에 가장 무서웠던 것은 여성지였어요. 실제로 상대방이 여성지 얘기를 하면서 협박하기도 했고요. 세 번 이혼하고 성이 다른 세 아이를 키우는 건 제가 밥벌이도 못하게 된다는 의미라고 생각했어요. 나를 비난하는 사람들에게 변명하는 것도 싫었죠. 그래서 억지로 버텼어요."

— 절대로 만나고 싶지 않은 남자 유형이 있다면?

"폭력적인 사람, 구속하는 사람. 아, 구속도 일종의 폭력이죠. 어디 가냐, 왜 만나냐, 왜 이 시간까지 있어야 하냐? 이런 거요. 아니, 그거야 내 맘이지, 내가 만날 만하니까 만나는 거지. 내가 말할 때까지 그냥 내버려뒀으면 좋겠어요."

— 세 번째 이혼 이후 『우리들의 행복한 시간』을 쓰셨죠. 저 개인적으로는 사형제도 폐지에 헌법학자, 형사법학자 수백 명보다 더 큰 영향을 끼친 책이라고 생각합니다만.

"『우리들의 행복한 시간』을 쓸 때는 제가 사형수들을 만나 울고 깨지면서 그 사람들을 통해 거꾸로 인간에 대한 신뢰를 배웠어요. 인간에 대한 흔들리지 않는 낙관도 생겼고요. 사회적 영향 면에서는 『도가니』가 더 컸어요. 관련된 분들이 완전히 졌다고 생각한 바로 그때 저의 취재가 시작되었거든요. 『도가니』는 소설보다 영화가 더 큰 걸 해냈죠."

— 결혼과 섹스에 대한 결벽증에 가까운 보수성은 어디에서 기인하나요?

"기독교의 영향도 있고. 엄마 아빠가 열세 살, 열일곱 살에 첫사랑으로 만나 결혼한 분들이에요. 보는 순간 하늘이 내려준 줄 알았대요. 그래서 우리 집에는 첫사랑의 신화가 숨 쉬고 있어요. 언니, 오빠도 비슷해요. 심리학에서는 남들이 생각하기에 연애를 많이 할 것 같은 여자들이 가진 공포심이 있다고 하죠. 많은 사람들이 대시하니까 항상 몸을 사리고, 결혼을 통해서 그걸 차단하고 안전한 곳으로 가려는 경향이 있다는 거예요. 저도 마음에 들지 않는 남자가 집까지 쫓아오는 게 두려웠고 모욕적이라고 생각했어요. 결혼해서 빨리 그런 남자들을 무찌르고 싶었어요.(웃음)"

— 5년 전에 그런 생각이 바뀐 거군요?

"네. 5년 전 처음으로 결혼과 연결되지 않는 연애를 해봤어요. 평생 처음 길거리에서 보고 제가 먼저 사귀자고 했어요."

— 『즐거운 나의 집』의 서점 아저씨 비슷한 얘기인가요?

"그런 거예요. 결혼을 내려놨기 때문에 가능했던 거죠. 그냥 가서 얘기해봤고, 좋았어요. 결혼하지 않고 헤어져서 좋았어요. 남자랑 여자랑 사랑하는 게 이런 거구나. (잠시 망설이다가) 그와 만나면서 지난 결혼에 대한 반성도 많이 했어요. 이 사람만큼 내가 좋아했다면 남편들이 나를 좋아해주지 않았을까? 그런 점에서 좀 미안했어요. 즐겁고 아프게 사랑했어요."

마지막 명예욕의 함성,
한 뼘은 놓았다

— 사랑하면서 아픈 건 뭐였어요?

"사랑은 다 아프잖아요. (웃음)"

— 이런 사랑을 처음에 했어야 하는 건데, 순서가 바뀐 것 아닌가요?

"순서가 반대였으면 큰일이죠. 일찍 만났다면 이 사람이 얼마나 고마운지를 제가 몰랐겠죠. 사랑에서는 '시기'가 거의 모든 것이에요. 그 사람이 내게 최고인지와 상관없이 대부분 적령기에 만난 사람과 결혼을 하잖아요."

— 요즘은 연애를 안 하시는군요?

"이렇게 남자 없이 오래 지낸 건 내 평생 처음이에요. (웃음)"

— 안타깝네요.

"뭐가 안타까워요? (옆에 있는 2개월 된 개를 안으면서) 그래도 새로 입양한 강아지가 수놈이잖아요. (웃음)"

— 거친 인생에서 가장 따뜻했던 때를 꼽는다면?

"요즘이오. 이런 말씀 드리면 어떨지 모르겠는데, 당장 죽어도 여한이 없어요. 나머지는 덤이니까 너무 자유로워요. 연애도 안 해서 좋아요. 그것도 짐이었던 것 같아요. 최근 쌍용차 일을 겪으면서 한 뼘 더 자유로워졌어요. 다른 집착이 없는 사람에게 마지막 함정이 명예욕인데, 물론 지금도 남아있지만, 그래도 한 뼘은 놓았거든요. 육체의 젊음이 사라지는 걸 느끼는 것, 나이 먹는 것도 좋아요."

— 공지영에게 사랑은 뭔가요?

"지금까지 쓴 책 열아홉 권에서 365개의 문장을 모아 책을 냈어요. 나이

쉰 살, 소설 쓰기 시작한 지 25년, 1000만 권 판매를 기념한 책인데, 제목이 『사랑은 상처를 허락하는 것이다』예요. 상처를 입는 것도 당하는 것도 아니고, 내게 상처 주는 것을 허락한다는 것. 굉장히 큰 의미가 있어요. 제가 유기견 두 마리를 데려다 키우면서 사랑을 알았어요. 이번에 마당 있는 집을 찾아 이사하는 것도 쟤들 때문인데요. 쟤들에게 아무것도 바라는 게 없어요. 털도 많고 신경도 쓰이고 가끔 나를 물기도 하지만, 이왕 내가 데려왔으니 여기서 행복했으면 좋겠어요. 그게 사랑이에요.”

워낙 질문을 빨리 이해하고 거침없는 답변을 즉각 내놓아서 짧은 시간에도 엄청난 양의 녹취록이 만들어졌습니다. 나를 어떻게 믿고 저런 이야기를 툭툭 던지나 싶은 '오프 더 레코드'도 많았습니다. 남을 쉽게 신뢰하고, 일단 신뢰하면 전폭적으로 자신을 내맡기는 스타일 같았습니다. 통하는 상대방을 만나면 상호간의 에너지를 증폭시켜 당장 주변을 환하게 만드는 힘도 있었습니다. 다만 남들도 자신처럼 다 그럴 것이라는 다소 순진한 믿음과 약간의 자기중심성은 주변의 오해를 부르기 쉽겠다 싶었습니다.

운명을 비추는 빛이 강할수록 그늘도 깊기 마련입니다. 누구에게나 있는 그 운명의 그늘을 따뜻하게 데우는 것이 아마도 공지영이 말하는, 상처를 허락하는 사랑의 마음이겠죠. 그의 새로운 깨달음이 오랜 비판자들에게도 오해 없이 전달되었으면 좋겠습니다. _2012년 10월 13일, 10월 17일

공 지 영 의 인 생 타 임 라 인

1981년 2월 중앙여고 졸업식. 교장 선생님의 폭력 때문에 지옥 그 자체였던 고교 시절.

1981년 겨울 대학 1학년 때 연세문학회 주최 시낭독회. 내 시가 별로라고 생각해서 지적받는 걸 당연하게 생각했다.

1985년 2월 연세대학교 졸업식 때 부모님과 함께. 바로 용돈 받아들고 술 마시러 갔다.

1995년 8월 작가 임철우의 보길도 집에서(뒷줄 왼쪽부터 임철우, 최두석, 이경자, 박완서, 김영현, 앞줄은 최재봉, 나)

1997년 12월 가족 모임에서 두 아들과. 그때는 귀찮고 예쁜 아이들이 지금은 안 귀찮은 대신 한숨이 나온다.

2005년 6월 여성 작가들과 함께 떠난 독일 낭독 기행 당시 튀빙겐 서점에서. 1년간 살았던 독일은 언제 가도 좋아하는 곳.

내 인생에서
가장 추운 시기는 바로 지금

성공회대 노동아카데미 주임교수 하종강

공지영 선생의 인터뷰를 정리하며, 하종강 성공회대 노동아
카데미 주임교수의 인터뷰도 피할 수 없겠다는 생각이 들었습니다. 〈한겨
레〉에 그런 생각을 전달했고, 다행히 그와 오랜 인연을 맺어온 토요판 에디
터가 다리를 놓아준 덕분에 2012년 10월 18일 한겨레신문사 사옥에서 하
교수를 만날 수 있었습니다. 마지막 순간까지 인터뷰에 응할지를 고민했던
그가 자리에 앉으면서 가장 먼저 확인한 것은 녹취를 담당하는 기자의 비
정규직 여부였습니다. 정규직이라는 대답을 듣고 나서야 그는 조금 편안해
진 얼굴로 이야기를 시작했습니다. 소문대로 그는 원칙에 충실하고 겸손한
사람이었습니다.

— 성공회대학에는 언제 자리를 잡으셨죠?

"3학기째예요. 노동대학 학장직이 한동안 공석이었다고 하더라고요. 2011년 3월 한울노동문제연구소장을 그만두고 바로 제안을 받았는데, 당시는 성공회대 비정규직 조교들이 해고돼서 1인 시위와 집회를 할 때였어요. 그래서 제가 '이 문제가 해결되지 않으면 나는 성공회대에 못 간다. 우스운 일 같겠지만 나같이 살아온 사람들에게는 중요한 원칙이다'라면서 못 갔죠. 다음 학기에 문제가 해결되었다면서 오라고 하더라고요. 노동대학은 4년제 대학이 아니라 평생학습 개념의 교육기관이고, 저도 학장을 하려니까 초빙교수로 발령을 받았을 뿐, 비정규직입니다."

만약 그 트위트가 없었다면
끝이었을 텐데

— 트위터에서 '생불'로 불리시더군요. 원래 별명인가요?

"트위터에서 『의자놀이』와 관련해서 제가 쓴 글이 정말 별로 없거든요. 그걸 보고 사람들이 붙여준 별명이에요. 흔히 스스로 '잉여'라는 사람들이 제 주장에 많이 동조하는 편인데, '생불'이나 '사리 생기겠다' 같은 말은 그 사람들이 즐겨 쓰는 표현이죠."

— 『의자놀이』 논란의 핵심은 무엇이라고 생각하시는지요.

"공지영 작가의 인터뷰를 보니까, 이번 '소란'의 팩트는 하종강이라는 이름을 빼먹었다는 것 하나뿐이라고 얘기했더군요. 팩트가 하나 더 있어요. 왜 이선옥 작가 글이 포함된 하종강 글만 유독 공 작가가 쓴 글처럼 보이게 처리했느냐고 이유를 묻자, 공 작가가 트위터에서 우리를 '겉으로는 위선을 떨고 다니는, 내면으로는 온갖 명예욕과 영웅심 그리고 시기심에 사로잡힌, 남의 헌신을 믿지 않는, 한 번도 진심인 적이 없었던 사람'으로 규정한 거죠. 그게 더 중요한 팩트예요. 만약 그 트위터가 없었다면 이메일을 공개할 일도 없었을 거고, 거기서 그냥 끝이었어요. 시기심, 명예욕, 그리고 한 번도 진심이었던 적이 없는 사람으로 규정된다는 것은 제가 살아온 인생 전체가 부정되는 거잖아요. 저의 첫 이메일은 '왜 그렇게 했냐?'고, 궁금하다고 물어보는 차원이었어요. 표절, 저작권, 전량 회수, 폐기, 사과 같은 말은 지금까지 한 번도 사용한 적이 없어요."

— 하지만 이선옥 작가의 글이라는 사실을 몰랐다고 보기 어렵다는 이메일 표현에는 비난의 뉘앙스도 있었던 것 아닌가요?

"이선옥 작가의 존재를 몰랐다고 보기 어렵다고 한 것은 우리 짐작인 거죠. 알았는지 몰랐는지 아직까지 답은 못 들었고요. 공 작가가 쌍용차와 관련한 책을 쓰겠다고 했을 때 언론 인터뷰 과정에서 '사태를 알수록 적의 실체가 없는 유령과의 싸움'이라는 이야기를 했어요. 잘못하면 사건의 본질을 흐릴 수 있는 의견이었지요. 그래서 5월에 이선옥 작가가 '그렇지 않다'고 〈프레시안〉에 글을 썼는데, 만약 공 작가가 그 글을 읽었다면 좀 아프게 느꼈을 거예요. 공 작가의 시각에 대해 우려를 표한 이 작가의 그 글이 제가 보기에는 임팩트가 강했거든요. 그래서 그 글을 읽었는지, 읽었으면 이선옥 작가를 기억하는지, 이 작가의 글이 『의자놀이』에 반영되었는지 궁금했죠. 그리고 희망식당에서 이선옥 작가가 공지영 작가를 인터뷰한 적도 있어요. 그 글을 쓰고 인터뷰도 한 사람이 이선옥 작가라는 걸 공지영 작가가 알고 있는지 궁금해서 그런 질문을 이메일에 적었던 거죠. 그걸 이메일로 격식 있게 정리하다 보니, 간결하게 표현된 면이 있죠.

우리가 이 문제를 심각하게 생각하고 있다는 것을 알리기 위한 이메일이 상대방을 분노하게 해서 이성적인 판단을 흐리게 하리라고는 예측하지 못했어요. 공지영 작가가 사람과의 관계를 바라보는 키워드가 질투였다는 것을 제가 알았다면 좀 더 조심했을 거예요. 우리는 공지영 작가에게 사과를 요구하는 게 아니라 '우리가 시기심과 명예욕 때문에 문제를 제기했다고 보는 그 생각이 틀렸다. 그 생각을 고쳐달라'고 요구하는 거예요."

— 문제에 비해 논란이 너무 커진 것 아닌가요?

"애초에 이선옥 작가의 글을 제가 칼럼에 인용해서 생긴 문제여서 제가 책임감을 느낄 수밖에 없었어요. 그걸 '원죄가 있다'고 표현한 거죠. 『의자놀이』가 10만 권 팔렸는데, 그 책에 자기 글이 섞여 들어간 이 작가가 책을 내면 사람들은 '이선옥이 공지영의 글을 베껴 썼다'고 오해할 것 아니겠어요? 트위터에는 이미 우리 글이 공지영 작가의 글이라고 추천돼 돌아다니고 있어요. 글 쓰는 사람에게는 치명적 피해죠. 이선옥 작가가 쌍용차 노동자들 때문에 많이 참은 거예요. 쌍용차 노동자들의 문제가 아니었으면 이선옥 작가는 좀 더 선명하게 자기주장을 했을 겁니다. 출판사 쪽에서 '10만권 팔아서 쌍용차에 4억 주고 싶다. 다른 욕심은 없다'고 했고 그 진정성을 믿었기 때문에 최대한 말을 참고 있는 상황에서 〈한겨레〉 인터뷰가 팍 터진 거죠."

— "내 인생은 『의자놀이』 사건 이전과 이후로 구분될 것 같다"는 표현도 쓰셨죠. 트위터에서는 하종강, 이선옥을 비난하는 목소리를 거의 찾아볼 수가 없는데도 그렇게 심각하게 느끼시는 이유는 뭔가요?

"우리도 욕 많이 먹었어요. '당신들의 알량한 자존심이 쌍용차 22명의 목숨보다 중요하냐?'부터 원색적인 쌍욕까지. 『의자놀이』 논란 이후에 우리가 대한문 쌍용차 분향소 앞에 한 번도 못 갔거든요. 일상적으로 만나던 사람들과 관계가 단절된 거죠. 저는 쌍용차에 그렇게 자주 간 사람이 아니지만, 이선옥 작가는 자주 갔던 사람이거든요. 이 작가와 저는 『의자놀이』 논란 뒤, 콘서트가 끝나고 사람들이 모두 떠난 깊은 밤에 딱 한 번 대한문 앞에 갔어요. 그게 이 일이 있기 이전과 이후의 가장 큰 차이죠."

'하종강이 프락치'라는
그때 그 모함

『의자놀이』 논란에 직간접적으로 관련된 모든 사람들은 자기 인격에서 가장 자신 있다고 믿었던 부분들을 집중적으로 비판당하는 이상한 경험을 공유하게 되었습니다. 하종강은 지금이 인생에서 가장 추운 시기라고 말했습니다. 이번 일을 겪으면서 그는 30년 전 겪었던 비슷한 경험을 다시 떠올렸다고 합니다.

"1980년대 운동조직에서는 치열한 내부투쟁이 있었잖아요. 저하고 갈등을 빚던 활동가가 발제하는 저에게 음료수를 갖다주는데, '이걸 마셔야 하나? 혹시 설사약 같은 걸 넣지 않았나?' 하는 의심이 들 정도였어요. 저도 토론하다 보면 정말 설사약 같은 걸 먹이고 싶은 상대가 있었으니까요. 그런데 어느 날 보니까, 저는 몰랐는데, '하종강이 프락치라는 소문이 있는데 근거가 있는 얘기냐?'고 묻고 다니는 사람들이 있는 거예요. 의도적 모함이었죠. 후배들은 전면전이라면서 총력을 동원해서 한 번 붙어보자고 했지만, 제가 말렸어요. '내가 아니니까 상관없다. 내가 활동을 오래 계속하면

이 오해는 언젠가는 풀린다.' 제가 문제를 해결하는 방식이 좀 그런 편이었어요. 그 여파로 제 주변에는 아직도 우리 아버지가 정보기관의 요직에 있었다고 오해하는 사람들이 있어요. 그냥 학교 선생님이셨는데."

— 이번 일에서 그때와 비슷한 억울함을 느끼시는군요?

"네, 그 생각을 했죠. 노동운동을 하다 보면, 철학이 바뀌어서, 흔히 말해 변절해서 운동을 떠난 사람들보다는 동료들에게 받은 상처를 이기지 못해서 떠난 사람이 훨씬 많아요. 그래서 후배 활동가들에게도 '언젠가 상처를 받게 될 텐데 그때 꼭 이겨내야 오래 활동할 수 있다'고 얘기해요."

1955년 인천에서 태어난 하종강은 목사가 되기로 서원하고 방학 때면 한탄강 근처 수도원에 들어가 살다시피 하는 특이한 고교 시절을 보냈습니다. 학기 중에는 밤새 쓴 글을 제물포고 문예반 선후배, 친구들과 돌려 읽고 서로 비판하면서 시인과 소설가의 꿈을 키웠습니다. 그러나 1974년 인하대 응용물리학과에 입학하면서 눈뜨게 된 어두운 사회 현실은 그를 목사도, 시인도, 소설가도 아닌 운동가의 길로 이끌었습니다. 운동권 학생들이 많지 않았던 학교 형편 때문에 그는 입학한 그해 11월에 벌써 '동을 떠야' 했습니다.

군에서 제대한 뒤 인천 기독교 도시산업선교회에 참여한 그는 1980년 9월 김동완 목사가 해고노동자들을 상대로 진행하던 성경 공부 내용을 기록하는 아르바이트를 하면서 새로운 세계에 눈뜹니다.

"20명 정도가 모여서 성경을 읽고 자유롭게 떠오르는 생각을 나누는 방식이었는데, 매번 모임 때마다 충격을 받았어요. 선한 사마리아 사람 얘기

노동운동을 하다 보면, 철학이 바뀌어서, 흔히 말해 변절해서 운동을 떠난 사람들보다는 동료들에게 받은 상처를 이기지 못해서 떠난 사람이 훨씬 많아요. 그래서 후배 활동가들에게도 '언젠가 상처를 받게 될 텐데 그때 꼭 이겨내야 오래 활동할 수 있다'고 얘기해요.

를 읽고 어떤 노동자가 이런 경험을 나눴어요. 기도회에 참석했다가 잡혀 가는 과정에서 안경이 깨졌는데, 유치장 옆방에 있던 사람이 '저 사람에게 안경을 줘라. 너네가 연행하다가 깨뜨리지 않았느냐'고 요구했다는 거예 요. 그리고 엄청나게 두들겨 맞았다는 거죠. 그런데 자기가 모르는 사람이 었다는 겁니다. 그 사람이 선한 사마리아 사람이라는 얘기였어요. 자신에 게 손해되지 않는 일은 누구나 할 수 있다, 큰 손해를 감수하면서 남을 돕는 것이 선한 사마리아 사람이라는 나눔이었죠. 이런 성경 공부를 열 몇 번 했 어요. 깨달음도 많았고, 인간적으로도 노동자들과 친해졌죠."

1981년 5월 경찰에 붙잡힌 하종강은 사흘 동안 통닭구이, 비녀꽂이 등 심 한 고문을 당했습니다. 고문당한 누군가가 자기 이름을 불어 붙잡혀왔지 만, 자기도 누군가의 이름을 불어야 고문에서 벗어날 수 있었던 야만의 세 월이었습니다. 다행히 실형 선고를 받지 않고 풀려난 그는 본격적으로 노동 상담과 교육에 뛰어들었고, 곧 "인천 지역에서 구속되거나 해고되면 하종 강부터 만나라"는 이야기가 돌 정도로 주변의 신뢰를 얻었습니다. 1988년 부터는 한울합동법률사무소의 한쪽 구석에 상담실을 개설했고, 이 공간은 1994년 한울노동문제연구소로 발전해 2011년까지 지속되었습니다. 그가 '조직사업'이 아니라 상담과 교육의 길을 선택한 이유가 궁금했습니다.

"1988년 12월까지도 조직사업에 관여했어요. 그러나 저는 조직사업을 감당할 수는 없는 사람이라는 판단을 했어요. 조직을 책임지려면 어제의 동지가 오늘의 적이 되기도 하는 상황에서 올바른 노선을 관철하기 위해 내부의 적을 척결하는 일을 성실하게 수행해야 해요. 조직 활동가에게 필수적으로 요구되는 성실함이 그것이거든요. 저는 그게 힘들더라고요. 나쁘게 표현하면 고난의 선택은 피하고 제가 감당할 수 있는 선택을 한 거죠."

— 정파 간 갈등에서 비켜나고 싶었던 거군요?

"시골 농공단지 작은 노동조합에서도 조직 내 갈등이 생겨요. 노동자들이 노조 활동을 시작해 일정 단계에 이르면 대부분 '노동운동이 이런 것인 줄 몰랐습니다'라고 얘기하죠.

그러면 저는 이렇게 말해요. '그걸 이기면 계속하는 거고, 못 이기면 나처럼 되는 거다.' 제가 조직의 중심에 있지 못한 이유는 그 때문이에요. 민주노총에도 민주노동당에도 직함을 가진 적이 없죠. 조직에서 힘든 일을 감당하며 책임지는 게, 저처럼 상담하고 교육하는 것보다 더 중요해요. 다만 제가 그걸 감당하지 못하는 거죠. 그래서 후배들에게 말했어요. 상담과 교육을 선택했다는 것은 운동권에서조차 출세하지 않겠다는 뜻이다. 조직사업을 계속 요구받으면 나는 운동을 포기할 수밖에 없다. (상담과 교육은) 그래도 운동 주변에서 내가 살아남기 위한 선택이다. 이렇게요."

조직 노동운동,
인정할 건 인정해주자

— 조직에 소속되지 않은 대신에 민주노총, 한국노총 모두와 함께 사업하는 독특한 위치에 계시죠?

"제가 진보신당을 공개적으로 지지하면서 민주노동당과 껄끄러워지기는 했지만, 그래도 아직 민주노총과 한국노총 양쪽 사업을 다 합니다. 이선옥 작가 같은 사람은 최대공약수를 추구하는 제 방식을 좀 비판적으로 보는 편이에요. 제가 이른바 멘토라는 사람들하고 공동 저자로 책을 내면, '이런 계급성 없는 사람들과 왜 섞이냐?'고 말하죠. 뭐, 그렇게 느낄 수도 있지만, 저는 여러 분야의 사람들과 함께 제가 할 수 있는 역할이 있다고 생각해요."

— 소련이 무너지고 많은 사람들이 운동을 떠난 이후에도 노동운동에 남은 이유는 무엇인가요?

"조직사업은 조직이 무너지면 굉장히 허무해지거든요. 그런데 상담은 고전적인 휴머니즘을 느낄 수 있는 일들이 주변에 계속 생겨요. '내가 이 서류 뭉치를 붙들고 밤을 새우면 저 노동자가 따뜻한 밥을 먹을 수 있다.' 그런 의미를 부여할 수 있는 일들이 계속 있다는 게 저에게는 구원의 끈이나 마찬가지였어요."

하종강은 자기 삶을 "대단하고 특별할 게 없는 일인데, 그저 남들보다 오래 했을 뿐"이라고 간단하게 정리했습니다. 그는 자기 자랑을 피하는 대신, 상담과 교육에서 느끼는 보람을 한참 이야기했습니다. 인터뷰하던 날 낮에도 생협 활동가들을 만났는데, 우연히 옆자리에서 식사를 한 여성이 12년 전 영등포지역 제과회사에서 소모임 활동을 함께했던 사람이었다고 합니다. 그가 보여주는 홈페이지(hadream.com)에는 12년 전에 바로 그분과 함께 활동하며 적었던 재미있는 에피소드들이 아직도 그대로 남아 있었습니다.

"그렇게 활동했던 사람들은 그냥 살지 않아요. 12년 뒤에도 아이 엄마가 된 가정주부로 생협 활동을 계속하고 있는 거죠. 옛날에 썼던 글들을 찾아 함께 읽으면서 오늘 막 웃었어요. 『의자놀이』 '소란'이 있어도 이런 걸 생각하면서 이길 수 있는 거죠."

— 해고노동자들을 돕겠다는 리버럴들에게 해주고 싶은 이야기가 있다면?

"사실 이 대립 구도는 『의자놀이』와 관계있는 것은 아니에요. 연대하는 시민들과 좌파 운동권 사이의 진영 논리로 바라보는 사람도 있는데, 그렇게 생각하지는 않고요. 그럼에도 굳이 말한다면, '너희가 공지영처럼 쌍용차에 4억을 줄 수 있냐'고 비난하는 분들이 있잖아요. 그런데 민주노총 금속노조가 1년쯤 전까지 쌍용차 노조에 지원한 금액이 제가 아는 것만도 40억 원이 넘었으니까 지금은 훨씬 더 많을 거예요. 이건 희망버스가 할 수 없는 일이거든요. 조직 노동운동이 아무리 문제가 많아도 그런 역할을 인정하고 더 잘하도록 도와줘야 해요.

그리고 지난 총선에서 독자후보로 출마한 어떤 노동자가 인터뷰하면서 '민주당 후보가 참여정부 때 노동자들에게 잘못한 게 있었다고 한마디만 해도 나는 출마하지 않겠다'고 말한 적이 있어요. 『의자놀이』에서도, 쌍용차 문제를 다룬 동영상에서도 참여정부의 책임은 거의 지적하지 않아요. 한국의 리버럴들에게 연대하지 말라는 게 아니라, 연대해줘서 고마운데 그런 면도 같이 생각해달라는 거죠." _ 2012년 11월 3일

하 종 강 의 인 생 타 임 라 인

1957년 인화지가 귀하던 시절 필름을 인화지에 밀착해 만든 사진들.

1968년 인천중학교 입학식 날. 맥아더 동상 앞에 서도 문제의식은 없었다.

1974년 처음으로 집회 동을 뜨던 날. 학보사 기자가 찍었다.

1978년 여름성경학교 어린이들과 함께. 이제 모두 40대 후반이 됐다.

1980년 5월 수배됐을 때 형사가 들고 다녔던 사진 체포된 뒤 돌려받았다.

2001년 파업 중인 환경미화 노동자들에게 노동법을 교육하는 모습.

둘째 줄에서,
최소한 비겁해지지 않으리

기자 이상호

대선 직전에 미리 진행한 이상호 기자 인터뷰를 대선 뒤 정리하려니, 컬러로 찍어놓은 이 기자의 모습이 어느새 흑백으로 퇴색한 느낌입니다. 대선 전후 며칠 동안 사회 분위기가 많이 바뀐 데다 그의 주변에서 워낙 많은 사건이 터진 까닭입니다. 그렇지 않아도 지난 10년간 연예계 PR 비리, 명품 핸드백 로비, 삼성 X파일, 구당 김남수 옹, 탤런트 장자연, 가수 김광석 씨 사건 등 수많은 폭로와 논란의 중심에 섰던 이상호였습니다. 저를 만난 직후인 12월 18일 MBC의 김정남 인터뷰 계획을 폭로한 그는 곧장 문화방송 자회사인 MBC C&I에서 보도본부로 복귀하라는 명령을 받았고, 지금은 해고 위험에 노출된 상태입니다.*

---

* 이상호 기자는 인터뷰 직후인 2013년 1월 회사의 명예를 실추시키고 품위 유지 의무를 위반했다는 이유로 해고되었습니다.

매사에 몸을 사리는 제 기준으로 볼 때 그는 이처럼 순간마다 새로운 이슈를 만드는 '너무 빠른' 사람에 속합니다. 신촌의 이한열기념관에 자리 잡은 '고(Go)발뉴스(gobalnews.com)' 사무실에서 그를 처음 만나 "그렇게 빠르다 보면 사실 확인이 어렵지 않느냐"는 다소 공격적인 질문으로 이야기를 시작했습니다.

각 잡는 리포트는 시대착오,
방송뉴스는 쇼

"오늘 일어난 일을 그날 바로 이야기하는 게 뉴스의 숙명이고 저널리스트의 부담이죠. 그 시점에서 가장 확정적인 팩트를 자기 이름 걸고 보여주는 사관(史官) 같은 존재가 기자예요. 2012년 12월 11일 밤에 터진 국정원 직원의 선거개입 의혹 같은 경우에도 현장의 최초 상황이 가장 중요했어요. 초반에 팩트가 확보되지 않으면 나중에는 공방으로 흐르거든요. 현장에 가서 분 단위로 제가 듣고 본 것을 기록해놓지 않으면 경찰이 나중에 거짓말해도 알 수가 없으니까요. 저는 그날 현장에서 사실 확인이 물 건너가는 과정 그 자체를 보여준 거예요."

— 김재철 사장에게 직접 카메라를 들이대거나 전두환 사저 앞에서 인터뷰를 요청하는 것은 일종의 퍼포먼스인가요? 때로는 '오버'로 비칠 때도 있는데요.

"방송은 드러내서 보여주는 게 본질이에요. 선배들 중에는 '인터뷰 요청하고 거절당하면 그냥 돌아오지, 취재한다고 깝치다가 팔 꺾이고 쪽 팔리게 그게 뭐냐'는 분들도 있어요. 하지만 저는 경찰이 취재를 막는 것 자체가 굉장히 중요한 의미가 있고, 그걸 그대로 보여주는 게 방송 저널리즘이라고 생각했어요."

— 방송은 신문과 다르군요?

"날림 공사로 30도 넘는 땡볕 더위에 아스팔트가 울퉁불퉁해져 난리가 났다는 기사를 생각해보세요. 신문은 그렇게 써도 그만이지만, 방송 리포트를 그렇게 하면 빵점이에요. 방송기자는 '얼마나 울퉁불퉁한지 병을 한 번 굴려보겠습니다'라고 하고 직접 병을 굴려야 해요. 강물이 있으면 '얼마나 깊은지 제가 들어가 보겠습니다'라고 하고, 때로는 (물 먹는 시늉을 하며) '먹어보니 짭짤하네요. 바닷물이네요'라고 보여줘야 하죠. 접근이 달라요. 뉴스는 본질적으로 쇼거든요. 그런데 우리나라 방송기자들은 자기들이 고급 저널리스트라 점잖아야 한다고 생각해요. 입말이 아닌 글말의 권력을 휘두르던 신문 저널리즘의 끝자락을 잡고 한자어나 쓰면서 방송기자로 권위를 유지하려는 시대착오적인 동료들이 많죠."

자기주장을 증명하기라도 하듯 그는 인터뷰 내내 일어났다 앉았다, 걸었다 섰다를 반복하며 말과 연기를 동시에 진행했습니다. 그동안 제가 만난 개성 넘치는 사람들 중에서도 이상호의 표정 연기는 단연 발군이었습니다. 입사 뒤 첫 보도 때 초등학교 입학식장을 보여주며 살짝 미소를 띠었다가 선배들에게 박살이 났다는 사람다웠습니다. 방송에 대한 자기만의 관점도 뚜렷했습니다.

"수백만 년 전에 방송언론 환경이 바뀌었어요. 〈무한도전〉에서 멤버들이 장가간다고 선언하면 그게 바로 연예 뉴스잖아요. 만약 〈무한도전〉 멤버들이 '내일 대선이니까 선거 얘기를 해볼까. 명수 형부터 얘기해봐' 하고, 박

명수 씨가 '내가 뭘 아냐? 그런데 MB 정부를 심판하는 선거에서 왜 아식노 참여정부 얘기만 하는 거야? 왜 그래?' 하면 그게 또 뉴스거든요. 지금처럼 엄숙하게 각 잡고 하는 뉴스는 30~40년 전에 하던 거예요. 사람들이 보지도 않고 믿지도 않아요. 요즘 방송 3사의 앵커 이름을 아는 사람이 있나요? 각 잡는 게 아니라 그냥 사는 얘기를 전해야 눈물과 감동이 있는 거예요. 〈한겨레〉에도 토요판이나 esc같이 뉴스가 아닌 것처럼 보이는 지면이 있잖아요. 제 기준으로는 오히려 토요판이 가장 뉴스 같거든요. 뉴스가 확장되고 경계가 무너지고 있는 거예요. 저는 뉴스가 예능이 되고 예능이 뉴스가 되어야, 살아 있는 우리 시대를 담는 그릇이 되리라고 생각해요."

— 고발뉴스를 보면 삼성을 많이 비판하더군요.

"삼성에 의해 장악된 미디어 환경에서는 독립적인 목소리가 나올 수 없기 때문이에요. 광고뿐만 아니라 협찬과 후원이 어마어마한 규모인데, 요즘은 삼성 없이는 드라마를 만들 수 없다고들 해요. 하지만 드라마는 우리 일상과 시대를 비추는 거울이어야 하잖아요. 예전의 〈전원일기〉를 보면 소 값 파동, 추곡수매 같은 일상의 걱정, 근심, 분노, 위로가 담겨 있었어요. 그런데 이제는 드라마를 처음 기획할 때부터 시놉시스를 들고 대기업에 찾아가서 돈을 땡겨와야 해요. '남녀 간의 삼각관계 드라마를 만든다'고 하면, 삼성은 '애니콜이 새로 나왔으니 대기업 스마트폰 디자인실에 근무하는 사람들로 하자'고 설정을 바꾸는 식이에요. 〈전원일기〉는 농약, 제초제 말고는 간접광고 할 게 없으니 사라질 수밖에 없죠. 방송에서 보여주는 모든 것이 삼성의 영향권에 있다고 보면 돼요. 거울이 거울 역할을 못하는 거죠."

기자로서 취재의 길이 막힌 이상호가 거울 역할을 제대로 수행하는 방송을 만들고자 시작한 것이 고발뉴스입니다. 2년간의 미국 연수를 마치고 2011년 귀국한 그는 보도국에 발령받지 못하고 MBC C&I에 파견되어 스마트폰을 위한 〈손바닥 뉴스〉를 진행했습니다. 그러나 〈손바닥 뉴스〉는 2012년 4월 30일 제작진과 아무런 상의 없이 전격적으로 폐지되었고 이 기자는 엉뚱한 광고 영업에 내몰렸습니다. 인터넷 방송 말고는 다른 선택의 여지가 없었습니다. MBC 자회사 소속이었던 그가 개인 팟캐스트를 운영하는 데 문제는 없었을지.

"취재하라고 뽑아놓고 취재를 못하게 하니, 문제가 되더라도 다퉈봐야 했죠. 제가 이상호닷컴이라고 개인 홈페이지를 만든 게 2000년인데 처음에는 회사에서 홈페이지를 내리라고 수십 번 요구했어요. 몇 년 뒤 언론재단에서 기자들에게 블로그 대상을 주면서 그 논란은 끝이 났죠. 기자의 블로그가 언론사에 도움이 된다고 인식이 바뀐 거예요. 기자들이 트위터를 시작할 때도 그랬고요. 현직 기자들이 팟캐스트를 많이 하고 있는데, 이것도 나중에는 장려하게 될 거예요."

― 고발뉴스의 수익 구조는 어떤가요?

"수익 구조는 없어요. 고발뉴스 한 회를 정상적으로 제작하려면 1000만 원 정도가 드는데, 자발적 정기구독, 후원자들의 도움을 받기 시작했고, 출연자들은 모두 무료 봉사예요. 서해성 선생님이나 곽현화 씨는 올 때마다 오히려 밥을 사고 있죠. 10명 가까운 직원들이 밥만 먹어도 엄청난 돈이 들어요. 처음에는 제가 선배라고 자연스럽게 밥을 자주 샀는데, 어느 날인가는 얘들이 너무 많이 먹는 거야. (눈이 빨개지며 눈물) 제 마이너스 통장까지 잔고가 없어지면서 주변의 후원을 받게 됐죠."

슈퍼탤런트 대회에 나가
뒤풀이 때 사고 치다

1968년 서울에서 태어난 이상호는 어려서부터 '앵무새'로 불렸습니다. 학교든 어디든 밖을 다녀올 때마다 무슨 일이 있었는지 재잘재잘 빠짐없이 부모님에게 이야기하는 아이였기 때문입니다. 우편배달부를 그만두고 다양한 장사를 벌이던 아버지가 몇 차례 부도를 겪으면서 집안은 언제나 "비록 잠깐 흥해도 결국은 그때가 망하기 직전"인 상태였습니다. 소년 이상호는 늘 어떤 이야기로 부모님을 즐겁게 해드릴까만 고민했습니다. 부모님은 지금도 온종일 고발뉴스를 보고 트위터를 하면서 아들의 동선을 확인하신다고 합니다. 참다 참다 못 견디면 "국정원 얘기는 위험하지 않니?"라고 전화도 하십니다. 연세대에서 정치학 박사를 딴 것도 아버지께 박사모를 씌워드리고 싶어서였습니다. 집안의 궁핍과 부모님과의 깊은 교감이 시대의 이야기꾼 이상호를 만든 셈입니다. 부모님 못지않게 그에게 깊은 영향을 끼친 것은 1987년 연세대 경영학과에 입학하면서 만난 1년 선배 이한열이었습니다.

"한열이 형이 2학년 과대표, 제가 1학년 과대표였는데, 경영학과는 학생 수만 많을 뿐 의식 수준이 낮아서 학생회도 친목회에 가까웠어요. 1987년 6월 9일에도 한열이 형이 '내일부터는 시민들이 나올 테니까, 딱 오늘까지만 홍보전에 같이 나가자'고 저를 꼬였어요. 그러면서 자기는 제일 앞줄에 서고 저는 그 뒷줄에 섰죠. 제일 앞줄과 둘째 줄은 완전히 달라요. 첫째 줄이 99의 부담을 진다면 둘째 줄부터는 그 부담이 1로 줄어들죠. 그날 저의 바로 앞에서 한열이 형이 최루탄을 맞았잖아요. 그가 없었다면 제가 맞았을 상황이었죠. (눈물이 글썽) 나이가 들수록 둘째 줄의 의미를 자꾸 생각하게 돼요. 가장 비겁한 게 둘째 줄인데, 기자는 직업적으로 둘째 줄에 설 수밖에 없어요. 첫째 줄에서 김진숙 지도위원이 노동 환경과 비정규직 문제를 제기할 때, 기자는 아무리 훌륭해도 그걸 전하는 둘째 줄밖에 못 되니까요. 남의 삶을 통해 말하는 거간꾼에 불과하죠. 20대 때부터 한열이 형의 삶을 반추하다가 2003년 〈시사매거진 2580〉에서 배달호 열사를 취재하면서 확신을 갖게 됐어요. 내가 첫째 줄에 서지는 못하더라도 최소한 둘째 줄에서는 비겁해지지 말자!"

— 슈퍼탤런트 선발대회에 고학력자가 몰렸다는 1995년 기사를 보면 송윤아, 한젬마 등과 함께 대학원생 이상호 씨의 결선 진출 소식이 실려 있더군요. 본인이 맞죠?

"(여전히 눈에는 물기가 있는 상태로) 네, 맞아요. 어려서부터 서예를 하면서 예술가가 되고 싶었어요. 글을 쓰면서 일종의 예술적 체험을 했거든요. 하지만 돈도 없고 집안을 일으켜야 한다는 부담 때문에 미대 간다는 얘기를 못했죠. 대학신문 기자 생활을 했지만 기자 직업은 마지막 호구지책이라고 생각했고, 뭐라도 좋으니 예술이 하고 싶었어요. 그때나 지금이나 얼굴은 안 되니까 밤무대 가수라도 하겠다는 생각으로 당시 학교 근처의 예당 엔터테인먼트를 찾아가 오디션을 보기도 했죠. 그런데 변대윤 사장님이 그러더군요. '중저음도 매력적이고 테크닉도 있지만, 네 현실을 말해주마. 대한민국에서 너만큼 노래를 잘하는 사람이 최소한 20만 명은 있다. 강변가요제에 나가면 장려상은 받을 수 있고 첫 번째 앨범은 내줄 수 있겠지만 두번째 앨범부터는 예상이 어렵다. 연세대 경영학과 출신이니 나 같으면 공부를 하겠다.' 진실한 말씀 감사하다고 꾸벅 절하고 나왔죠. 대학원을 마칠

나이가 들수록 둘째 줄의 의미를 자꾸 생각하게 돼요. 가장 비겁한 게 둘째 줄인데, 기자는 직업적으로 둘째 줄에 설 수밖에 없어요. 첫째 줄에서 김진숙 지도위원이 노동 환경과 비정규직 문제를 제기할 때, 기자는 아무리 훌륭해도 그걸 전하는 둘째 줄밖에 못 되니까요. 남의 삶을 통해 말하는 거간꾼에 불과하죠.

때쯤 기자로 진로를 정했는데, 기자를 준비하려면 신문을 샅샅이 살펴봐야 하잖아요. 그러다가 슈퍼탤런트를 뽑는다는 기사를 봤어요. 선발되면 드라마 주연 또는 토크쇼 사회자를 시켜준다고 쓰여 있더라고요. 토크쇼 진행자라는데 눈이 번쩍 뜨여 출전을 했죠. 나중에 보니 토크쇼는 보조진행자로 여자애들에게만 해당되는 얘기였어요. 제가 잘못 안 거죠.(웃음) 어쨌든 1만 4500명 중에서 40명 안에 들었어요. 긴 기간 합숙도 했는데, 나한테 잘 맞더라고요. 마임도 배우고 근사했어요."

— 타고난 예술적 끼가 있었군요.

"합숙 때는 반장 노릇을 했고, 고2였던 차태현 씨는 저한테 연기 지도를 받다가 나중에는 대입 과외까지 받았어요. 뭐하다 왔냐고 묻기에 연출하다 왔노라고 거짓말을 했거든요.(웃음) 전두환 씨 둘째 며느리가 된 박상아 씨가 그랑프리를 했죠."

— 연예계를 깊숙이 들여다볼 기회였겠네요.

"그때부터 진실을 알게 되어 2002년 연예계 PR비와 노예계약도 고발한 거예요. 슈퍼탤런트 합숙할 때도 밤이면 협찬사 사장들의 술자리에 여자애들만 따로 불려 나갔거든요. 합숙 점수로 평가한다고 했고 PD들이 제가 3등이라고 알려주기도 했는데 최종 선발된 다섯 명에는 제가 빠졌어요. 로비설이 파다했고요. 세상이 이렇구나 깨달았죠. 대회가 끝나고 호텔에서 뒤풀이를 하는데 헤드테이블에 드라마국장 등 간부들이 쭉 앉아 있었어요. 제가 가서 'KBS가 국민을 기만하는 것 아니냐? 당신들을 기억하겠다'면서 테이블을 와장창 뒤엎었죠. 그리고 반드시 여의도로 돌아가겠다고 결심했어요. 곧 MBC 기자가 됐고요."

완전히 투명인간
취급을 받던 시절

— 기자 하는 동안 조직 내에서 충돌이 많았죠?

"보도국 3년 차에 어느 자치단체장의 불법 레미콘 공장 운영 비리를 고발했어요. 그 보도가 나가고 며칠 뒤 경제부에서 그 자치단체가 경제를 살리고 있다는 기사를 내더군요. 예나 지금이나 늘 잘나가는 어떤 선배가 쓴, 이른바 '빤까이 홍보기사'였죠. 그때 제자리에서 일어나 보도국을 쭉 둘러봤어요. 내 기자 삶에서 본받고 싶은 선배가 하나라도 있는지 찾아보려고요. 하나도 없더라고요. 그래서 가만히만 있어도 올라가기 마련인 '성장 컨베이어벨트'에서 내려왔어요. 외교부에 출입할 때는 부산항 입구에서 미국 핵잠수함이 급부상하다가 민간 어선과 충돌한 사건을 추적했는데, 대통령이 방미하는 시기라며 위에서 보도를 막은 일도 있었어요. 외교부도 저를 비토(veto)하고 저도 보도국이 싫어서 〈시사매거진 2580〉에 자원해서 나갔죠."

— 거대한 악과 싸우려면 조직의 도움도 필요하지 않나요? X파일 때도 혼자 너무 좌충우돌한 것처럼 보이기도 하는데.

"X파일은 선택이 필요한 상황이었어요. 정치권, 언론, 검찰이 삼성에 장악된 '자본의 거버넌스(governance)' 양상이 회복 불가능하게 구조화되는 시점이었으니까요. 이게 내 마지막 리포트여도 좋다고 생각했죠. 사실 한열이 형이 죽은 뒤에는 어차피 제가 마흔 살 넘어 살 거라고 생각해본 적이 없어요. 어떻게든 보도해야 한다는 목표 이외에는 모두 부차적이었고요. 조직 내부의 누구라도 1퍼센트의 적극성을 보였다면 저도 충분히 절충할 의사가 있었어요. 하지만 〈조선일보〉의 보도 전까지는 회사 전체에서 녹음파일을 들어보자는 사람이 하나도 없었을 정도였어요. 청와대는 조질 수 있어도 삼성은 비판할 수가 없었던 거죠. 그게 제가 지속적으로 삼성을 비판하는 이유예요."

— 살면서 제일 추웠던 순간은?

"핸드백 사건 터지고 X파일 보도하자고 떼를 쓰던 시절. 점심시간이면 저만 빼놓고 자기들끼리 점심 뭐 먹을지를 이야기하는 거예요. 완전히 투명인간이었죠. 혼자 여의도공원에 나가서 앉아 있었어요. 공원에 나가보니 의외로 그렇게 사는 사람이 많더라고요."

— 제일 따뜻했던 순간은?

"사람들이 저를 믿고 제보해줄 때."

뉴스가 예능이 되고 예능이 뉴스가 되기를 꿈꾸는 기자 이상호는, 끊임없이 관객의 반응을 살피며 자신의 다음 동선을 설계하는 노련한 배우 같았습니다. 그만큼 타고난 끼를 주체하지 못했습니다. 그런 그를 보면서 대선 이후 닥쳐올 열악한 방송 상황이 어쩌면 그에게 놀라운 기회가 될지도 모른다는 생각이 들었습니다. 그 터전이 기존의 방송국은 아닐 수도 있겠지만 말이죠. _ 2012년 12월 29일

이 상 호 의 인 생 타 임 라 인

1968년 2월 서울에서 태어났다. 강직한 아버지와 늘 웃음이 넘치던 어머니. 부족하지만 행복한 가정이었다.

1983년 한·중·일 학생 서예대회 대상을 받았다. 가정 형편과 부모님의 기대 때문에 미대 진학은 포기했다.

2004년 지난 50년간 뜸 자율화 운동을 벌인 구당 김남수 옹과의 만남은 두 차례 징계와 세 차례 피소, 그리고 두 권의 책으로 이어졌다.

2005년 삼성 X파일 보도 이후 7년간의 기나긴 소송과 왕따는 기자질의 신념을 다질 수 있는 소중한 시련이었다.

2010년 조지아대(UGA)에서 1년간 박사후 과정을 마치고 UC버클리 저널리즘 스쿨에서 교편을 잡던 시절.

2012년 기자 생활 18년을 함께해온 MBC 동기들. 여전히 만나면 좋은 친구들이다.

263

내 묘비명은
인권운동가였으면 좋겠네

민주당 국회의원 인재근

영화 〈남영동 1985〉가 잘 묘사한 것처럼 1985년 9월 4일부터 26일까지 남영동 대공분실에서 김근태 민청련(민주화운동청년연합) 전 의장은 이근안을 비롯한 고문과 조작의 기술자들에게 물고문, 전기고문 등 말로 표현할 수 없는 고초를 겪었습니다. 그 후 검찰에 송치된 그는 서울지검 5층 승강기 앞에서 스쳐 지나가듯 만난 아내 인재근에게 자신이 겪은 참혹한 고문 내용을 처음 폭로합니다. 김근태 자신의 표현을 빌리자면 "기적을 타고 내려온" 순간이었습니다. 그 순간 "이해와 사랑을 실은" 인재근의 물기 어린 눈빛은 고문 경찰들에게 짓밟혀 극도로 왜소해진 김근태의 "부피와 무게를 원상태로 되돌려주는 전기 스파크"를 일으켰습니다. 그날부터 법정 안팎에서 전개된 빛나는 투쟁의 절반 이상은 '바깥사람' 인재근의 몫이었습니다. 당시의 인재근을 기억하는 많은 사람들은 종종 "지나치게 신사적인 김근태보다 인재근이 정치에 더 맞는 것 같다"는 안타까움을 토로하곤 했습니다. 의원회관에서 만난 인재근 의원은 그런 전설 속의 투사보다는 편안한 동네 아줌마에 가까운 모습이었습니다.

감독님, 인재순이란 이름은 바꿔주세요!

— 국회의원이 되고 달라진 게 있나요?

"이거 너무 바쁘구나!(웃음) 어떤 날은 30분 간격으로 여기 왔다 저기 갔다 난리를 쳐야 해요. 옛날 민가협(민주화실천가족운동협의회) 할 때처럼 사람들이 많이 찾아오는데, 그 얘기를 다 들어주려고 노력하고 있어요. 들어주기만 해도 반은 치유가 되거든요."

— 정치인 아내 역할을 오래했기 때문에 익숙한 일 아닌가요?

"직접 해보니 다르네요. 예전에는 김근태 씨에게 '그 사람 상대하지 마라, 이렇게 하면 안 된다, 누구 주례 서줘야 한다, 누구랑 밥 먹어야 하니 시간 내라' 참견도 하고 시간도 뺏었는데 그게 너무 미안해요. 어머나, 세상에 국회의원 너무 바쁘네.(웃음)"

— 박선숙 전 의원을 비롯해서 김근태 의장과 가까웠던 사람 중에 안철수 캠프에 합류한 분이 많았습니다. 그런데 인재근 의원은 2012년 9월 초부터 문재인 멘토단장을 맡으셨죠? 마음의 갈등이 있었을 것 같은데요.

---

* 김근태 전 의장의 책 『남영동』에 나오는 표현입니다.

"전혀요.(웃음) 송호창 의원이 탈당한 다음에 사람들이 제 주변에 전화하고 난리가 났대요. 인재근 의원은 어떻게 할 거냐고 걱정도 많이 하고요. 그래서 제가 그랬어요, 나는 몸무게가 너무 많이 나가서 옮기기가 힘들다!(웃음)"

— 가까운 사람들의 움직임에도 흔들리지 않으셨군요?

"저는 개별 의원이 아니라 민평련(민주평화국민연대)이라는 민주화운동 동지들과 같이 움직여야 하는 사람이라서 전혀 흔들림이 없었어요. 비교적 자유로운 사람들이 움직였던 건데, 그들도 하나가 되기 위해서 (안철수 캠프에) 갔던 만큼, 곧 함께 움직일 거예요."

— 김근태 의장은 기자나 전문가의 평가로는 늘 좋은 대통령감으로 뽑혔지만 결과적으로 대중의 지지를 얻는 데는 실패했습니다. 무엇이 약점이었을까요?

"국민경선 제도나 분양원가 공개처럼 대중들이 준비되기 전에 너무 앞서 나간 것이 문제였죠. 어려운 말을 쓰는 데다 너무 점잖은 사람이었고요. 저는 김근태 씨와는 반대예요."

— 인 의원님은 예전에 민주화운동을 할 때 쌍욕도 꽤 하셨다죠?

"지금도 잘해요.(웃음) 정치를 하려면 설명조로 이야기하지 않고 선언적으로 쉽게 말할 필요가 있어요. 그래야 사람들 머리에 딱딱 박히죠. 쌍욕이 필요한 건 아니고.(웃음)"

— 차분하고 소극적인 주부의 모습으로 그려진 영화 속 우희진 씨와 인 의원님은 많이 다른 모습인데요

"후배가 그러더라고요. 영화에서 딱 한 군데 웃음이 나왔는데, 우희진이 인재근으로 나오는 장면이라고요.(웃음)"

— 감독에게 항의하지 않으셨어요?

"시나리오에 제 이름이 '인재순'으로 나온 건 항의했어요.(웃음) 할아버지

가 지어주신 세련된 이름인데, 이건 아니다 싶어서 바꿔달라고 했죠. 그래서 '인재은'으로 나오잖아요. 우리 애들이 '엄마는 별걸 다 참견한다'고 하는데도 기어코 바꿨어요.(웃음)"

— 〈남영동 1985〉를 보면서 김근태와 인재근의 법정투쟁을 그린 영화도 나왔으면 좋겠다는 생각을 했습니다. 검찰청에서 남편을 다시 만난 순간을 잊지 못하시죠?

"그 사람이 처음 사라졌을 때부터 제가 막 찾아다녔어요. 치안본부에서 구체적으로 어딘지는 얘기 안 해도 '경찰이 데리고 있다'까지는 말해줬거든요. 그래서 남영동에 있다고는 어렴풋이 짐작했어요. 잠도 안 재우고 못 살게 굴었을 거라는 생각은 했지만 그렇게 조직적으로 고문을 할지는 몰랐죠. 9월 7일이 공식 구속 일자니까 날짜를 맞춰보면 20일 후인 9월 26일이 구속 만기일이었어요. 그래서 며칠 전부터 제가 아침마다 검찰청에 가서 혹시 송치된 사람 명단에 김근태가 있는지를 확인했죠. 26일에 송치자 명단에서 그를 찾았고 521호 김원치 검사가 담당인 걸 알았어요."

— 검사실 호수도 잊지 않으셨네요. 김근태 입장에서는 기적 같은 만남이었지만, 인재근 입장에서는 준비된 만남이었군요?

"미리 가서 계속 확인하고, 521호로 가는 길목을 제가 지키고 있었던 거예요. 그런데 마침 엘리베이터 문이 열리면서 딱 마주친 거죠. 7~8킬로그램이나 빠져서 아주 초췌했어요. 걸음도 걷지 못해 다리를 질질 끌었고요. 한 사람이 부축해서 끌고 가는데 계단을 내려가지 못할 정도였어요. 거기서 4층 피의자 대기실로 내려가는 동안에 이야기를 나눈 거예요. 계단 내려가는 데 시간이 오래 걸려서 그사이에 많이 이야기한 거죠. 지금같이 막 녹음도 하고 사진도 찍으면 좋지, 그때는 아무것도 없었잖아요. 기억에만 의존해야 했어요. 그 사람과 이야기하는 걸 옆에서 막으면 제가 피의자 대기실의 양쪽 문으로 번갈아 뛰어 들어가면서 이야기를 듣고, 그래서 그 짧은 틈에 양말을 벗고 발도 보여주고 그랬죠. 발뒤꿈치는 아물지 않아 핏자국이 남아 있는데 빨간약도 바르고 하얀 가루도 뿌렸더군요. 발등에는 전기 고문으로 까맣게 탄 자국이 있었어요."

— 이후에 그 딱지 때문에 여러 가지 일이 있었죠?

"동전 닢만 한 딱지를 부서뜨리지 않고 고문의 증거로 쓰려고 김근태 씨가 굉장히 노력했죠. 이돈명 변호사에게 딱지를 전하려다가 실패한 날, 구치소에서 이발을 하라고 하기에 따라갔는데, 금방 그 딱지 생각이 나더래요. 그래서 방으로 돌아가 보니, 보안과 직원이 그 딱지를 훔쳐서 교도관 모자 안쪽에 넣고 나오는 중이었다고 해요. 그래서 김근태 씨가 붙잡고 설득을 했어요. '내가 사선을 넘어왔는데, 그건 내 목숨과 같은 거다. 당신이 그걸 가져가면 안 된다.' 그 교도관이 진짜 착한 사람이었어요. 그 얘기를 듣고 딱지를 돌려줬거든. 하지만 결국은 교도관 10명이 와서 김근태 씨를 꼼짝 못하게 붙잡고 그 딱지를 빼앗아갔죠. 그래도 나중에 그 교도관이 증언을 해줘서 재판에 큰 도움이 됐어요. 교도소 의무과장, 남대문 경찰서 의경이었던 청년 등이 김근태 씨가 화장실에서 바지도 내리지 못할 상태였다고 증언해주기도 했죠."

민가협 '엄마들'과 '아내들'의 신경전

— 검찰청에서 김 의장을 만난 그날 바로 싸움을 시작하셨죠?

"네. 그날 모든 민청련 회원들을 우리 집으로 끌고 가서 성명서, 머리띠,

플래카드를 만들었어요. 바로 다음 날부터 종로5가 기독교회관에서 농성을 시작했죠. 외신 기자, 정치인들이 찾아왔고, 노동자, 학생, 장기수의 가족들과 유가족들이 모여들었어요. 검찰청으로 가서 다시 면회를 하려고 해도 입구부터 나를 막던 상황이라, 제가 검찰청 계단에 앉아서 이를 바득바득 갈았어요. 반드시 내 손으로 이 일을 끝내겠다고 생각했죠. 그 농성이 1985년 12월 12일 민가협 결성으로 이어졌어요."

— 간첩이라는 오해 때문에 장기수 가족들과 함께하는 게 쉽지는 않았을 텐데요.

"운동권 안에서도 종교 쪽 분들이 국가보안법 위반자들을 차별하는 경향이 있었어요. 하지만 저는 처음부터 그분들도 감싸안아야 한다고 생각했어요. 그분들의 인권을 이야기한다고 내가 간첩이 되는 것도 아니잖아요. 모든 걸 뛰어넘어서 가족과 인권에만 초점을 맞췄어요. 그중 상당수가 대법원에서 재심으로 무죄를 받았죠."

— 민가협 내부에 불협화음도 많았다고 들었습니다.

"학생운동 하는 아들의 직책에 따라 엄마들 직책이 생겨요.(웃음) 엄마들이 아들들을 그만큼 공부시키려면 얼마나 치맛바람이 셌겠어요. 그러다 보니 민가협에도 치맛바람이 불고."

— 아내와 엄마의 입장이 또 다르잖아요?

"구속자 엄마들한테 구속자 아내들이 얼마나 구박을 받았는지 몰라요. 안기부 앞에 가서 면회시켜달라고 막 싸우다가 우리가 집에서 애들이 기다린다고 먼저 가야 한다고 하면, 엄마들이 '자식이 들어가 있으면 저러겠냐? 남편이니 저러지' 하면서 막 욕을 하셨어요.(웃음) 문익환 목사님께서 방북 후 안기부에서 조사받으실 때 안기부 쪽에서 '어느 날 오면 면회시켜주겠다'고 하기에 아내이신 박용길 장로님이 '약속을 받았으니 집에 가자'고 하

구속자 엄마들한테 구속자 아내들이 얼마나 구박을 받았는지 몰라요. 안기부 앞에 가서 면회
시켜달라고 막 싸우다가 우리가 집에서 애들이 기다린다고 먼저 가야 한다고 하면, 엄마들이
'자식이 들어가 있으면 저러겠냐? 남편이니 저러지' 하면서 막 욕을 하셨어요.

셨는데, 엄마들이 난리가 났어요. '아들이라면 그렇게 못할 거다. 우리는 절대 안 간다. 부인들이 문제다' 하면서요."

1953년 강화도 앞 교동도에서 태어난 인재근은 초등학교에 들어가기 전까지 인천의 부모님과 떨어져 교동도의 조부모님 손에서 성장했습니다. 지금도 꿈에 나올 정도로 행복한 시절이었습니다. 명문 중고교로 진학하려면 초등학교부터 인천에서 다녀야 한다는 아버지의 뜻에 따라 인천으로 와야 했지만, 방학만 되면 무조건 교동도로 달려갔습니다. 멀리 방파제에서 손녀를 기다리던 할머니의 모습이 지금도 눈에 선합니다. 진보적인 집안 분위기 덕분에 일찍이 사회문제에 눈을 뜬 그는 1973년 이화여대 사회학과에 입학하면서 운동권 동아리 '새얼'에 참여했고, 대학 4학년을 마치던 즈음에는 부평의 봉제공장에 취업해 노동운동을 시작했습니다. 아버지는 가장 바닥에서 시작하겠다는 딸의 결심을 높이 평가하면서 공장 기숙사까지 짐을 들어주셨습니다. 그리고 그즈음 김근태를 만났습니다.

"대학 4학년 때 엄마가 '점잖은 목소리의 남자가 자꾸 전화해 너를 찾는데 누구냐'고 물어보셨어요. 그때는 몰랐지만, 우리 서클 선배(최영희 전 의원)에게 전화번호를 받은 김근태 씨였어요. 그 선배가 전부터 나에게 '신랑감 따로 있으니까 연애하지 말라'고 했거든요. 결국 통화는 못했고 나중에 그 선배 집에 갔다가 우연히 거기 들른 김근태 씨를 처음 만났어요."

― 1985년의 김근태 자술서를 보면 서경석·신혜수 부부가 두 분을 소개한 걸로 나오던데요.

"그런가요? 실제로 소개한 장명국·최영희 부부에게 해가 갈까 봐 그랬을 거예요. 1985년이면 서경석 목사는 미국 유학 중이었으니, 피해 볼 일

없는 그 부부 이름을 적었겠죠. 고문당한 김근태 씨가 배후로 자백한 것도 권호경 목사님, 함세웅 신부님 등 모두 성직자들이잖아요. 성직자는 비교적 안전하리라 생각했던 것과 같은 맥락일 거예요."

— 만난 지 1년이 안 되어 동거를 시작하셨죠? 당시로는 꽤 파격적입니다.

"저도 그 사람도 모두 수배 중이었어요. 그는 오랫동안 숨어 있던 집에서 나와야 할 형편이었고요. 수배자끼리 서로 좋아하게 됐으니 자연스럽게 같이 살게 된 거죠. 그때는 운동권 커플 중에 그런 사람이 많아서 어떻게 살림을 차리면 되는지 가재도구와 노하우를 모두 전수받았어요.(웃음) 조영래·이옥경 커플은 1980년에 결혼할 때 애가 들러리를 서면서 들어갔을걸요? 우리는 애가 4개월 됐을 때 결혼식을 올렸으니 양호한 거죠. 조영래 씨가 자전거에 아기를 태우고 다니는 걸 김근태 씨가 많이 부러워했어요. 장명국·최영희 커플의 아기 돌에 가서는 '나도 아들 낳을 거다'라고 큰소리를 쳤다더군요.(웃음)"

조화순 목사가 이끌던 인천 도시산업선교회에서 실무자로 일하던 인재근이 아기를 갖게 되면서 남편 김근태가 그 자리를 이어받았습니다. 뒤이어 1983년부터 1985년까지 김근태는 민청련 의장을 맡아 공개된 민주화운동 청년조직을 이끌며 침체된 운동에 돌파구를 열었습니다.

그의 의지를 꺾기 위해 동원된 것이 남영동 대공분실의 혹독한 고문이었습니다. 1985년 민가협을 창립한 인재근은 초대 총무를 맡아 구속자 가족들과 함께 민주화운동의 최전선에 섰습니다. 그러나 1995년 김근태가 민주당에 입당해 정치인의 길을 걸으면서 인재근은 누군가의 아내라는 괄호 속의 인물로 조용히 사라집니다.

2012년을 점령하라,
그 말을 기억해줘요

"아마 김근태 씨가 제일 안타까워했을 거예요. 그래도 국민의 정부로 정권
교체가 되면서 제가 수양부모협회 후원회장도 하고, 장애인 인권, 노인 복
지 등으로 범위를 넓히면서 인권에 대한 관심의 끈은 놓지 않았어요."

— 참여정부 때는 노무현 대통령과의 갈등도 있지 않았나요?

"노무현과 김근태 두 분이 이야기하는 걸 본 적이 있는데 스타일이 정말 달
라요. 오랜만에 대통령을 만나서 김근태 씨는 외교, 통상, 경제 하나씩 차곡차
곡 정리하면서 이야기하고, 노 대통령은 직설적으로 자기감정을 다 표현하는
데, 너무 놀랍더라고요. 노 대통령의 그런 모습이 제게는 굉장히 매력적이었
어요. 친노가 왜 그렇게 설치나 했더니 다 이유가 있더라고요.(웃음)"

— 김근태 의장의 정치적 유산을 이어받은 인재근이 별개의 정치적 인격체로 독립하는 게
가능할까요? 물론 민주화운동에서 쌓아온 인재근의 자산도 무시할 수는 없습니다만.

"저는 김근태의 아내라는 걸 자랑스럽게 생각해요. 김근태가 살아서 못
한 것은 제가 계승해서 계속해야죠. 김근태는 묘비에 민주주의자로 남았
지만, 저는 인권운동가로 남고 싶어요. 국가보안법 때문에 인권침해를 받
고 고문을 받아서 결국 남편이 요절한 거잖아요. 앞으로 더 열심히 정치해
서 국가보안법을 폐지하고 평화통일을 앞당기는 인권정치인이 될 거예요.
인권을 침해당해 찾아오는 가슴 아픈 분들의 이야기에도 계속 귀를 기울일
거고요."

— 인생에서 가장 추웠던 때는 언제인가요?

"2011년 12월 29일 김근태 씨가 갑자기 위독하다고 의사가 가족을 모

두 불러 모았을 때가 가장 힘들었어요. 나는 이별할 준비가 전혀 안 됐는데. (잠시 침묵) 다음 날 새벽에 세상을 떠났죠. 지금도 사진 보면 묻고 싶어요. 당신 진짜 간 거야? 하느님이 잘해주셔?"

— 인생에서 가장 따뜻했던 때는?

"우리 둘이 처음 만나서 남영동 가기 전까지. 그다음에는 2008년 낙선하고 4년이 좋았어요. 산에 같이 다니면서 내가 드라마 본 것 요약해서 얘기해주면 그렇게 좋아했어요. 직접 보는 것보다 저한테 듣는 게 훨씬 재미있다고."

— 젊은이들에게 해주고 싶은 말이 있다면?

"정치를 혐오의 대상으로 여기면 안 돼요. 좋은 사람들이 바른 생각을 가지고 정치에 참여해야 정치도 좋게 바뀌어요. 현실정치에 직접 참여하는 것 못지않게 좋은 지도자를 뽑는 투표가 중요하고요. 김근태의 마지막 말을 기억해줬으면 해요. 2012년을 점령하라, 오로지 참여하는 자만이 권력을 만들고, 그렇게 만들어진 권력이 세상의 방향을 정할 것이다!"

남편의 선거운동을 돕는 중간에도 잠깐 집에 들어와 드라마 〈이산〉을 봤을 정도로 사극을 즐긴다는 자칭 '드라마 여왕' 인재근 의원은 이제 드라마 축약본을 들어줄 '김근태 씨'가 없는 걸 몹시 서운해했습니다. 약간의 푼수기에 감춰진 깊은 통찰력과 과단성이 인상적인 정치인이었습니다. 무엇보다 몸에 밴 자연스러움이 보기 좋았습니다. 갓 성형수술을 마친 것 같은 인공미의 공주들이 늘어가는 정치판에 그가 따뜻한 새바람을 불어넣기를 기대하며 의원회관을 나섰습니다. _ 2012년 12월 15일

인 재 근 의 인 생 타 임 라 인

1966년 인천여중 봄 소풍.(오른쪽) 도회지로의 유
학은 인일여고를 거쳐 이화여대 사회학과에 입
학할 때까지 계속됐다.

1978년 10월 시대적 상황 때문에 김근태와 결혼
을 미루고 약혼을 했다. 내 인생에서 가장 행복
했던 시기.

1988년 5월 명동성당에서 로버트 케네디 인권
상을 받았다. 공동수상자였던 남편은 감옥에 있
었다.

김근태가 초선의원이던 시절 어느 송년모임에
서. 그와 함께한 여정에는 늘 웃음이 넘쳐났다.

2012년 1월 4일 명동성당. 민주주의자 김근태는
'2012년을 점령하라'는 유언을 남기고 갑작스레
하늘나라로 갔다.

2012년 11월 6일 미얀마 아웅산 수치 자택에서.
그와 만난 여성. 인권, 민주주의가 함께 걸어가
야 할 여정임을 다짐했다.

당신은 어른이 되는 데
성공했나요?

소설가 천명관

　　"명관이 형은 어른이라서 좋았다"는 박민규 작가의 말처럼 언젠가 제가 만난 『고래』의 작가 천명관의 눈빛에는 인생이 뭔지 아는 성숙한 '어른'의 깊은 고독이 담겨 있었습니다. 그 눈빛을 잊을 수 없었던 저는 기회가 된다면 그를 꼭 인터뷰하고 싶었습니다. 천명관의 삶은 글재주를 자랑하며 일찌감치 등단한 '순수한' 작가들과는 사뭇 다른 궤적을 그려왔습니다. 다방과 당구장을 전전하던 고졸 백수의 10대부터 골프가게 점원과 보험외판원으로 일하며 생존을 위해 몸부림친 20대, 영화판에서 온갖 궂은일을 마다하지 않던 영화감독 지망생의 30대, 실패를 자인하고 영화판을 떠난 뒤 동생의 권유로 쓰게 된 단편과 장편소설이 연달아 공모전에 당선되면서 문단을 뒤흔들었던 소설가의 40대에 이르기까지, 스스로의 표현처럼 그는 "언제나 무리를 그리워하며 떠돌았지만 한 번도 무리에 온전히 속하지 못했던 유랑과 방외(方外)의 운명"을 안고 살았습니다.* 10여 편의 시나리오를 손에 들고 자신의 영화를 만들고자 매달릴 때는 그리도 외면하던 영화판이 이제는 그의 소설을 원작으로 영화를 만들자며 끊임없이 손짓하는 상황. 동명의 소설을 영화화한 〈고령화 가족〉의 개봉을 앞두고 이 아이러니한 인생사를 듣고자 경기도 파주에 있는 그의 아파트를 찾았습니다.** 무책임한 허구의 세계에 살고 싶어 에세이도 쓰지 않는다는 소설가답게 그는 자기 얘기 하는 것을 무척 쑥스러워했습니다.

"작가라면 모름지기 러시아 귀족 집안에 태어나서 차르에 쫓겨 망명하고, 실어증을 6년 정도는 앓아주고, 내전에 참전해서 집시랑 사랑에 빠지고, 그러다가 포르투갈 상선을 타고 아프리카를 떠돌고, 뭐 그 정도는 돼야지, 기껏 대학도 안 나오고 보험회사에 다닌 게 무슨 얘깃거리가 되나요."

이렇게 말하면서도 막상 질문이 주어지면 청산유수의 답변이 이어졌습니다. "소설은 기본적으로 실패에 관한 이야기"라는 그에게 스스로를 어른이라고 생각하는지부터 물었습니다.

"제가 세상 돌아가는 이치를 좀 안다고 민규가 저를 어른이라고 얘기하지만, 저 스스로는 어른 되는 데 실패한 사람이라고 생각해요. 성장기에 사람이 거쳐야 하는 관문들이 있는데 저는 워낙 다른 동네를 떠돌다 보니까

* 천명관의 자전적 단편 소설 「이십세」에 나오는 표현입니다.
** 송해성 감독, 박해일·윤제문·공효진 주연의 〈고령화 가족〉은 2013년 5월에 개봉했습니다.

늘 눈치를 보면서 내 진짜 모습을 찾지 못했어요. 남자로도 실패했다는 느낌. 영화판에서 남자인 걸 증명하는 길은 대장이 돼서 감독 의자에 앉아 모두가 나를 쳐다보는 가운데 '레디고'를 외치는 건데, 저는 실패했으니까요. 지실이 들어서 집안이 망한 흉가가 있죠. 저는 사람이 지실 들어서 뭔가 나의 장점을 발휘하지 못한 것 같아요. 괜히 주눅 들고."

나의 페르소나는
『고래』의 약장수

— 소설에 자아가 들어가면 안 된다는 생각 때문인지 천 작가의 소설에는 페르소나가 드러나는 인물이 잘 없는데.

"『고래』의 약장수가 나의 페르소나예요. 금복의 여자를 데리고 도망가 살면서 지식인 행세를 하다가 나중에 들켜서 싸늘하게 버림받는 인간. 저는 보험회사에 다니면서 당구 치고 노름하며 거칠게 살았어요. 영화판은 '계약했어? 인센티브 어떻게 했어?' 하는 식으로 늘 돈 얘기를 하는 곳이었고요. 근데 문단에 와서 대학 나온 사람들을 만나보니 말투부터 모든 게 저랑 달랐어요. 그걸 흉내 내고 익히는 게 무척 어렵더라고요. 처음 문단에 들어왔을 때 저는 진짜 궁금했어요, 책을 팔아서 먹고살 수 있는지, 장당 얼마나 받는지. 그런데 그런 걸 물어보면 이상한 눈으로 보는 거예요."

— 실제로 약장수 같은 경험이 있는 건 아니죠?

"오래전 일이지만 작가를 지원하는 어떤 프로그램에 신청했다가 떨어진 분에게 제가 '돈 100만 원 들고 담당자를 찾아가보라'고 한 적이 있어요. 제가 살던 세상은 그런 세상이었거든요. 회사를 상대로 보험 영업을 하는데 봉투 들고 찾아가야지, 나하고 일면식도 없는 사람이 뭘 보고 나한테 일을 맡기겠어요. 다들 점잖은 척하지만, 방법이 조금씩 다를 뿐이지 세상이 그렇게 돌아가는 거잖아요. 너무 무식하고 적나라한 판에서 살다 보니 그랬던 건데, 문학을 숭고하게 생각하는 분들 입장에서는 이상한 놈이라고 느꼈을 거예요. 얘기하다 보니 스스로도 너무 양아치스러웠다는 기분이 드네요."

— 청산가리나 벽돌처럼 소설에 반복적으로 등장하는 이미지는 무슨 의미인가요?

"제 마음속의 풍경들이죠. 저는 농촌공동체에서 태어나 초가집, 외양간 같은 풍경을 보고 자랐어요. 아버지는 서울 분이지만 한국전쟁 이후 할아버지가 용인에 땅을 사서 아버지를 내려보내셨거든요. 도시 빈민보다는 시골에서 논을 가지고 사는 게 낫다고요. 사람들이 농촌을 흔히 옥수수 쪄먹고 은하수를 바라보는 평화로운 곳이라고 오해하는데, 약 먹고 죽기도 하고 정말 온갖 끔찍한 일이 다 일어나는 섬뜩한 공간이기도 해요. 저 어릴 때 사람들이 주로 청산가리를 먹고 죽은 것도 사실이고. 그런데 방학이면 일가친척들이 주로 사는 서울에 머물렀기 때문에 동대문구나 성북구의 풍경도 머리에 남아 있어요. 그때는 서울 근교에 벽돌공장도 꽤 많았거든요. 무허가 술집, 복개되지 않아 대변을 보면 그리 그냥 떨어지던 개천, 경미극장 같은 변두리 재개봉관의 풍경이 제 기억에 혼재되어 있어요. 농촌과 도시 체험의 공존이 작가로서 자산이라면 자산이죠."

데모대와 부딪히면서 느낀
'더러운 기분'

— 고등학교는 수원에서 다니셨죠?

"나름 명문 미션스쿨을 다녔어요. 고1 때까지는 반장도 하고 공부를 잘 했는데, 2학년 때부터는 정말 1교시부터 9교시까지 온종일 잠만 잤어요. 지금 생각하면 그게 우울증이 아니었나 싶은데, 인수분해도 못 하면서 국어만 전교 1등을 했어요. 우리 반 58명 중에 58등으로 졸업했죠."

— 그러고는 단편 「이십 세」와 「우이동의 봄」에 묘사된 삶을 사셨죠. 군대에서 제대하고 골프가게 점원과 보험외판원으로 일할 때는 상당히 잘나갔다고 들었습니다. 어떤 20대였습니까?

"군대를 제대하고 나니 사업하던 아버지께서 땅 팔고 집 팔고 완전히 거덜 나서 거의 야반도주하다시피 한 상태였어요. 전농동 단칸방에 사는 조부모님을 부양할 사람이 없어서 제가 제대 이틀 뒤부터 그 단칸방에 함께 살며 노가다를 나갔죠.

그러다가 여의도에 있는 골프가게에서 점원 일을 하게 됐어요. 그때가 1987년이었는데, 출퇴근하다 보면 거의 매일 시위대와 만났죠. 그런데 군대에서 책을 많이 읽고 혼자 의식화되어 가슴은 뜨거웠어도 나는 그냥 골프가게 점원인 거예요. 여기저기 집회를 가보면, 노래도 모르겠고, 동작도 모르겠고, 혼자 있기는 너무 뻘쭘하고. 나중에 넥타이부대가 시위에 합류했다고 하지만 그들도 대부분 대졸자들이었죠.

「이십 세」에는 낙원상가에 기타를 팔러 갔다가 데모대와 부딪히면서 느낀 이상한 '더러운 기분'이 오랫동안 집요하게 내 뒤를 따라다녔다는 표현이 나와요. 그때 제가 그랬던 것 같아요. 대학 나온 사람은 세상 모든 사람이 대학을 나온 줄 알지만 우리 때 80퍼센트 가까운 사람들은 대학을 가지 못했죠. 우리가 그만큼 조각조각 단절된 사회예요. 나중에 보험회사 다닐때는 당시 삼성 직원의 세 배를 벌었어요. 영업은 기세 있게 잘하는 편이었죠."

— 잘나가던 보험 일을 접고 영화판으로 옮기게 된 근본적인 동기가 있다면?

"전농동에서 월세를 못 내고 쫓겨나면서 조부모님은 막 결혼한 형네 집으로 가시고 저는 갈현동의 군대 동기 집에 얹혀살게 됐어요. 어느 날 술이 덜 깬 상태로 골프가게에 출근하려고 72-1번 좌석버스를 탔다가 깜빡 잠이 들었어요. 한참 만에 운전사 아저씨가 종점이라고 깨우는 거예요. 후다닥 내렸는데 눈앞에 너무 낯선 풍경이 펼쳐지더라고요. 도시가 아니라 햇빛이 쫙 비치는 무슨 공원 같은 곳인데 청춘남녀들이 평화롭게 걸어 다니고 있었어요. 혼자 양복을 입고 서 있는데, 갑자기 기분이 너무 이상하더라고요. 서울대 한복판이었죠. 내 또래들은 지금 학교를 다니는구나. 애들을 바라보며 한참 앉아 있었던 기억이 나요. 뭔지 모르겠는데, 아무것도 아닌 그 장면이 먼 훗날 나를 영화나 소설 같은 다른 세계로 이끌지 않았나 생각할 때가 있어요. 약간 궁상맞은 얘기인데."

— 영화 하면서는 주로 무슨 일을 하셨나요?

"식당 섭외하고 교통정리를 하는 제작부 일부터 시나리오 쓰는 일까지, 연출부만 빼고 다 했어요. 감독이 되겠다며 시나리오 들고 5년쯤 돌아다니다가 마흔에 충무로를 떠났죠."

거대 담론보다
작은 선의가 유일한 희망

— 『고래』는 '전통적 소설 학습이나 동시대의 소설 작품에 빚진 게 별로 없는 작품'이라는 평가를 받았습니다. 새로운 문법을 만들어낸 셈인데요.

혼자 양복을 입고 서 있는데, 갑자기 기분이 너무 이상하더라고요. 서울대 한복판이었죠. 내 또래들은 지금 학교를 다니는구나. 애들을 바라보며 한참 앉아 있었던 기억이 나요. 아무것 도 아닌 그 장면이 먼 훗날 나를 영화나 소설 같은 다른 세계로 이끌지 않았나 생각할 때가 있 어요.

"모르겠어요. 약간 미친 듯이 석 달 만에 썼거든요. 첫 페이지에 이미 앞으로 전개될 사건이 다 나오는데 그걸 첫날에 다 썼으니까요. 문예창작과에서 선생님들에게 문학을 배웠으면 그렇게 안 썼을 거예요. 글쓰기는 그냥 본능적인 것 같고요."

— 인간을 우주의 먼지 같은 좀 허무한 존재로 이해하는 것 같습니다.

"그래서인지 개인에게 거의 관심이 없어요. 사실 별로 존경할 만한 존재도 없고요. 입만 열면 국가와 민족을 걱정하는 사람을 보면 그냥 '이 새끼가 나쁜 새끼구나' 하는 생각이 들어요. 영웅이고 뭐고 다 우연의 산물이고 덧없다고 느껴요. 인간에게는 기본적으로 남을 짓밟고 이용하고 착취하려는 의지와 속성이 있어요. 반대쪽에는 그 억압을 깨고 자유를 얻으려는 의지가 있고요. 그 두 의지가 언제나 충돌하는데 억압과 착취의 의지가 훨씬 강렬하고 집요해요. 그래서 각성된 소수의 개인을 빼고는 자유를 얻기가 힘들죠."

— 굉장히 비관적인 시선이군요.

"거대 담론보다는 도시락을 싸오지 않은 친구를 보면 '내 도시락을 반으로 나눠 먹어야지'라고 생각하는 작은 선의가 인간에게 유일한 희망이에요. 혁명을 안 해봤나요? 다 해봤지만 역사는 언제나 대학살로 마감되잖아요."

— 『고령화 가족』에는 "내가 마지막으로 사랑한 게 언제였을까? 사랑이란 단어가 낯선 외국어처럼 생경하게 느껴졌다"는 주인공의 자문자답이 나옵니다.

"구원을 찾아 치열하게 방황하던 20대 때 집착과 광기의 사랑을 한 번 했어요. 3년 동안 사랑하며 거기서 모든 걸 배웠죠. 그 사랑이 끝난 후에는 음악도 안 듣고 책도 안 읽고 그냥 보험회사 판매원이 되어 있었어요. 꿈을 다버린 거예요. 몸에 에너지라고는 하나도 남지 않은 상태. 헤어지고도 7년 동안 매일 그 사람 생각이 났어요."

— 그래서 연애할 마음이 없으신가요?

"왜 없어요? 그 후에도 사랑은 많았고, 앞으로도 잘해야죠."

지난 2년간 『나의 삼촌 브루스 리』와 『길의 노래』(출간 예정 제목은 '몬스터')를 연재하며 매일 열두 장의 강제적 집필 노동을 계속하고 나서야 그는 비로소 "세상이 나를 소설가로 보고, 계속 소설을 발표했고, 그걸로 먹고살면 그게 바로 소설가"임을 받아들이게 됐다고 했습니다. 천명관은 연재를 통해 걸작이 나오기 힘들다는 결론에 이르렀지만 "어차피 걸작을 쓰고 싶은 욕심도 없다"고 덧붙였습니다.

문득 필립 로스의 소설 『에브리맨』의 한 구절이 떠올랐습니다. "영감을 찾는 것은 아마추어이고 우리는 그냥 일어나서 일을 하러 간다." 천명관은 그렇게 일하는 '어른'이었습니다. 인터뷰를 마친 저는 어디 가서 함부로 내 인생을 이야기하지 않기로 마음먹었습니다. 그냥 모든 게 부끄러웠습니다.

_ 2013년 4월 27일

천 명 관 의 인 생 타 임 라 인

초등학교 졸업식. 지금의 나보다 더 젊은 시절의 아버지를 볼 수 있어 좋아하는 사진이다.

고등학교 때. 이때 우리는 자신의 앞에 무엇이 기다리는지 짐작이나 할 수 있었을까?(왼쪽)

내겐 청춘이라고 할 만한 시절이 없었다고 생각하지만, 이런 시절도 있었다. 고교 졸업 후. 기타 치는 사람이 나.

골프가게에서 일하며 골프가게 주인을 꿈꾸던 1988년께. 이렇게 아침에 출근해 커피를 마시며 한가롭게 신문을 읽었다.

1991년 보험회사에서 근무할 때. 어느 거래처 공장 안에서 찍은 사진이다. 시쳇말로 간지 작살이다.(왼쪽)

3년 전? 가족사진을 들여다보고 있으면 이상하게 가슴이 먹먹해지곤 한다.(뒷줄 오른쪽 두 번째)

4장

찬찬히 자신의 길을 걸어가는 사람들

진영 논리의 틈바구니에서
팩트를 찾는 야인

시사평론가 김종배

　　　　명절에 친척들이 모여도 정치 이야기만 하는 나라, 전 국민
이 시사평론가인 나라에서 가장 불쌍한 직업은 아마도 시사평론가일 겁니
다. '심판'을 자임하지만 늘 '선수'로 의심받는 사람들이죠. 요즘 단연 주목
받는 시사평론가는 팟캐스트 〈이슈 털어주는 남자(이털남)〉의 김종배 씨입
니다. 그는 다들 끝난 것으로 생각했던 불법 민간인 사찰의 증거 인멸 과정
을 끈질기게 추적, 폭로함으로써 1인 매체가 갖는 차분하고도 무서운 힘을
보여주었습니다. 『누가 거짓말을 하고 있는가?』를 출간한 '이털남'을 만나
려고 홍대 앞의 개인 집필실을 찾았습니다. 무엇보다 궁금했던 것은 '시사
평론가는 뭘 먹고사는가?'였습니다.

— 최근 재미있게 보신 영화가 있나요?

"영화는 야밤에 텔레비전으로만 봐요. (한참 기억을 더듬다가) 무지 많이 보는데 왜 갑자기 생각이 안 나지? 주로 액션을 좋아해서 그런가 봐요.(웃음) 사실 놀 줄을 몰라요. 주말에도 항상 여기 나와서 글을 써요."

— 수염 기르는 게 남자들의 로망이지만 보통은 가족의 반대로 못 하는데.

"기르는 게 아니라 안 깎는 겁니다. 대학 때부터 그랬어요. 어머니가 함께 사시는데 볼 때마다 한숨을 푹푹 쉬시죠. 동네 창피하다고.(웃음)"

미군부대 청소원 집 아들,
NL운동권 되다

— 매일 〈이털남〉을 진행하는 게 쉽지는 않을 텐데요?

"공중파처럼 생방송을 하면 근무 시간이 일정할 텐데, 팟캐스트는 기술적으로 생방송이 어렵대요. 생방이 아니다 보니 출연자의 스케줄에 맞춰야 하고 시간대도 맘대로라 점심 약속 잡기도 어렵죠. 저녁에는 거의 매일 글쓰기 강의가 있어서 사람들과 어울리기가 힘들어요. 원래 술이 약한 데다 좋아하지도 않아 다행이죠."

— 초창기 〈이털남〉의 빛나는 성과는 국무총리실의 불법 민간인 사찰을 폭로한 장진수 주무관을 독점 인터뷰하고 녹취록을 공개한 것이었죠. 꼬리를 자르고 이미 끝난 것처럼 보였던 사건을 다시 살려낸 특이한 경우였는데, 장진수 주무관을 어떻게 알게 됐나요?

"2010년 가을 장진수 씨 측과 처음 연락이 닿았는데 나중에 그쪽에서 '지금은 아닌 것 같다'고 접었어요. 당시는 MB 정부가 시퍼렇게 살아 있을 때라 장진수 씨가 끝까지 갈 수 있는 정치적 환경이 아니었죠. 돌이켜보면

장 씨가 그때를 전후해서 관련자들과의 대화 녹음을 시작한 것 같아요.

2012년 초 〈이털남〉을 시작한 지 한 달여 뒤에 제가 다시 연락해서 '당신이 정말 억울하고, 법적 해석을 다시 받고 싶다면 지금이 마지막'이라고 했죠. 마침 그때가 청와대 주선으로 경동나비엔에 장 씨의 취업 알선이 있었던 시기입니다. 제가 조금 늦게 연락했으면 장 씨는 거기 취업했을지 모르고, 그러면 입을 열지 않았겠죠.

처음 만나 한 시간쯤 얘기했는데 장 씨가 팩트를 다 까지 않고 일부만 내놓는다는 느낌이었어요. 그래서 '이걸로는 한 번 쟁점이 되고 끝이다. 모든 걸 다 깔 건지 덮을 건지를 정하라'고 하고는 일주일 동안 연락을 안 했죠. 일주일 후부터 본격적으로 드라이브를 걸었는데 기억도 희미하고 녹취록도 정리해야 해서 전체를 공개하는 데는 거의 40일이 걸렸어요. 어쨌든 저희가 공유한 건 하나도 남김없이 다 털었어요."

— 대단한 **특종**을 한 건데, 비결이 뭔가요?

"일간지에서 일해본 적이 없어서 그런지, 시간을 다투는 특종은 별 의미가 없다고 생각해요. 시간이 지나면 남들도 다 알게 될 걸 먼저 터뜨리는 게 특종이 아니라 내가 보도하지 않으면 묻혀버릴 걸 터뜨리는 게 특종이죠. 그런 점에서 특종은 발굴이고, 발굴을 이루는 힘은 집요함과 인내예요."

— 〈이털남〉을 듣다 보면 말도 굉장히 빠르고 상대방에 대한 반응도 큰 편입니다.

"추임새가 좋나요?(웃음) 제가 충청도 출신인데도 말이 빨라요. 방송 출연을 많이 하던 시절에 어느 PD가 '진행자는 장구 치는 고수이고, 주인공은 출연자이다. 가장 유능한 진행자는 출연자가 한마디라도 더 할 수 있게 해주는 사람이다'라고 말하는 걸 들었어요. 맞는 얘기죠. 〈이털남〉은 출연자의 얘기를 충분히 들을 수 있는 게 무엇보다 장점이에요."

— 충남 대천에서 태어나셨죠? 부모님은 어떤 분이셨나요?

"부모님은 모두 초등학교도 안 다닌 무학이셨어요. 대천 시내에서 해수욕장으로 가다 보면 해망산이라는 곳이 있는데 거기 미군 부대가 있었어요. 아버지는 미군 부대를 조성할 때 인부로 일하시다가 청소원으로 눌러앉으셨죠. 우리 마을도 그 산에 있었는데 수도가 없어서 제가 물지게도 많이 지고 다녔어요. 그런데 카터 대통령 때 주한미군 철수 논란이 벌어지면서 미군 부대가 철수를 했고 거기 일하던 사람들은 일거에 실업자가 됐어요. 그때 상당수가 서울로 떠났는데 아버지는 황소 같은 면이 있어서 남의 논도 소작하고 겨울이면 대천 특산물인 김 양식도 하면서 더 버티시다가 결국 제가 고등학교 다닐 때 모두 서울로 올라왔죠."

— 미군 부대 청소원 집 아들이 NL 운동권이 된 셈이군요?

"영향이 없진 않았죠. 시골이니까 우리 집이 꽤 넓어서 미군들에게 세를 줬는데 한 미군이 저를 예뻐해서 미국으로 입양해 가 공부를 가르치겠으니 달라고 한 적도 있대요. 소풍 때도 김밥을 싸간 적이 없고 늘 시레이션(미군 전투 식량)을 싸들고 다녔죠. 미군이 본토로 돌아갈 때 버림받은 누나들이 우는 걸 많이 봐서인지 미군에 대한 감정이 별로 좋지 않았던 건 맞아요."

— 어려운 형편인데도 대학 진학은 할 수 있었군요

"제가 3남 1녀 중 셋째인데 남매 중 대학에 간 건 저밖에 없어요. 상고 나와서 바로 건설회사 경리로 취직한 누나가 서울에 자취하면서 동생 한 명을 가르치겠다고 저와 동생 사이에서 고민하다가 저를 끌어올렸죠. 그래서 저는 중2 때 먼저 서울에 올라왔고 대학에도 진학했어요. 동생은 제가 공부 시켰어야 하는데 대학 때 데모하느라 바빠서 그러지를 못했죠. 공부 잘하고 그림도 잘 그렸던 동생은 아예 학력고사를 보지도 않았어요."

— 언론인이 되려고 신문방송학과를 선택한 건가요?

"원래는 국문과 나와 교사로 일하며 소설가가 되는 게 꿈이었어요. 그런데 부모님이 '소설이라면 예술 아니냐? 예술 하면 배곯는다던데' 하고 걱정하시더군요. 그 얘기를 듣고 국문과를 포기하니 막상 갈 데가 없더라고요. 정외과로 가려고 했는데 친한 친구 둘이 자기들도 거기 쓴다고 저는 다른 과 쓰라는 거예요. 옆에 보니 신방과가 있기에 신방과를 썼죠. 걔들은 둘 다 떨어졌어요. 100퍼센트 실화예요.(웃음)"

언론비평지에서의 경험,
단 한 번도 후회하지 않아

— 대학에서는 학보사 편집장을 했죠?

"선배 꾐에 빠져서 운동권 조직에 들어갔고, 학보사 일을 하라고 해서 했죠. 그런데 심정적으로 NL하고는 안 맞았어요. 『강철서신』의 「품성론」을 보면서 숨 막혀 죽을 것 같았죠. 제가 품성이 나쁘다고 욕도 많이 먹었거든요.(웃음) 대학 졸업하고 주사파하고는 연을 끊었습니다."

— 운동한다고 집에서 말리지는 않았나요?

"전혀 그렇지 않았어요. 일자무식인 부모님이지만 시대 상황은 다 알고 계셨던 거죠. 가두시위에서 붙잡혔다가 훈방 조치돼 집에 들어가니까 '몸이 축났으니 이거라도 먹어라' 하시면서 불고기를 내놓으시더군요. 가끔 '앞에 서면 위험하니까 뒤에 서라'고는 하셨죠."

— 집안도 어려운데 운동권 하면서 갈등은 없었나요?

"누나가 시집가려고 적금 든 걸 깨서 대학 입학금을 내줬어요. 그 후에는 노가다, 알바, 웨이터 뛰면서 집에서는 10원 한 장 가져다 쓰지 않았쇼. 한 번은 학보사에 나오는 장학금 40만 원을 선배들이 회의를 해서 형편이 어려운 제게 주었는데도 여전히 15만 원이 부족했어요. 집에 가서 얘기는 못하겠고, 등록 못 하면 제적되는 마지막 날 학교 뒤 노고산에 홀로 올라가 소주 세 병을 나발 불었죠. 주량이 한 병인데 그날은 세 병을 마셔도 취하지를 않더라고요. 그리고 돌아와 짐을 싸는데 도서관에서만 살던 동기 놈이 찾아와 하얀 봉투를 내밀었어요. 장학금 15만 원을 받았는데 저를 주겠다는 거예요. 순간적으로 햇살이 쫙 비쳤지만 덜컥 받을 수는 없잖아요. 왜 그러냐고 했더니 '용기가 없어서 데모 한 번 못 가서 항상 미안했다, 특히 너한테. 우리 집은 등록금 걱정은 없으니 네가 쓰라'고 하더군요. 그때 그 친구가 아니었으면 대학 생활 접었죠."

1988년 서강대 신방과를 졸업한 김종배는 1989~1990년 《기자협회보》 기자, 1992년 민언련 선거보도감시연대회의 활동가, 1993~1996년 전교조 산하 《우리교육》 기자, 1997~2001년 〈미디어오늘〉 편집차장, 편집국장 등 주로 언론 비평 분야에서 다양한 경력을 쌓았습니다. 2011년 5월 '외압에 의해' 하차할 때까지 10년 반 동안 MBC 〈손석희의 시선집중〉에서 작가와 뉴스 브리핑 담당자로 이름을 날렸고, 〈오마이뉴스〉, 〈프레시안〉 등 각종 매체에도 수많은 글을 남겼습니다.

꽤나 성공적으로 보이는 공식 경력 사이사이에 운동 현장 투신, 소설 공부, 애니메이션 사업 등 적지 않은 실패 경험도 갖고 있습니다. 운영진과의 충돌로 회사를 그만둔 적도 있고, 가난과 부모님의 질병 때문에 새로운 진로를 모색한 것도 여러 번입니다. 〈미디어오늘〉 시절에는 김현철의 광화문

팀 비리를 추적하던 중 녹내장에 망막 박리까지 와서 대수술을 해야 했고, 그 여파로 지금도 양쪽 눈에 각각 20퍼센트, 40퍼센트의 시신경밖에 남아 있지 않습니다.

1992년 가을 계간지 《저널리즘》에 기고한 「공산당이 싫어요, 이승복 신화 이렇게 조작됐다」는 글이 1998년의 '오보전시회' 사건과 조선일보사의 명예훼손 고소로 이어지면서 2006년 대법원의 무죄판결을 받을 때까지 10여 년의 설화도 겪었습니다. 누구보다 자주 그만뒀지만 항상 언론으로 돌아온 걸 보면 그게 천직이기는 했던 모양입니다.

"언론 비평지에서 주로 기자 생활을 했는데 그 경험을 단 한 번도 후회하지 않아요. 제도 언론 기자들이 부서나 출입처 중심으로 세상을 본다면, 저는 언론판 전체를 넓게 봤다고 생각해요. 다른 건 몰라도 언론 비평지가 정파적이 되어서는 안 되죠. 데스크 할 때 후배들에게도 팩트만 가지고 가야지 진영 논리로 가면 안 된다고 강조했어요. 〈한겨레〉라도 잘못하면 비판하라, 조중동이라도 잘했으면 칭찬하라고 그랬죠."

— 동업자를 비판하는 작업이 힘들지 않았나요?

"〈동아일보〉 정치부장이 한나라당의 불법 선거 자금이었던 '세풍' 자금 받은 걸 〈미디어오늘〉에서 기사화할 때는 상당한 풍파를 겪었어요. 뛰어난 기자로 존경받던 선배인 데다 이름을 알 만한 진보적인 원로 언론인도 간접적으로 연락을 했죠. 저를 보는 시선이 곱지 않았어요. 그때는 정말 괴로워서 낮술을 엄청 먹었어요. 그렇다고 덮으면 저널리즘 원칙에 어긋나는 거잖아요?"

제도 언론 기자들이 부서나 출입처 중심으로 세상을 본다면, 저는 언론판 전체를 넓게 봤다고 생각해요. 다른 건 몰라도 언론 비평지가 정파적이 되어서는 안 되죠. 데스크 할 때 후배들에 게도 〈한겨레〉라도 잘못하면 비판하라, 조중동이라도 잘했으면 칭찬하라고 그랬죠.

'진영'의 틈바구니에서
사는 어려움

— 『누가 거짓말을 하고 있는가?』도 보수와 진보를 함께 비판했던데, 그러면 책도 잘 안 팔릴 텐데요

"〈이털남〉에서 새누리당 의원을 부르면 욕하는 댓글이 막 올라와요. 니네가 변했다는 둥 새누리당에 줄 섰느냐는 둥. 그런 점에서 팟캐스트를 미디어 현상으로 봐야 할지, 정치 현상으로 봐야 할지는 아직 분명치 않아요. 팟캐스트는 진보 성향을 가진 분들만 듣거든요. 독자층이 뚜렷해서 콘텐츠 전략 짜기는 상대적으로 수월해요.

톤을 올리고 새누리당과 이명박 정권을 까는 아이템만 계속 가고 감정을 자극할 독설을 조금 섞으면 장사가 될 수 있죠. 그런데 저는 그걸 못하겠어요. 거창한 논리가 있는 건 아니고 그냥 못하겠어요. 책도 잘 안 팔릴지 모르죠. 그래도 장사를 위해서만 살 수는 없잖아요. 진영 논리에 귀의하는 건 쉬운데 진영의 틈바구니에서 사는 건 어렵다고 느껴요."

— 〈시선집중〉의 손석희 교수와는 오랜 세월 호흡이 잘 맞았나 봐요?

"손석희 선배는 자기 관리가 엄격하고 술을 좋아하지 않아서 한 번도 단둘이 술을 마신 적이 없어요. 흉금을 터놓은 적도 없고, 그분 표현대로라면 '데면데면'했죠. 가끔 농담 따먹기나 하는데 방송만 하면 이상하게 호흡이 맞았어요. 왜 그랬는지 설명하라면 못하겠어요."

— 그런데도 작년에 갑자기 잘렸죠?

"왜 자르는지 PD도 잘 몰랐어요. 나중에 들으니 이승복 사건으로 5년 전에 무죄 받은 것과 〈프레시안〉에 칼럼 쓰는 걸 위에서 문제 삼았더군요. 〈프

레시안)이 해적 매체도 아닌데, 그저 성향이 맘에 안 든다는 거지."

— 우리 사회의 극한적 대립 속에서 까칠한 사람들만 발언하게 되는 면도 있지 않나요?

"사회적 담론을 주도하는 사람에게는 공개된 팩트 수준에서 판단을 내린 다음 확신을 가지고 얘기할 의무가 있어요. 새로운 팩트가 발견되거나 잘못이 있으면 그건 또 인정을 해야죠. 그래야 교주가 안 생기거든요. 완벽한 진리는 없어요. 하지만 그렇다고 입을 닫기 시작하면 힘을 가진 사람들에 의해서만 주도되는 사회가 될 수밖에 없죠. 자기 교조에 빠져서 똥고집 부리는 걸 경계하면서도 확신을 갖고 발언해야 해요."

— 주류 언론사가 못하는 특종을 많이 해냈는데, 비결이 있나요?

"특종은 단순히 발품을 팔아서 되는 게 아니라 정보 제공자의 이해관계와 그를 둘러싼 정치·사회적 환경이 맞아떨어져야 나오는 거예요. 지금 당장은 아니더라도 취재원을 계속 만나고 관리하고 관계를 성숙시켜야 해요. 한 가지만 파고들 수 있도록 언론사가 기자의 동선을 만들어줄 여유도 있어야죠. 기자 직업이 갈수록 직장인화하고 거기서 필연적으로 배태되는 관료주의가 특종을 막는다는 생각도 들어요."

— 부잣집 아들로 태어났으면 좋았겠다는 생각은 안 해보셨어요?

"사람이 자기 숟가락은 갖고 태어난다잖아요. 제 삶이 힘들기는 해도 불만은 없었어요. 부모를 원망해본 적도 없어요. 대학 1학년 때 농활 가기 전에 『한국경제의 전개 과정』으로 공부를 하는데 제 아버지가 머리에서 떠나지를 않았어요. 정말 황소같이 일했던 분이에요. 우리 아버지는 단 한 번도 게으름을 피운 적이 없고, 도박도 하지 않았는데 왜 이리 못사나, 이건 아버지 책임이 아니라고 생각했어요."

— 시사평론가가 아니면 뭐가 됐을까요?

"제가 승부욕이 엄청나게 강해요. 만약 대기업이나 경쟁 사회에 들어가서 특유의 승부욕이 발동됐다면 어찌 됐을지 안 봐도 비디오예요.(웃음) 대학 때 일곱 살 많은 동급생 형이 있었어요. 선술집에서 같이 술을 마시다가 그 형이 '니네가 데모하는 거는 다 좋은데 졸업하고 보자. 데모 경력을 파는지 안 파는지 지켜보겠다'고 해서 무지하게 싸웠어요. 그런데 지금도 그 형의 억양과 표정을 마음에 담고 살아요. 정치 평론을 하다 보니 주위에서 정치 안 하느냐고 하는데, 그때마다 그 형 얘기를 떠올려요. 평생 야인으로 살다가 죽는 게 제 운명인가 보다 생각해요. 빡빡한 인생이지만 전혀 후회는 없어요. 후회한다고 뭐가 나오나요?"

생계라는 눈앞의 현실과 싸우는 생활인이라는 점에서 시사평론가도 보통 사람과 다를 게 없었습니다. 비록 돈 버는 일에는 한 번도 성공하지 못했지만, 김종배는 세월의 힘을 이겨내며 '자신만의 목소리'를 지켜냈습니다. 진영 논리의 틈바구니에서 그가 잘 살아남아주기를 바라는 마음으로 『누가 거짓말을 하고 있는가?』를 한 권 더 주문했습니다. 그냥 그러고 싶었습니다. 돈이 아깝지 않았습니다. _2012년 5월 26일

김 종 배 의 인 생 타 임 라 인

초등학교 1학년, 여자가 신는 타이츠를 어떻게 신느냐는 내게 선생님은 빵을 건네시곤 기어코 타이츠를 신겼다.(왼쪽에서 세 번째)

둘째 아들의 고교 졸업을 기뻐했던 아버지는 세상을 등졌다. 꽃다웠던 어머니는 어느덧 팔순을 바라보고.

초년 기자 시절. 펜 대신 북채를 잡는 게 전혀 어색하지 않았다. 그때의 기자 생활은 유보적인, 한시적인 것이라 여겼으니까.

잠깐이라고 생각했던 기자 생활은 어느새 '업'이 돼버렸다. 사진 속의 행색처럼 팔 걷어붙이는 일만 남았다.

색동옷 입고 돌을 맞았던 둘째가 어느새 중학생이 됐다. 가끔 자문한다. 나는 어떤 아버지인가.

언론인의 존재 이유를 느낄 때는 '생산적 폭로'를 했을 때. 사찰을 놓고 맞은편에 섰던 이들이 화해의 포옹을 하는 이때처럼.

집안일 많이 하며
죄악을 씻고 있어요
오슬로국립대 교수 박노자

2012년 9월 초 국제 심포지엄에 참석하려고 잠시 귀국한 박노자 교수와 어렵게 약속을 잡고 그의 글에 단편적으로 등장하는 이야기들을 모아 질문지를 준비했지만, 그의 입으로 개인사를 듣는 일은 쉽지 않았습니다. 소문대로 그는 어떤 사적인 질문도 공적인 답변으로 전환하는 놀라운 능력을 지닌 사람이었습니다. 포그롬(유대인 박해)으로 고생한 집안 어른들의 고통스러운 삶을 물으면 20세기 초반 유대계 사회주의자들의 역사와 분파에 대한 강의가 이어지는 식이었습니다. "지식인이 공공이익과 상관없이 개인의 이야기를 늘어놓는 것은 몸을 파는 어릿광대짓"이라는 게 그의 신념이었습니다. 그래도 대화는 유쾌하고 유익했습니다. 높은 톤의 목소리에 실린 놀랍도록 풍부한 그의 지식 때문이었습니다. 미리 준비한 가벼운 질문들은 아예 써먹을 틈이 없있습니다. 메뉴판의 '아메리카노'를 보자마자 유시민 씨에 대한 생각이 줄줄 흘러나왔습니다.

"유시민 씨를 좋아하지 않아요. 사람이 해서는 안 되는 타협이 있거든요. 어쩔 수 없는 창씨개명까지는 봐줄 수 있지만, 학병 나가라는 강연은 용서할 수 없잖아요. 유시민은 이라크 파병 연장에 찬성함으로써 반민중적 폭력과 연관되어 인간이 해서는 안 되는 일을 했죠."

유시민과
공지영에 대한 시각

— 박노자가 좌파라면 유시민은 리버럴일 텐데, 좌파와 리버럴의 본질적인 차이는 뭔가요?

"좌파는 원칙상 자본주의를 수용할 수 없습니다. 자본주의보다 더 나은 체제를 지향합니다. 리버럴은 자본주의를 받아들이죠."

— 공지영 선생처럼 노동자의 고통에 공감하고 도우려는 분들이 있잖아요. 그런 분들까지 차가운 눈으로 바라봐야 하나요?

"공지영 작가는 사회운동에 긍정적으로 기여하는 부분이 있고 이는 당연히 높이 평가해야 합니다. 문제는 인권, 민주주의 등을 내세워서 자본주의의 본질을 은폐하는 혹세무민의 논리입니다. 리버럴들은 관용, 다양성, 참여정치, 다문화사회 같은 말을 즐겨 씁니다. 다 좋은 말인데 그 안에는 '재벌들의 생산수단 사유에 대해서는 건드리지 말라, 사회의 근본적인 문제도 건드리지 말라'는 생각이 담겨 있어요. 본질을 흐리는 리버럴들의 프로파간다죠. 그런 의미의 혹세무민입니다. 케케묵은 새누리당보다 호소력 있는 리버럴이 더 위험한 거죠."

— 노무현 정부에 대해서도 늘 비판적이었죠?

"노동자 입장에서 보면 노무현, 이명박, 박근혜가 다를 게 없으니까요. 노 대통령 집권 당시에는 노동자에 대한 악질적 탄압, 파병 범죄, FTA, 평택미군기지 등 많은 문제가 있었죠. 강경 진압을 용인하여 두 명의 농민을 죽게 한 건 일종의 간접 살인이었습니다."

— 그런 생각을 가진 박노자에게 2012년 대선은 어떤 의미가 있습니까?

"마르크스가 '마구간과 같은 부르주아 국회를 우리 연단으로 사용하자'고 말한 것처럼 선거에서 말할 기회를 잡는 게 중요합니다. 그 연단에서 '재벌 기업이 노동자와 사회의 소유가 되어야 한다, 주주들의 사유권을 몰수해야 한다, 징병제를 모병제로 바꾸어야 한다, 남북 공존을 위해서 군대를 줄여야 한다, 자영업자나 알바들을 보호할 파격적인 조치를 취해야 한다'고 대놓고 얘기해야죠."

— 자칫 보수의 집권 연장을 돕는 결과를 낳지는 않을까요?

"노동자는 노동자 후보를 지지해야 합니다. 차악보다는 선이 먼저니까요."

— 오슬로대학의 교수 생활은 어떻습니까? 연구 업적에 쫓기는 삶인가요?

"노르웨이는 위대한 초일류국가 대한민국만큼 선진화가 안 됐잖아요.(웃음) 동료들은 4시면 퇴근해요. 밤늦게까지 일하는 저에게 동료들은 두 가지를 묻곤 했어요. 언제 이혼하냐, 왜 근로기준법을 어기냐?(웃음) 누가 시킨다고 사랑하지 못하는 것처럼, 연구도 직업적인 관심을 가지고 자기가 좋아서 해야죠. 국가나 학교가 시켜서 억지로 하는 연구는 성매매와 같습니다. 한국에서는 미국의 권위 있는 잡지에 논문이 실리면 몇 천만 원씩 주기도 한다면서요? 정신분열입니다. 자기 영혼을 그렇게 파는 교수는 성매매

보다 백배 천배는 나쁜 짓을 하는 거죠."

1973년 소련 레닌그라드(지금의 상트페테르부르크)에서 변전기 설계사인
아버지와 미생물학 교수인 어머니 사이에서 태어난 박노자는 상트페테르
부르크대 극동사학과를 졸업하고 1996년 모스크바대에서 박사학위를 받
았습니다. 그의 친가는 제정러시아 시절 박해와 학살을 온몸으로 경험하
고, 혁명 이후에야 비로소 이주와 고등교육의 기회를 얻어 1930년대 레닌
그라드에 정착한 유대인 집안입니다. 우크라이나계로 일찍이 볼셰비키 지
지자가 되었던 전(全)러시아사회민주노동당(RSDRP) 성향의 외가는 1905년
학살 때 목숨을 걸고 유대인들을 숨겨주기도 했습니다. 민족을 타파하자는
소련 초기의 국제주의에 충실했던 외할아버지는 유대계 외할머니와 결혼
해 어머니를 낳았습니다. 모계를 중시하는 유대 전통에 따르자면 어머니도
유대인 아니냐고 묻자 그는 "반 정도는 그렇죠. 근데 그게 무슨 상관입니
까?"라고 반문했습니다. 국제주의자다운 태도였습니다. 어린 시절 유대인
으로 놀림받은 경험을 물었습니다. 사적인 질문이었지만 답변은 역시 공적
인 내용으로 바뀌었습니다.

"소수자들이 어디서나 겪는 일이죠. 민중 속에 널리 퍼진 반유대주의 편
견을 사회주의도 완전히 씻어내지는 못했어요. 그래도 공식적 이데올로기
는 '만국의 노동자여, 단결하라'였기 때문에 직접적인 폭력에 많이는 노출
되지 않았습니다. 공산주의 사회는 폭력에 민감해요. 조화 속에서 동지애
를 만들어야 하기 때문에 집단 안에서는 폭력이 일어나지 않도록 청년 공
산당조직이 잘 통제했죠."

샤란스키와 장준하의 비극,
비교가 됩니까?

— 비밀경찰의 통제 아래 폭력이 일상화된 사회 아니었나요?

"1930년대 스탈린의 숙청 때는 그랬죠. 제가 자랄 때는 전혀 아니죠. 저희 동네 경찰은 무기도 안 가지고 다녔어요. 경찰이 무기를 들고 다닌 것은 망국(그는 소련의 해체를 이렇게 표현했습니다) 이후입니다. 고르바초프 집권 초기에 민주주의를 하겠다고 양심수를 석방했는데 그 수가 200명이었어요. 양심적 병역거부자, 불법 출국을 시도한 사람들, 과격 민족주의자를 모두 합쳐도 그 정도였죠."

— 이스라엘로 이주해 장관까지 지낸 나탄 샤란스키 같은 사람의 자서전을 보면 소련을 상당히 끔찍한 사회로 묘사하던데요? 사하로프 박사의 경우도 그렇고요.

"사하로프가 받은 끔찍한 탄압이라고 해봐야 거주지 이전 명령으로 모스크바를 떠나 6년을 지낸 건데, 도시 안에서 돌아다니는 건 자유로웠어요. 과격한 유대민족주의자였던 샤란스키는 13년 형을 받았지만 고문당한 적은 없어요. 장준하나 김남주가 당한 의문사, 고문, 탄압을 생각해보세요. 비교가 됩니까? 적어도 말기의 소련은 남한의 파쇼 정권처럼 고문과 살인으로 지식인 집단을 다스리지는 않았어요."

— 1990년대 초반 러시아의 엄청난 경제난 속에서 한·러 통번역, 여행 가이드 등 다양한 일을 했다고 들었습니다.

"러시아 보따리장수들을 데리고 하도 많이 다녀서 남대문은 눈 감고 돌아다닐 수도 있어요.(웃음) 명예 박사학위를 받으러 러시아에 온 수많은 총장·교수들의 통역도 맡았죠. 썩어빠진 어느 지방 사학재단 총장이 학술논

문 하나 없이 석사논문만을 근거로 명예 박사학위를 받는 것도 봤어요. 서
보다는 고려인 통역들이 고생을 많이 했죠. 여자 구해달라고 하고, 반말하
고, 성추행하고, 개돼지 대접을 했거든요. 백인에게는 조심하면서도 못사
는 동족에게는 극단적인 멸시와 차별을 하는 'GNP 인종주의'였어요. 고려
인 후배 중에는 '관광객 안내를 계속하다가는 한국 문화까지 싫어져서 한
국학을 그만두게 될 것 같다'고 가이드 노릇을 중단한 친구도 있었죠. 망국
이후의 러시아는 정상적인 사회 작동을 멈춘 상태였고요."

— 망국의 아픔을 실감하셨군요?

"공산정권이 통제를 하기는 했지만, 지식인들을 먹여 살리고 지식 인프
라를 늘리고 인문학 발전을 위한 기반은 만들었어요. 망국 이후 제일 먼저
무너진 게 도서관이에요. 망국 이전에는 대학 도서관만 가면 언제든지 〈뉴
욕 타임스〉, 〈워싱턴 타임스〉, 외국 과학잡지를 볼 수 있었거든요. 그런 걸
읽지 않으면 서방에 뒤진다고 생각했으니까요. 망국 이후의 새로운 자본주
의 정권은 과학과 인문학에 아무 관심이 없었고 수많은 과학, 인문학 노동
자들이 굶어 죽었습니다. 그걸 방치한 정권은 살인자들이었죠."

— 그 시기에 러시아로 유학 온 아내를 만났죠? 양가의 결혼 반대는 없었나요?

"옐친의 자유화로 물가가 100배쯤 뛰어버려 장학금으로는 빵 몇 조각도
못 사던 시절이에요. 그때 몇 년은 알바한 기억밖에 없어요. 음악원에서 통
역을 했는데 남한 유학생들이 소련인들을 많이 멸시했죠. 개인 레슨을 받
으면서도 '저 교수에게는 10달러 이상 주지 마라. 버릇 나빠진다'고 가난한
사람을 타자화하고 차별했어요. 아내는 소련 사람을 덜 멸시했죠. 망국 이
후 아버지는 실직하고 어머니는 연금생활자였기 때문에 우리 집은 결혼을
반대할 여력도 없었어요. 굶어 죽는 게 걱정이었으니까.(웃음) 아내 쪽은 처

음에 좀 반대하다가 나중에는 따뜻하게 맞아주셨어요."

1997년부터 3년간 경희대에서 비정규직 교수로 러시아어를 가르친 박노자는 주말이면 외국인 노동자들에게 한국사를 강의했습니다. 일요일을 같이 보내지 않는다고 아내의 불만이 많았지만, 인도와 네팔에서 온 노동자들과 신라 불국토 사상을 함께 토론할 수 있었던 "너무 재미있는" 자원봉사였습니다. 1999년에는 로버트 할리, 이한우와 함께 〈한겨레〉에 「서울 돋보기」라는 제목으로 글쓰기를 시작했습니다. 다른 필자들이 한국의 음식과 문화를 다룬 가벼운 글을 주로 쓴 데 반해 박노자는 처음부터 박정희 독재, 베트남 파병, 양심적 병역거부 등의 무거운 주제를 들고 나왔습니다. 논객 박노자의 화려한 등장이었습니다.

"한국이 특별히 나쁘다는 얘기를 하려던 게 아니라 인간의 정상적인 삶을 불가능하게 만드는 자본주의의 문제를 지적하고 싶었어요. 제가 소련에서 군사교육 시간에 불교 경전을 읽다가 쫓겨난 적이 있어요. 당장 군대로 끌려가지는 않고 박사학위를 받으면서 병역 면제를 받았죠. 베트남 파병 글을 쓸 때는 어머니 친구 생각을 했어요. 어머니와 매우 친했던 베트남 유학생이 나중에 호찌민시 대형 병원의 원장이 됐는데 1980년대까지 소식을 주고받았거든요. 그분이 보내준 노역(露譯)된 베트남 고전을 읽으면서 자라났기 때문에 베트남 사람을 형제처럼 생각했죠. 양심적 병역거부도, 베트남도 남의 문제가 아니었어요."

— 비판적 글을 쓰면서 어려움은 없었나요?

"월드컵을 지배층의 속임수라고 〈오마이뉴스〉에서 비판했을 때는 댓글의 절반쯤이 죽이겠다는 얘기였어요. 한국에서는 밥 먹듯이 하는 말이잖아요.(웃음) 언어폭력이나 잘리는 건 두렵지 않아요. 고문이나 테러 같은 물리적 폭력은 두렵죠."

제 얘기가 그렇게
근본주의로 들리나요?

— 2000년 노르웨이를 선택한 이유는?

"무엇보다 정규직이 되고 싶었어요. 국민의료보험과 연금이 있는, 소련과 비슷한 사민주의 사회에서 살고 싶기도 했죠."

— 2001년 출간한 『당신들의 대한민국』의 억대 인세를 '아시아의 친구들'이라는 단체에 기부했다고 들었습니다.

"인세가 얼마나 되는지는 잘 몰라요. 노르웨이에서 받는 월급이 있고, 정규직이니까 먹고사는 데 지장은 없잖아요. 이민자 차별에 저항하는 단체와 연대하고 싶었고요. 저작권은 원칙적으로 없어졌으면 좋겠어요."

— 큰돈을 기부하고 가족들에게 미안하지는 않나요?

"아내에게 많이 미안하죠. 그래도 요즘 집안 노동을 많이 해서 죄악을 씻고 있어요.(웃음) 첫째가 2002년생, 둘째가 2011년생인데, 비정규직일 때는 아이 낳을 생각을 못했어요. 언제 쫓겨날지 모르니까요. 비혼과 무자녀가 비정규직의 유일한 무기잖아요. 비정규직에서 탈출하려면 전력을 다해야 하는데 아기가 있으면 불가능하죠. 비정규직 양산이 인간의 자연스러움을 차단하고 인구 재생산을 막는 겁니다. 둘째가 태어나면서는 제가 육아 노동을 열심히 합니다. 그전에는 아내가 오랫동안 혼자 고생했죠. 저도 죄인

비정규직에서 탈출하려면 전력을 다해야 하는데 아기가 있으면 불가능하죠. 둘째가 태어나
면서는 제가 육아 노동을 열심히 합니다. 저도 죄인이라 말하기 뭣하지만, 지식인이 지을 수
있는 가장 큰 죄악이 집안일을 안 하고 공부만 하는 거예요.

이라 말하기 뭣하지만, 지식인이 지을 수 있는 가장 큰 죄악이 집안일을 안 하고 공부만 하는 거예요.(웃음)"

— 한국과 노르웨이를 오가며 많은 글을 쓰고 있는데 그 힘의 원천은 무엇입니까?

"미안함이죠. 제가 망국 후 러시아를 떠나지 않았습니까? 러시아에 남은 동료와 후배들은 시간강사를 해도 생계가 유지되지 않아서 엄청난 고생을 해요. 한국에서 비정규직 생활을 같이한 분들도 마찬가지고요. 혼자 잘사는 게 미안하죠."

— 한국으로 돌아올 계획은?

"애들 때문에 쉽지 않아요. 노르웨이에서 자란 첫째 아이에게는 한국의 장유유서와 인권침해가 매 순간 충격이거든요. 아이는 저에게 한국에서의 활동을 접으라고도 해요. '한국 사회의 일상적 보수성을 보면 사회주의로 가기가 불가능하다, 시간 낭비하지 말고 노르웨이의 적색당 활동이나 열심히 하라'고 하죠."

— 반대편의 이야기도 들을 기회가 있나요?

"한국에 올 때마다 택시 운전사들과 이야기해요. 일부는 보수적인 분들인데, 제가 한국말을 한다고 신기해하시면 '진보신당을 어떻게 생각하냐?'고 살짝살짝 물어보죠. 대부분 당 이름도 몰라요.(웃음) 그래도 노동하는 분들과 얘기하면 늘 좋죠."

인터뷰를 마치며 박 교수는 걱정스러운 얼굴로 "제 얘기가 그렇게 근본주의로 들리나요?"라고 물었습니다. 진보신당 사람들은 늘 올바른 이야기를 하지만, 가끔은 현실과 담을 쌓고 까대기에만 능숙한 지식인들로 보일 때도 있습니다. 좋아하는 사람들이 가장 많이 모인 당인데도 제가 선뜻 표를 주지 못하는 이유입니다. 저의 그런 우려에 박 교수는 "지식인에게 삶의 유일한 기준은 죽음에 임박해 자기 인생을 돌아보았을 때 부끄럽지 않아야 한다는 것"이라며 "1930년대 말의 조선 지식인들을 생각해보라"고 했습니다. 뜨끔했습니다. 근본주의적이든 아니든 사회주의 국가에서 소수자로 태어나 평생 약자에 대한 따뜻한 감수성과 냉철한 이성을 벼려온 박노자의 존재는 'GNP 인종주의'에 빠져 외국인과 소수자 차별이 일상화된 우리 사회의 건강성을 점검하는 리트머스 시험지입니다. 그의 아들 율희에게는 미안하지만, 그가 더 오랜 시간 우리 곁에 있었으면 좋겠다는 바람이 생긴 인터뷰였습니다. _ 2012년 9월 15일

박 노 자 의 인 생 타 임 라 인

2002년 율희가 태어났을 때 기뻤지만, 그때 집
안일을 잘 돕지 못한 것에 대한 죄의식이 많다.

2003년 동인으로 참여했던 《아웃사이더》 발행
인 임성환 씨(앞줄 오른쪽)가 병역거부를 선언할
때 힘을 보탰다.

2003년 리영희 선생님과 대담을 마치고. 그는
엄청난 위험을 무릅쓰고 진실을 전파한 참지식
인이었다.

2004년 《한겨레21》 인터뷰 특강. 이렇게 가끔 가
다가 국내에 나와 한국 독자들을 만나는 자리는
사뭇 기뻤다.

2004년 오슬로대 학생 두 명이 서울에서 결혼식
을 올렸을 때 젊은 나이에도 그들의 부탁으로 주
례를 봤다.

2004년 오슬로 중심부에서 찍은 부부 사진. 아마
도 아이들이 클 때까지 그냥 여기에서 살 듯하다.

2008년 '사교육걱정없는세상'이 출범할 때 저는 취지에 공감하면서도 동참 요청을 거절했습니다. 보도자료만 열심히 생산하는 시민단체가 하나 더 늘어난다고 해서 사교육 걱정 없는 세상이 올 수 있을지 의심한 까닭이었습니다. 출범 이후 오늘까지 사교육걱정없는세상은 이런 의심을 불식하는 눈부신 활동을 벌였습니다. 그 활동을 쉽게 보여주는 자료가 『아깝다, 학원비!』라는 32쪽짜리 소책자입니다. 개별지도로는 수지타산을 맞출 수 없는 학원이 돈을 벌기 위해 만들어낸 교육지책이 선행학습이고, 3개월 이상의 선행학습은 효과 없는 진도 경쟁일 뿐이며, 학원이 만든 실력은 고교 때부터 통하지 않는다는 내용이 담긴 이 소책자는 박재원, 이범, 조남호 등 사교육 전문가 22명이 함께한 29차례 연구모임과 토론회의

설과물입니다. 소책자 하나를 만들더라도 '구호'가 아니라 '데이터'로 말한다는 철학이 담긴 작업이었습니다. 이런 작업을 주도한 송인수 공동대표는 진영 논리에 휩쓸리기 쉬운 교육 관련 논쟁에서 보수도 진보도 아닌 독특한 입지를 확보해온 사람입니다. 연이은 회의 일정에 쫓기는 그를 만나 사교육걱정없는세상이 역량을 집중하고 있는 선행학습 금지법부터 이야기를 들어보았습니다.

"토플 점수 반영을 금지하는 특목고 입시제도가 도입되면서 관련 학원의 매출이 급감했어요. 우리가 특목고 입시정책과 관련해 여러 차례 토론회를 개최하면서 사회적 관심이 증폭됐고, 정부가 이를 받아들여 자기주도학습전형으로 정책을 변경하면서 외고 대비 중학교 영어 사교육은 성장세가 꺾였죠. 하지만 영어가 꺾이자 수학 사교육이 문제였어요. 그래서 우리가 전국 단위 표본조사를 통해 중고교의 수학 기출문제를 싹 다 뒤졌어요. 진도를 벗어나는 범위에서 문제를 출제했는지, 난이도가 지나치게 높지 않은지 두 가지 척도로 재보니 상당수의 중고교 문제에 엄청난 선행 요소가 있었어요. 바로잡으라고 촉구하니까 교과부가 교육청들과 협의해서 전수조사에 나섰죠."

매일 생닭 잡으며 보낸
중고등학교 시절

— 선행학습을 법으로 금지하는 것은 위헌의 소지가 있지 않을까요?

"그렇지 않아요. 헌법재판소의 2000년 과외교습 금지 위헌 결정이 개인

과외교습을 허용했지만, 현직 교사나 교수가 가르치는 과외 사교육은 공정성에 위배되는 '반칙'으로 보아 금지했어요. 공익을 해칠 경우 교육권 제약도 가능하다는 것이지요. 선행학습은 대부분의 학생들에게 학습 효과가 없고, 입시 경쟁에서 불공정을 유발하는 '반칙'이며, 학교 교육을 비정상으로 만드는 일종의 불량식품이에요. 모든 식품이 아니라 불량식품만 규제하듯이 지식체계 속의 불량 프로그램을 규제하는 것이므로 위헌이 아니라고 생각해요. 다만 스스로 학습하는 것을 막을 수는 없기 때문에 엄밀하게 말하자면 저희는 '선행학습 금지법'이 아니라 '선행교육 규제법'을 만들자는 거예요."

— 사교육을 안 받으려면 신앙에 가까운 결단력이 필요한 상황 아닌가요?

"『아깝다, 학원비!』도 모든 사교육을 거부하라고 얘기하지는 않아요. 입시 경쟁에서 남보다 한발 앞서기 위해서 사교육을 받는 현실을 인정해요. 다만 불필요하고 해로운 사교육까지 받을 필요는 없잖아요. 그 소책자는 어디까지가 필요한 사교육인지 알려줄 뿐입니다. 그런데 묘하게도 『아깝다, 학원비!』를 읽어본 사람들 마음속에 뜨거운 불이 일어나고 문제의식이 전염되면서 거기 머물지 않고 '사교육은 모두 안 받겠다'는 분들도 나와요."

— 실증적인 분석에 중점을 둔 운동 방식이 인상적입니다.

"운동을 시작할 때 몇 가지 전략이 있었어요. 첫째, 사교육은 이념의 문제가 아니라 계층을 불문하고 온 국민이 피해자이기 때문에 이념의 프레임에 갇히지 않는다. 둘째, 사람들과 소통할 때 어려운 말을 쓰지 않고 보도자료에 경어체를 쓰는 등 설득과 겸손의 방법론을 택한다. 셋째, 통계와 데이터로 말하지 '쌩주장'을 하지 않는다. 단일 주제로 23차 토론을 한 적도 있습니다. 지긋지긋하게 팼지요.

학원이 선행학습을 왜 선호하는지 정리하는 데만 2년 이상이 걸렸어요. 학교는 못 하는 개별학습을 학원은 해주리라 기대하고 부모들이 애를 학원에 보내잖아요. 그런데 학원도 이것은 못 해줘요. 학원에서 개별학습을 하려면 수십 명을 한 교실에 넣으면 안 돼요. 강사는 교과 내용뿐만 아니라 아이들 특성에 따른 교습방법론도 아는 전문가여야 하고요. 강사료도 공간도 더 필요한데 그래서는 학원이 돈을 벌 수 없어요. 하지만 모든 아이가 다 모르는 내용을 선행학습으로 가르치는 건 강사의 수준이 낮고 강의실이 적어도 가능하죠. 사실 아이들이 학원에서 실질적인 도움을 받을 수 있는 것은 중간·기말고사를 앞둔 3주 정도뿐이에요. 그러나 학원은 그 기간 외에도 애들을 붙잡아둬야 하니까 선행학습 상품을 내놓게 되죠. 그렇다고 해서 '어머니, 선행을 뛰는 게 아이에겐 해롭습니다. 그러나 우리 학원 입장에서는 문 닫게 생겼으니 도와주셔야 해요'라고 말할 수는 없잖아요.(웃음)"

1964년 원주에서 태어난 송인수는 아버지의 알코올 중독과 가정 폭력을 목격하며 매일 "세상이 무너지던" 소년 시절을 보냅니다. 어머니가 가족의 생계를 책임져야 하는 상황에서 식사 준비, 빨래, 동생들 돌보기 등은 초등학생 때부터 이미 장남인 그의 몫이었습니다. 고등공민학교를 거쳐 남들보다 1년 늦게 중학교에 입학한 뒤에는 닭 장사를 하는 어머니를 도와 하루 30～200마리의 닭을 직접 잡는 "동업자" 생활을 5년 이상 계속했습니다. 학교 끝나고 새벽 1시까지는 닭을 잡아야 했기에 지각을 밥 먹듯이 하던 힘겨운 나날이었습니다. 어머니는 가끔 "성적이 안 좋으면 고아원에 갈 수밖에 없다"고 겁을 주셨고, 그 말이 주는 부담 때문에 송인수는 공부 이외의 다른 출구를 생각하지 못했습니다.

1983년 그가 서울대 영어교육과에 입학하자 고등학교 선생님과 후배들은 모금운동을 벌였습니다. 그 소식이 방송으로 알려진 뒤에는 도지사에게 금일봉도 받았습니다. 대학 학비는 면제됐지만 도서관 사서보조로 일하며 생활비를 벌어야 했는데, 닭 장사와 비교하면 그 일은 "아무것도 아니"었습니다.

사춘기 아들은
왜 삼선 슬리퍼를 신을까?

— 독서를 강조하는 송 선생님이신데 막상 자신은 책을 읽을 수 없는 학창 시절을 보냈군요?

"장사를 하며 학교를 다니느라 교과서와 참고서 외에는 책을 거의 못 읽었어요. 그렇게 살다 보니 사춘기를 경험하지 못했죠. 중1 때 집안이 가장 어려웠기 때문에 반항도 못했어요. 그래서 아들의 사춘기를 제가 이해할 수 없었죠."

— 아들의 어떤 점이 이해가 안 가던가요?

"학교 갈 때 삼선 슬리퍼를 신고, 원색적인 옷을 좋아하고, 시험에 대한 초조함도 없고. 중1 때는 시험 하루 전에 친구들에게 시험 범위를 물어보더군요. 제가 학습 방법을 일러주면 '그건 범생이나 하는 거잖아'라며 자신은 범생이가 아니라고 규정하고. 범생이었던 저로서는 이해가 안 되더라고요.(웃음) 검소하고 절제하며 공익을 추구하는 건 제 삶의 중요한 가치인데 아이는 그걸 내면화하지 못하고 계속 튕겨냈어요. 예민하고 불편해서 대화도 어려웠죠."

— 해결 방법을 찾으셨나요?

"윤지희 공동대표의 권유에 따라서 2010년 중2 아들과 둘이서만 10박 11일 해외여행을 했어요. 정말 생살 뜯어내듯 바쁜 일정을 포기하고 떠난 여행이었어요. 아내가 따라오려고 하기에 제가 그랬죠. '당신하고는 문제 없잖아. 당신이 오면 우리 둘이 문제를 해결할 수 없어. 이 아이도 나를 직면해야 하고, 나도 이 아이를 직면해야 해.' 옆자리에서 충돌도 하고 대화도 하면서 아들과 가까워지는 계기를 만들었어요. 나중에 제 생일에 아들이 편지를 보냈는데 '아빠도 인간이고 남자이고 누군가의 아들이라는 것을 느꼈어요'라고 썼더군요. 소통이 되니까 저의 가치관도 받아들여서 지금 고1인데 사교육걱정없는세상 소책자가 있으면 친구들에게 나눠주려고도 해요. 힘든 여행이었지만 다녀오기를 잘했어요."

가난했던 송인수에게는 대학도 직업도 "소극적 선택"이었습니다. 돈이 없으니 국립대를 가야 했고, 학비가 저렴한 사범대 중에서도 "막연히 언젠가는 필요할 것 같은" 어학을 전공했습니다. 사범대 출신의 의무복무연한제 때문에 특별한 사명감 없이 교사의 길에도 들어섰습니다. 그저 그렇게 살던 그에게 1992년 일생일대의 위기가 찾아옵니다.

"처음으로 담임을 맡았는데, 학급 15등 이내 학생들 집에 전화해서 불법찬조금을 20만 원씩 걷어야 했어요. 각 학급에서 300만 원씩 열두 반 총 3600만 원을 모아 회식비, 야간 자율학습 수당, 교장·교감 수당 등으로 썼을 거예요. 제가 '양심 때문에 못 하겠다'며 야간 자습도 희망 자율이니 전체 학생을 강제로 남기는 것은 불법이라고 거부했어요. 그러자 어느 날 부장 교사가 회의 중에 저와 언쟁하다가는 다른 교사들을 모두 나가게 하고 육두문자와 함께 '나도 널 선생이라고 하지 않겠다. 너도 날 선생이라고 부르지 말라'며 저에게 돌진하더군요. 사사건건 반대하는 제가 그만큼 미웠던 거예요. 제 옆자리이던 그분을 피해 두 달 동안 교무실 대신 아무도 없는 지하 보일러실로 출퇴근하면서 지냈지만, 저의 교사 인생은 그때 처참하게 망가진 셈이었어요. 자긍심이 바닥난 파산 상태에서 거의 기어서 간 게 선교한국대회였죠."

— 거기서 '하나님의 부르심'을 받았죠?

"사회적 지위나 급여의 관점에서 교직을 바라보는 틀을 벗어버리고, 선교사로 내 교직 인생을 살겠다고 결단했죠. 그 결단이 저를 해방시켰어요. 선교한국에 다녀와서는 그 부장 선생님께 버릇없이 언성을 높인 걸 사과하는 편지부터 썼어요. 몇 개월 뒤에 기독교윤리실천운동 교사모임을 창립했죠."

— 잘못된 관행과 맞선 힘은 어디에서 나왔을까요?

"암울한 1980년대에 대학을 다니면서 친구들이 자기 몸을 불사르며 죽는 모습을 봤어요. (눈물을 글썽이며) 기독교인으로 합당한 운동 방식은 아니라서 그 길을 선택할 수 없었지만, 그 친구들이 자기 몸을 불사르면서 대답하려고 했던 시대의 문제에 응답하지 못하는 스스로에게 자괴감을 느꼈어요. 학교에서 부딪히는 문제들은 그 친구들이 씨름하던 것보다는 경미한 주제였고, 옳고 그름이 분명했어요. 부패의 구조적인 시스템 같은 건 잘 모르지만, 내 눈앞에서 벌어지는 잘못된 관행에 대해서는 타협하지 않겠다고 생각했던 거죠.

그러나 촌지는 교사가 우위에 있는 문제라 그냥 안 받으면 됐는데 교재

채택료 등과 싸우는 게 그 당시에는 너무너무 어려웠어요. 때로는 그냥 받은 뒤 아이들에게 아이스크림을 사주기도 하고, 때로는 액수를 세어보지도 않고 가위로 잘게 썰어가면서 다시는 안 받겠다고 결심을 다지기도 하고. 그러면서 저 혼자 대처하려고 해서는 다 깨지니까 뜻을 같이하는 교사운동이 필요하다고 느꼈어요. 그때 저의 싸움은 한편으로는 부패한 구조와의 싸움이지만 근본적으로는 입시 경쟁과의 싸움이었어요. 다른 학교와의 무한경쟁에서 우위에 서려다 보니 돈이 필요했고, 돈을 모으려다 보니 부도덕한 방법을 썼고, 거기 맞서려다 보니 제가 당한 것이었으니까요."

1999년 전교조가 합법화되면서 가입 여부를 고민하던 송인수와 동료 기독 교사들은 독립적인 운동을 꾸리기로 결심하고 2000년 '좋은교사운동'을 시작합니다. 2004년 교사를 그만두고 전임 사역자로 헌신한 송인수는 교원평가에 찬성하여 전교조와 대척점에 서기도 하고, 사립학교법 개정에 찬성하여 보수기독교계의 엄청난 비난에 직면하기도 합니다. 전교조와 맺어온 독특한 경쟁과 협력 관계를 물었습니다.

"전교조가 초기에 내걸었던 교육민주화 의제에는 상당 부분 공감했어요. 하지만 운동 방식은 제 몸에 맞지 않는 옷과 같았어요. 학교에서 불의한 관행과 맞서 싸울 때 날카롭게 피아를 가리는 방식이 불편했죠. 저는 정의를 지키면서도 상대방을 끌어안는, 정의와 평화가 공존하는 운동을 바랐어요. 그래도 전교조 선생님들과는 늘 협력 관계를 유지했어요. 무소속인 교사가 때로는 전교조에 도움이 될 때도 있거든요. 학교운영위원회에 교사 위원으로 들어가면 세 명이 전교조고 저만 무소속이었어요. 그런데 전교조 선생님들이 옳은 얘기를 해도 학부모들이 잘 듣지를 않았어요. 같은 이야기를 하더라도 표현이 거치니까요. 저는 학부모들이 쓰는 일상용어로 비교적 온유하게 말하니 편하게 받아들이더라고요. 나중에는 전교조 선생님들이 저를 따로 불러다가 '이거 좀 말해달라'고 하시면 제가 그걸 대변하기도 했어요. 그러면 그대로 처리될 때가 많았고. 좋은교사운동과 전교조의 관계도 비슷한 면이 있을 거예요."

멀고도 가까운
전교조와 나의 관계

— 한국 사회에서 중도의 길이 쉽지 않을 텐데요.

"교원평가 때도, 사립학교법 개정 때도 좌우를 넘나드는 저의 행보에 혼란스러워하더군요. 저의 이념적 지향을 묻는 사람들이 있는데, 간단해요. 학생들의 유익과 교육의 본질에 부합하면 무엇이든 주장합니다. 앞으로 한국 사회를 바꾸는 힘은 소수의 운동가가 아니라 시민으로부터 나온다고 생각해요. 운동가들 입장에서는 진영논리가 중요하지만 시민들은 양심과 상식에 일치하는 주장이면 지지하거든요. 그런 시민들을 끌어안지 않으면 앞으로 운동은 힘듭니다. 교원 운동도 그래요."

— 좋은교사운동에 헌신하면서 정작 본인은 교직을 떠난 게 아이러니입니다. 정치권의 부름도 있지 않나요?

"운동은 갈수록 커지고 누군가는 그 일에 집중해야 했죠. 그러나 단순히 일이 많아서 퇴직한 것은 아닙니다. 세상을 바꾸려는 운동이 힘을 가지려면 강력한 희생 공동체에 기반을 두어야 해요. 중심에 선 사람이 희생하지

저의 이념적 지향을 묻는 사람들이 있는데, 간단해요. 학생들의 유익과 교육의 본질에 부합하
면 무엇이든 주장합니다. 앞으로 한국 사회를 바꾸는 힘은 소수의 운동가가 아니라 시민으로
부터 나온다고 생각해요.

않고 이익을 보면서 주변을 설득할 수는 없죠. 교직 사회 전체에 영향을 끼치기 위해서 저의 퇴직은 '가지 않으면 안 되는 길'이었습니다. 요즘 저는 사무실에서 데이터와 씨름하며 공장을 돌리는 공장장처럼 살아요. 디테일에 하자가 있는 운동은 구호만으로 성공하지 못하거든요. 민간 교육부라는 자부심을 갖고 책임 있는 자료를 만들려고 노력하죠. 그런 의미에서 사교육걱정없는세상 대표는 부총리급이에요.(웃음) 정치권의 부름은 없었습니다. 관심도 없었고요."

— 살아오면서 누구의 영향을 가장 많이 받았나요?

"어머니의 영향이 가장 컸습니다. 신앙, 정의로움, 한 번 일하면 끝을 보는 끈기, 고객의 신뢰, 박리다매 정신 같은 게 어머니가 물려준 자산인데, 인생에도 운동에도 비슷하게 적용이 돼요. 박리다매는 '나의 이익을 노골적으로 관철하지 않는 게 나를 위해서도 좋다'고 적용되는 식이죠. 한 번 일을 하면 끝을 보면서 고객의 신뢰를 받는 것도 그렇고."

좋은교사운동을 떠나 사교육걱정없는세상을 창립한 것도 그렇게 쌓은 신뢰의 연속선상에서 이루어졌습니다. 과거의 동료들은 여전히 그의 가장 중요한 후원자들입니다. 어머니의 장사 비법을 이어받아 철저하게 현실적인 그의 태도는 의심 많고 꼼꼼한 소비자인 저의 마음까지 움직였습니다. 인터뷰를 마친 저는 결국 몇 년을 미뤄두었던 사교육걱정없는세상 회원가입서에 제 이름을 적었습니다. 송인수의 끈기라면 정말로 사교육 걱정 없는 세상이 올지도 모르겠다는 실낱같은 희망이 생긴 겁니다.

_ 2012년 7월 21일

송 인 수 의 인 생 타 임 라 인

초등학교 4학년 때. 아버지 없이 가난 속에 살아
온 세월의 그늘이 완연해 보인다.

대학생이 된 뒤 2년간 몸담았던 영등포 살레시
오수도원 기숙사 시절.

1992년 첫 담임 시절. 우울한 학교 생활에 교실
은 나의 답답함을 이기는 힘.

2008년 창립한 '사교육걱정없는세상'. 내겐 가지
않을 수 없는 길이었다.

사춘기 큰아들과 함께한 12일간의 유럽 여행. 천
금과도 바꿀 수 없는 시간.

2012년 7월 2일 광화문광장 앞. 선행교육 금지법
1인 시위 장면.

나를 키운 8할은
허접스러운 B급 문화였다

성공회대 교수 김창남

2013년 2월의 제10회 한국대중음악상 시상식은 3호선버터
플라이가 올해의 음반상을, 싸이가 올해의 음악인상을, 김민기가 공로상을
수상하는 등 화제가 넘친 행사였습니다. 그날의 풍성함은 이명박 정부의
급작스러운 지원 중단으로 한때 존폐의 위기를 겪으면서도 방송사나 매니
지먼트사의 상업적 영향력에서 벗어나 음악적 완성도를 기준으로 수상자
를 선정한다는 원칙을 지켜온 뚝심의 결과물이었습니다. 10년의 힘겨운 여
정 내내 선정위원장으로 중심을 잡아온 성공회대 김창남 교수는 1970년대
후반 노래패 '메아리'에서 시작해 1980년대 '노래를 찾는 사람들(노찾사)'을
거쳐 2000년대의 한국대중음악상에 이르기까지 문화운동의 한 흐름을 조
용히 주도해온 사람입니다. 연구년 후반부를 보내기 위해 독일 베를린으로

의 출국을 앞둔 그를 성공회대 연구실에서 만났습니다. 노래 한 곡을 부탁받은 그는 구석에 놓인 기타를 들고 나지막한 목소리로 〈아름다운 사람〉과 〈찔레꽃〉을 불러주었습니다. 그의 동선이 워낙 자연스러워서 마치 작은 콘서트에 참석한 느낌이었습니다.

〈공장의 불빛〉으로 밝힌
메아리의 성공

— 예전에는 노래 요청을 받으면 〈금관의 예수〉를 자주 부르셨죠? 1979년에 제작된 메아리 테이프에서도 그 노래를 부르셨고요. 얼마 전 트위터에 '대학 시절부터 좋아한 이 노래를 더 부를 수 없을 것 같다'고 적었던데, 작사자인 김지하 시인의 변화 때문인가요?

"뛰어난 곡이란 생각엔 변함이 없고 내 인생의 노래 중 하나인데, 시인 스스로 부정해버린 역사를 제가 붙잡고 있을 수는 없으니까요. 적어도 공개적으로는 더 부를 수가 없을 것 같아요. 슬픈 일이죠."

— 한국대중음악상 선정위원장의 역할이라면?

"71명의 선정위원이 있는데 다들 전문적으로 음악을 듣는 사람들이라 고집이 세요. 회의하다 보면 굉장히 많이 부딪히는데, 그 의견을 조율하고 합의를 이끌어내는 게 제 역할이죠. 스폰서를 구하는 것도 제 책임인데 그 부분은 제가 너무 무능해서."

— 의견이 모아지지 않을 때는 어떻게 하세요?

"기본적으로는 다수결인데 투표 결과를 기계적으로 수용하는 게 아니라 회의를 통해 의견을 모으고 강력한 이의가 들어오면 다시 토론하고 재투표하면서 방향을 잡아가요."

— 국카스텐, 바비 킴, 거미 등 나중에 스타로 성장한 언더그라운드 가수들을 많이 발굴해내셨죠?

"부문별로 심사하고 선정하는데, 아무래도 언더, 인디 쪽 장르가 다양하다 보니 그쪽 사람들이 상을 많이 받았어요. 주류 음악은 댄스와 발라드로 한정되지만 비주류 음악은 다양한 뮤지션이 존재하니까요. 주류, 비주류를 막론하고 뮤지션들 사이에 자랑스러운 상이라는 생각이 공유되기 시작한 것에 보람을 느껴요."

— 음악뿐만 아니라 만화, 텔레비전 등 다양한 문화비평 영역을 개척했고, '더숲 트리오' 공연 등 활동 영역도 매우 넓은데, 요즘은 주로 어디에 '꽂혀' 지내시나요?

"도널드 서순의 『유럽문화사』를 재미있게 읽었어요. 부르주아 시대의 유럽 문화 풍경을 세부적이고 광범위하게 묘사한 책인데 어떻게 한 개인이 그런 방대한 책을 썼을까 감탄했죠. 그걸 읽으며 한국문화사를 써보고 싶다는 욕심이 생겼어요. 제가 성장하고 경험한 개발독재 시기를 중심으로 우리 세대의 내면 풍경을 정리해보고 싶어요. 이발소에서 봤던《선데이 서울》, 무협지, 온갖 종류의 허접한 B급 수기류 등. 혹시 『꿀단지』라고 아세요?"

— 처음 들어보는데요. 그게 뭐죠?

"포르노라고 해야 하나, 우리 세대가 돌려보던, 수기를 가장한 소설. 아주 유명한데 모르시는군요. 그런 B급 문화 자료들을 수집한 분을 최근에 만났어요. 생각해보면 '나'라는 사람을 만든 7~8할은 대단한 경전들이 아니라 바로 그런 B급 문화들이거든요. 유행가도 그렇고요. 그런 것을 어떻게 정리할까 구상 중이에요."

1960년 강원도 춘천에서 태어난 김창남은 지방행정공무원이던 아버지의 임지 변경에 따라 초등학교를 다섯 곳이나 옮겨 다녀야 했습니다. 몸이 아프셨던 어머니를 위해 눈을 뜨자마자 병원으로 달려가 접수부터 시키고 등교하는 일이 잦았던 어린 시절, 그의 별명은 '거북이'였습니다.

"몸이 느리고, 말도 머리에서 입까지 오는 데 시간이 좀 걸려요. 그래서 〈100분 토론〉 같은 데 한 번도 나간 적이 없어요. 느리다기보다는 굼뜬 거지. 그런데 어려서부터 텔레비전 보고, 음악 듣고, 영화 보고, 책 읽는 것에 대한 집착 같은 건 있었어요. 문간방에 세 든 신혼부부 집에 텔레비전이 있었는데 밤마다 그 집에 앉아서 같이 봤어요. 신혼부부의 시선이 뒤통수에 꽂히는 걸 느끼면서도 애국가 나올 때까지 버텼죠. 나 때문인지 신혼부부가 곧 이사를 가버린 다음에는 텔레비전 있는 친구 집에 가서 또 그랬어요. 그 친구와 제일 친한 애들은 안방 윗목에 앉고, 조금 친한 애들은 마루에, 안 친한 애들은 마당에 서서 봐야 했는데, 저는 마당 쪽이었죠. 매일 서서 보는데도 끝까지 버티곤 했어요."

"상과대학에 가서 동생들을 돌보라"는 어머니의 유언 같은 한마디를 들은 김창남은 '취직 걱정 없이 하고 싶은 걸 할 수 있지 않을까' 하는 고민 끝에 서울대 경영학과를 선택했습니다. 유신 말기의 대학은 살벌하고 재미가 없었습니다.

"'언더' 학회에 가보니 리영희 선생의 『전환시대의 논리』 같은 걸 읽고 토론하는데, 나로서는 너무 모르는 얘기였고, 이미 그런 걸 잘 아는 친구가 따로 있더라고요. 유시민 같은. 열등감도 느껴지고 재미도 없어서 오래 하지는 않았어요. '기타 치면서 노래 부르는 데가 있다'는 얘기를 듣고 그건 할 수 있을 것 같아서 찾아간 게 메아리였죠."

아직 1년도 되지 않았던 신생 동아리 '메아리'는 문승현, 김창남 등 78학번들의 참여로 활기를 얻었습니다. 그해 겨울, 선배들의 연락을 받은 그들은 신촌 근방의 어느 다방에서 김민기를 처음 만났고, 바로 그날 이화여대 방송반 스튜디오로 직행해 녹음한 것이 이제는 전설이 된 〈공장의 불빛〉입니다. 불법으로 유통되던 〈공장의 불빛〉의 성공에 힘을 얻은 메아리의 "골수"들은 뒤이어 1979년의 메아리 1집과 1980년의 2집을 세상에 내놓습니다. 지하에서 몰래 유통되었지만, 도대체 얼마나 많이 팔렸는지 알 수 없는 대성공이었습니다.

월세 2만 원에 하숙시켜준
그 고마운 분들

"1979~1980년을 거치면서 참 갑갑했어요. 내가 한 거라고는 노래운동밖에 없고, 어떻게 살아야 할지 고민되는데 답은 나오지 않고, 몸이 말라가면서 건강도 상하고, 돈도 없고, 직업운동가의 길에 들어설 용기는 없고. 5·17로 전국에 비상계엄이 확대된 때에는 한동안 도망도 다녀야 했어요. 대낮에도 빛이 전혀 들어오지 않는 완벽한 지하실에서 친구랑 둘이 자취를 하던 시절인데 좁고 습기 찬 공간에 거의 매일 열댓 명이 찾아와 술과 담배에 절어 사니 몸이 망가질 수밖에 없었죠. 제 인생에서 가장 추운 시기였지만, 참 많은 사람의 도움을 받았던 따뜻한 시기이기도 해요."

— 누구에게 어떤 도움을 받으셨죠?

"몸과 마음이 너무 피곤해서 일단 학교에서 멀리 떨어져야겠다는 생각을 했어요. 학교 앞에서 아무 버스나 타고 종점까지 갔는데 그게 광명이었죠. 복덕방 아저씨가 굉장히 호의적으로 여기저기 전화하며 방을 구해줬는데, 알고 보니 그 아저씨도 긴급조치 위반으로 감옥에 다녀온 분이었어요. 그분 덕분에 월세를 깎아 들어간 집은 방 두 칸 중에 하나를 세놓은, 별로 넉넉하지 않은 집이었어요. 자취하겠다고 들어갔지만 밥을 주로 사먹을 생각에 아무 준비도 없었고요.

그런데 제가 밥을 해먹는 기색이 없으니까 아주머니가 차려주시더라고요. 그렇게 하루이틀 얻어먹다 보니 한 달이 지나갔어요. 월세 2만 원을 내고 사실상 하숙을 한 거죠. 초등학생 둘을 키우던 40대 부부였는데, 제가 너무 죄송하다고 말씀드리니까, 아주머니께서 '그냥 식구로, 동생처럼 생각할 테니까, 그대로 2만 원만 내고 이렇게 살자'고 하셨어요. 밥, 청소, 꼭꼭 숨겨놓은 빨래까지 다 해주시고, 술 먹고 늦게 들어가면 식혜까지 머리맡에 한 그릇 놓아주시고. 결국 대학 졸업까지 그렇게 살았어요.

제가 대학원 입학시험을 치르고 집에 들어가니 아저씨께서 그제야 '사실은 시골에서 조카가 올라오기로 했는데, 시험 준비에 방해가 될까 봐 이야기를 못했다'고 하시더군요. 대학원 들어가고 대방동에 방을 얻어 나왔는데, 아주머니께서 거기까지 고추장을 가져다주시곤 했어요.

그 집 아들이 해외지사 발령을 받아 요즘 네덜란드에 있어요. 제가 작년 가을 독일에 있을 때 마침 아주머니가 와계셔서 찾아뵀죠. 아주머니께서 또 식혜를 해주셨어요. 그 시절 그 집 식구들이 살던 안방보다 내 방 연탄불이 꺼질까 봐 더 걱정하셨다고 하시더군요. 안방 연탄불이 꺼지면 네 식구가 함께 사니 덜 춥지만 내 방 불이 꺼지면 혼자서 얼마나 추울까 싶어서 그러셨다고."

— 감동적인 얘기네요.

"아주머니는 아침마다 요구르트 배달을 하셨어요. 결코 넉넉지 못한 살림살이인데도 제게 그토록 많은 걸 베풀어주신 거죠. 우연히 만난 인연이 나를 살린 거예요. 고비마다 그분처럼 좋은 사람들을 만났어요. 인연이라는 게 있더라고요."

한때는 아이돌 스타?
실제론 소심한 모범생

— 운동가요의 시대가 길지 못했던 이유는 뭘까요?

"전선이 명확하던 시대에는 억압을 받은 만큼 박수와 조명도 많이 받았죠. 민주화 초창기에는 잠겨 있던 것이 폭발적으로 터져 나오면서 노찾사가 그 흐름을 탔고요. 민주화가 진행되면서는 경쟁을 해야 하는 상황인데, 노찾사는 운동단체의 정체성을 버릴 수 없다 보니 변화에 빨리 적응하지 못한 면이 있죠. 대중들의 관심 자체가 빨리 사라졌고요. 저는 시대에 적응하기 위해서 음악을 바꾸기보다는 1980년대의 시대적 의미를 안고 가다가 장렬하게 사라지는 게 노찾사에 맞는다고 생각했어요."

— 성공회대에 진보적인 교수들이 많이 모인 것은 준비된 기획이었나요?

"학위 받고 2년간 다른 학교에 수도 없이 지원했다가 떨어졌어요. 기획은 전혀 아니고, 성공회대는 다른 학교와 좋은 교수 뽑는 기준이 좀 달랐던

민주화가 진행되면서는 경쟁을 해야 하는 상황인데, 노찾사는 운동단체의 정체성을 버릴 수 없다 보니 변화에 빨리 적응하지 못한 면이 있죠. 대중들의 관심 자체가 빨리 사라졌고요. 저는 시대에 적응하기 위해서 음악을 바꾸기보다는 1980년대의 시대적 의미를 안고 가다가 장 렬하게 사라지는 게 노찾사에 맞는다고 생각했어요.

것뿐이죠."

— 메아리 부회장이었던 조경옥과 연애결혼을 하셨죠. 노래 잘하는 우수에 찬 모습이라 평생 이런저런 유혹이 많았을 것 같은데요. 그 시대에는 일종의 아이돌 스타 아니었나요?

"하하하.(폭소) 아이고 무슨. 『욕망해도 괜찮아』를 읽으면서 내 생각을 쪽 집게처럼 집어냈다고 생각했어요. 저도 김 교수님만큼이나 소심한 모범생 범주를 못 벗어나는 사람이에요."

— 보수적인 정부 하에서 어떻게 지낼 계획이세요?

"당분간은 많은 사람들이 자기 정체성을 확인하는 일상적 활동을 추구하게 될 거예요. 조금 더 깊고 멀리 보는 정치적 전망을 가져야겠죠. 저는 일단 제가 하는 문화 연구를 통해서 현재의 우리가 어떻게 만들어져왔는지 해명하는 작업을 해보려고 해요."

시냇물처럼 잔잔히 흐르는 그의 말과 노래에는 절제된 자유가 담겨 있었습니다. 고비마다 좋은 인연을 만난 이유도 아마 김창남 자신이 맑고 따뜻한 사람이었던 까닭일 겁니다. 창문을 두드리는 봄소식과 그의 백발이 참 잘 어울린다는 생각이 들었습니다. _ 2013년 3월 30일

김 창 남 의   인 생   타 임 라 인

공무원이셨던 아버지를 따라 강원도 춘천, 양구, 주문진을 오가며 초등학교를 다녔다.

1976년 고등학교 탐방 프로그램 KBS 〈우리들 세계〉에 출연. 맨 오른쪽 김동건 아나운서 옆에 앉아 있는 게 나다.

노래패 '메아리' 활동에 전념했던 대학 시절. 1981년 무렵 공연하는 모습. 노래 부르는 사람이 내 아내가 된 조경옥.

2004년 큰아들 생일. 20여 년치 가족사진을 모으면 부모는 늙어가고 아이들은 성장해가는 모습이 한눈에 보인다.

제6회 한국대중음악상 시상식 기자회견 장면. 문화체육관광부 지원이 끊어져 파행을 겪었던 행사였다.

몇 년 전부터 '더숲 트리오'란 이름으로 무대에 서곤 한다. 사진은 2009년 10월 강연 콘서트.

386의 무용담은
사양합니다

전 올드도미니언대 교수 이진순

〈한겨레〉 토요판에 「엄마의 콤플렉스」를 연재하는 이진순 올드도미니언대 교수는 한때 '한국의 미래, 제3의 힘'의 실무위원으로 인터넷 홍보를 책임졌던 사람입니다. '제3의 힘'은 전두환 군사독재정권에 맞서 첫 번째 서울대 직선 총학생회장을 지낸 이정우 변호사를 중심으로 김영춘, 송영길, 정태근, 우상호, 이인영, 고진화, 천호선, 김서용 등 여야를 망라한 이른바 '386세대' 학생운동 지도자들이 세대교체의 기치를 내걸고 1999년 창립한 정치운동 단체입니다. "썩어빠진 구정치"를 대체할 주역임을 자부했던 이 단체는 "독자적인 정당 건설을 몇 년 뒤로 미루되, 2000년 총선에서 국회 진출을 원하는 회원의 경우 나중에 '제3의 힘'으로 원대복귀 하는 것을 조건으로 출마를 허용한다"는 구체적인 지침까지 마련했을 정도로 현실 정치 참여를 자신들에게 맡겨진 시대적 소명으로 이해했습니다. 그러나 2000년 5·18 전야제 후 일부 젊은 정치인들이 벌인 술자리가 임수경 씨에 의해 '제3의 힘' 게시판에 폭로된 데 이어, 이정우 총무와 실무위원 전원이 게시판 글 삭제에 대한 책임을 지고 사퇴하면서 이 조직은 사람들의 기억에서 조용히 사라졌습니다. 허무한 결말이었습니다.

저의 인터뷰에 유난히 자주 등장했던 그 세대 이야기를 종합적으로 정리할 필요를 느낀 저는 마침 이진순 교수가 한국에 머물고 있다는 소식을 듣고 무릎을 쳤습니다. 몇 년 전 어느 학술발표 자리에서 "노동자들과 제대로 공감하지도 못하면서 뭘 안다고 감히 해결책을 마련해줍네 마네 끊임없이 계몽하려고만 했다"며 자신의 20대를 눈물로 고백하던 그의 모습이 생각난 까닭이었습니다. 몇 번의 거절 끝에 겨우 인터뷰에 응한 그는 "지난 시절의 무용담은 늘어놓고 싶지 않다"며 미리 선부터 그었습니다. 일단 근황부터 물었습니다.

"매주 월수금 오전 10시부터 두 시간 동안 서울숲에 가서 건강달리기 모임에 참석해요. 주로 성동구 아줌마들이 모여서 아무런 연고 없이, 회비도 없이, 하다못해 회원 명단도 없이 그저 함께 걷는 모임이에요. 만나서 온갖 이야기를 다 나누지만 사실은 서로 연락처도 모르는 탈근대적인 모임이죠. (웃음) 처음에 '무슨 아파트 사는 누구 엄마예요'라고 제 소개를 하니, '우리는 누구 엄마라고 안 하고 이름을 말하는데?'라고 하시더라고요. 운동 끝나면 함께 회식도 하고 응봉산으로 개나리 구경도 가면서 진짜 힐링이 돼요. '학부형 모임에서 상처받았다'고 일단 운만 떼면 앞뒤 맥락 없이도 아줌마 특유의 통찰력 있는 조언, 격려, 위로를 주시는데 그게 아주 적확하거든요."

점거농성, 장학퀴즈……
이제는 말할 수 있다

— 미국 주립대 교수 신분을 아줌마들에게 어떻게 설명하나요?

"그건 하나도 중요하지 않아요. 미국에서 살다가 11년 만에 왔다고 소개는 했지만, 그걸로 끝! 아무도 궁금해하지 않고 더 묻지도 않아요."

— 아줌마들끼리 모이면 가십이 많지 않나요?

"그게 아줌마 모임이나 취향에 대한 고정관념인데, 실제로는 그렇지 않더라고요. 저는 신입이라 주로 듣기만 하는데, 오늘이 6자회담 한·중 대표가 만나는 날이라든지, 오세훈이 한양대 특임교수로 왔다든지 하는 시사적인 얘기는 다 그분들에게 들었어요."

— 학교는 휴직하신 상태죠?

"미국 생활이 재미없고 몸도 안 좋아서 작년에 재임용 통과하고 병가를 냈어요. 올해 7월에는 돌아가야 하는데 조심스럽게 사직 의사를 표명한 상태예요."

— 교수를 그만두신다고요? 왜죠?

"원래부터 교수가 되고 싶어 시작한 공부가 아니었어요. 말하자면 긴데……. 1999년에 386세대가 뭉쳐서 뭘 해보자고 시도하는 모임(제3의 힘)에 참여했어요. 방송작가로 일하며 꼴딱 밤을 새우고 나서도 새벽이면 모임에 가서 회의를 준비할 만큼 열심히 했어요. 결과는 참패였죠. 이번 대선 때 사람들이 겪은 것 이상의 상실감을 저는 이미 그때 경험했어요. 친구도 잃고 동지도 잃고, 제가 끌어들인 사람들에게도 미안하고, 되게 힘들었어요. 그래서 정말 산속에 들어가는 심정으로 보따리 싸서 미국에 갔어요.

대학원 원서에 왜 공부하고자 하는지를 써야 하는데 정말 한 페이지도 못 쓰겠더군요. 뭘 쓰려고만 하면 눈물이 나는 거예요. 제게 영작을 가르치던 분이 일단 말로 해보라고 하기에, 제가 한참 망설이다가 '나는 다시 한국에 돌아가야 하는데 빈손으로는 갈 수가 없다. 우리가 잘 안 됐다면 왜 안 됐을까, 앞으로 어떻게 해야 할까, 이런 고민을 해결 못 하고 미국에 왔다. 그게 뭔지는 몰라도 어쨌든 뭔가 들고 가야 한다'고 콩글리시로 말했어요. 베트남 반전 세대에 속한 선생님이었는데 제 얘기를 알아듣고 같이 눈물을 흘려주더라고요.

박사학위를 따고 2009년에 교수가 됐지만 늘 제가 있을 자리가 아니라고 느꼈어요. 점점 그 생각이 강해져서 어느 순간부터는 더 이상 견딜 수 없을 정도가 됐죠. 몸도 여기저기 정말 많이 아팠어요. 그래서 돌아왔어요."

— 한국에 자리 잡으려는 사전 준비도 없이 그냥 돌아오신 건가요?

"뭔가를 하려고 노력은 하죠. (웃음) 그러나 교수로 수평 이동해야 한다고는 생각하지 않아요. 제가 꿈꾸는 일을 이루기 위해 꼭 교수여야 할 필요는 없거든요."

어떤 꿈인지를 묻자 '지식공유 운동'에 관한 자세한 설명이 이어졌습니다. 시민들이 다양한 분야의 전문 지식을 얻을 수 있도록 질 좋은 자료들을 갖춘 인터넷 기반의 시민 아카이브를 만들고 싶다는 것입니다. 지식순환협동조합과 소셜 벤처라는 두 흐름을 묶어내는 네트워크 코디네이터 노릇을 해보고 싶다고도 했습니다. 그의 과거를 안다면 누구나 고개를 끄덕일 만한 발상이었습니다.

1963년 서울에서 태어나 1982년 서울대 사회학과에 입학, 1985년 총여학생회장을 지낸 이진순은 같은 해 11월 민정당 중앙정치연수원 점거농성 사건으로 옥살이를 했고 1991년까지 노동 현장에서 치열한 운동가의 삶을 살았습니다. MBC 〈장학퀴즈〉 출제자로 방송 일을 시작한 후에는 〈이제는 말할 수 있다〉 등 다큐멘터리의 방송작가로 이름을 날리며 2000년 연말 MBC 작가상을 수상하기도 했습니다. 2002년 미국 유학을 떠나 2009년 럿거스대학에서 인터넷 기반의 시민운동 연구로 박사학위를 취득했고 지금까지 미국 대학생들에게 시민저널리즘, 뉴미디어, 국제커뮤니케이션 등을 가르쳤습니다.

고2 때 진황운 선생님을 기억하는 이유

— 어려서는 어떤 아이였나요?

"부모님이 헤어진 초등학교 3학년 이후에는 엄마랑 살면서 이사를 많이 다니고 경제적으로도 굉장히 힘들었어요. 집안이 풍비박산 나면서 확 조숙해진 것 같고요. 말 없고, 소심하고, 겁 많고. 그런데 속으로는 생각이 많았어요. '어른들이 나를 어린애로 대하니 그 기대에 맞게 어린애처럼 아무것도 모르는 척해야겠다'고 일부러 생각했을 정도로요."

— 얼짱으로 유명한 부잣집 딸인 줄 알았는데요.

"전혀. 초등학교 때 신문기사에서 우연히 '결손가정'이란 표현을 읽고, 그 사실을 숨겨야 한다고 느꼈어요. 동정의 눈길을 받는 게 너무 싫었거든요. 조숙하고 병적이고 친구도 없었죠."

— 그런데도 공부는 잘했군요.

"부침이 심했는데, 고2 때 훌륭한 선생님을 만나면서 잘하게 됐어요. 진황운 선생님이라고 제가 모든 이야기를 털어놓을 수 있는 첫 번째 친구였죠. 저만 그런 줄 알았는데 저희 반 60명이 모두 안 친한 척하면서 선생님과 개별적인 대화 통로를 가지고 있었어요.(웃음) 공부하라고 들볶지 않으셨지만 뭐든지 우리 반이 1등을 했죠. 공부를 잘하면 책을 사주셨는데, 10명이면 10명 각자의 특성에 맞춰 꼭 필요한 책을 골라주셨어요. 제 가정통신문에 '바람이 분다 해도 깊은 바닷물 속의 물고기는 즐거이 유영할 수 있다. 예민하고 날카로운 학생에게'라고 적어주셨던 기억이 나요. 만나뵌 지 오래됐는데, 기사에 선생님 성함을 꼭 적어주세요.(웃음)"*

— 서울대 총여학생회장 시절은 어땠나요?

"직장은 힘들면 사표 내고 나오면 되잖아요. 그런데 총여학생회장은 감옥 가는 순서 대기표와 같아서 사표를 낼 수가 없었어요. 운동권 내부의 비밀주의를 비롯한 여러 가지 불합리성 때문에 힘들었던 시기이기도 하고요."

— 학생운동 시절에 후회되는 일이 있다면?

"제가 잘못한 것만 열거해도 엄청나죠. 예를 들면 지금 사는 성수동은 제가 야학 했던 동네예요. 야학에는 두 종류가 있었어요. 교회 같은 데서 하는 검정고시 야학과 우리가 하던 노동 야학. 노동자들은 주로 검정고시를 위해 야학에 왔어요. 그런데 거기다 대고 검정고시를 꼭 봐야 하냐면서 우리가 하고 싶은 얘기만 했죠. 그때 그냥 검정고시나 제대로 가르칠걸 하는 후회가 돼요. 흔히 386들은 자기가 잘못한 거는 말 안 하고 고생한 무용담만 얘기하는 경향이 있는데, 옛날에 뭐했는지가 뭐가 중요해요, 지금 어떻게 사는지가 중요하죠."

---

* 신문에 인터뷰가 나가자마자 이진순 교수는 진황운 선생님의 연락을 받아 반가운 해후를 했습니다.

— 그래도 저는 우리 세대의 정통성이 1980년대에 고시, 유학, 취업을 준비한 저 같은 사람이 아니라 민주화 운동에 헌신한 사람들에게 있다고 생각해요.

"김 교수도 이제 옛날 일은 잊어버리고, 지금 어떻게 사는지를 중심으로 사람을 판단하면 좋겠어요."

나에게 힐링을 주는 건
동네 아줌마들

— '제3의 힘' 또는 386세대가 정치 분야에서 실패했다면 그 이유는 뭘까요?

"룸살롱에 왜 갔냐 같은 건 화두가 아니고요. 기성 정당의 논리와 자기를 구별하는 정체성이 없기 때문에 실패한 거예요. 5·18을 맞아 광주에 내려갔으면 선배 정치인이 끌고 간다고 해도 '저희는 그렇게 하고 싶지 않습니다'라고 얘기하는 치기라도 보였어야죠. 재수 없어 터진 사건이 아니에요. 정치인뿐 아니라 우리 세대 중장년층, 1960~1970년대에 태어난 박정희의 아들딸들이 갖는 일반적인 성취지향성의 문제예요. '일단 내가 살아남아야 하고 힘을 가져야 해. 일정한 직급에 올라가면, 그때 가서 우리 회사를 이렇게 바꿀 거야' 하고 미친 듯이 달려왔는데, 그 과정에서 자기가 변하는 건 생각하지 못한 거죠. 제가 요즘 이런저런 운동을 하고 싶다고 하면, 정말 도와줄 줄 알았던 선배 중에 '네가 대학교수 정도는 돼야 어디 얼굴이라도 나오지' 하는 분들이 있어요. 그렇게 기존 문법을 따라가는 과정에서 모두들 상상력을 잃어버렸어요. 끊임없이 자기 상상력을 반납하면서 기존 페이스를 따라간 거죠."

— 고지부터 점령하라는 '고지론'의 노예가 된 셈이네요.

제가 요즘 이런저런 운동을 하고 싶다고 하면, 정말 도와줄 줄 알았던 선배 중에 '네가 대학교
수 정도는 돼야 어디 얼굴이라도 나오지' 하는 분들이 있어요. 그렇게 기존 문법을 따라가는
과정에서 모두들 상상력을 잃어버렸어요. 끊임없이 자기 상상력을 반납하면서 기존 페이스
를 따라간 거죠.

"그래서인지 옛날 똑똑하고 명민했던 선후배나 친구들을 다시 만나보면 다들 너무 삶에 지치고 부대끼고 닳아서 멍해져 있어요. 저 혼자만 10년간 어디 피난을 다녀왔나 싶을 정도예요. 그런 와중에 저에게 힐링을 주는 게 동네 아줌마들이죠."

언젠가 미국 출장길에 며칠 그의 집에서 신세를 진 적이 있습니다. 밤새 함께 떠들고 아쉽게 헤어지는 기차역에서 그는 제 손에 작은 봉지를 쥐여 주었습니다. 거기에는 김밥, 삶은 달걀, 사이다가 들어 있었습니다. 제가 잠깐 눈을 붙인 사이에 그가 친누나처럼 준비한 선물이었습니다. 그 봉지가 남긴 묘한 한국적 정서에 울컥하면서 '이분은 결국 돌아오겠구나' 확신했던 기억이 납니다. 모든 걸 내려놓고 귀국한 그의 손에는 과연 한국 사회를 위한 어떤 선물이 준비되어 있을지, 기대하고 기다리는 마음으로 인터뷰를 마쳤습니다. _ 2013년 5월 11일

이 진 순 의 인 생 타 임 라 인

1970년 외롭고 가난한 아이라는 걸 들킬까 봐 두려워 친구를 집에 데려오지 못할 만큼 소심했다.

1982년 영동여고 졸. 교감 선생님, 어머니와 함께. 한완상 교수의 「청년문화론」을 읽고 사회학과에 지원하기로 맘먹다.

1987년 동해안에서. 출소 후 일당 3350원을 받는 구로공단 여공이 되었다.

1993년 MBC 작가 시절. 곡절 많은 사람들의 아픈 소리는 방송이 끝나고도 잊히지 않았다.

2004년 럿거스대학 박사과정 첫 학기에 아이를 낳았다. 아이가 보채면 컴퓨터 앞에 앉혀놓고 공부했다.

2009년 올드도미니언대학 교수 시절. 너무 평안해서 갑갑하고 불편했다. 다시 현장을 찾아 귀국.

343

조용한 신중함으로
진심을 전달하다

정치인 박선숙

  박선숙 전 민주통합당 의원을 만나기 위해 국회를 찾은 날,
의원회관은 떠나는 사람들과 들어오는 사람들의 이삿짐으로 시장 바닥처
럼 어수선했습니다. 2012년 3월 일찌감치 불출마를 선언한 박 의원은 당연
히 떠나는 쪽이었지만, 표정은 밝았습니다. 인터뷰가 시작되자 그의 보좌
관은 인터뷰 팀의 녹음기와 별도로 자신의 녹음기를 살짝 책상 위에 올려
놓았습니다. 의원도, 동석한 보좌관도 조용하고 신중한 사람들이었습니다.
말 한마디도 허투루 뱉지 않았습니다. 분위기를 풀기 위해 실없는 질문을
많이 해야 했습니다.

— 동안이라 저보다 어린 줄 알았습니다.

"철이 없는 얼굴이죠. 눈이 크고 이목구비가 선명한 사람과 달리, 저처럼 오밀조밀한 얼굴형은 나이를 안 먹어요."

— 가수 이선희 씨 닮았다는 얘기를 많이 듣죠?

"제 얼굴 안에는 이선희 말고도 여러 사람이 더 있어요. 성시경도 있고, 한석규도 있고.(웃음)"

— '전직' 국회의원처럼 처량한 사람이 없다고들 하는데 마음의 준비는 되셨나요?

"저는 이미 공직을 두 번이나 그만둬봤죠. 청와대에서 나왔을 때, 환경부 차관을 그만뒀을 때. 공직에 있는 동안 주어지는 여건에 익숙해지지 않으려고 노력하는 편이에요. 대부분 차와 수행비서가 없는 불편을 얘기하시는데 저는 주말마다 버스, 택시를 타거나 직접 운전을 했기 때문에 괜찮을 거예요."

— 퇴임하면 뭘 먹고 사시죠?

"없이 사는 데 워낙 익숙해요. 생활비도 많이 안 들어요. 12월까지는 있는 걸로 버티고, 내년에는 학교 강의를 하려고 생각 중이에요.* 원래는 김 교수님처럼 인터뷰어를 해보고 싶었어요. 그런데 기회를 놓쳤어요. 환경부 차관을 그만뒀을 때 인터뷰를 맡기겠다는 곳이 있었는데 서울시장 선거의 선거대책본부장을 맡으면서 기회를 놓쳤죠. 중립지대로 나올 수 없게 된 거예요. 그건 좀 아쉬워요."

— 12월까지는 완전히 쉬실 건가요?

"몇 달 쉬고. 대선이 있으니까 마당이라도 쓸어야죠."**

* 박 의원은 2013년 가을 학기부터 중부대 초빙 교수로 강의를 시작했습니다.
** 대선에서 마당이라도 쓸겠다는 박 의원의 이야기는 2012년 9월 안철수 캠프에 선거대책본부장으로 합류하는 것으로 현실화되었습니다.

다섯 살 반에 초등학교 입학,
어머니의 편애

— 2012년 총선에서는 야당의 승리가 예견되는 상황에서 총선 불출마 선언을 하셨죠. 굳이 그렇게까지 할 필요가 있었을까요, 아쉽지는 않나요?

"저 속 편하려고 불출마했어요. 마음이 불편한 선택을 하거나 행동을 하면 반드시 병이 나요. 해야 할 일이 많은데 못 하는 게 좀 아쉽기는 하죠. 지난 몇 년 동안 유권자들은 정말 주먹을 꽉 쥐고 정권을 바꿔야겠다는 생각을 가지고 있었어요. 우리가 예뻐서가 아니라요. 그런데 우리가 그런 유권자들의 마음에 깊은 상처를 내는 걸 보면서 저라도 내려놓아야겠다는 생각을 했어요. 제가 마중물 정도 돼서 저보다 비중 있는 분들이 불출마 선언을 더 해주기를 바랐는데……."

— 동료들의 희생과 헌신을 요구하는 야권 협상의 대표가 지역구에 출마하는 것은 도의적으로 맞지 않다고도 하셨죠.

"사실 어려운 선거였어요. '누구든지 나가면 당선되는데, 그게 왜 내가 아니어야 하는가'라는 사람들의 생각이 선거를 망칠 거라고 예상했어요. 우리 내부에도 지역마다 후보가 5~10명씩 있었죠. 그런 사람들에게 경쟁의 기회조차 주지 않고 포기하게 만들었지요. 단일화 협상 때문에요. 더구나 저는 또 남들을 주저앉히면서 전략 공천으로 들어가는 거예요. 마음이 편치 않았어요. 국회의원이 내게 맞는가, 더 근본적으로는 퍼블릭 서비스, 공적인 역할을 내가 언제까지 하는 게 맞는가, 늘 질문하며 살아요.

일단 대선 때까지는 할 일이 있으면 최선을 다하기로 마음먹었고요. 대선이 많은 걸 바꿀 거예요. 우리 스스로의 힘에 의해서가 아니라 객관적으로 주어진 기회를 (총선으로) 한 번 놓쳤어요. 마찬가지 기회가 대선 내 한 번 더 와요. 그걸 놓쳐서 국민을 무시하는 낡은 세력의 권력을 연장시켜주면, 죄를 짓는 것이지요. 지금 정치에 몸담고 있는 (야권) 사람들은 모두 자기 역할에 대해 근본적인 정리를 해야 할 거예요. 지금은 일단 유예받은 거라고 생각해요."

— 2012년 총선의 패인은 뭐죠?

"저들은 어차피 죽을 목숨이니 뭐든지 견디자며 사생결단으로 똘똘 뭉쳤어요. 친노를 공격하는 전략적 포인트도 잘 잡았어요. FTA, 강정 문제에서 사실 우리 쪽이 말을 바꿨잖아요. 무책임한 거죠. 그 손실은 총선 넘어 대선까지 가요. 정치가 근본주의적인 것에 경도되면 안 돼요. 센 게 멋있어 보이지만 국민 다수보다 반 발짝만 앞서 가야 해요.

지금 시점에서 정확히 질문해야 한다고 생각해요. 집권이 목표인가, 아니면 가치를 지키는 게 목표인가. 가치를 지키기 위해서 집권해야 한다면 지금의 단계적 목표, 현실적 목표를 만들어내야죠. 그게 정치죠. 그렇지 않으면 이념 집단이고."

— 조중동과도 필요하면 인터뷰를 하시더군요.

"저는 조중동의 독자도 우리 국민이라고 생각합니다. 미디어는 첫 번째 만나는 국민이에요. 맘에 안 든다고 만나지 않으면, 조중동이 아니라 조중동의 독자인 국민까지 포기하는 거예요. 잘못 보도하면 공식 대응하고요. 다만 지금 종편하고는 인터뷰를 안 합니다. 미디어법 날치기에 반대한 이상, 그 결과로 만들어진 종편과 인터뷰하는 건 적합하지 않으니까요. 그 문제도 일정 시간 지난 다음에는 다시 정해야겠죠."

1960년 경기도 포천의 기지촌에서 태어난 박선숙은 미군이 철수하면서 동네 전체가 쇠락하는 걸 목격하며 어린 시절을 보냈습니다. 유치원이 없는 동네라서 다섯 살 반에 초등학교를 입학했고, 총명한 둘째 딸을 "편애"한 어머니가 교육을 위해 서울 이주를 결행한 덕분에 중고등학교는 서울에서 다녔습니다. "친구 따라" 수도여사대(세종대 전신) 역사학과에 진학하고 "친구 따라" 야학에 갔다가 학생운동에 참여한 그는 1983년 민주화운동청년연합(민청련)에 참여하면서 김근태 의장과 인연을 맺습니다.

1995년 새정치국민회의 부대변인으로 정치에 입문하여, 국회의원 선거와 대통령 선거를 치르는 김대중 후보를 지근거리에서 수행하면서 두터운 신임을 받았고 김 대통령의 임기 내내 대변인 및 공보수석으로 청와대를 지켰습니다. 노무현 정부에서 2년간 환경부 차관을 지낸 후에는 강금실 서울시장 후보, 정동영 대통령 후보, 18대 총선, 박원순 서울시장 후보, 19대 총선 등의 선거대책본부장을 맡아 '전략통'으로도 이름을 날렸습니다. 18대 국회에서는 경제금융 관련 정부 부처와 공공기관 직원들을 대상으로 한 설문에서 1위 평가를 받고 국감 우수의원으로 선정되는 등 '일 잘하는' 국회의원으로 인정받았습니다.

어머니의 지독한 편애를 받은 이유부터 이야기를 풀어가려고 했지만 순조롭지 않았습니다. 자기 자랑은 죄라고 생각하는 사람 같았습니다. 남을 비판해야 할 때면 몇 번을 망설이다 결국 이야기를 접었습니다. 몇 바퀴를 헛도는 대화 끝에 그는 겨우 이렇게 입을 뗐습니다.

'평생 인연' 김근태에서
김대중으로 이어지는 인연들

"우리 집이 시골에서 꽤 큰 집이어서 초등학교 선생님들이 하숙을 하셨어요. 하숙하던 선생님 손을 잡고 학교도 일찍 가게 된 거예요. 그때 선생님들이 어머니께 이야기를 하셨겠죠. 얘는 가르치는 보람이 있다.(웃음) 그냥 선생님들이 주신 책을 재미있게 읽고, 아이의 언어가 아닌 언어로 질문을 하는 정도지, 별로 특별한 애는 아니었어요. 홀어머니 밑에서 자란, 거의 유복자죠. 경기도 사람들이 말이 많지 않고 덤덤해요."

— 학생운동을 주도하던 학교 출신이 아니라서 운동하고 정치하는 데 불편함은 없었나요?

"저는 괜찮은데 다른 사람들이 저의 존재를 불편해하더라고요. 쟤는 뭐야 하면서.(웃음) 그런데 제가 좀 둔한 편이에요. 학연이나 지연이 없다는 게 얼마나 불리한지를 나중에야 알았어요. 1980년대 초에도 메이저 대학 팀들이 주도적으로 의사결정을 하는데, 우리는 조그만 구멍가게 하듯이 우리끼리 해보겠다는 독립성이 강한 편이었어요. 민청련은 언더서클, 비합법 조직들이 가진 권위적이고 독단적인 면을 깬 수평적 조직이었고요. 모든 대학이 동등한 의결권을 갖고 나이가 많든 적든 동일한 발언권을 가졌죠."

— 전두환 독재 정권 하에서 민청련이 반(半)공개적인 조직을 꾸린 게 인상적입니다.

"김근태 의장과 지도부를 외부에 공개했지만, 의사결정 구조는 비공개였어요. 비공개 의사결정 구조에서 민주적으로 토론해서 결정하되, 정치적 탄압은 공개된 지도부가 감당하도록 만든 조직이지요. 한 번은 민청련 지도부 선임을 놓고 77, 78학번 막내들이 반기를 들었는데, 김근태 의장이 토론을 주재하며 무려 열일곱 시간 동안 회의한 일이 있어요. 대화와 토론을 통한 설득의 힘을 보여준, 착하고, 맑고, 민주적인 사람이었죠. 민청련 선배들은 말할 자유도 주고, 말하지 않을 권리도 줬어요. 다만 음식을 가리며 편식하는 저에게 그것만은 안 된다고 뭐라고 했었죠.(웃음)"

— 김근태 의장이 고문당하는 걸 보면서 두렵지는 않았나요?

"두렵고 끔찍했지요. 김 선배만이 아니고 선배들 여럿이 고문당했지요. 그러면서 민청련의 조직을 지켜낸 거죠. 저희 후배들을 말이죠. 두려움과 죄책감이 그때 그 일들을 버텨내는 힘이었어요. 마치 1980년 '광주 이후' 민청련이 제게 숨 쉴 수 있는 공간이었던 것처럼요. 살아 있어도 숨 쉬는 게 불편했어요. 1981년에 유인물을 만들어 뿌렸다가 대공분실에 잡혀가기도 했고, 여기저기서 많이도 맞았어요. 1985년에 구로 동맹파업 지지시위를 했을 때는 닭장차 안에서 불 꺼놓고 밟는데, 휴, 잘못하면 죽는 줄 알았어요. 서울역 앞에서 또 잡히고. 하여간 1985년에는 뭐가 낀 것처럼 길거리만 나가면 붙잡혔어요. 제가 좀 느렸거든요. 그래도 마음의 빚, 미안함, 죄책감에 비하면 두들겨 맞는 건 아무것도 아니다 싶더라고요."

— 김근태와의 평생 인연을 생각할 때 후회되는 게 있다면?

"1995년에 근태 형이 저를 DJ에게 보냈어요. 평소 말수가 적어 '크렘린'으로 불리던 저에게 정당 부대변인을 하라니 정말 도살장에 끌려가는 소 같았지요. 못하겠다고 버티는데, 김 선배가 30년 만남 동안 그때 딱 한 번 저에게 화를 냈어요. 개인적인 문제로 세상과 담을 쌓고 있던 저를 억지로 세상에 내보낸 거예요. 그 뒤에도 김 선배를 계속 만났는데, 어느 시점부터는 '내가 DJ 사람이라서 김 선배에게 하는 말이 진심으로 전달되지 않는구나' 하는 느낌이 들었어요. 좀 더 열심히 말씀드렸어야 하는데, 제가 청와대 일을 하느라 너무 힘들었죠.

후회되는 일은…… (한참 망설이다가) 오래선에 '형은 그만하고 인재근 언니 시키면 어때요? 선배는 정치에 잘 안 맞는 것 같아요'라고 말씀드린 적이 있어요. 형도 '맞아. 그렇지? 좀 그래. 인재근이 하면 더 잘할 거야'라고 말씀하셨지만 속은 상하셨을 거예요."

— 내성적인 성격이라 대변인 일이 힘들지 않았나요?

"100명 가까운 거친 남자 기자들이 있는데 여자로 혼자 들어가서 벌벌 떨었어요. 기자들도 그때의 제가 엄청 불쌍했다고 하더라고요. 당시 제 별명이 '무상녀(무작정 상경 소녀)'였어요.(웃음) 누구랑 시선이 마주칠까 봐 고개도 못 들고 지내는데, 어떤 기자가 와서 '여기 있는 사람들 그렇게 나쁜 사람들 아니다'라고 하더군요. 그 말이 정말 위로가 됐어요. 이번에 제가 인터뷰를 거절하자 김 교수님이 '나쁜 사람 아니니 한 번만 만나달라'고 하셨죠? 낯가림이 심한 편인데 1995년 당시와 똑같은 그 말을 전해 듣고 제가 또 넘어갔어요.(웃음)"

— DJ가 박 의원에 대해서 남긴 유명한 말이 있죠? "겉 보고 속지 마라. 겉은 버드나무처럼 부드럽지만 속에는 철심이 있다." 어떻게 그런 인정을 받으셨나요?

"DJ는 질문하는 사람이에요. '자기 의견이 없는 사람하고의 대화가 제일 싫다'고 말씀하신 적도 있어요. 사람이나 어떤 문제에 대해서 늘 질문하시는데, 기자들이나 정치인들이 김 대통령을 많이 어려워하잖아요. 저는 처음부터 그분이 어렵지 않았어요. 정치적으로 뭔가 얻어내겠다는 기대가 없었기 때문이 아닐까 해요. 대통령이나 대변인은 역할의 차이일 뿐이에요. 대등하게 토론할 수 있어요. 저는 그걸 민청련에서 배웠어요. 그분의 마음이 상할까, 그분이 뭘 들으면 좋을까 계산하기 시작하면 이미 정상적인 대화가 아니에요. 그럴 경우에 그분은 이미 알아채요. 그분께도 더 이상 대화

대통령이나 대변인은 역할의 차이일 뿐이에요. 대등하게 토론할 수 있어요. 저는 그걸 민청련
에서 배웠어요. 그분의 마음이 상할까. 그분이 뭘 물으면 좋을까 계산하기 시작하면 이미 정
상적인 대화가 아니에요. 그럴 경우에 그분께도 더 이상 대화가 유용하지 않은 거지요.

가 유용하지 않은 거지요. 사실은 굉장한 인내와 겸손으로 사람을 대하는 김 대통령의 태도가 저에게 많은 기회를 준 거죠."

민간인 사찰,
정치인이 관료를 탓해선 안돼

— 세대 차이를 넘어서 호흡이 잘 맞았군요.

"저는 근본 없는 집에서 자유분방하게 자라서 남녀 차별이나 세대 차이의 경험이 없어요. 어렸을 때 같은 집에 살던 선생님들도 오빠나 친구처럼 저를 대화의 상대로 인정해주셨거든요. 세상 사람이 다 그런 줄 알았어요.(웃음)"

— 김근태, 김대중의 사람이라서 노무현 대통령과는 껄끄럽지 않았나요?

"저도 동의하지 않고 노 대통령도 모르는 상황에서 환경부 차관 임명 보도가 나가서 힘들었던 적은 있죠. 탄핵 사태 직전이라 대북송금 특검 때문에 호남과 DJ 지지자들이 큰 상처를 입은 시기였어요. (DJ와의 화해를 보여줄) 상징적인 인물이 필요했던 것 같아요. 그래도 노 대통령은 제게 많은 배려를 해주셨죠. 나중에 차관 교체 시기가 됐는데도 '잘하고 있는데 바꿀 이유가 없다'며 2년을 채우도록 하셨죠. 김대중, 노무현, 두 분 다 공통점이 샤이(shy)해요. 낯가림이 심한데 속은 철심이고."

— 노회한 공무원들과 함께 일하는 게 쉽지 않았을 텐데요.

"환경부는 센 부서가 아니면서 센 부서에 딴지를 거는 역할이라 다른 부처의 법률을 전부 봐야 해요. 그 덕분에 2년 동안 수업료 안 내고 세게 공부했어요. 공무원은 국민의 세금으로 선발해 우수하게 훈련시킨 사람들인데, 어떤 대통령이냐에 따라서 일의 방향, 범위, 에너지, 열정의 수위가 달라져요.

이명박 대통령의 중요한 잘못이 공무원들을 이렇게 망가뜨린 거예요. 민간인 사찰 조직이 처음 만들어지자마자 저는 제보를 받았어요. 이렇게 공무원이 할 일은 못하고, 하지 말아야 할 일을 하게 한 것, 그리고 너무 핵심에서 벌어진 일이라 두려워서 다들 눈을 감게 한 것은 명백히 대통령 책임이죠. 정치인이 잘못해서 관료들과 정부 조직이 잘못 돌아가는 거지, 정치인이 관료를 탓해서는 안 돼요."

— 운동권이나 정치인이 안 됐다면 뭘 하고 계실 것 같아요?

"역사 선생님? 임용고시가 너무 어려워 통과가 안 됐겠지만요.(웃음) 시험을 잘 못 봐요. 사지선다가 안 맞아요. 왜 이렇게 묻는 거야, 의심이 생기거든요."

박선숙은 조용하고 신중한 가운데 진심을 정확하게 전달할 줄 아는 사람이었습니다. 인터뷰를 요약하는 데 애를 먹었을 정도로 말 한마디 버릴 게 없었습니다. 거친 기자들 사이에서 최장수 대변인으로 살아남은 것도 그런 태도 때문이었을 겁니다. 제가 권력자였더라도 대변인이나 비서실장을 믿고 맡겼을, 딱 그런 사람이었습니다. 그의 정치적 역할이 여기서 멈출 리 없다는 확신이 들었습니다. 다만 망설이는 그를 끌어내는 게 매번 문제일 텐데, 힌트를 드리자면, 그의 잠금 장치를 해제하는 열쇳말은 "나쁜 사람 아니니 한 번만"입니다. 누군가에게는 이 열쇳말이 도움이 됐기를!

_ 2012년 6월 9일

박 선 숙 의 인 생 타 임 라 인

참 곱고 꿋꿋하시던 어머니. 책임지지 못할 일은 하지 말라는 아픈 가르침을 주셨다. 오른쪽이 내 어릴 적 모습.

스물한 살 대학생 때. 학교 수업보다 언더서클의 세미나에 더 열중할 때.

스물다섯 살 때 김근태 선배를 만나 동의와 설득이 민주주의의 시작이자 기본임을 배웠다.

첫 여성 청와대 대변인 자리는 영광이라기보다 고통스러운 숙제였다. 국회의원 역시 밥값은 하고 있는지 맘 무겁던 시간.

정치는 국민의 모든 문제에 답해야 한다던 김대중 대통령. 내겐 스승이자 울타리였다.

언론이 민주당 여성 3인방이라 불렀던 내 친구 박영선과 후배 김현미. 그들의 당차고 씩씩함을 쫓아가기 늘 바쁘지만.

칼 든 후배 앞에서의
약속이 오늘의 나를

소설가 · 전 국회의원 김홍신

소설 『인간시장』을 빼놓고는 1980년대를 이야기할 수 없습
니다. 치기 어린 협객 장총찬을 등장시켜 정치, 경제, 교육, 의료, 법조, 언
론 등 각계의 기득권자들을 닥치는 대로 응징하고 조롱한 『인간시장』은
1981년 출간 즉시 10만 권이 팔렸고, 1983년에는 역사상 처음으로 100만
권을 돌파했으며, 총판매량 560만 권의 기록을 세웠습니다. 30대 중반의
무명작가 김홍신은 하루아침에 전국적 명사로 떠올랐고, 작가와 장총찬
의 공통점이 한동안 화제가 되기도 했습니다. 소설가와 방송진행자로 이
름을 날리던 김홍신은 1995년 정치에 입문해 '꼬마' 민주당과 한나라당에
서 두 번의 비례대표 국회의원을 지내며 의정활동 평가마다 빠짐없이 최상
위권을 기록했습니다. 2004년 열린우리당 후보로 종로에 출마했다가 낙선

한 후에는 2007년 10권짜리 대작 『대발해』를 발표함으로써 본업인 소설가로 복귀했습니다. 소설가, 방송인, 정치인으로 파란만장한 30년을 보내고, 요즘도 연간 150회 이상의 바쁜 강연 일정을 소화하고 있는 김홍신 선생을 만나기 위해 서울 서초동 자택을 찾았습니다. 작가로서 인기 절정이던 시절 직접 지어 28년째 살고 있는 개인주택입니다. 인터뷰는 안철수 전 원장이 대선 출마를 선언하기 이전인 2012년 9월 초에 이루어졌습니다.

어머니의 자존심과
작가의 자존심

— 국회의원을 그만두고 쓰신 『대발해』는 예전보다 훨씬 안 팔렸죠?

"안 팔린 게 아니라 덜 팔린 거죠. 방대한 분량, 옛날 투 문장, 어려운 한자, 연대, 지명, 인명에다가 독도와 달리 동북공정은 눈에 안 보여서 국민들이 실감을 못하는 문제니까요. 국회의원 8년에 집필 4년의 공백이 있다 보니 독자들이 우르르 떠난 영향도 있을 거고요. 제 수필 『인생사용설명서』가 겁나게 팔리는 것과 비교할 때 역시 진중한 문학작품은 읽기 힘들다는 얘기겠죠? 그래도 좋아하는 작가를 조사하면 제 이름이 여전히 5등 안에는 들어가요."

김홍신은 1947년 충남 공주에서 태어나 논산에서 성장했습니다. 만주 벌판까지 불려 다닐 정도로 솜씨 좋은 도목수였던 아버지가 "남에게 술 사주는 걸 좋아해서" 가계에 큰 도움이 못 됐던 까닭에 "알뜰하지만 손이 컸던" 어머니가 계주 노릇을 하며 집안 살림을 꾸렸습니다. 그나마 김홍신이 초등학교 4학년, 고등학교 1학년, 대학교 1학년 때 세 차례나 계가 깨지면서 집안은 풍비박산이 났습니다. 어머니는 집을 팔아 빚잔치를 하면서도 "망했다는 소리를 듣지 않으려고" 바로 그 집에 세를 살면서 버텼습니다. 그만큼 자존심이 강한 분이었습니다.

학교와 철길 사이에 위치한 동네에서 어린 시절을 보낸 김홍신은 학교의 뜀틀과 철봉으로 몸을 단련했고, 달리는 기차 앞에 누워 누가 오래 버티는지 경쟁하며 배짱을 키웠습니다. 그런 분위기 탓인지 동네의 선후배, 친구 중에는 논산의 '건달'들이 적지 않습니다. 재수 끝에 추가 합격으로 건국대 국문학과에 들어갔지만 등록금이 없어 곧 휴학을 하고 낙향한 그를 찾아온 것도 바로 그런 건달 후배들이었습니다. "우리도 조직을 하나 만듭시다. 형님이 큰형님을 하쇼." 그래서 1년 후 복학할 때까지 100명이 넘는 동네 건달들의 보스 노릇도 했습니다. 살벌한 얘기를 그는 참 무덤덤하게 털어놓았습니다.

"제가 몸이 작아서 조금 빨랐고, 철길에서 늘 제일 늦게 일어났기 때문에 보스가 된 거죠. 조직을 그만둘 때는 애를 먹었어요. 후배들이 '우리를 놔두고 가면 어떡하냐'면서 놓아주지를 않았거든요. 칼 들고 버티는 애들도 있었고요. 그들을 설득하면서 그랬어요. '소설을 제대로 써서 세상을 흔들고 싶다. 니들이 나를 보내줘야 대학을 마치고 뭔가를 할 것 아니냐. 대한민국에서 큰 인물이 되겠다. 안 되면 그때 니들이 칼을 대라.' 선량한 친구들이라 저를 보내줬죠. 그 약속이 오늘의 저를 만들었어요."

— 『인간시장』에서는 위기 때마다 그런 후배들이 장총찬을 돕죠?

"소설을 쓰기 위해 취재하면서도 후배들 도움을 많이 받았어요. 지금도

이름을 대면 알 만한 두목들과 친하게 지내고요. 한때는 기자들이 '사건 현
장에 가면 늘 김홍신이 먼저 와 있더라'고도 했죠. 『인간시장』에 가짜 휘발
유 만드는 법을 썼더니 사람들이 말도 안 된다면서 믿지를 않았는데, 그거
다 사실이었어요. 김포에 있는 계사(닭집)에서 건달들이 가짜 휘발유 만드
는 걸 직접 취재했거든요. 두목들이 그걸 알고 달려와서는 '제조 과정의 마
지막에 쓰는 색소, 약품, 장소, 건달이라는 사실만 밝히지 않으면 쓰십시오'
라고 타협을 했죠."

육영수추모회
취직 제안을 받았을 때

— 어떻게 그런 사람들의 마음을 얻었나요?

"건달들이 소설가, 시인, 음악가, 미술가를 좋아해요. '내가 못 가진 걸 가
졌다'는 존경심 같은 게 있어요. 또 제가 고분고분한 사람이 아니잖아요. 그
런 아귀가 맞는 거예요."

복학 이후 문학반 회장을 하며 글솜씨로 이름을 날린 김홍신은 건국대
곽종원 총장(평론가)과 임옥인 가정대 학장(소설가)의 사랑을 한 몸에 받습니
다. 총장실에서 개인지도를 받고 용돈을 얻어 쓸 정도였습니다. 졸업하고
ROTC로 군복무를 마친 후에는 곽 총장의 권유로 선명회(지금의 월드비전)
산하기관 홍보팀에 취직해 한센병 환자들과 2년을 거의 같이 살다시피 하
며 열심히 일했습니다. 그런 그를 눈여겨본 것이 한센병의 권위자였던 연
세대 유준 박사였습니다. 한센병에 관심이 많던 육영수 여사 때문에 육여

사추모사업회에도 관여하던 유 박사는 1976년 겨울 김홍신을 추모사업회 홍보부장으로 추천합니다. '영애' 박근혜 씨가 실질적으로 이끌던 조직이 었던 만큼 월급도 많고 대우도 좋은 직장이었습니다. 그러나 김홍신은 "박 정희 조직에 가서 일하란 말입니까? 박사님, 사람 잘못 보셨어요"라며 매 몰차게 거절합니다. 춥고 배고팠던 그날 밤 버스를 타고 동국대 홍기삼 교 수(평론가)의 집을 찾아가던 길에 후회가 밀려들었습니다.

"'월급도 두 배가 넘는데 거절을 했어요'라고 제가 자랑을 했더니 홍 교 수님이 씩 웃더라고요. '근데 아직도 후회하고 있걸랑요'라고 덧붙이니 그 제야 제 등짝을 치시며 '김홍신답다. 후회 안 했다면 네 얘기 안 믿는다'고 하시더군요. 그러면서 '너는 크게 될 인물이야' 하시는데 가슴이 확 풀렸어 요. 선명회 경험 때문에 저의 첫 장편소설『해방영장』도 한센병 환자들의 이야기를 다뤘죠."

— 학연 중심의 문단에서 고생도 많았죠?

"극심한 초조, 불안, 열등감 때문에 자살하고 싶었던 재수 시기부터 1981년 까지 긴 기간이 저에게는 암흑기였어요. 1976년 문단에 데뷔하고 얼마 되 지 않아서는 〈조선일보〉에 '문인 된 게 부끄럽다'며 이광수, 최남선, 주요한 등 친일한 선배들과 문단의 패거리 정치를 비판하는 글을 썼어요. 문단에 서 난리가 나고 문인협회에 가입도 안 시켜줬죠. 거기다가 건국대는 종합대 학 중에 문인 수가 가장 적은 학교예요. 한 번은 문학 하는 친구와 신문사 를 찾아갔는데, 그 친구의 선배인 문학 담당 기자가 저는 본 척도 안 하면 서 그 친구에게 '마감이라 정신없다. 밥이나 사 먹으라'고 봉투를 주는 거예 요. '나도 (촌지로) 받은 거야' 하면서요. 그러더니 친구에게 '다음 토요일까지 콩트 하나 써오라'고 하더군요. 자기 대학 후배라고요. 선배도, 친구도, 후배도 없었던 저는 그때 절박함을 느꼈어요. 데뷔만 한 무명 문인이 얼마나 많아요. 나도 이렇게 끝나는 것 아닌가 싶어 아주 지독한 목마름에 한동안 방황했죠."

— 『인간시장』으로 모든 게 뒤집어졌죠?

"하루아침에 학연, 지연, 혈연이 아무 의미 없는 대한민국 최고의 인물이 돼버렸죠. 한 번 유명 인사가 되니 가수건 배우건 정치인이건 재벌이건 모든 게 금방 통하더군요. 1980년대 초반에는 공항을 비롯해 어디를 가나 장관급 이상의 대우를 받았어요. 현실에서는 돈이 중요하고, 사람들은 권력을 원하지만, 가장 중요한 건 명예라는 걸 깨달았죠."

— 그런데도 늘 『인간시장』의 한계를 이야기하시더군요

"그런 책이 팔리는 시대가 좋은 시대는 아니죠. 명성은 얻었지만 문학의 본질적인 의미는 덜 담긴 책이에요. 그러나 계엄 하에서 검열을 피해가면서 쓴 책이라는 사실은 인정받고 싶어요. 저를 구속시키려 했지만 너무 빅스타가 되어버려서 그럴 수 없었다는 이야기도 나중에 전해 들었고요. 적당한 스타는 적당할 때 나오지만, 빅 스타는 위기, 고통, 절망, 대참사에서 나와요. 사람들이 영웅, 군자, 스타를 통해 대리만족을 얻어야 하니까요. 시대적 상황이 인물을 찾는 거죠."

— 엄청난 인세 수입은 어디에 쓰셨어요? 출판사가 두 번이나 승용차도 선물했던데요?

"제가 재테크를 몰랐어요. 아내가 너무 오래 병상에 있다 보니 밥하는 분과 애들 돌봐줄 분이 필요했고, 의료보험도 제대로 안 된 시절이라 입원 비용도 만만치 않았어요. 정치권에 들어가서도 처음 2년간은 취재, 여론조사 비용 등 해마다 1억 몇 천씩 개인 돈을 썼고요. 그 후에 후원회를 만들었지

적당한 스타는 적당할 때 나오지만 빅 스타는 위기, 고통, 절망, 대참사에서 나와요. 사람들이 영웅, 군자, 스타를 통해 대리만족을 얻어야 하니까요. 시대적 상황이 인물을 찾는 거죠.

만, 로비가 안 통한다고 소문이 나니 후원금도 없더군요."

— 정치에 투신한 후 꼬마 민주당, 한나라당, 열린우리당으로 변신할 수밖에 없었던 건 결국
반김대중 정서 때문 아니었나요?

"저도 DJ를 좋아했어요. 정말 배울 게 많았거든요. 세 시간 넘게 대화를
해도 같은 얘기 하나 없이 논리적으로 명료하게 말하는 분이었어요. 다만
너무 출중해서 접근하기 어려운 점이 있었죠. 저도 한 시대의 빅 스타인데
거기 가면 무조건 무릎을 꿇어야 하잖아요. 놀라운 정치력은 인정하면서도
이철, 노무현, 제정구, 이부영, 김홍신, 서경석, 홍성우, 장을병 같은 사람들
은 그럴 수가 없었어요."

— 노 대통령과도 오랜 인연이죠?

"노무현 후원회장을 한 이기명 선생을 알았기 때문에 노무현 초선 때부터
등산 모임에 초대받아 여러 번 만났어요. 노 대통령은 경둥경둥하면서도 할
말은 다 하는 분이에요. 말하는 거나 몸짓에 약간의 건달기가 있는데 사람
은 참 편안했어요. 1996년 국회의원 선거 직전에 비례대표 후보가 발표 나
던 날, 돈 많은 사람에게 앞 순번을 주는 해괴한 일이 있었죠. 그때 종로 지
역구로 전화해서 '총선 보이콧하자'고 하니, 노 후보가 '좋아. 나는 출마 포
기야'라고 하더군요. 그래서 지도부가 철회를 하고 문제를 바로잡았어요.
그때 '아, 노무현은 믿을 만한 사람이구나' 생각했어요. 통추 그룹은 개성이
또렷해서 논쟁이 붙으면 양보 없이 따지지만 인간성들이 근사했어요."

'공업용 재봉틀 발언'
변명하긴 싫지만

— 1998년 지방선거 때의 "공업용 재봉틀" 발언은 좀 심하지 않았나요?

"그게 원래 『도둑놈과 도둑님』에도 나오고, 몰래카메라를 당했을 때 이경규, 최수종 씨에게도 했던, 제가 자주 쓰는 우스개예요. 염라대왕 앞에 가면 잘못한 걸 한 바늘씩 떠야 한다더라. 아내는 세 바늘을 뜨는데 남편은 바늘로 뜰 수 없어서 공업용 재봉틀로 드르륵 하더라. 그런데 그런 설명은 빼놓고 대통령 입을 재봉틀로 박는다는 얘기만 남은 거죠. 하지만 변명하지 않았어요. 말실수는 변명하면 안 돼요. 미안하다고 끝내고 거기서 교훈을 얻어야지 자꾸 거론하면 구차해지기만 해요. 그런 때는 상대 입장으로 탁 들어가줘야 해요. 제가 젊어서 유명해지고 실수도 많이 하면서 어렵게 익힌 거예요."

— 정치에 입문할 때는 국회의원을 한 번만 한다고 하셨는데, 결국은 비례대표를 두 번이나 하고, 지역구 선거도 나오셨죠?

"2000년에는 이미 짐을 다 싼 상태였어요. 첫 4년 동안 열심히 일해서 기초생활보장법, 의약분업, 장애인 관련 법안을 만들었는데, 임기가 끝나면 법안들이 그냥 사라지는 게 아쉽기는 했죠. 그때 시민단체에서 김홍신을 빼면 안 된다고 문제 삼아 제 이름이 들어갔어요.

2004년에는 아내가 오랜 병고로 죽어가는 상황에서 제가 공황장애를 겪었어요. 스트레스가 심해서 머리가 빙빙 돌고 귀에서 소리가 들리는데 검진해도 병명이 나오지 않았죠. 병이 나으려면 움직이고 소리를 지르는 수밖에 없다고 생각하던 참에 김한길, 정동영이 '의정 활동 1위가 출마를 안

하면 어떻게 하냐?'며 저를 설득했어요. 선거 40일 전에 종로로 갔고, 선거 직전 중환자실의 아내가 세상을 떴죠. 삼우제까지 선거운동 안 한다고 일주일을 움직이지 않았어요. 결국 500표 차이로 졌죠. 공황장애는 친구들과 여행하고 글 쓰면서 회복이 됐어요."

― 인생에서 가장 따뜻했던 순간은 언제입니까?

"『대발해』를 끝내고 몸은 완전히 망가졌지만 인간으로, 글쟁이로, 한국인으로 태어났다는 황홀감을 느꼈어요. 『인간시장』과 『대발해』를 빼놓고 제 인생을 말할 수는 없죠."

네 시간이 넘게 진행된 인터뷰 내내 그는 블루투스 이어폰을 귀에 꽂은 채 전화를 받고 메시지를 확인했습니다. 그때마다 저에게 "미안하다"고 했

365

습니다. 미소를 잃지 않으면서도 단 한 번 크게 웃는 법이 없었습니다. 온 세상을 상대로 치기 어린 주먹을 휘두르던 청년 장총찬은 어느새 지혜롭고 신중한 노년의 전직 국회의원으로 변해 있었습니다.

세월의 힘이 놀랍고 두려웠습니다. 그러나 "안 팔리는 게 아니라 덜 팔린 것"이라는 자존심, 적절한 순간마다 밉지 않게 끼어드는 자기 자랑, 어깨에 남아 있는 약간의 건달기는 숨길 수가 없었습니다. 외람되지만, 장총찬의 그 흔적이 귀엽게 느껴진 인터뷰였습니다. _2012년 9월 29일

김 홍 신 의 인 생 타 임 라 인

1971년 혹독한 장교 훈련은 불의에 무릎을 꿇지 않고 당당하게 살게 한 인생의 담금질이었다.

한국문학 역사상 최초의 밀리언셀러 『인간시장』 을 집필하기 위해 취재하던 시절.

1983년부터 10여 년 동안 라디오 심야프로그램 DJ와 각종 TV 프로그램 진행자로 활동했다.

1984년 열정을 불태우던 활발한 활동 뒤의 처절 한 고뇌를 다독거려준 김수환 추기경과 함께.

제15대, 16대 국회에서 헌정 사상 최초로 8년 연 속 1등 국회의원으로 선정되었다.

2005년 우리 민족의 잃어버린 역사를 되찾기 위 해 법륜 스님과 발해의 자취를 찾아다니며.

페미니스트로 살았으되
사랑이 최고더라

문화미래 이프 공동대표 유숙열

성평등을 내면화하지 못한 남성들에게 젠더 이슈는 언제 터질지 모르는 지뢰밭과 같습니다. 1997년 여름 창간되어 2006년 봄 완간호를 낸 《이프(IF)》는 저처럼 숨겨진 마초들을 그나마 지금만큼이라도 조심하게 만든 전투적 페미니즘의 상징이었습니다. 유숙열 문화미래 이프 공동대표는 지난 15년간 김신명숙, 박미라, 제미란, 권혁란 등과 함께 '이프 진영'을 대표하는 논객으로 활동했습니다. "이문열, 송기원, 김원우, 김완섭 등의 남성 작가들은 남근을 통해 사고하고 창조하며, 문학 또는 예술이라는 허울을 쓰고 펜으로 붓으로 카메라로 여성에 대한 성희롱과 폭력을 자행하고 있다."《이프》 창간호에 실렸던 시퍼렇게 날 선 글을 시작으로 그의 남성 우월주의 비판은 늘 격렬한 논란을 불러일으켰습니다.

2012년 1월에는 「내게 팬티를 사준 남자, 이근안에게」라는 글로 고문기술자 출신의 목사를 고발했고, "꼴보수나 진보나 똑같이 성차별적이고 폭력적인 마초"라면서 〈나꼼수〉의 "저급한 음담패설 문화"를 비판하기도 했습니다. 30년 가까이 〈문화일보〉 등에서 기자로 일한 유숙열은 버지니아 울프의 강연을 연극으로 만든 〈자기만의 방〉의 대본을 집필하고, 『버자이너 모놀로그』를 번역했으며, 『외로워서』라는 시집을 출간한 극작가, 번역가, 시인이기도 합니다.

서울 양재동 주택가 지하실에 자리 잡은 이프 사무실에서 자타가 공인하는 '극렬 페미니스트'를 만났습니다.

— 요즘은 무슨 일을 하고 계신가요?

"한가해요. 《이프》의 웹진(onlineif.com)이 일주일에 한 번씩 나오는데, 거기에 해외 페미니즘 관련 기사들을 번역해서 싣고 있어요. 일주일에 이틀 정도 사무실에 나와서 회의하고 뉴스레터 발송하고 모여서 놀기도 하죠."

— 웹진으로 전환한 이후에도 《이프》를 읽는 사람들이 많이 있나요?

"요즘 《이프》에는 남자들도 육아일기를 비롯한 다양한 글을 쓰고 있고, 회원 등록을 한 독자 중에도 남자들이 많아요. 참 이상해요. 여자들은 페미니즘에 관심이 없고, 딴지 걸러 들어오든 궁금해서 들어오든 배우러 들어오든 아무튼 남자들이 많아요. 요즘 페미니즘이 죽었다고 하잖아요. 여성에 대한 차별이나 법제도적 장벽이 많이 사라졌으니까 페미니즘이 더 이상 필요치 않다는 식의 얘기도 나오고요. 그렇지만 한국 사회에서 성차별은 문화적으로 뿌리 깊은 거라서 페미니즘은 여전히 필요해요."

고문과 해직 가운데서
페미니즘을 만나다

— 〈나꼼수〉를 비판하며 "남자들의 허세 놀이에 진짜 신물이 난다"고 쓰셨던데요?

"신문사에 오래 다니는 동안 기자라는 사람들, 사장, 편집국장, 원로 언론인들의 짓거리를 보고 깨달은 거죠. 그 사람들은 여자를 동료나 기자로 보지 못해요. 구색 맞추기에만 이용할 뿐, 권력을 주거나 승진을 시키지 않아요. 원로 언론인으로 지금도 존경받는 사람이 〈문화일보〉 사장을 하면서 나를 정리해고 하려고 한 적이 있어요. 이미 나이 마흔이 넘고 직급이 차장이고 여성과 관련한 이슈를 계속 던져왔는데도 그 사람 눈에는 내가 기자가 아니라 '일개 여직원'이었던 거예요. 그뿐만이 아니에요. 남자 기자들이 대부분 결혼해서 자식도 있고 그렇잖아요. 근데도 매번 농담이랍시고 한다는 게 여자 소개해달라는 얘기예요. 내가 여성운동도 하고 여자들을 많이 안다고 그런 거죠. 그때마다 전쟁을 할 수는 없으니 나도 농담으로 대꾸했어요. 남자 좀 소개해달라고."

— 그간의 인터뷰에서 '엄마의 부재'를 얘기하신 분들이 있었는데, 유 선생님은 '아버지의 부재'가 눈에 띄더군요.

"제가 유복녀로 태어나고 4~5년 후 엄마가 재혼하셔서 계부 밑에서 자랐어요. 엄마는 재혼에 대한 죄의식을 가지고 계셨지만, 강한 분이셨어요. 엄마의 인생을 보고 저는 페미니즘을 하기로 결심했어요. 그런데 나이 오십이 넘고 정작 나를 병나게 한 건 아버지에 대한 그리움이었어요. 나를 키워주신 아버지가 야단 한 번 안 치신 좋은 분이었는데 내가 대학생 때 돌아가셨거든요. 아버지가 시골에서 꽤 알려진 분이었는데 나하고는 성이 다르잖아요. 그게 나에게는 큰 벽이었고, 그래서 부성에 대한 그리움, 분노가 있었던 거죠."

1980년 7월 17일 새벽 합동통신의 2년 차 기자였던 유숙열은 남영동 대공분실로 끌려갔습니다. 훗날 김근태가 고문받았고 박종철이 죽어간 그곳에서 유숙열은 김태홍 한국기자협회장의 행방을 추궁당하며 이근안에게 물고문을 당했습니다. 고문을 당한 뒤 난감하게도 때 아닌 생리가 터지자 이근안은 생리대와 팬티를 사다주며 "가게 가서 얼마나 창피했는지 아느냐?"고 호들갑을 떨었습니다. 그 살벌한 시기에 어떻게 수배자를 숨겨줄 생각을 했는지 물었습니다.

"10·26 때부터 내가 역사 속에 살고 있다는 걸 느꼈어요. 나는 운동권도 아니었고 광화문에 가서 분신자살 할 것도 아니었지만, 역사 속에서 할 수 있는 일이 무얼까 고민했어요. 그때 마침 김태홍 선배에게 연락이 왔어요. 매일 TV에 지명수배자로 얼굴이 나오던 시절인데, 이게 내가 할 일이구나 생각하고 기꺼이 내 친구의 화실에 숨겨줬어요. 두 달 후 새벽에 내가 붙잡혀 갔고."

— 고문자가 이근안인 건 어떻게 아셨어요?

"나중에 신문에 이근안 사진이 나왔는데 금방 알겠더라고요. 근데 얼마 전 〈나꼼수〉를 비판하는 글을 쓰고 나서 꿈에 이근안이 다시 나오더군요. 며칠 동안 이근안에게 쫓기는 꿈을 꾸고 자다가 소리 지르고 그랬어요. 인터넷의 폭력적인 댓글을 읽지 않으려고 노력하는데도 무의식적으로 상처를 많이 받았나 봐요."

— "페미년", "꼴페미" 같은 표현이 난무하는 인터넷 문화에 질리셨군요?

"페미니즘에 대한 이해가 없는 남자들의 폭력에 신물이 나요. 김어준은 자기네들이 성희롱을 의도하지 않았다고 하지만, 의도하지 않은 가해자가 너무 많은 거죠. 성희롱에 대한 본질적인 이해가 부족한 거예요. 《이프》가 처음부터 지적한 게 바로 지식인 남성의 성희롱이잖아요. 모르고 한 거니까 사과까지는 바라지도 않아요. 그냥 우리가 이것밖에 안 된다고 인정하고 노력하겠다고 하면 되는 거죠. 그런데 그것도 안 해요. 페미니즘이 여성만을 위한 게 아니에요. 남녀 모두 잘 살자는 거죠. 페미니즘이 '가장 늦게 이루어질 혁명'이라고 하잖아요."

— 남영동 대공분실에서 풀려난 다음 기소유예를 받으셨죠. 1982년 도미할 때까지는 뭘 하고 지내셨어요?

"언론에 취업이 금지되었던 때라 같이 해직당한 기자들과 매일 술 먹고 울분을 토로하는 게 일이었는데 그때 창비에서 나온 『여성해방의 이론과 현실』를 읽고 페미니즘을 발견했어요. 그 책에 베티 프리단(Betty Friedan)이 쓴 『여성의 신비』의 한 장이 번역되어 있었는데, 그걸 보고 이거구나 깨닫고, 미국에 가면 페미니즘을 공부하겠다고 결심했죠. 대학 때부터 사귀던 사람과 1982년 결혼하고 남편이 유학 가게 되어 함께 미국에 갔어요."

뉴욕에서 10년을 사는 동안 유숙열은 〈미주조선일보〉 기자로 일하는 한편 헌터 칼리지와 뉴욕시립대 대학원에서 여성학을 공부했습니다. 신혜수(전 국가인권위원), 이영란(경희대 예술학부 교수) 등과 함께 '여성청우회'를 조직해 영사관 앞에서 부천서 성고문 사건을 고발하는 민주화 시위를 벌였고, 이웃에 살던 여성신학 유학생 정현경(유니언신학대학 교수)과 평생을 이어갈 우정도 쌓았습니다.

순종적 여성상에 도전한
'폴리티컬 스모킹'

— 일하면서 공부하고 아이까지 키우는 일이 쉽지 않았을 텐데요.

"회사에서 봐준 덕에 오전에 원고를 넘겨주면 오후에는 나와서 자유롭게
공부를 했어요. 애는 베이비시터에게 맡기기도 했고, 한국의 친정에서 어
머니가 2년 반을 키우기도 했죠. 아이를 키우는 데 가장 필요한 것은 사랑
이잖아요. 엄마로 보낸 세월을 되돌아보면, 내가 딸은 '안중에도 없이' 살았
던 것 같아요. 지금은 속이 아파요. 페미니스트 엄마에 대한 반작용인지 딸
은 가정에 대해서 보수적인 입장이에요."

— 1991년 귀국하면서 〈문화일보〉 창간에 참여하셨죠?

"처음에 〈문화일보〉를 만든 사람들의 컬러가 참 좋았어요. 〈한겨레〉에도
선배들이 많았는데, 돈 적다고 들어오지 말라고 했어요.(웃음) 그래서 〈문화
일보〉로 들어가게 됐죠. 초창기 〈문화일보〉에는 '달라야 산다, 같으면 죽는
다' 그런 격문이 붙어 있었어요. 제가 오자마자 여성표가 선거를 좌우한다
는 정치 기사를 써서 그게 1면 톱으로 나왔어요. 젠더 개념을 처음으로 도
입한 정치 기사였죠. 그러나 그런 기간이 길지 않았고 사장이 새로 오면서
탄압을 많이 받았어요."

— 검색을 해보니 쓰신 기사의 절반 이상이 여성 관련이더군요.

"당시 여성 담당 기자가 쓰는 기사라는 게 육아, 미용, 김장, 옷, 제사상
차림 같은 것이었어요. 나는 그걸 바꾸려고 노력했고, 페미니즘 관점에서

정치, 문학, 연극, 미술, 법조, 소비자 문제 등 모든 분야를 다뤘어요."

— 여성이라 힘든 점도 많지 않았나요?

"취재나 편집 관행이 남성 위주로 되어 있잖아요. '보이스 네트워크(boy's network)'가 있어서 폭탄주 마시고, 기업이나 취재처에서 접대받고, 룸살롱에 가서 계곡주 따르고, 그러면서 취재원하고 친해지고, 출입처 관리하고. 어떻게 여자가 끼어요? 그러다 보니 성희롱 사건도 나는 거죠. 석간이라 새벽 일찍 출근하다 보면 편집국장, 동료, 후배, 취재원, 심지어 택시기사까지 '남편과 애들 밥은 누가 해주냐?'고 했어요. 한국 사회에서 여자들은 1년 365일 전천후 성차별적인 환경에 노출돼 있다고 봐야죠."

— 1997년 《이프》 창간에 참여하셨죠?

"미국에서 페미니즘을 공부할 때부터 내 꿈은 한국에서 페미니스트 저널을 만드는 것이었어요. '여성의 욕망을 아는 잡지'를 콘셉트로 잡고 '웃자, 놀자, 뒤집자'라는 《이프》 스피릿을 내걸었죠. 여성문화예술기획의 출판분과를 중심으로 사람들을 모아 십시일반으로 돈을 내서 시작했는데, 내 인생에서 제일 따뜻했던 때가 그때예요. '안티미스코리아 페스티벌'도 하고 책 출판도 하고 그때가 좋았어요. 인간을 살게 하는 건 욕망이거든요. 여성들이 자신의 욕망을 모르고 아내, 엄마로서 타인의 욕망을 채워주는 존재로만 있어서는 안 된다고 생각했어요. 그런데 여성 잡지들은 남편을 꾀는 법, 아이를 영재로 키우는 법, 연예인 가십, 요리, 상품 선전으로 가득 차 있고, 여성학 담론은 너무나 현란한 언어 유희라서 격차가 너무 컸어요. 그 간극을 메우고 싶었어요."

— 2003년부터는 방송위원도 하셨는데, 재밌으셨나요?

"한국 사회를 움직이는 원로회의의 작동 메커니즘 같은 걸 깨달았어요.

여당, 야당 몫이 있으니까 국회랑 똑같이 갈라서서 매일 싸워요. 회의를 박차고 나가기도 하고. 갈등이 심해지면 정회하고 쉬는데, 그때 제일 나이 드신 분이 성희롱적인 농담을 하더군요. 그러면 여야를 막론하고 남자들 사이에 긴장을 늦추는 완화제 역할을 하는 거예요. 그래서 '그거 성희롱적 발언이다. 내가 홍일점이지만 대한민국 여성을 대표해서 온 거다. 기자회견도 할 수 있다'고 했죠. 농담처럼 웃으며 말했지만, 그다음에는 숙연해졌어요.

회의를 하면서 일부러 담배도 피웠어요. 담배를 피우는 페미니스트가 많은데 공식석상에서는 남자들만 피우고 여자들은 잘 안 피워요. 그래서 나는 〈문화일보〉에서도, 방송위원회에서도, 심지어 평양 가서도 만찬장 헤드 테이블에서 보란 듯이 피웠죠. 남쪽 여자들은 저렇게 담배를 피우냐고 북쪽에서 난리가 났어요. 그래서 '폴리티컬 스모킹(정치적 담배 피우기)'이라는 말이 나왔죠. 조신하고 순종적인 전통적 여성상하고 나를 맞바꾸고 선전포고를 한 거죠. 나 담배 피우는 여자야, 만만히 보지 마, 큰코다쳐, 이런 식의 선전포고 같은. 지금은 담배 끊었어요."

헤어진 남편에게 감동,
혼인신고를 다시 하다

— 기자, 여성운동가, 번역가, 방송위원으로 정신없이 일하다가 2004년에 위기가 왔죠?

"신문사에서 잘리다시피 실직하고, 이혼하고, 산소결핍증처럼 숨 쉬기조차 힘들 정도로 건강의 심각한 위협을 느꼈어요. 두 차례 쓰러져서 입원하고 정신과 치료도 받았죠."

— 그 시기에 『외로워서』를 쓰셨는데, 전투적 페미니스트의 시집 제목으로는 의외였습니다.

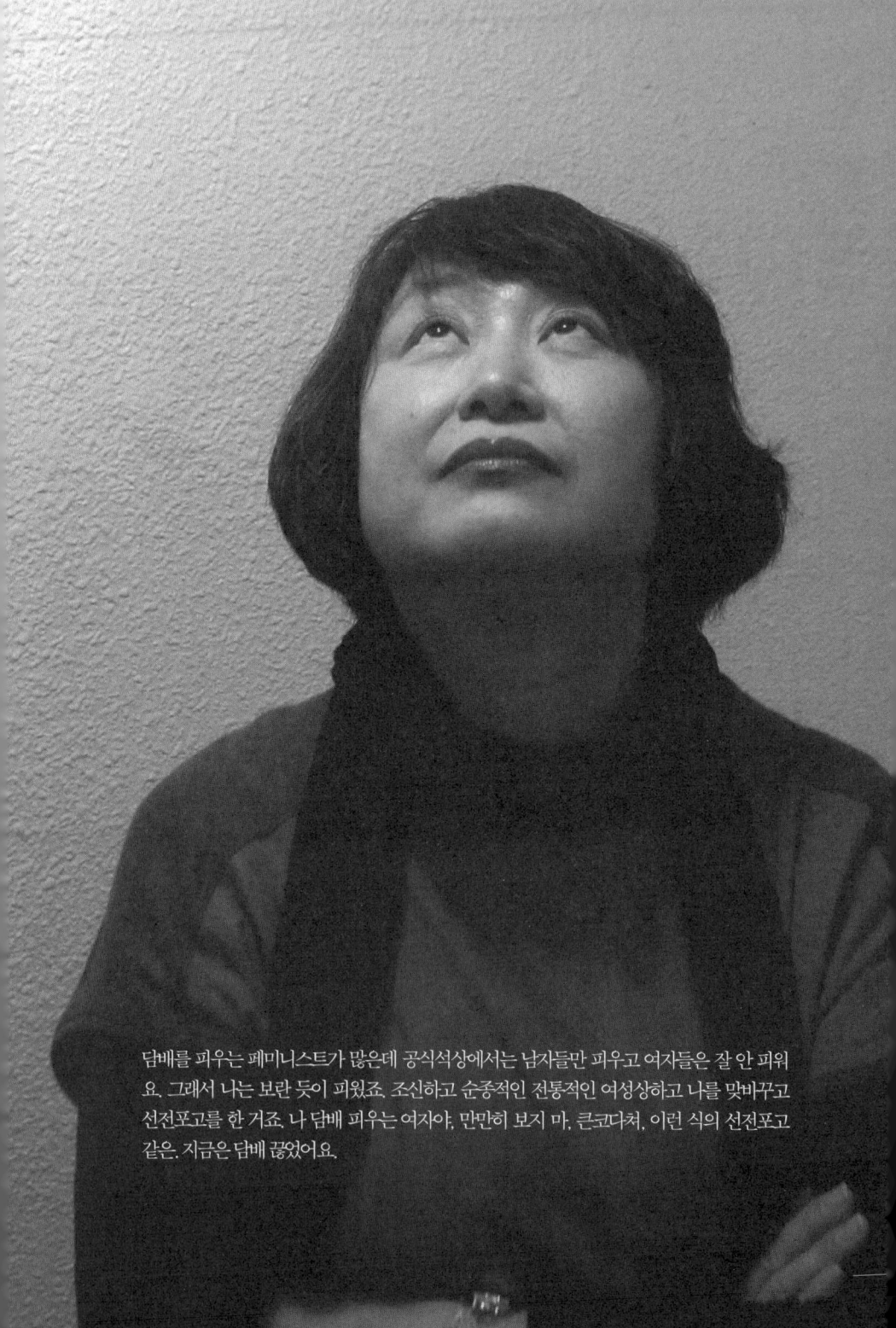

담배를 피우는 페미니스트가 많은데 공식석상에서는 남자들만 피우고 여자들은 잘 안 피워
요. 그래서 나는 보란 듯이 피웠죠. 조신하고 순종적인 전통적인 여성상하고 나를 맞바꾸고
선전포고를 한 거죠. 나 담배 피우는 여자야. 만만히 보지 마. 큰코다쳐. 이런 식의 선전포고
같은. 지금은 담배 끊었어요.

"내가 사상 전향서를 써야 하나 생각했었어요.(웃음) 《이프》 빼고는 평생 남자들 속에서 산 거나 마찬가지잖아요. 살면서 좋은 남자들을 많이 만났어요. 〈문화일보〉에서 나를 끝까지 보호해준 것도 남자 후배들이었고. 시를 쓰던 시절에는 인생 자체가 힘들어서 전투적이지도 않고 페미니즘도 시들하고 세상이 다 시들하고 외롭고, 그러니까 사랑이 그리워지는 거예요. 내가 박탈당했던 부성, 아버지의 사랑 같은 걸로 돌아가게 되더라고요. 너무 외로워서 더 이상 살 수가 없었어요. 시집은 그 감정을 담은 거예요. 시라도 쓰면서 버틴 거죠. 외롭다고 만방에 대고 중계방송을 했으니 지금은 그 시집이 참 창피한데, 그때는 그럴 수밖에 없었다는 걸 알아요. 이게 나인데 뭐, 창피하지만 이게 난데. 자기 자신을 알게 된 거죠."

— 어떻게 다시 일어서게 되셨나요?

"내가 쓰러졌을 때 페미니스트 친구들이 실제로 나를 업고 병원에 입원시켰어요. '지구 끝까지 지켜줄게' 그렇게 말하면서. 그러니까 주변 사람들의 사랑으로 회복된 거죠."

— 남편과 재결합하신 것도 의외입니다.

"2009년에 엄마가 돌아가시고 정신적으로 힘들고 집안에도 어려운 일이 많았는데, 이혼한 남편이 와서 모든 걸 함께해줬어요. 그 사람에게 감동을 받았죠. 그래서 혼인신고까지 새로 했잖아요.(웃음) 지금은 내가 한가해졌으니 가정에 충실할 수도 있고."

— 전투적인 입장은 포기하신 건가요?

"그건 아니에요. 현장에서 극렬 페미니스트의 삶을 살다 돌아온 셈인데, 나의 결론은 예수하고 똑같아요. 사랑이 최고더라. 좋은 사람들하고 만나서 술 마시고 좋은 얘기 하고, 결국 인생은 만남이고 사랑이에요.

내가 비판했던 사람들에 대해서도 안쓰러운 마음이 생겼어요. 나는 남자들이 의도하지 않더라도 여자들한테 가해자의 입장이라고 생각했는데, 이제 남자들도 좋은 세상을 만들려고 노력하며 살고 있구나 하는 걸 알았어요. 그래서 남자도 페미니스트가 될 수 있다고 생각해요. 남녀가 함께해야 하는 거죠."

평생 남자들과 부대껴온 힘겨운 삶이었습니다. 한때는 남자들뿐만 아니라 '영페미' 후배들에게도 비판받으며 "페미니즘은 나의 주홍글씨"라는 생각을 했다고 합니다. 강한 글을 썼지만 내면은 그만큼 외롭고 여렸습니다. 결국 유숙열은 외형적으로 멀쩡한 자신을 내려놓고 "창피한 자신"을 받아들임으로써 공존의 실마리를 찾았습니다. 애기를 듣다 보니 "새 시대의 맏형이고자 했지만 구시대의 막내가 되고 말았다"던 전직 대통령의 탄식이 생각났습니다. 개척자의 삶이 원래 그런 거지 싶었습니다. _ 2012년 3월 31일

유 숙 열 의 인 생 타 임 라 인

1960년 초등학교 입학 기념사진. 엄마와 함께 미
장원에 가서 파마도 하고 한껏 멋을 냈다.

1980년 해직된 뒤 도미길에 오른 선배를 배웅하
러 간 공항에서 해직 동료들과 함께 찍었다.

1984년 아이를 한국에 보내기 전 미국에서 찍은
사진. 2년 반 동안 친정엄마가 키워주셨다.

1991년 10년간의 미국 생활을 청산하고 귀국해
그때 막 창간한 〈문화일보〉에 합류했다.

2003년 남북방송회담차 평양을 방문해 임수경
(왼쪽에서 두 번째), 정명순 북한 여성국장(오른
쪽)과 함께 찍은 사진.

2006년 워커힐에서 열린 《이프》 '후원의 밤' 행사
에서. 조르주 상드로 분해 남장을 했다.(오른쪽)

다른 길이 있다

© 김두식 2013

초판 1쇄 발행 2013년 11월 4일
초판 2쇄 발행 2013년 12월 30일

지은이 김두식
펴낸이 이기섭
편집인 김수영
책임편집 임윤희
기획편집 김윤정 정회엽 이지은 이조운 김준섭
마케팅 조재성 성기준 정윤성 한성진 정영은
관리 김미란 장혜정

펴낸곳 한겨레출판(주) www.hanibook.co.kr
등록 2006년 1월 4일 제313-2006-00003호
주소 121-750 서울시 마포구 공덕동 116-25 한겨레신문 4층
전화 02) 6383-1602~1603 **팩스** 02) 6383-1610
대표메일 book@hanibook.co.kr

ISBN 978-89-8431-752-9   03810